Mhairi McFarlane est devenue journaliste après avoir fait des études d'anglais à l'université de Manchester. Elle vit à Nottingham. Son premier roman *Parce que c'était nous* connaît déjà un succès retentissant.

D0735312

Du même auteur, chez Milady,
en grand format :

Comme si c'était toi
Parce que c'était nous

www.milady.fr

Mhairi McFarlane

Parce que c'était nous

Traduit de l'anglais (Grande-Bretagne) par Odile Carton

Milady

Milady est un label des éditions Bragelonne

1re édition : octobre 2013
2e édition : octobre 2014

ISBN : 978-2-8112-1312-1

Bragelonne – Milady
60-62, rue d'Hauteville – 75010 Paris

E-mail : info@milady.fr
Site Internet : www.milady.fr

Remerciements

Merci à mon sensationnel agent, Ali Gunn, et à l'adorable Doug Kean, pour avoir fait de moi un écrivain digne de ce nom. Énormes remerciements aussi à Jo Rees, dont la magnifique critique est parvenue à produire des résultats éblouissants sans blesser mon amour-propre, ce pour quoi je lui serai toujours reconnaissante.

Louée soit ma merveilleuse éditrice Helen Bolton, qui a démontré son amour pour ce livre par les soins extra-ordinaires qu'elle lui a prodigués, ainsi que toute l'équipe Avon chez HarperCollins pour leur professionnalisme et leur gentillesse infinie.

Ma reconnaissance éternelle à mon exceptionnelle famille élargie, pour son soutien et ses encouragements. Je n'y serais jamais arrivée sans vous, comme vous le savez certainement.

Mention spéciale à Clive Norman, qui m'a offert son aide dès le début et si généreusement, à mon ami Sean et à mon frère Ewan pour m'avoir encouragée à continuer alors que je traversais une de mes nombreuses crises de doute. Merci à tous les grands amis/lecteurs de bonne volonté/conseillers d'une raseuse qui vous a tant tannés avec son bouquin : Tara, Katie, Helen, Kristy, Julia, le franchement inspiré Tree C Three (merci pour le nom, Nat !) et ma sœur Laura.

Nombre de mes connaissances si pleines d'esprit – notamment Jerry, Rob, David, Tim – se sont fait piquer leurs répliques sans vergogne : merci infiniment !

Mais surtout, merci, très cher Alex. Comme Bon Jovi, tu as gardé la foi.

Et merci à vous si vous avez acheté ce livre. J'espère que vous avez ri au moins une fois, et de préférence sur un passage qui se voulait drôle…

Pour Jenny,
trouvée à l'université.

PROLOGUE

— E t merde ! J'ai vraiment pas de bol…

—Quoi ?

D'une tape, je chassai une guêpe particulièrement intrépide et obstinée de ma canette de Coca. Le visage dissimulé derrière sa main, Ben ne faisait qu'attirer encore plus l'attention sur lui.

—Le Pr McDonald. Tu sais, Crâne d'œuf McBrioche. Je lui dois une dissertation sur Keats depuis une semaine. Il m'a vu ?

Je jetai un coup d'œil. De l'autre côté de la pelouse tachetée de soleil, le professeur s'était arrêté net et exécutait une parfaite imitation de lord Kitchener, doigt pointé et allant jusqu'à articuler silencieusement le mot « VOUS ».

—Euh… Oui.

Ben me dévisagea par un interstice entre deux doigts.

—Oui peut-être ou oui sûr ?

—Oui, aussi sûr que si un missile Scud écossais en tweed, corpulent et chauve, avait tes coordonnées exactes et traversait la pelouse à fond la caisse pour te détruire.

—Bon, OK. Réfléchissons, réfléchissons…, marmonna Ben en levant les yeux vers le feuillage de l'arbre sous lequel nous étions assis.

—Tu comptes l'escalader ? Parce que le Pr McDonald a l'air capable d'attendre que les pompiers viennent te déloger.

Les yeux de Ben balayèrent les vestiges de notre déjeuner puis nos sacs par terre comme s'ils contenaient une réponse.

Je n'étais pas sûre que balancer un sac à dos dans la figure d'un universitaire émérite nous serait d'une grande aide. Son regard s'arrêta sur ma main droite.

—Puis-je t'emprunter ta bague?

—Bien sûr. Quoiqu'elle n'ait rien de magique…

Je l'ôtai en la faisant tourner autour de mon doigt et la lui tendis.

—Lève-toi.

—Hein?

—Lève-toi!

Je me mis debout et tapotai mon jean pour en déloger les brins d'herbe restés accrochés. Ben passa quant à lui sur un genou et brandit le bijou en argent vaguement gothique que j'avais acheté pour 4 livres sur le marché étudiant. Je me mis à rire.

—Oh… *Espèce d'idiot…*

Le Pr McDonald nous rejoignit.

—Ben Morgan…!

—Désolé, monsieur, mais j'ai une urgence à gérer.

Il se tourna de nouveau vers moi.

—Je sais que nous avons vingt ans et que le moment choisi pour cette demande en mariage a été forcé par des… pressions extérieures, mais, en faisant abstraction de tout ça, tu es extraordinaire. Je sais que je ne rencontrerai jamais une autre femme à laquelle je tiendrai autant qu'à toi. Ce sentiment grandit, grandit…

Le Pr McDonald croisa les bras. Pourtant, aussi incroyable que cela puisse paraître, il souriait. Stupéfiant.

La *chutzpah* de Ben triomphait encore.

—Tu es sûr que ce sentiment n'est pas plutôt la vengeance de la tortilla au maïs et Knacki que Kev et toi avez mitonnée hier soir? demandai-je.

—Non! Mon Dieu – tout mon être t'appartient. Ma tête, mon cœur, mes tripes…

— Attention, mon garçon. Je n'irais pas plus loin dans cet inventaire, si j'étais vous, intervint le Pr McDonald. Le poids de l'histoire repose sur vous. Pensez à l'héritage. Vous vous devez de susciter l'inspiration.

— Merci, monsieur.

— Ce n'est pas d'une femme que tu as besoin, mais d'un comprimé d'Imodium, dis-je.

— J'ai besoin de *toi*. Qu'en penses-tu ? Épouse-moi. Une cérémonie simple. Ensuite, tu pourras emménager dans ma chambre. J'ai un matelas gonflable et une serviette tachée que tu peux plier et utiliser comme oreiller. Et Kev est en train de perfectionner une recette de *papas bravas* qui consiste à faire bouillir les patates directement dans une soupe de tomates Heinz.

— Aussi adorable que soit ta proposition, Ben, je suis navrée, mais non.

Ben se tourna vers le Pr McDonald.

— Je vais devoir prendre un congé exceptionnel.

Chapitre premier

J' arrive à la maison légèrement en retard, poussée contre la porte par cette pluie typique de Manchester, qui a la particularité de tomber verticalement et horizontalement en même temps. Je répands tellement d'eau dans la maison que je me sens comme une algue étalée au bas des marches à marée descendante.

L'endroit est chaleureux, sans prétention. Deux minutes de visite suffiraient à nous classer dans la catégorie « jeunes trentenaires actifs sans enfants » : affiches encadrées des héros musicaux de Rhys, style brocante chic – plus brocante que chic – et plinthes rehaussées d'un vernis bleu foncé qui fait grimacer ma mère : « Ça fait un peu foyer d'accueil. »

La maison embaume les effluves du dîner, épicés et chauds. Je perçois néanmoins clairement une certaine froideur dans l'air. Je détecte la mauvaise humeur de Rhys avant même d'avoir posé les yeux sur lui. Quand j'entre dans la cuisine, il est penché au-dessus de la cuisinière, et quelque chose dans la tension de ses épaules confirme mon impression.

— B'soir, chéri, dis-je en dégageant mes cheveux trempés coincés dans mon col et en déroulant mon écharpe.

Je grelotte, mais j'ai le pas alerte du week-end. Tout est un peu plus facile à supporter le vendredi.

Il pousse un grognement indistinct qui pourrait être un « salut », mais je m'abstiens de lui demander de peur d'être accusée d'ouvrir les hostilités.

— Tu as acheté la vignette ?

—Oh, merde, j'ai oublié.

Rhys fait volte-face, un couteau à la main. C'était un crime passionnel, votre honneur. Rhys déteste les retards en général et les retards de paiement en particulier.

—Je te l'ai rappelé hier! Ça nous fait un jour de retard.

—Désolée. Je m'en occupe demain.

—On voit bien que ce n'est pas toi qui dois conduire dans l'illégalité.

Ni moi qui ai oublié de m'en charger le week-end dernier, si j'en crois le pense-bête écrit de sa main sur le calendrier. Mais je ne relève pas. Objection, votre honneur : l'accusation harcèle mon témoin.

—Ils les remorquent jusqu'à la casse, tu sais, même si elles sont garées sur le trottoir. Zéro tolérance. Faudra pas m'en vouloir quand ils l'écrabouilleront jusqu'à ce qu'elle fasse la taille de l'auto de Oui-Oui et que tu devras prendre le bus.

Je me vois soudain coiffée d'un bonnet de nuit bleu surmonté d'un grelot.

—Demain matin. Ne t'inquiète pas.

Il me tourne le dos et se remet à émincer un poivron qui pourrait aussi bien avoir ma tête. Me rappelant que j'ai de quoi l'amadouer, je me baisse pour extraire une bouteille de rouge de mon sac de courses dégoulinant.

Je nous remplis deux énormes verres et lance :

—À la tienne, Potiron.

—Potiron ?

—Oui-Oui. Laisse tomber. Comment s'est passée ta journée ?

—Comme d'hab.

Rhys est graphiste et travaille dans une boîte de marketing. Il déteste ça. Et il déteste encore plus en parler. En revanche, il apprécie assez les histoires sinistres que je lui rapporte du front, fraîchement récoltées à la cour de la Couronne de Manchester pour mes comptes rendus de procès.

— Eh bien, aujourd'hui, en entendant le verdict de perpétuité incompressible, un condamné a réagi en prononçant cette phrase mémorable : « Putain de merde, c'est de la couille. »

— Ah, ah ! Et ça l'était ?

— De la couille ? Non. Il a tué un tas de gens.

— Tu peux citer « putain de merde » dans le *Manchester Evening News* ?

— Seulement avec des astérisques. Par contre j'ai été obligée de modérer les propos tenus par sa famille que j'ai résumés en « protestations émues et exclamations s'élevant des bancs du public ». Le seul mot se rapportant au juge qui n'était pas grossier était « vieux ».

Rhys emporte son verre dans le salon en gloussant. Je lui emboîte le pas.

— J'ai fait des recherches pour la musique de la réception aujourd'hui, dis-je en m'asseyant. Maman ne me lâche pas avec l'histoire du « neveu de Margaret Drummond de son club de pâtisserie qui avait embauché un DJ coiffé d'une casquette de base-ball », lequel a passé « des choses obscènes et cacophoniques où il était question de seins, de fesses et de drogue » avant que les enfants d'honneur ne soient couchés.

— Ça me semble parfait. Est-ce qu'elle pourrait se procurer son numéro ? Cela dit, on lui demanderait peut-être de laisser tomber la casquette.

— Et qu'est-ce que tu dirais d'un chanteur ? Un de mes collègues a embauché cet imitateur d'Elvis, Macclesfield Elvis. Il a l'air super.

Le visage de Rhys s'assombrit.

— Je ne veux pas d'un vieux con ringard, gras et gominé chantant « Love Me Tender ». Nous nous marions à l'hôtel de ville de Manchester, pas à la chapelle McMariage à Vegas.

J'encaisse, même si ça ne passe pas facilement. *Excuse-moi de vouloir faire en sorte qu'on s'amuse.*

— Oh, OK. J'ai cru que ça pourrait faire rire et donner à tout le monde envie de danser. Tu pensais à quoi, toi ?

Il hausse les épaules.

— J'sais pas.

Sa brusquerie et le regard appuyé qu'il me jette me suggèrent que j'ai peut-être raté quelque chose.

— À moins que… Tu veux jouer ?

Il fait semblant d'y réfléchir.

— Ouais, j'imagine qu'on pourrait. Il faudrait que je demande aux autres.

Le groupe de Rhys. Définissez-les comme du sous-Oasis et il vous tuera. Ils ont pourtant en commun l'abondance de parkas et de disputes. Ce que nous savons tous deux et que nous nous gardons bien d'évoquer, c'est qu'il avait espéré, à l'époque où il vivait à Sheffield, que son dernier groupe décollerait, alors que l'actuel n'est qu'un passe-temps de trentenaires et des poussières. J'ai toujours accepté de partager Rhys avec sa musique, mais je ne m'attendais pas à devoir le faire le jour de mon mariage.

— Vous pourriez jouer la première demi-heure et ensuite le DJ prendrait le relais.

Rhys fait la grimace.

— Je ne vais pas faire répéter tout le monde et me taper toute l'installation pour aussi peu de temps.

— D'accord, plus longtemps alors, mais c'est notre mariage, pas un concert.

Je vois les nuages noirs se former ; il y a de l'orage dans l'air, le coup de tonnerre ne va pas se faire attendre longtemps. Je connais son tempérament et sais parfaitement comment se termine ce genre de discussion.

— Je ne veux pas non plus d'un DJ, ajoute-t-il.

— Pourquoi ?

— Ils sont toujours nases.

— Tu veux te charger de toute la musique ?

— On préparera des compils sur iPod, Spotify ou je ne sais quoi. Et après, on les passe en *shuffle*.

— OK.

Je devrais laisser tomber, réessayer quand il sera mieux disposé. Mais non.

— Tu mettras quand même un peu de Beatles et d'Abba et autres pour les anciennes générations ? Ils ne vont pas comprendre si tout ce qu'ils entendent c'est « je-t'emmerde-je-fais-ce-que-je-veux » et les enceintes qui beuglent.

— « Dancing Queen » ? Alors là, pas question. Même si ton cousin Alan a l'intention de se déhancher dessus.

Il pince les lèvres et agite les mains près de son torse comme des ailes, ce qui pourrait être interprété comme de la provocation gratuite.

— Pourquoi tu te mets dans des états pareils ?

— Je croyais que tu voulais qu'on se marie selon nos conditions, à notre façon. Nous étions d'accord.

— Oui, *nos* conditions. Pas *tes* conditions, dis-je. Je veux que tu aies l'occasion de parler à nos proches. C'est une fête. Pour tout le monde.

Mon regard glisse jusqu'à ma bague de fiançailles. Pourquoi est-ce que nous nous marions, déjà ? Quelques mois plus tôt, trinquant à une prime tout à fait honorable accordée à Rhys, nous avions écluse plusieurs verres d'ouzo dans un restaurant grec et, pompettes, avions abordé le sujet alors que nous énumérions les occasions importantes qui mériteraient de la dépenser. Nous aimions l'idée d'une fête, d'accord sur le fait qu'il était probablement « temps ». Il n'y a pas eu de demande en mariage. Rhys avait juste rempli mon verre en disant avec un clin d'œil à mon intention : « Après tout, pourquoi pas, putain ? »

Ce soir-là, dans cette salle à manger embuée, bruyante, la décision m'avait paru tellement sûre, juste et *évidente*. Regardant la danseuse du ventre prendre la main des retraités pour les mettre debout et les faire tournoyer à côté d'elle, nous riions à en avoir des crampes aux abdos. J'aimais Rhys, et je suppose que, en acceptant, je reconnaissais que : voyons, qui d'autre pourrais-je bien épouser ? Oui, nous vivions accompagnés du grondement d'un sentiment sous-jacent d'insatisfaction. Mais, de même que pour les moisissures dans le coin de la salle de bains, y remédier aurait impliqué bien des perturbations, et nous ne nous sommes jamais décidés à le faire.

Même si nous avions attendu assez longtemps, je n'avais jamais douté que nous finirions par officialiser notre relation. En dépit de ses cheveux en bataille et de son uniforme d'éternel étudiant – tee-shirts crasseux à l'effigie d'un groupe, jean vieilli et All Stars –, je savais que Rhys voulait se marier avant d'avoir des enfants.

En rentrant, nous avons téléphoné à nos parents respectifs, officiellement pour leur faire partager notre joie, peut-être aussi afin de ne pas pouvoir revenir en arrière une fois que nous aurions dessoûlé. Pas de clair de lune ni de sonates, mais, comme dirait Rhys, il n'y en a pas non plus dans la vraie vie.

Maintenant, je me représente cette journée censée être la plus heureuse de nos vies saturée de compromis et d'irritation ravalée ; j'imagine déjà Rhys se la jouant fêtard distant et rester à l'écart avec ses potes musicos, comme à l'époque où je l'ai rencontré, quand intégrer sa bande était tout ce pour quoi battait mon muscle cardiaque immature.

— Le groupe est la troisième personne dans cette relation, ça va durer encore longtemps ? Est-ce que tu vas passer ta vie à tes répétitions pendant que je suis coincée à la maison avec un bébé en train de hurler ?

Rhys écarte son verre de vin de ses lèvres.

— Ça sort d'où, ça ? Quoi ? Il faut que je devienne quelqu'un d'autre, que je laisse tomber quelque chose que j'aime pour être assez bien pour toi ?

—Je n'ai pas dit ça. Seulement, je ne crois pas que le fait que tu joues devrait nous empêcher de passer du temps ensemble le jour de notre mariage.

—Ah! Mais après nous aurons toute la vie devant nous…

Il prononça cette phrase comme s'il contemplait la perspective d'un séjour en taule, avec rapprochements indésirables dans les douches, exercices dans la cour à 6 heures du matin et messages codés passés en douce à des gens de l'extérieur. «Elle me laisse pas aller au pub, tu te rends compte…?»

J'inspire profondément. Je sens une masse dure et dense sous mes côtes, une douleur que je tente de dissoudre avec du vin. Ça a déjà marché par le passé.

—Je ne suis pas sûre que ce mariage soit une bonne idée.

C'est dit. Cette pensée tenace est remontée de mon subconscient jusqu'à ma conscience et a fait son petit bonhomme de chemin jusqu'à ma bouche. Je suis surprise de ne pas modérer mes propos.

Rhys hausse les épaules.

—J'ai proposé qu'on file à l'étranger. C'est toi qui as voulu qu'on le fasse ici.

—Non, je veux dire… Je ne crois pas que nous marier maintenant soit une bonne idée.

—Ben, ça va sembler carrément bizarre qu'on annule.

—Ce n'est pas une raison suffisante pour le maintenir.

Donne-moi une raison. Peut-être que c'est moi finalement qui envoie des messages codés désespérés. Je me rends compte que j'ai compris quelque chose, que je me suis réveillée, et Rhys ne saisit pas l'urgence de ma question. J'ai dit l'indicible. Refuser d'écouter ne constitue pas une réponse satisfaisante.

Il laisse échapper un soupir exagéré, manifestant son épuisement inarticulé face aux vicissitudes de la vie commune avec moi.

—Comme tu veux. De toute façon, tu cherches la bagarre depuis que tu es rentrée.

—Pas du tout!

—Et maintenant tu vas bouder pour essayer de me forcer à accepter un DJ qui passera de la musique pourrie pour toi et tes crétins de potes quand vous serez tous bien bourrés. Très bien. Appelle-le, fais ce que tu veux, je n'ai pas le courage de me disputer.

—*Crétins* de potes?

Rhys prend une lampée de vin, se lève.

—Bon, je m'occupe du dîner.

—Tu ne crois pas que le fait que nous soyons incapables de nous mettre d'accord là-dessus signifie quelque chose?

Il se rassied lourdement.

—Bon sang, Rachel, n'en fais pas tout un drame! La semaine a été longue. Je n'ai pas l'énergie nécessaire pour supporter une crise.

Je suis fatiguée aussi, mais pas par cinq jours de travail. Je suis fatiguée de faire semblant. Nous sommes sur le point de dépenser des milliers de livres dans la mise en scène d'un simulacre auquel assisteront tous nos proches, et cette perspective me soulève le cœur.

Le truc, c'est que l'incompréhension de Rhys est raisonnable. Son comportement est tout à fait habituel. *Ceci* est habituel. C'est en moi que quelque chose s'est cassé. Une pièce de ma machine a fini par s'user, de la même façon qu'un appareil peut fonctionner parfaitement pendant des lustres et soudain s'arrêter.

—Nous marier n'est pas une bonne idée, point, dis-je. Parce que je ne suis même pas sûre qu'être ensemble soit une bonne idée. Nous ne sommes pas heureux.

Rhys semble légèrement abasourdi. Puis son visage se ferme et il affiche de nouveau un masque de défi.

—Tu n'es pas heureuse?

—Non, je ne suis pas heureuse. Tu l'es, toi ?

Rhys ferme fort les yeux, soupire et se pince l'arête du nez.

—Pas en cet instant précis, curieusement.

—En général ? demandé-je, obstinée.

—Ça veut dire quoi, heureux, dans cette discussion ? Gambader dans les prés en chemisier transparent et cueillir des pâquerettes dans un brouillard de marijuana ? Dans ce cas, non, je ne suis pas heureux. Je t'aime et je croyais que tu m'aimais assez pour faire un effort. Mais apparemment non.

—Il y a un juste milieu entre planer parmi les pâquerettes et se chamailler perpétuellement.

—Grandis, Rachel.

La réaction classique de Rhys à mes doutes a toujours été celle-ci : un brusque « grandis », « va falloir t'y faire ». Tout le monde sait que les relations sont ainsi faites, tes attentes sont peu réalistes. Autrefois, j'aimais ses certitudes. Plus aujourd'hui.

—Ce n'est pas suffisant, assené-je.

—Qu'est-ce que tu veux dire ? Tu veux partir ?

—Oui.

—Je ne te crois pas.

Moi non plus — après tout ce temps. Ça a été une sacrée accélération, de zéro à la séparation en quelques minutes. La force G m'a pratiquement laissé des joues de hamster. C'est peut-être pour cette raison que nous avons tellement tardé à sauter le pas. Nous savions que ça nous amènerait à faire une mise au point plus nette sur des choses un peu floues.

—Je commencerai demain à me chercher un appart.

—C'est tout ce que ça vaut après treize ans ? demande-t-il. Tu ne veux pas faire ce que je veux au mariage, bon ben ciao, salut ?

—Ce n'est pas vraiment le mariage.

—C'est marrant comme tout ça te pose un problème maintenant, juste quand tu n'obtiens pas ce que tu veux. Je ne me rappelle pas cette… *introspection* au moment où j'ai acheté la bague.

Il n'a pas tort. Ai-je provoqué cette dispute pour me donner une raison ? Mes motivations sont-elles suffisamment valables ? Je faiblis. Je vais peut-être me réveiller demain matin en pensant que tout ça est une erreur. Peut-être que cette humeur sombre, apocalyptique de terrible clarté se dissipera comme la pluie qui continue de tomber à verse dehors. Peut-être pourrions-nous aller déjeuner quelque part demain, griffonner les titres de chansons choisies ensemble, nous emballer de nouveau…

—OK… Si nous voulons que ça marche, nous devons changer des choses. Arrêter de nous chercher des poux tout le temps, aller voir un conseiller ou quelque chose dans le genre.

Même s'il ne m'accorde qu'un centième de ce que je lui demande, je resterai. C'est dire à quel point ma résolution est pathétique.

Rhys fronce les sourcils.

—Pas question que je reste assis à t'écouter raconter à je ne sais quel intello binoclard que je me comporte comme un salaud avec toi. Je ne reporterai pas le mariage. Soit on se marie, soit tu oublies.

—Je parle de notre éventuel avenir, et tout ce qui t'importe c'est ce que les gens penseront si nous annulons le mariage ?

—Tu n'es pas la seule à pouvoir poser des ultimatums.

—Ah, c'est un jeu ?

—Si tu doutes après tant de temps, tu ne seras jamais sûre. Il n'y a rien à ajouter.

—C'est ton choix, dis-je d'une voix tremblante.

—Non, c'est *ton* choix, crache-t-il. Comme toujours. Après tout ce que j'ai sacrifié pour toi…

Cette dernière remarque me fait bondir dans les airs, prise d'une de ces bouffées de colère qui vous font léviter à cinquante centimètres au-dessus du sol comme si vous aviez des lance-missiles accrochés aux talons.

— Tu n'as rien sacrifié pour moi ! C'est toi qui as choisi de déménager à Manchester ! Tu te comportes comme si j'avais cette dette envers toi impossible à rembourser et ce sont des conneries ! Votre groupe allait se séparer de toute façon ! N'essaie pas de rejeter sur moi la responsabilité de *ton* échec.

— Espèce de morveuse égoïste et gâtée ! braille-t-il en retour, sautant à son tour sur ses pieds parce que crier en position assise est bigrement moins efficace. Tu ne penses qu'à toi et à tes envies, jamais à ce à quoi les autres doivent renoncer pour que tu obtiennes satisfaction. Tu fais exactement la même chose avec ce mariage. Tu es la pire des égoïstes parce que tu n'as pas conscience de l'être. Quant au groupe, comment oses-tu me dire que tu sais comment les choses auraient évolué, putain ! Si je pouvais revenir en arrière et faire les choses différemment…

— Ah ouais ? Vas-y, raconte, ça m'intéresse ! crié-je.

Nous restons là, face à face, la respiration haletante, comme dans un duel avec des mots en guise d'armes.

— OK. Très bien, finit par lâcher Rhys. Je vais passer le week-end chez mes parents – pas question de rester ici pour supporter cette ambiance de merde. Tu peux commencer à te chercher un appart.

Je me laisse retomber dans le canapé et reste assise, les mains sur les genoux. Je guette son pas lourd à l'étage ; il rassemble ses affaires pour la nuit dans un sac. Des larmes coulent sur mes joues et glissent dans le col de ma chemise qui commençait tout juste à sécher. J'entends Rhys dans la cuisine et je me rends compte qu'il est en train d'éteindre le feu sous la casserole de poivrons. D'une certaine façon, cette petite attention est pire que tout ce qu'il pourrait dire. Je me prends la tête dans les mains.

Après quelques minutes, sa voix retentit juste à côté de moi, me faisant sursauter.

—Il y a quelqu'un d'autre ?

Je lève vers lui un regard voilé par les larmes.

—Quoi ?

—Tu as très bien entendu. Il y a quelqu'un d'autre ?

—Bien sûr que non.

Rhys hésite, puis ajoute :

—Je ne sais pas pourquoi tu pleures. C'est ce que tu veux.

Il claque la porte d'entrée si fort derrière lui qu'on croirait un coup de feu.

Chapitre 2

Choqués par mon soudain célibat, ma meilleure amie Caroline et nos amis communs Mindy et Ivor viennent m'apporter leur soutien et me posent la question que seuls posent les gens vraiment compatissants :

— Tu veux qu'on sorte se bourrer la gueule tous ensemble ?

En ce qui les concernait, Rhys n'était pas porté disparu : il avait toujours considéré mes amis comme *mes* amis, et ne manquait jamais de me faire remarquer que Mindy et Ivor « parlent comme les deux présentateurs d'une émission de télé débile ». « Mindy » est une abréviation de Parminder – elle est indienne. Elle prétend que « Mindy » est son alias dans le monde des Blancs. « Je peux me mêler à vous sans me faire remarquer. Mis à part le fait que je suis bronzée. »

Quant à Ivor, il traîne comme un boulet son prénom, choisi par un père féru de mythologie nordique, à cause du dessin animé *Ivor la locomotive*. À l'université, il a dû supporter que les joueurs de rugby de notre résidence l'appellent « la Loco » et racontent à qui voulait l'entendre qu'il lançait « tchou-tchou ! » dans certains moments d'intimité. Lesdits rugbymen s'amusaient entre autres à se défier de boire leurs urines et leurs glaires. Un jour, ils entraînèrent Ivor à l'étage des filles, et c'est ainsi que nous devînmes une équipe mixte de quatre. Notre compagnie platonique combinée à sa tête rasée, ses lunettes à monture noire et son amour pour les tennis japonaises branchées ont amené bien des gens à supposer qu'Ivor était gay. Depuis, il est devenu programmeur de jeux vidéo et, vu qu'il n'y a quasiment aucune femme dans cette branche, il craint que cette méprise ne lui fasse manquer de précieuses opportunités.

— C'est contre-intuitif, se plaint-il toujours. Pourquoi un homme entouré de femmes devrait-il être homo ? Personne n'a jamais cru ça de Hugh Hefner. Manifestement, je devrais passer mes journées en robe de chambre et en pantoufles.

Comme de toute façon je ne suis pas vraiment prête à affronter la société des bars à cocktails, j'opte pour une soirée à boire les alcools maison, invariablement plus fatals.

Le pavillon de Caroline à Chorlton est toujours notre lieu de retrouvailles, car, contrairement à nous autres, elle est mariée et merveilleusement lotie (je parle de sa maison, pas de son mari – sans pour autant vouloir manquer de respect à Graeme, lequel est absent, parti à l'un de ses fréquents week-ends de golf entre mecs). Caroline est comptable pour une grosse chaîne de supermarchés et gagne très bien sa vie. C'est une vraie adulte – mais, en fait, elle l'a toujours été. À l'université, elle portait des gilets matelassés et était membre du club d'aviron. Quand j'exprimais ma stupéfaction aux autres devant sa capacité à se lever tôt pour faire de l'exercice après une bonne nuit de beuverie, Ivor me répondait d'une voix pâteuse : « C'est un truc de gens de la haute. Les gènes normands. Elle aura toujours besoin de partir à la conquête de quelque chose. »

Il se peut qu'il ait vu juste au sujet de ses ancêtres. Caroline est grande, blonde et a ce qu'on appelle un profil aquilin. Elle prétend ressembler à un tamanoir ; si elle dit vrai, alors elle est un genre de croisement tamanoir-Grace Kelly.

Je suis chargée de couper les citrons verts en rondelles et de saler les bords des verres sur l'impeccable plan de travail en Corian noir luisant de Caroline, pendant qu'elle pile glace, tequila et Cointreau dans un KitchenAid rouge pomme d'amour. Entre deux explosions assourdissantes, Mindy, majestueuse, perchée sur le canapé, nous fait la grâce de nous initier au « Tao de Mindy ».

— La différence entre trente et trente et un, c'est la différence entre l'enterrement et le processus de deuil.

Caroline commence à servir les margaritas.

— Tu compares l'anniversaire des trente ans à un enterrement ?

— L'enterrement de ta jeunesse. Beaucoup d'alcool, de compassion, d'attention et de fleurs, et tu vois tous les gens que tu connais.

— Pendant un moment, nous avons craint que la comparaison ne soit de mauvais goût, fit remarquer Ivor en remontant ses lunettes sur son nez.

Assis par terre, jambes déployées, un bras également tendu, il pointe une télécommande vers un objet en forme de losange – manifestement une chaîne stéréo.

— Tu as vraiment les Eagles là-dedans, Caroline, ou c'est une mauvaise blague ?

— Trente et un ans, c'est comme un deuil, continue Mindy. Parce que, après, avancer est beaucoup plus difficile, mais personne ne s'attend plus à ce que tu te plaignes.

— Oh, nous nous attendons à ce que tu te plaignes, Mind, dis-je en lui passant précautionneusement un verre si peu profond qu'il ressemble à une soucoupe montée sur une tige.

— Les magazines de mode me font me sentir tellement vieille et hors de propos que c'est comme si la seule chose qui me restait à m'acheter, c'étaient des Tena Lady. Ça se mange ?

Mindy cueille la rondelle de citron vert sur le bord de son verre et l'examine.

Cette fille est un mélange déroutant d'aptitudes extraordinaires et de bêtise totale. Mindy a obtenu un diplôme de gestion, insistant pendant toute sa formation sur le fait qu'elle était complètement nulle et qu'elle ne reprendrait certainement pas l'entreprise familiale, qui vendait du tissu à Rusholme. Suite à quoi elle a décroché une mention très bien, puis elle a pris les rênes de l'affaire pour un été, mis au point un système de vente par correspondance et de vente en ligne, quadruplé le chiffre d'affaires, reconnaissant finalement à contrecœur qu'elle avait peut-être la fibre, et une carrière prometteuse. Ce qui ne l'a pas empêchée de commettre la pire bourde au cours de ses dernières vacances en Californie. Quand le guide a annoncé : « Par temps clair, avec des jumelles, on peut observer des baleines d'ici », elle s'est exclamée : « Oh, mon Dieu, on voit jusqu'à la baie de Cardigan en Irlande ? »

— Le citron vert ? Euh… en principe, non, réponds-je.

— Oh. Je croyais que tu l'avais fait mariner dans quelque chose.

J'attrape un autre verre et le tends à Ivor, puis Caroline et moi gagnons nos sièges avec les nôtres.

— Santé, dis-je. À mes fiançailles rompues et à mon avenir sans amour.

— À ton avenir ! gronde Caroline.

Nous levons nos verres, buvons bruyamment, grimaçons un peu – Caro n'y a pas été de main morte sur la tequila qui m'anesthésie les lèvres et me réchauffe l'estomac.

Célibataire. Cela fait tellement longtemps que ce mot ne s'est pas appliqué à moi ; je ne le sens pas encore. Je suis quelque chose d'autre, dans les limbes : marchant sur la pointe des pieds dans ma propre maison, dormant dans la chambre d'amis, évitant mon ex-fiancé et sa profonde déception. Il a raison : c'est ce que je veux, j'ai moins de raisons que lui d'être en colère.

— Comment se passe la cohabitation ? demande prudemment Caroline, comme si elle m'entendait penser.

— Nous n'en sommes pas encore à tendre des cordes de piano au niveau du cou dans l'embrasure des portes. Nous évitons de nous croiser. Il faut que j'intensifie ma recherche d'appart. J'en suis réduite à trouver des excuses pour sortir tous les soirs.

—Comment ta mère a-t-elle pris la nouvelle?

Mindy se mord les lèvres. Elle croit que, étant l'une des deux demoiselles d'honneur désignées, elle était la seule personne aussi emballée que ma mère.

Toujours aussi douée pour les euphémismes, je réponds:
—Pas bien.

Ça a été affreux. Le coup de fil s'est déroulé suivant plusieurs phases. La section «Arrête, ce n'est vraiment pas drôle.» La parade: «Tu as la trouille, c'est naturel.» La suggestion: «Laisse passer quelques semaines, le temps de voir comment tu te sens.» Colère, déni, marchandage, puis – j'espère – une forme d'acceptation. Papa a pris le relais et a demandé si c'était parce que je me préoccupais de ce que ça allait coûter, m'annonçant qu'ils prendraient tous les frais à leur charge s'il le fallait. C'est à ce moment que je me suis mise à pleurer.

—J'espère que ça ne t'embête pas que je pose la question, c'est juste que… tu ne nous l'as jamais dit…, commence Mindy. En fait, qu'est-ce qui a provoqué la dispute qui vous a décidés à rompre, Rhys et toi?

—Oh…, dis-je. Macclesfield Elvis.

Le silence se fait. Notre paramètre par défaut déconne. Comme la fin de ma relation à la durée épique n'a eu lieu qu'une semaine auparavant, personne ne sait bien encore ce qui est approprié. C'est comme après n'importe quelle grande tragédie: à quel moment peut-on commencer à faire suivre les blagues par e-mail?

—Tu as couché avec Macclesfield Elvis? dit Ivor. Qu'est-ce que ça fait de se faire prendre par le King?

—Ivor! gémit Mindy.

Je ris.

— Ooooh ! s'exclame soudain Caroline d'une façon qui ne lui ressemble absolument pas.

— Tu t'es assise sur quelque chose ? s'inquiète soudain Mindy.

— J'ai oublié de te raconter. Devine qui j'ai vu cette semaine !

J'essaie de penser à la célébrité censée être en tête de mon top 10. À moins qu'il ne s'agisse de quelqu'un sur qui j'ai écrit un article, mais je passe ma vie à regarder des gens qui, quand ils sont célèbres, le sont pour de mauvaises raisons. Je doute qu'un agresseur sexuel en cavale n'éveille en elle cette joie.

— *Coronation Street*[1] ou Manchester United ? demande Mindy.

Ce sont les deux sources principales de célébrités de la ville – c'est la vérité.

— Ni l'un ni l'autre, répond Caroline. Et la question est destinée à Rachel.

Je hausse les épaules en croquant un glaçon.

— Euh… Darren Day ?

— Non.

— Lembit Opik ?

— Non.

— Mon père ?

— Pourquoi verrais-je ton père ?

— Il pourrait avoir une relation clandestine derrière le dos de ma mère et être venu de Sheffield.

— Auquel cas je te l'annoncerais sous forme de devinette marrante ?

— OK, j'abandonne.

Caroline se renfonce confortablement dans son fauteuil, l'air triomphant.

---

1. *Soap opera* britannique diffusé depuis 1960 et tourné à Manchester. (*Toutes les notes sont de la traductrice.*)

— Ben l'Anglais.

J'ai chaud et froid en même temps, comme si j'avais soudainement attrapé la grippe. Une légère nausée suit de près cette fluctuation de température. Oui, l'analogie tient.

Ivor se retourne pour regarder Caroline.

— Ben l'Anglais ? Qu'est-ce que c'est que ce surnom ? Par opposition à quoi ?

— A-t-il un rapport avec Big Ben ? demande Mindy.

— Ben l'Anglais, répète Caroline. Rachel sait de qui je parle.

Je me sens comme Alec Guiness dans *La Guerre des étoiles* quand Luke Skywalker apparaît devant sa grotte et demande à voir Obi Wan Kenobi. « Voilà un nom que je n'ai pas entendu depuis bien longtemps… »

— Où ça ? dis-je.

— Il entrait à la Central Library.

— Et si vous racontiez à votre vieux « Ivor Deux Jambes » de qui vous parlez ? demande Ivor.

— Je pourrais être « Hindi Mindy », propose Mindy.

Ivor semble sur le point de lui expliquer quelque chose, mais il se ravise.

— D'un copain de la fac, vous vous rappelez ? dis-je en me couvrant la bouche avec mon verre, au cas où mon visage me trahirait. Il était en lettres avec moi. Nous avons souffert ensemble en anglais médiéval. D'où l'Anglais. Ben.

— Mais si c'était un de tes amis, pourquoi Caroline frétille-t-elle comme ça ? s'étonne Mindy.

— Caroline a toujours eu un faible pour lui, expliqué-je, heureuse que ce soit la vérité, même si j'en avais omis une partie – Seigneur, aidez-moi.

— Ah.

Mindy me lance un regard scrutateur avant de reprendre :

— Tu ne peux donc pas en avoir pincé pour lui aussi, vu que vos goûts à toutes les deux en matière d'hommes sont inconciliables.

J'ai envie de l'embrasser.

— Exact ! approuvé-je avec emphase.

— Il est toujours aussi *beau*, s'extasie Caroline – et mon estomac commence à se tortiller tel un crustacé vivant en route pour la marmite dans la cuisine du *Yang Sing*. Il portait un magnifique costume cravate.

— Un *costume*, dis-tu ? Voilà un homme fascinant, intervient Ivor. Quel personnage ! Il faut absolument que j'en sache plus. Oh, attends – en fait non.

— Est-ce que toi et lui avez jamais… ? demande Mindy à Caroline. J'essaie de le resituer…

— Mon Dieu, non. Je n'étais pas assez glamour pour lui. Ni l'une ni l'autre, en fait, il me semble. Pas vrai, Rach ? Un peu coureur de jupons sur les bords. Mais plutôt gentil dans le genre.

— Ouaip, glapis-je.

— Attendez ! Je me souviens de Ben ! Ce mec BCBG, intelligent et sûr de lui ? s'exclame Mindy. Nous pensions qu'il devait être riche, mais en fait, finalement, il était juste… propre.

Elle regarde Ivor, qui mord à l'hameçon.

— Oh, ça me dit vaguement quelque chose. Ce poseur qui…

Ivor relève son col d'un coup sec.

— C'est super beau, ici, ou c'est juste moi ?! s'exclame-t-il.

— Il n'était pas comme ça ! protesté-je en riant nerveusement.

— Tu n'as pas gardé contact ? demande Caroline. Vous n'êtes pas amis sur Facebook ou un truc dans le genre ?

J'ai rompu tout contact avec lui. Les liens entre nous ont été coupés net, comme le ruban à la ligne d'arrivée d'une course.

— Non. Je veux dire ouais. J'ai pas vu Ben depuis la fac.

Et mes sept cent quatre-vingt-une recherches sur Google n'ont donné aucun résultat.

— Je l'ai aperçu à la bibliothèque plusieurs fois ; c'est seulement cette semaine que ça a fait tilt et que j'ai compris pourquoi il me disait quelque chose. Il doit habiter Manchester. Tu veux que je lui dise bonjour de ta part si je le revois, que je lui passe ton numéro de portable ?

— Non ! dis-je sans parvenir à dissimuler la panique dans la voix.

Me sentant obligée d'expliquer ma réaction, j'ajoute :

— Il pourrait avoir l'impression que je lui cours après.

— Si vous n'étiez qu'amis autrefois, pourquoi penserait-il ça ? demande Caroline.

Sa question est assez pertinente.

— Je suis célibataire après tellement longtemps. Je ne sais pas, ça pourrait être mal interprété. Et je ne cherche pas à… Je ne veux pas que ça ait l'air de « voici ma copine célibataire qui veut que je distribue son numéro de portable à tous les hommes dans la rue », baratiné-je.

— Mais enfin, je n'allais pas le tagger dans une cabine téléphonique ! proteste Caroline.

— Je sais, je sais, excuse-moi, dis-je en lui tapotant le bras. Je manque tellement, tellement d'entraînement dans ce domaine.

Silence. Sourires compatissants de Mindy et Caroline.

— Je te brancherai sur des canons quand tu seras prête, promet Mindy en me tapotant le bras.

— Waouh ! s'exclame Ivor.

— Quoi ?

— Vu les hommes avec lesquels tu sors, j'essaie d'imaginer ceux que tu refiles. Mon cerveau m'envoie ce message : « Le serveur a compris votre requête mais refuse d'y accéder. »

—Oh, venant de toi, avec tes grosses pouffiasses, c'est *gonflé*.

—Non, c'était Bruno Biscoto qui était gonflé, tu te rappelles?

—Hum, il avait aussi un joli derrière.

—Et voilà, interrompt Caroline. T'avons-nous remonté le moral? Te sens-tu mieux?

—Oui. Je baigne dans une sorte de halo nucléaire, dis-je.

—Un peu plus de granité pour grandes personnes? propose Caroline.

Je tends mon verre.

—Des litres, s'il te plaît.

CHAPITRE 3

J'ai rencontré Ben à la fin de notre première semaine à l'université de Manchester. Je l'ai d'abord cru en deuxième ou troisième année, vu qu'il se trouvait derrière les tables montées par les anciens sur des tréteaux dans le bar de mon bâtiment à la résidence universitaire, où ils devaient nous distribuer nos cartes de logement étudiant. En fait, il avait commencé dans la file, comme moi. Ensuite, avec cette exubérance et cette générosité qui le caractérisaient, Ben avait proposé son aide et sauté par-dessus les tables quand ceux qui procédaient à la distribution s'étaient plaints d'être en sous-effectif.

Je n'aurais quant à moi pas dû être debout, mais ma gueule de bois m'avait réveillée pour m'annoncer que j'avais désespérément besoin de Ribena. Les alentours de mon bâtiment étaient aussi déserts à 9 heures du matin que si ça avait été l'aube. Buvant à la bouteille tout en revenant des boutiques dans le soleil d'automne, j'aperçus une petite file d'attente qui serpentait par la double porte du bar. Étant anglaise et en première année, j'ai jugé prudent de la rejoindre.

Quand vint mon tour et que l'espace se libéra devant Ben, je m'avançai.

Son expression légèrement surprise mais pas du tout mécontente semblait dire : « Oooh, et tu es qui, toi ? »

Je fus surprise à mon tour, d'autant plus que, je ne sais pas trop pourquoi, il n'y mit aucune réserve. Les bons jours (ce n'en était pas un), je m'arrangeais plutôt correctement ;

on ne m'avait néanmoins pas souvent regardée comme ça. C'était comme si quelqu'un avait lancé la musique sur un signal, ébouriffé mes cheveux, pointé un projecteur sur moi et crié : « Action ! »

Ben n'était pas du tout mon genre. Un peu maigre, un peu stéréotypé avec ses yeux de biche bruns et sa mâchoire carrée, un peu chiant, comme aurait dit Rhys – il venait d'entrer dans ma vie, ainsi que sa conception arrêtée du monde, qui, petit à petit, se substituait à la mienne. À en juger par ce que je pouvais voir de sa moitié supérieure, sa tenue de sport laissait supposer qu'il en faisait vraiment. Pour la fille de dix-huit ans que j'étais, les hommes séduisants jouaient de la guitare, pas au football. Ils étaient dépenaillés et sombres, avaient une barbe de trois jours et – amendement récent consécutif à des recherches sur le terrain – des poils sur le torse, si abondants qu'une gerbille n'y retrouverait pas ses petits. Mais, tout de même, j'avais l'esprit suffisamment ouvert pour admettre que Ben pouvait être le genre de bien des gens, ce qui rendait son attention sacrément flatteuse. Les nuages bas de ma gueule de bois commencèrent à prendre de l'altitude.

Ben dit :

— Salut.

— Salut.

Un battement, pendant lequel nous nous sommes souvenus de ce que nous faisions là.

— Nom ? dit Ben.

— Rachel Woodford.

— Woodford… W…

Il se mit à fouiller dans des boîtes contenant les cartes.

— J't'ai eue.

Il sortit un rectangle en carton sur lequel figurait le nom de notre bâtiment et était collée une photo d'identité. J'avais oublié que j'en avais envoyé une poignée issue d'une séance peu flatteuse dans le Photomaton d'un centre commercial.

Très mauvaise journée, Meadowhall, syndrome prémenstruel. J'ai l'air de m'être réveillée pendant ma propre autopsie. J'aurais dû me douter que ces clichés reviendraient me hanter.

— Ne te moque pas de ma photo, me hâtai-je de dire, ce qui eut l'effet inverse.

Ben la regarda attentivement.

— J'ai vu pire aujourd'hui.

Il glissa ma carte dans une machine, la ressortit plastifiée et l'inspecta de nouveau.

— Je sais, elle est un peu sinistre, dis-je en tendant la main. On dirait que j'essaie de pondre un fruit du dragon.

— Je ne sais pas ce qu'est un fruit du dragon. Enfin, à part être un fruit, j'imagine.

— C'est hérissé de piquants.

— Ah, OK. Ouais. J'imagine que ça doit piquer un peu.

Eh bien. On pouvait dire que tout se passait à merveille. Leçon de séduction n° 101 : débrouillez-vous pour que le prince charmant vous visualise en plein effort sur la cuvette.

Au fait, cela était tiré directement de la compil de mes meilleurs succès. Typiquement Rachel, La Crème de Rachel, Rachel, tout simplement. Soumise à la pression, la fonction du langage de mon cerveau est aussi imprévisible qu'une machine à sous. Tirez sur la manette, relâchez – elle balance n'importe quelle combinaison de mots.

Ben m'adressa un sourire qui se transforma en rire. Je lui rendis son sourire.

Il maintint la carte hors de ma portée.

— Tu es en lettres ?

— Oui.

— Moi aussi. Je n'ai aucune idée d'où je suis censé aller demain pour l'inscription. Tu sais, toi ?

Nous convînmes qu'il passerait me chercher le lendemain matin et que nous parcourrions ensemble le bâtiment des arts. Je lui griffonnai mon numéro de chambre sur la première chose qui me passa sous la main, à savoir un sous-bock spongieux. Je regrettai d'avoir passé la soirée de la veille à me vernir les ongles chacun d'une couleur différente, ce qui, à la lumière du jour, faisait vraiment idiot. En dessous, j'écrivis «Rachel» en majuscules, avec la même application que si j'avais copié mon nom sur une étiquette pour mon portemanteau à l'école primaire.

— Au sujet de la photo, dit-il en le prenant. Tu es bien, mais pense à remonter le siège, la prochaine fois. Là, ça fait un peu Ronnie Corbett.

Je la ressors pour vérifier. Effectivement, il y a au moins cent mètres carrés de blanc au-dessus de ma tête ébouriffée.

Je rougis et éclate de rire.

— Fais tourner, articula silencieusement Ben en faisant pivoter un siège imaginaire de Photomaton.

Je rougis et m'esclaffe de plus belle.

— Je m'appelle Ben. À demain.

Tel un agent de la circulation, il me fit signe d'une main de me décaler et indiqua de l'autre main à la personne suivante d'avancer, faussement impérieux.

Alors que je contournais la file, je me demandai si la fille bien élevée de la chambre voisine de la mienne était de trop bonne famille pour se risquer à m'accompagner pour un petit déjeuner reconstituant dans un des rades autour du campus. Au moment de sortir, sur une impulsion, je jetai un regard vers Ben ; je le surpris en train de me suivre des yeux.

CHAPITRE 4

S ur certains lieux de travail, les employés disposent sur leur bureau des photos encadrées de leur famille, un gobelet rempli de ces crayons gadgets surmontés de touffes de poils bariolées et une tasse à leur nom. De temps en temps, ils fondent en larmes aux toilettes, se font des confidences, et n'importe quel scoop a fait le tour du bureau avant la deuxième tournée de bouilloire matinale. Des mots comme « fibrome », « antidépresseur » et « pris en flag vêtu d'une de mes robes » circulent dans la plus grande transparence.

L'endroit où je travaille n'a rien à voir. La cour de la Couronne de Manchester grouille de gens affairés et efficaces, et bruisse du froufrou des toges et de messes basses où s'échangent des informations cruciales. L'ambiance est résolument masculine, ce qui n'encourage pas les confidences n'ayant pas trait aux affaires en cours. J'ai donc dissimulé les preuves physiques de mes déboires relationnels sous un peu plus de maquillage, carrant les épaules et fonçant dans la bataille, me félicitant pour la fine couche de lustre que m'assurent mon expérience et mes compétences.

Debout devant le distributeur de boissons de la cour de la Couronne, j'attends que son fameux café au goût de bouse finisse de goutter dans un de ces gobelets en plastique trop fins pour empêcher que le liquide ne vous brûle le bout des doigts. Soudain, j'entends :

— Alors, Woodford ! Y en a qui ont passé un bon week-end, on dirait ! Vous avez l'air rétamée !

Aaah, Gretton. J'aurais dû me douter qu'il réduirait mes illusions à néant.

Pete Gretton travaille en freelance comme pigiste pour diverses agences de presse, sans être attaché à aucune en particulier. Il ratisse les listes en quête des affaires les plus sinistres ou ridicules et vend celle de ces deux catégories qui remporte la palme au plus offrant, me collant souvent aux basques et ruinant tous mes espoirs d'une exclusivité. Les désastres et la misère sont son gagne-pain. Pour être juste, cela vaut pour tous les salariés de ce bâtiment, mais la plupart d'entre nous ont la décence de ne pas s'en vanter. Pourtant, aucun meurtre multiple n'est jamais trop macabre au goût de Gretton.

Je me tourne et lui jette un regard las de circonstance.

— Bonjour à vous aussi, Pete, dis-je sèchement.

Il cligne toujours beaucoup des yeux, comme ébloui en permanence par la lumière du jour. Je ne sais pas pourquoi, il me rappelle une espèce de poisson fantomatique que mon père avait découvert un jour caché au fond de la mare de notre jardin. Gretton a évolué de façon à s'adapter aux tribunaux ; il survit simplement en ingérant café, clopes et chaussons à la viande sous Cellophane, et son organisme n'a même plus besoin de la vitamine D diffusée par les rayons du soleil.

— Je plaisante, mon cœur. Vous n'en restez pas moins la plus jolie femme de tout l'édifice.

Une conversation avec Gretton vous donne invariablement envie d'aller vous récurer à l'eau bouillante avec une brosse à poil dur.

— Alors ? Qui est le coupable ? insiste-t-il. Trop de rouge qui tache ? Votre gars qui vous épuise ?

Il ajoute un clin d'œil écœurant.

Je bois une gorgée de café à l'arôme tout frais d'élevage et d'agriculture.

— J'ai rompu avec mon fiancé le mois dernier.

Ses yeux perçants et chassieux trouvent les miens, attendant la chute de ma blague. Comme rien ne vient, il bafouille :

— Oh, mon Dieu… Je suis navré de l'apprendre.

— Merci.

J'ignore si Gretton a une vie privée au sens conventionnel du terme, ou si lui poussent une queue et des cornes à 17 h 30, heure à laquelle il disparaît par une bouche d'égout ouverte dans un nuage phosphorescent digne des meilleurs effets spéciaux. Ce sujet de conversation est certainement un terrain inexploré pour nous deux. L'étendue de nos connaissances sur la vie personnelle de l'autre se résume à :

a) j'ai un fiancé (qu'on peut désormais conjuguer au passé) et

b) il est originaire de Carlisle. Ce qui nous convient parfaitement.

— Vous avez des infos sur l'affaire de trafic d'héroïne de l'aéroport qui commence en salle 9 aujourd'hui ? me demande-t-il en dansant d'un pied sur l'autre. Il paraît qu'ils avaient planqué la came dans des sacs de stomie.

Je secoue la tête et lâche :

— Pour une fois, personne ne pourra nier que la drogue, c'est de la merde.

Il éclate de rire en faisant un bruit de Klaxon, les fiançailles rompues déjà oubliées. Je poursuis sans sourire :

— J'avais l'intention de m'en tenir au crime d'honneur en 1. Vous savez quoi ? Vous couvrez l'héro, moi le meurtre, et on compare nos notes à la mi-temps.

Pete me lance un regard soupçonneux, se demandant quel genre de tactique sournoise peut cacher cette proposition de coopération mutuellement bénéfique.

— Ouais, d'accord.

Même si la morosité des sujets me donne régulièrement le cafard, j'adore mon travail. J'aime évoluer dans un environnement où les règles et les rôles sont clairement définis. Quelles que soient les zones grises dans l'exposé des preuves, le procès se déroule en noir et blanc. J'ai appris à déchiffrer le langage de la salle d'audience, à prédire les accalmies et les rafales dans l'action, à interpréter les chuchotements énigmatiques échangés par les avocats. J'ai établi de bonnes relations avec certains magistrats, je suis devenue experte pour déchiffrer les expressions des membres des jurys et rapide pour m'esquiver avant qu'un énervé assis sur les bancs du public ne me mette le grappin dessus pour m'annoncer qu'il ne veut pas d'un article dans mon journal merdique.

J'écluse la fin de mon café infect et jette le gobelet. Alors que je me dirige vers la salle d'audience numéro 1, une timide voix de femme retentit derrière moi.

—Excusez-moi… Rachel Woodford?

Je me retourne et découvre une fille de petite taille, la tête entourée d'un halo de cheveux crépus couleur paille, un nez légèrement crochu et une expression angoissée. En uniforme de collégienne, on lui donnerait douze ans.

—Je suis la nouvelle journaliste; je suis censée vous suivre aujourd'hui, dit-elle.

—Ah oui.

Je me creuse les méninges, essayant de me souvenir de son nom. Me revient en mémoire une conversation avec la rédaction à son sujet qui me paraît dater de l'ère quaternaire.

—Zoe Clarke, m'informe-t-elle.

—Zoe, bien sûr. Désolée, j'ai le cerveau un peu embrumé ce matin. Je couvre le procès pour meurtre aujourd'hui. Ça vous dit?

—Oui, merci!

Son sourire est aussi lumineux que si je lui avais proposé un week-end de randonnée dans la région des lacs.

—Alors allons regarder des gens en perruque se disputer, dis-je, avant d'ajouter en désignant Gretton qui s'éloigne: Et méfiez-vous de cet homme en sueur, il vient en ami et repart avec votre sujet.

Zoe rit. Elle apprendra.

CHAPITRE 5

À l'heure du déjeuner, j'ouvre mon ordinateur portable
dans la salle de presse – un bien grand mot pour désigner
une cellule sans fenêtre aux murs jaunis par la nicotine, perdue
dans les entrailles de la cour de la Couronne, dont le mobilier
consiste en un bureau plaqué bois, quelques chaises et un
meuble de classement cabossé – et consulte mes e-mails. Un
message instantané de Mindy apparaît sur mon écran.

Tu peux parler ?

Je tape « Oui » et presse « Entrée ».

Mindy n'aime pas envoyer d'e-mail quand elle peut parler,
parce qu'elle adore parler, et elle tape en phonétique. Elle
écrivait souvent « Vwalah » dans les messages qu'elle nous
adressait à Caroline et moi ; nous l'avons longtemps pris pour
un mot hindou jusqu'à ce que nous nous décidions à poser
la question… pour finalement apprendre qu'il s'agissait de
« *Voilà* [*] ».

La sonnerie de mon téléphone retentit.

— Salut, Mind.

Je me lève et sors de la salle de presse.

— Tu as trouvé un appart ?

---

[*] Les mots en italique suivis d'un astérisque sont en français dans le texte.

—Non, soupiré-je. Je continue de regarder sur Internet en espérant que les prix dégringolent comme par magie grâce à une soudaine crise immobilière.

—Tu cherches dans le centre, c'est ça ? Tu n'as rien contre une location ?

Rhys reprend ma part de la maison. J'ai décidé d'utiliser l'argent pour acheter un appartement. Initialement dans le centre, effectivement, histoire de profiter de la vie de la célibataire cosmopolite, mais les prix m'ont vite remis les idées en place. Mindy pense que je devrais louer six mois, le temps de faire le point ; Caroline estime que louer revient à jeter l'argent par les fenêtres. Ivor me propose sa chambre d'amis, heureux d'avoir enfin un prétexte pour mettre dehors Katya, sa locataire barjo et bruyante. Comme le répète Mindy, il pourrait le faire de toute façon s'il « trouvait ses *cojones* ».

—Ouiiii… ? dis-je prudemment.

Mindy a le chic pour passer de prémices raisonnables à un développement complètement délirant.

—Annule ta recherche. Une acheteuse pleine aux as avec laquelle je travaille part pour six mois à Bombay. Elle a un appart dans le Northern Quarter. Je crois qu'il s'agit d'un ancien moulin à coton recyclé ou quelque chose dans le genre. Apparemment, c'est sensas. Elle cherche quelqu'un de confiance pour occuper son appart en son absence. Je lui ai expliqué que tu étais la personne la plus digne de confiance du monde et elle a dit que dans ce cas elle te ferait un bon prix.

—Hum…

Mindy me donne un chiffre, lequel représente pas mal d'argent. Ce n'est pas infaisable, et en tout cas tout à fait raisonnable pour le genre d'endroit dont il est question. *Mais* – la folie galopante de Mindy. L'appartement viendra probablement avec un Maltipoo incontinent répondant au nom de Colonel Gad-Faffy et se nourrissant exclusivement de sushis de thon de première fraîcheur qu'il me faudra sortir quatre fois par jour.

— Ça te dit qu'on aille le voir ensemble après le boulot ? continue Mindy. Elle décolle dimanche et un de ses cousins est intéressé. Mais apparemment il aime un peu trop la poudreuse et elle ne lui fait pas confiance. Tu es donc la grande favorite, ce qui n'empêche pas qu'il va falloir que tu sois rapide.

— Il aime la poudreuse ?

— Tu sais, la coke. La neige. La fée blanche.

— OK.

Je réfléchis. En réalité je cherchais pour plus longtemps que six mois non renouvelables. J'avais pensé à une location de six mois, mais avec possibilité de prolonger le contrat. Néanmoins, cet appartement me permettrait de vivre un rêve tout en cherchant quelque chose de plus réaliste.

— Ouais, OK.

— Génial. Je te retrouve devant *Afflecks* à 17 h 30 ?

— Parfait.

En regagnant la salle de presse, je me rends compte à quel point j'ai traîné les pieds, repoussant le moment de quitter la maison, aussi désagréable que soit la cohabitation. Ma décision de quitter Rhys est sur le point de passer des paroles à l'action, de se faire réalité, avec partage du remboursement de la dette de la maison, division de nos biens matériels, retour chez soi le soir pour trouver des pièces désertes et le gouffre béant d'un avenir vide. Une partie de moi, une partie lâche à la voix stridente, veut crier : « Attendez ! Stop ! Je ne le pensais pas vraiment ! Je veux descendre ! »

La tête me tourne à la perspective de tous ces chamboulements.

Mais je me rappelle le texto que m'a envoyé Rhys il y a quelques jours, disant, sur un ton traduisant autant son chagrin que sa colère :

J'espère que tu cherches un appart parce que pour moi la fin d'une cohabitation dans ces conditions ne viendra jamais assez vite.

Je rouvre mon ordinateur portable d'un coup sec et envisage de retourner me chercher un café à la bouse de vache.

Zoe entre, hésite. Elle dégage un nuage d'électricité statique de nervosité.

—Allez donc vous acheter quelque chose à manger. Vous pouvez laisser vos affaires ici, si vous voulez, dis-je.

—Merci.

Elle pose son manteau et son sac et place précautionneusement son calepin sur la table.

—À moins qu'aller déjeuner au pub ne vous tente ? hasardé-je, pas très sûre de l'origine de cette soudaine magnanimité.

Peut-être que j'essaie d'expier pour la peine que j'ai infligée à Rhys, même s'il n'y aura jamais assez d'entrées dans la colonne des bonnes actions du Grand Livre de la Vie pour compenser.

—Avec grand plaisir !

—Donnez-moi cinq minutes et je vous montrerai pourquoi *Le Château* s'est vu octroyer le titre de « pub le plus proche du tribunal ».

Zoe hoche la tête et s'assied pour transcrire ses notes. J'y jette un œil tout en tapant. J'en étais sûre – sa sténo est si parfaitement formée que vous pourriez photocopier ses notes pour les utiliser en exemple dans les manuels.

Gretton entre d'un pas nonchalant en plissant les yeux. Son regard passe de moi à Zoe avant de revenir sur moi.

—Qu'est-ce qui se passe ? C'est la journée « J'amène ma fille au boulot » ?

Zoe lève les yeux et sursaute.

—Bienvenue dans la famille, lancé-je à Zoe. Considérez Gretton comme l'oncle qui vous ferait sauter sur ses genoux.

CHAPITRE 6

Quand nous arrivons au pub, je prie Zoe de m'excuser de ne pas boire d'alcool. J'ai l'impression de trahir ma profession par mon abstinence. Dans toutes les rédactions circulent des contes sur d'incroyables bêtes mythiques des temps anciens, capables de boire des tonneaux d'alcool et néanmoins finir leurs articles à temps, se lever aux aurores le lendemain et de remettre ça. Ces hommes sont des légendes, généralement parce qu'ils meurent avant d'avoir atteint la cinquantaine.

— Au mieux, entre le chauffage et le bourdonnement des voix monotones, les procès sont soporifiques. Si je picole, je risque de me mettre à ronfler, expliqué-je.

— Oh, ne vous inquiétez pas. Je suis un poids léger, dit Zoe. Je prendrai aussi un Coca Light.

Nous parcourons les menus plastifiés, découragées. La carte du *Château* a manifestement été rédigée par des directeurs de marketing qui se croient diplômés en humour. Nous tentons de sauver notre dignité en pointant du doigt les plats choisis à l'intention du serveur morose. Des clous.

— Je suis astigmate, m'explique-t-il sur un ton qui sous-entend que je devrais le savoir.

— Oh, dis-je, troublée, avant d'emprunter la dernière porte de sortie. Alors nous prendrons toutes les deux l'assiette de charcuterie.

— La Nue, la Cochonne ou la Super-Cornichon ?

Et merde.

—La Cochonne, marmonné-je, vaincue. Et la Nue pour elle.

—Avec ou sans fromage ? soupire-t-il d'un air las qui suggère que tous les malheurs du monde sont dus aux clients qui réclament l'option fromage.

Nous optons pour le fromage, mais déclinons la sauce salade spéciale du chef, vu que nous n'avons pas eu le plaisir d'être présentés.

Zoe et moi discutons de tout et de rien, débattant du nombre d'octaves de la tessiture de Mariah Carey et de l'intérêt des télévisions multiples, tandis que deux assiettes sont posées brutalement devant nous. Aussitôt sa dernière bouchée avalée, Zoe annonce :

—Voici ce que j'ai écrit.

Elle se frotte les mains pour en faire tomber les miettes, sort un calepin à spirale de son sac et l'ouvre à la bonne page.

—J'ai tout réécrit au long.

Je ressens une pointe d'agacement à l'idée de devoir jouer les mentors avant même d'avoir fini mon repas ; je ravale néanmoins mon irritation avec une bouchée de fromage caoutchouteux et parcours son papier des yeux, m'attendant, peut-être pas à un torchon, mais au mieux à une copie médiocre. Mais c'est bon. En fait, son style est même très fluide et assuré pour une première fois.

—C'est vraiment bien, commenté-je en hochant la tête, et le visage de Zoe s'éclaire d'un grand sourire. Vous avez le bon angle, à savoir que le père et l'oncle ne nient pas être allés voir le petit copain.

—Et si quelque chose de plus intéressant est révélé cet après-midi ? Est-ce qu'on doit suivre sa première impression ?

—Possible, mais peu probable. La roue tourne assez lentement. Nous n'arriverons probablement pas à la preuve du petit copain cet après-midi.

Je rends son calepin à Zoe.

— Ça fait combien de temps que vous travaillez ici ? demande-t-elle.

— Trop longtemps. J'ai étudié à Manchester et suivi ma formation à Sheffield, puis j'ai intégré l'*Evening News* comme stagiaire.

— Vous aimez le tribunal ?

— Eh bien, oui, en fait. J'ai toujours été plus douée pour rédiger les sujets que pour les trouver, donc ça me convient. Et les affaires sont généralement intéressantes.

Je marque une pause, inquiète de passer pour l'amatrice de macabre qui descend de voiture pour lire les mots accompagnant les bouquets sur le bord des routes.

— Évidemment, parfois, c'est moche.

— Et c'est comment au journal ? Le directeur de la rédaction m'a paru assez effrayant.

— Oh, oui.

Du plat de mon couteau, je repousse un amas de salade de chou qui a dû séjourner trop longtemps au réfrigérateur.

— Traiter avec Ken, c'est comme se battre avec un crocodile. Nous avons tous des traces de morsures à exhiber en guise de preuve. Est-ce qu'il vous a déjà posé la question des octuplés ?

Zoe secoue la tête.

— Une femme a des octuplés, ou des nonuplés, peu importe. Vous décrochez la première interview après la naissance, alors qu'elle est encore shootée aux calmants. Quelle est *la* question que vous ne partez pas sans avoir posée ?

— Euh… Ça fait mal ?

— Aurez-vous d'autres enfants ? Elle essaiera probablement de vous balancer un vase dans la figure, mais c'est justement là qu'il veut en venir. Vous êtes journaliste. Pensez toujours en tant que telle. Cherchez l'info.

— OK, dit Zoe en fronçant les sourcils. Je m'en souviendrai.

Je ressens le vain élan de vouloir éviter aux autres les nombreuses bourdes du débutant ; on sait qu'ils feront les leurs, originales, mais on essaie de les sauver quand même.

— Ayez confiance en vous, ne racontez pas de conneries et, si vous avez foiré et que ça va se savoir, avouez. Cela ne vous épargnera peut-être pas un savon de Ken, mais il vous croira la fois d'après si vous dites que ce n'est pas votre faute. Le mensonge est sa *bête noire**.

— OK.

— Ne vous inquiétez pas, la rassuré-je. Tout ça peut sembler un peu impressionnant au début, mais ensuite on finit par voir que l'expérience humaine se réduit à une douzaine de types de sujets, et par savoir exactement comment la rédaction voudra qu'ils soient rédigés. Bien sûr, c'est le signe qu'on a acquis le cynisme nécessaire et qu'on devrait passer à autre chose.

— Qu'est-ce qui vous a donné envie de devenir journaliste ? demande Zoe.

— Ah ! Lois Lane.

— Sérieusement ?

— Oh que oui. La brune couillue, qui tient tête à son boss, propriétaire d'un penthouse où elle déambule en déshabillé bleu vaporeux. Et elle sort avec Superman. Ma mère me mettait les films avec Christopher Reeve quand j'étais malade et que je manquais l'école. Je les regardais en boucle. « Vous me tenez ? Mais qui vous tient, vous ? » Du pur génie.

— Comme c'est bizarre… Nous prenons parfois des décisions essentielles en nous fondant sur les critères les plus étranges et aléatoires, fait remarquer Zoe en aspirant son Coca jusqu'à ce qu'il gargouille. Par exemple, si votre mère vous avait passé *Batman*, nous ne serions peut-être pas assises ici.

— Mmm, marmonné-je indistinctement avant de changer de sujet.

CHAPITRE 7

G râce à son manteau violet et ses chaussures rouges, je repère Mindy à cent mètres. Elle est comme une percée de soleil bollywoodien à côté de mon look noir et blanc terne, très cinéma social britannique des années 1960.

Elle appelle ça ses tendances de pie indienne – elle ne peut pas résister aux couleurs des pierres précieuses ni aux objets brillants. Chez elle, ce sont toujours les cheveux qui brillent le plus. Depuis que je la connais, elle utilise le même shampoing à la noix de coco à 99 pence qui laisse un halo de lumière autour de son carré noir réglisse. Je m'en suis servie une fois et j'ai fini avec des extensions en acrylique qui paraissaient faites avec du foin.

En m'apercevant, elle se met à balancer une clé au bout d'un ruban, tel un hypnotiseur avec son pendule.

— Pas trop tôt !

Mindy ne plaisantait pas en disant que c'est central. Cinq minutes plus tard, nous sommes debout au pied d'un bâtiment en brique rouge datant de l'époque victorienne, autrefois temple du dur labeur ouvrier transformé depuis en logements élégants pour nantis.

— Quatrième étage, annonce mon amie en levant les yeux. J'espère qu'il y a un ascenseur.

Il y en a un, mais il est hors service, et nous montons en haletant plusieurs volées de marches, les talons battant de concert.

— Pas de parking, me rappelle Mindy. Rhys garde la voiture ?

— Oh, oui. Vu comment se sont déroulées les négociations jusqu'à présent, je suis heureuse que nous n'ayons ni animaux ni enfants.

Mon esprit me ramène à des heures de ma vie que je paierais cher pour oublier. Nous nous sommes assis pour décider comment partager deux vies totalement imbriquées, moi disant, efficace : « Prends ! Prends tout ! », et Rhys répliquant d'un ton brusque : « Ça compte donc si peu pour toi ? »

Mindy glisse la clé dans la serrure de l'appartement n° 21 aux allures impersonnelles et pousse la porte.

— Ben, putain ! souffle-t-elle avec révérence. Elle m'a dit que c'était sympa, mais je ne me doutais pas que ce serait sympa à ce point.

Nous avançons jusqu'au milieu d'une vaste pièce aux murs de briques apparentes. Un désert de plancher blond s'ouvre devant nous. Des lampes en papier verticales jettent de-ci de-là des ronds de lumière jaune miel ; elles ressemblent à des chrysalides extraterrestres dont on a l'impression qu'un membre de Spinal Tap pourrait jaillir en les déchirant. Dans le coin salon, le canapé en L semé de coussins dans les tons ivoire et beiges évoque une étendue de toundra enneigée. Mentalement, je tire un trait sur tous les repas impliquant sauce soja, vin rouge et chocolat. Voilà qui me fout en l'air à peu près tous mes vendredis soir.

Mindy et moi fouinons un peu partout, soufflant des « waaaoouuh » et pointant le doigt tels des zombies en découvrant le lavabo en verre de la salle de bains, le lecteur CD encastré dans le mur, le lit queen-size et son couvre-lit de soie argentée, ou le frigo Smeg couleur glace à la fraise. On imagine bien vivre ici un personnage de film interdit aux moins de douze ans. Le genre d'histoire dont tous les protagonistes seraient invraisemblablement beaux et feraient des boulots manifestement peu contraignants mais lucratifs laissant beaucoup de temps pour des brunchs relax et des parties de jambes en l'air déchaînées.

— Je ne suis pas sûre d'adorer, dis-je en indiquant un tapis devant le canapé.

On dirait la peau d'un animal qui devrait être en train de se pavaner majestueusement dans le parc national du Serengeti, plutôt que de traîner étendu sur le ventre sous une table basse de chez Heal's. Les plaques de poils rêches brun-roux me retournent l'estomac.

— Ça a une queue et tout. Brrrr.

— Je verrai si tu peux le ranger dans un coin, dit Mindy en hochant la tête.

— Dis-lui que je suis allergique aux… bisons ?

C'est un faux, essayai-je de me rassurer. *Sûrement.*

Debout au milieu du salon, nous exécutons quelques rotations à trois cent soixante degrés, bouche ouverte. Je devine que Mindy est déjà en train d'organiser une fête. D'ailleurs, au cas où nous aurions eu un doute quelconque sur le but premier de l'appartement, le mot « FÊTE » se détache en grosses lettres dorées et polies sur le mur. Je remarque également une affiche dans le style pop art à la Warhol, sur laquelle une jeune femme indienne à la géométrie faciale redoutable baisse les yeux impérieusement dans quatre déclinaisons de couleurs différentes.

— C'est elle ?

Mindy me rejoint.

— Ouais. Rupa a un ego de la taille de l'Arndale. Tu vois ce nez ?

— Celui qu'elle a au milieu du visage ?

— Mmm. Cadeau d'anniversaire pour ses seize ans. Avant…

Mindy pose un doigt sur l'arête de son nez et dessine une courbe s'achevant sur sa lèvre supérieure.

—Vraiment?

Je me sens un peu coupable de discuter des interventions esthétiques subies par une femme dans son appartement.

—Son père est un des plus grands chirurgiens esthétiques du pays, alors elle a des réduc. Bon, qu'est-ce que tu penses donc de l'appart? me demande-t-elle de façon un brin redondante.

—Je me sens comme dans cette pub où la vie ordinaire défile à travers une bouteille de vodka et où tout devient plus palpitant.

—Je m'en souviens. Cela dit, moi, elle me faisait aussi penser aux gens avec lesquels on a couché trompé par les lunettes déformantes de l'alcool. Je lui dis que tu le prends? Que tu t'installes samedi?

—Qu'est-ce que je vais faire de mes affaires?

Je me mâchouille la lèvre en regardant autour de moi. J'ai le sentiment que je vais gâcher la déco rien qu'en m'asseyant.

—Tu en as beaucoup?

—Des vêtements, des livres. Et… de la vaisselle.

—Des meubles?

—Oui. De quoi remplir une maison de quatre pièces.

—Tu y tiens vraiment?

Je réfléchis. Il y en a que j'aime assez. Je les ai choisis, après tout. Néanmoins, dans le cas d'un incendie domestique, je ne me vois pas me jeter sur l'occasionnelle table basse gigogne ou le canapé Ikea rouge défraîchi pour les sauver des flammes.

—Je te demande ça parce que tu pourrais négocier avec Rhys de les lui vendre. Tu as dit qu'il gardait la maison? Ça va lui coûter cher de racheter les plus gros meubles, sans parler de l'embêtement. Toi, avec l'argent, tu pourrais les racheter plus tard, en fonction de ton futur appart. Ou bien tu pourrais vendre tout ce que tu as et t'acheter un meuble extraordinaire, genre un fauteuil lounge Eames ou un fauteuil œuf Conran.

Le paradoxe Mindy: sens et non-sens partageant une chambre double – voire un lit.

—J'imagine que je pourrais. Cela dépend de ce que Rhys désire le plus : me voir dégager ou me compliquer la vie. Difficile à départager.

—Je peux lui parler, si tu veux.

—Merci… Je vais tenter le coup d'abord.

Nous nous approchons de la fenêtre qui offre une vue imprenable sur les toits de la ville et les lumières clignotant dans la nuit tombante.

—Qu'est-ce que c'est glamour…, soupire Mindy.

—Trop glamour pour moi, peut-être.

—Et si tu n'essayais pas de te convaincre de renoncer à quelque chose qui pourrait te faire du bien pour une fois ?

—Je fais ça, moi ?

—Un peu, répond Mindy en me passant un bras autour de la taille. Tu as besoin d'un changement de décor.

Je l'enlace à mon tour.

—Merci. Et quel décor…

Nous admirons la vue un moment en silence.

Je pointe le doigt vers la vitre.

—Attends, là, serait-ce… ?

—Quoi ?

Mindy plisse les yeux.

—… Swansea ?

—Va te faire foutre.

Chapitre 8

Mindy doit rentrer chez elle travailler sur des rapports pour une réunion demain. Nous nous saluons donc une fois sur le trottoir. Sur le chemin de l'arrêt du bus qui me ramènera à la maison, je me rends compte que mes pieds m'entraînent vers la Central Library. Quelques jours plus tôt, en traînant chez Waterstones, il m'est venu à l'esprit que, si je décidais d'apprendre l'italien, je pourrais aller à la bibliothèque réviser pour les cours du soir auxquels je vais sans aucun doute m'inscrire bientôt. Ensuite, si je tombe sur Ben, ce sera grâce à la chance. Juste un petit coup de pouce du destin.

Arrivée en vue de l'édifice, je me redresse, gagnant ainsi plusieurs centimètres. En entrant, je m'efforce de ne regarder personne, ni à gauche ni à droite, puis, n'y tenant plus, je darde le regard en tous sens tel un petit arnaqueur à l'affût. L'atmosphère de la Central Library est si révérencieuse qu'on se croirait dans une cathédrale – un lieu si calme et cérébral que votre QI augmente rien qu'en y pénétrant.

Une fois à l'intérieur, je sors de mon sac les livres *Buongiorno Italia!* que je me trouve avoir sur moi, me sentant profondément ridicule. OK, donc… Waouh, pour une langue romantique, ça a l'air beaucoup plus difficile que je ne l'aurais cru. Après dix minutes de verbes intransitifs, je me sens assez intransitive moi-même. Essayons un peu d'italien de base : Réserver une chambre… Faire les présentations… et mon esprit vagabonde déjà…

* * *

Le premier jour de cours, Ben frappa à ma porte de bonne heure et de bonne humeur – quoique pas assez tôt pour devancer Caroline, si matinale qu'à côté d'elle les coqs sont des gros fainéants. Faisant la moue devant le minuscule miroir cloué au-dessus de mon lavabo, j'étais en train de me passer anxieusement un pinceau à blush sur le visage pour lui donner une teinte bruyère écossaise-coup de soleil anglais. Assise sur mon lit, Caroline étira ses jambes de flamant rose, serrant précieusement un mug rempli de thé entre ses mains. J'avais été extrêmement soulagée de découvrir que les filles de ma résidence n'étaient pas les créatures noctambules de mes cauchemars, folles, expérimentées et à la libido débridée, mais des adolescentes aussi nerveuses et excitées que moi, qui combattaient la solitude et leur peur de l'inconnu à coups de petites douceurs maison et autres objets réconfortants apportés de chez elles.

— Qui vient te chercher, déjà ? me demanda Caroline.

— Un mec de mon cours. Celui qui m'a donné ma carte d'étudiant.

— Et… il est sympathique ?

— Il a l'air très sympathique, dis-je sans réfléchir.

— *Sympathique* sympathique ?

J'hésitai à satisfaire sa curiosité. Nous n'étions amies que depuis une semaine et, même si elle paraissait saine d'esprit, je ne tenais pas à découvrir brutalement le contraire quand elle commencerait à yodler « Ma copine t'aime beaucooooooouuuuup ! » dans les couloirs.

— Ouais, assez sympathique, concédai-je d'un ton détaché qui suggérait que c'était à prendre ou à laisser.

— Sympathique comment ? insista-t-elle.

— Acceptable.

—Je suppose que je ne peux pas m'attendre à ce que tu te charges d'un examen plus approfondi, fit remarquer Caroline en jetant un coup d'œil à la photo de Rhys et moi sur mon bureau.

Elle avait été prise au pub. Nous nous étions tous deux serrés dans le cadre pendant que je brandissais l'appareil au-dessus de nous. Nos têtes étaient appuyées l'une contre l'autre – son fouillis de cheveux noirs se mêlant à mes cheveux bruns raides, si bien qu'il était difficile de dire où il terminait et où je commençais. *Rhys et Rachel. Rachel et Rhys.* Évidemment, nous jouions avec l'allitération. Je rêvais des deux R entrelacés sur nos faire-part de mariage – mais je me serais collé le canon d'un revolver sur la tempe s'il l'avait découvert.

Je suivis le regard de Caroline et un petit frisson me parcourut. Tout était nouveau et passionné, et aussi instable que le sont en général les choses nouvelles et passionnées. Soixante kilomètres nous séparaient. L'entendre dire qu'il voulait que nous continuions à nous voir m'avait rendue complètement euphorique.

Rhys et moi nous étions rencontrés quelques mois plus tôt dans le pub où j'allais tout le temps avec mes copines de terminale. Assises devant nos monacos, nous faisions les yeux doux aux mecs cool qui jouaient dans un groupe de rock local. Ils avaient des voitures et des boulots, et leurs quelques années de plus représentaient un abîme d'expérience et de maturité. Ce culte avait continué de loin pendant longtemps. Ils ne manquaient jamais de compagnie féminine, manifestement satisfaits de garder un troupeau de lycéennes à portée de main. Et puis, un soir, je me suis retrouvée mêlée sans le vouloir à une sorte de duel au juke-box. Chaque fois que je mettais une chanson, Rhys prenait le relais avec un morceau qui reprenait un élément du titre de la mienne. Si je choisissais « Blue Monday », il se levait et sélectionnait « True Blue », et ainsi de suite. (Rhys était dans sa phase ringarde ironique.

Dommage qu'elle ait fini longtemps avant les préparatifs de notre mariage.)

Finalement, après moult gloussements, chuchotements et pièces de vingt pence, Rhys s'approcha à grandes enjambées nonchalantes de ma table.

— Une femme qui a des goûts pareils mérite qu'on lui offre un verre.

Dans un moment de sang-froid que je n'ai plus jamais égalé, j'ai trouvé cette réplique :

— Un homme qui a des goûts pareils mérite de le payer.

Mes amies s'étranglèrent, Rhys rit, et j'eus droit à un Malibu limonade et une invitation pour moi et mes copines à rejoindre le coin du pub qu'ils avaient colonisé. Je n'arrivais pas à y croire : Rhys semblait sincèrement s'intéresser à moi. À partir de là, la dynamique entre nous fut lui, l'homme du monde, et moi, l'ingénue aux yeux écarquillés. Plus tard, je lui avais demandé pourquoi il m'avait couru après ce soir-là.

« Tu étais la plus jolie fille du pub, m'avait-il répondu, et j'avais plein de monnaie dans la poche. »

On frappa à la porte de la chambre. Caroline se précipita.

— Désolé, je me suis trompé de chambre, lança une voix masculine.

— Non, c'est la bonne, pépia Caroline en ouvrant plus grand la porte de façon que Ben puisse me voir et vice versa.

— Ah, dit-il en souriant. J'ai vu défiler un paquet de premières années et de cartes, hier, mais j'étais sûr que tu n'étais pas blonde.

Caroline minaudait, essayant de savoir si cela signifiait qu'il préférait les blondes ou pas. Il me regarda, se demandant certainement pourquoi j'avais la couleur d'une crevette et si j'allais faire les présentations.

— Caroline, Ben, Ben, Caroline, dis-je. On y va ?

Ben dit : « Salut » et Caroline gazouilla : « Bonjour ! » Je me demandai si j'avais envie que La Première Personne

Rencontrée à la Résidence baise avec La Première Personne Rencontrée de ma promo. Je pressentais déjà que non, dans la mesure où je serais mal à l'aise si ça terminait mal, et seule si ça terminait bien.

— Passez une bonne journée, lança Caroline, avec dans la voix une note langoureuse et sexy parfaitement déplacée à cette heure matinale.

Elle sortit de ma chambre d'un pas traînant et regagna la sienne.

J'attrapai mon sac et fermai la porte à clé. Nous allions atteindre le bout du couloir sans encombre quand Caroline m'interpella.

— Eh, Rachel ! À propos de ce dont nous parlions juste avant… « acceptable » n'était pas le bon adjectif. En tant qu'étudiante en lettres, tu devrais le savoir !

— À plus, Caroline ! beuglai-je, mortifiée.

— De quoi parle-t-elle ? demanda Ben.

— De rien, marmonnai-je en songeant que j'aurais aussi bien pu me dispenser de me tartiner de fard.

Avisant la foule agglutinée autour des arrêts de bus, Ben suggéra que nous parcourions à pied le kilomètre et demi qui nous séparait des bâtiments de l'université. Pendant que les voitures passaient en vrombissant sur Oxford Road, nous marchions en donnant des coups de pied dans le tapis de feuilles jaune-brun, comblant les vides de nos biographies – d'où nous étions, quel bac nous avions passé, famille, passe-temps et autres.

Ben avait grandi dans le sud de Londres avec sa mère et sa sœur cadette, son père s'étant fait la malle quand il avait dix ans. Au moment de doubler le bâtiment en béton qui ressemble à un porte-toasts géant, je savais qu'il s'était cassé une jambe en tombant d'un mur à douze ans. Il avait dû passer tellement de temps allongé qu'il avait fini par ne plus en pouvoir de regarder la télé et par dévorer tous les livres de la maison, des grands classiques reliés aux ouvrages de romance historique de sa mère en désespoir de cause, avant de soudoyer sa sœur pour qu'elle aille à la bibliothèque lui chercher de la lecture. Un tibia en miettes fut donc à l'origine de son enthousiasme pour la littérature. Je ne lui confiai pas que le mien venait du fait que je n'avais pas été souvent invitée à jouer les équilibristes sur des murs.

— Tu n'as pas vraiment l'accent du Nord, fit-il remarquer après que j'eus brièvement décrit mes racines.

— C'est l'accent de Sheffield, tu t'attendais à quoi ? Je parie que pour toi le Nord commence à Leicester !

Il rit. Un ange passa.

— Mon copain dit que je n'ai pas intérêt à rentrer avec un accent de Manchester, ajoutai-je.

— Il est de Sheffield ?

— Oui.

Et je ne pus m'empêcher d'ajouter :

— Il joue dans un groupe.

— Sympa.

Remarquant la sincérité respectueuse de Ben, j'appréciai qu'il ne se moque pas des histoires commencées avant la rentrée universitaire et qui ne duraient en général pas plus longtemps que les premiers rhumes de l'automne.

— Tu tentes la relation à distance ?

— Ouais.

— Alors bonne chance. J'en serais incapable à notre âge.

— Ah non ?

— C'est le moment d'explorer et de s'amuser. Entendons-nous bien, une fois que je me poserai, je me poserai. Mais en attendant…

— Tu vas collectionner les sous-bocks, terminai-je à sa place.

Il me fit un grand sourire que je lui rendis.

Alors que nous arrivions en vue des bâtiments de l'université, Ben sortit de sa poche un papier plié où figurait un plan. Je notai que les plis en étaient encore nets, alors que le mien avait atteint le même stade de décomposition qu'un parchemin moyenâgeux, d'avoir été tant de fois manipulé par des mains moites et nerveuses.

— Bon, où est le bureau d'inscription ? demanda-t-il.

Nous penchâmes tous deux la tête dessus, louchant sur les rectangles surlignés en orange fluo, essayant de nous orienter.

Ben tourna la feuille, louchant de plus belle.

— Des suggestions, Ronnie ?

Ma bonne humeur s'évanouit, aussitôt remplacée par de l'embarras. Combien de femmes avait-il rencontrées la veille ?

— C'est Rachel, corrigeai-je froidement.

— Pour moi, tu seras toujours Ronnie.

Notre conversation sur ma photo de passeport ratée me revint. Aussi soulagée que gênée, je ris un peu trop fort. Il avait dû sentir mon malaise, car je perçus une touche de soulagement dans son rire aussi.

Les grandes amitiés prennent en général par surprise, et on ne se souvient pas toujours de leur point de départ. Mais il y eut clairement un déclic à cet instant, et je sus que nous n'allions pas nous séparer poliment une fois remplis nos dossiers et recopiés nos emplois du temps.

Je consultai de nouveau le plan. En me penchant, je sentis le parfum d'agrume de son gel douche. Je pointai un index assuré sur une case.

— Là. Salle C11.

Inutile de préciser que je m'étais trompée et que nous sommes arrivés en retard.

CHAPITRE 9

J e me suis littéralement vidée de mon espoir qui n'a pas
tardé à former une flaque à mes pieds, puis s'est évaporé
jusqu'au plafond de la Central Library où il a rejoint le nuage
de la misère humaine, avant de se perdre dans l'atmosphère
terrestre. Pas de Ben à l'horizon, juste l'indéniable évidence de
mon désir immodéré de le voir. En y réfléchissant, comment
être sûre que Caroline ne s'est pas trompée? Elle porte des
lentilles et, comme les gens d'un certain âge, elle prétend
déjà ne plus distinguer les garçons des filles au look gothique.

Si Ben est venu ici, ça a dû être dans le cadre d'une
visite éclair pour réaliser d'obscures recherches. Depuis, il
a sûrement regagné son chez-lui tout équipé, loin, très loin
d'ici. Je l'imagine poser son sac de voyage Paul Smith sur le
carrelage en damier du vestibule, feuilleter son courrier en
lançant un salut à la chérie de choc qu'il est rentré retrouver
– ignorant qu'une femme qu'il avait connue autrefois se
trouve dans un état tellement pitoyable que, assise à deux
cent cinquante kilomètres de là, elle relit pour la énième fois
en italien la phrase: «Excusez-moi, pourriez-vous m'indiquer
où se trouve l'escalier de la Trinité-des-Monts?» dans une
tentative désespérée de paraître profonde et séduisante.

J'abandonne mon siège et pars me balader autour de la
salle, feignant d'être plongée dans une réflexion hautement
cérébrale et imprégnée de savoir. Le parquet couleur caramel
est si brillant qu'il miroite comme un mirage. Alors que je
laisse courir mes doigts sur le dos des livres, je sursaute en

apercevant un homme brun, probablement la trentaine et des poussières, dos à moi. Il est assis à une des tables disposées entre les bibliothèques qui bordent perpendiculairement la salle – vues du ciel, elles ressembleraient aux rayons d'une roue.

C'est lui. C'est lui. Oh, mon Dieu, *c'est lui*.

Mon cœur bat si fort que j'ai l'impression qu'un urgentiste a passé la main à travers ma cage thoracique sciée pour le masser dans l'espoir de me ressusciter. Je m'avance néanmoins nonchalamment et dépasse son siège. En arrivant au niveau de sa table, je fais mine de trouver un livre qui m'intéresse tout particulièrement, le sors du rayonnage et l'examine. De façon guère convaincante, je pivote distraitement tout en lisant de manière à lui faire face. Ma manœuvre manque tellement de subtilité que j'aurais aussi bien pu lancer un avion en papier dans sa direction et me baisser. Je risque un coup d'œil. L'homme lève les yeux vers moi, ajuste ses lunettes sans monture.

Ce n'est pas lui. Un sac à dos aux couleurs criardes est appuyé près de ses pieds, les ourlets de son pantalon sont resserrés par ces pinces qu'on met pour faire du vélo. Il doit s'agir de la personne que Caroline a prise pour Ben. Complètement découragée, je décide de rassembler mes affaires. C'est chose faite en quelques secondes. Je ne me préoccupe plus d'avoir l'air séduisante et mise cette fois (la dernière), du coup, sur la poisse qui le ferait apparaître.

Qu'est-ce qui m'a pris de venir ici? Ce comportement ne me ressemble pas du tout; j'ai agi de manière complètement irrationnelle, mue par le stress post-traumatique consécutif à ma rupture avec Rhys. J'ignore pourquoi je veux voir Ben et n'ai pas la moindre idée de ce que je lui dirais. Non, ce n'est pas vrai. Je sais pourquoi j'aimerais le voir, mais les raisons ne résistent pas à l'examen.

Un groupe de badauds en polaires et bonnets, visiblement en pleine visite guidée, me bloquent l'accès à la sortie. Avec l'impatience de l'habituée, je bats en retraite et fais un crochet en passant derrière eux. Plongée dans mes pensées, je percute de plein fouet un homme qui vient dans l'autre sens.

— Pardon, dis-je.

— Pardon, marmonne-t-il en retour, dans ce réflexe tout britannique qui vous pousse à vous excuser que l'autre ait à s'excuser.

Afin de pouvoir manœuvrer et nous croiser en exécutant une sorte de petit tango, nous échangeons un regard distrait. Il est absolument impossible que cet homme soit Ben. Je le saurais, je le sentirais s'il se trouvait si près de moi. Je jette néanmoins un coup d'œil à son visage. Mon cerveau enregistre « inconnu », puis corrige en « familier », avec ce bruit étrangement sourd de la révélation.

Oh, mon Dieu! *Le voilà*. LE VOILÀ! Tiré de ma mémoire, il est là, dans le monde réel, en couleurs et haute définition. Ses cheveux sont un peu plus longs que sa coupe rasée des années d'université, mais toujours assez courts pour satisfaire les codes du monde du travail, et, pas d'erreur possible, ce sont ses traits, dont la vue me transporte immédiatement dix ans en arrière. Et, bien qu'il détienne le record de la réapparition la plus attendue et fantasmée, Caroline a raison – il est toujours d'une beauté à couper le souffle.

Il a perdu le gras de bébé et cet air mal dégrossi que nous avions tous à l'époque, s'affinant et gagnant en caractère. Des lignes légères partent en éventail du coin de ses yeux, le pli de sa bouche est légèrement plus dur qu'autrefois. Son jeune corps dégingandé s'est un peu étoffé.

Quelle sensation étrange de me retrouver face à quelqu'un que je connais à la fois si bien et si peu. Lui aussi me dévisage, mais il est possible qu'il me fixe seulement parce que je le fixe. L'espace d'un sinistre instant, je redoute que Ben ne me reconnaisse pas, ou – pire! – qu'il fasse semblant de ne pas me reconnaître. Mais il ne détale pas. Il ouvre la bouche, puis marque un temps d'arrêt, comme pour se rappeler comment utiliser le larynx, le voile du palais et le palais dur pour produire des sons.

—Rachel?

—Ben?

(Comme si je n'avais pas injustement pris de l'avance sur ce quizz.) Il garde le front plissé d'incrédulité, mais sourit, et une vague de soulagement et de joie mêlés me submerge.

—Oh, mon Dieu, je n'arrive pas à le croire. Comment vas-tu? dit-il tout bas, craignant peut-être que nos voix ne portent jusqu'aux étages de la bibliothèque.

—Bien, glapis-je. Et toi?

—Très bien. Enfin, assez abasourdi, là, mais à part ça, bien.

Nous rions, les yeux toujours écarquillés: *c'est fou* – encore plus qu'il ne l'imagine.

—Surréaliste! approuvé-je, cherchant maladroitement à retrouver notre familiarité d'autrefois, comme quand on trébuche dans sa chambre plongée dans l'obscurité et qu'on essaie de se rappeler l'emplacement des meubles.

—Tu vis à Manchester?

—Oui. Dans le quartier de Sale. Sur le point d'emménager dans le centre. Et toi?

—Didsbury. Arrivé de Londres le mois dernier.

Il brandit une mallette, tel le chancelier de l'Échiquier avec le budget.

—Figure-toi que je suis devenu un emmerdeur d'avocat.

—Vraiment? Tu as suivi une formation en vue d'une reconversion professionnelle?

—Non. Je pipeaute. Je brode à partir de tout ce que j'ai assimilé en regardant des films. Comme dans *Attrape-moi si tu peux*.

Son visage ne laisse rien paraître, et je suis tellement sous le coup de la surprise que je mets une seconde à comprendre qu'il plaisante.

—Ah, OK, bafouillé-je.

Je hoche la tête et m'empresse d'ajouter :

— Je suis journaliste. En quelque sorte. Plus précisément chroniqueuse judiciaire pour le *Manchester Evening News*.

— Je savais que tu serais celle qui ferait vraiment usage de son diplôme de lettres.

— Je n'irais pas jusque-là. J'ai rarement l'occasion de donner mon avis sur Thomas Hardy quand je couvre un énième cas de vol de voitures.

— Qu'est-ce que tu fais ici ?

Je sursaute – symptôme classique de la conscience coupable.

— Je veux dire à la bibliothèque, ajoute Ben.

— Oh, euh… je révise pour mon cours du soir. J'apprends l'italien, dis-je.

Bien que mon mensonge me donne envie de m'enterrer à six pieds sous terre, j'aime qu'il suggère chez moi une soif d'apprendre et un désir de m'améliorer.

— Et toi ?

— Je prépare des examens. Ça n'en finit jamais… Au moins, ceux-là signifient que je serai mieux payé.

Le troupeau de polaires se déverse autour de nous. Nous n'allons pas pouvoir poursuivre longtemps cette conversation si nous restons plantés là.

— Euh, tu as le temps de prendre un café ? lâché-je, comme s'il s'agissait d'une idée complètement saugrenue, surgie spontanément dans mon esprit, tétanisée par la peur de le voir se dépêcher d'inventer une excuse.

— Vu que nous avons dix ans à nous raconter, il se pourrait que nous ayons besoin d'en boire deux, répond Ben sans hésiter.

Je rayonne littéralement. Les sans-abri dehors pourraient se blottir autour de moi et se réchauffer les mains.

CHAPITRE 10

Un peu nerveux, nous discutons de nos révisions, réelles et fictives, jusqu'à atteindre la cafétéria à moitié vide en sous-sol. Ben va nous chercher nos cafés, cappuccino pour moi, filtre pour lui. Je m'assieds à une table et essuie mes paumes moites sur ma robe tout en regardant Ben dans la file d'attente.

Plongeant les mains sous son manteau gris style militaire visiblement coûteux, Ben fouille dans les poches de son pantalon en quête de monnaie. Je constate qu'il s'habille toujours comme s'il jouait le rôle principal dans un film sur sa vie. Un avocat n'a absolument pas besoin de ressembler à ça. En fait, Ben devrait être en train de se prélasser sur un yacht, posant pour une publicité pour un after-shave, au lieu de se frotter à la vie ordinaire au milieu de nous autres, pauvres mortels, nous couvrant de honte.

En l'observant, je comprends que ce n'était pas tant son allure qui faisait tomber les filles comme des mouches autour de lui – quoiqu'elle ne gênât en rien. Il a ce que les acteurs appellent de la « présence », et Rhys de l'arrogance. Il se meut comme si ses articulations étaient plus relâchées que la normale. Et puis il y a son humour mordant : remarques légères et rapides, assez inattendues de la part d'un homme aussi séduisant. Généralement, on attend de tout être doué de beauté qu'il soit moins intelligent, histoire de rééquilibrer les choses.

Et pourtant, pendant que je l'observe en sentant mes entrailles se liquéfier, il papote avec la femme d'un certain âge qui sert les cafés, tout à fait naturel, imperturbable. Pour moi, l'événement est monumental. Pour lui, je suis une anecdote historique signalée en bas de page. Cette disparité énorme laisse présager d'énormes ennuis. Si nous étions dans un conte de fées, je serais en train de contempler une bouteille dont l'étiquette indiquerait POISON, tenaillée par une soif insatiable. Le breuvage aura un goût de café au lait.

Ben revient et pose ma tasse devant moi en disant :

— Sans sucre, c'est ça ?

Je hoche la tête, ravie qu'il se rappelle un détail aussi trivial. C'est alors que je repère un nouveau détail qui n'a, lui, rien de trivial – un simple anneau d'argent à son annulaire gauche. Même si je n'ai cessé de me répéter que c'était plus que probable, j'ai tout de même l'impression de recevoir une gifle.

— Tu sais, les Italiens ne boivent de cappuccinos que le matin. C'est une boisson qui se consomme à l'origine au petit déjeuner, lâché-je sans aucune raison.

— Quelque chose que tu as appris à ton cours ? demande aimablement Ben.

— Euh… oui.

Et c'est à ce moment-là que la chance me pète au nez et que j'apprends que la femme de Ben est moitié italienne. Il me débite alors quelques phrases lyriques, et je dois sauver les meubles en prétendant que je n'en suis qu'à mes premières leçons. La *femme* de Ben.

— Tu es restée dans une chambre cryogénique depuis l'université ? poursuit Ben. Tu n'as absolument pas changé. C'est assez flippant.

Soulagée d'apprendre que je n'ai pas l'air ravagée, j'essaie de ne pas rougir exagérément à son compliment implicite.

— Aucun rayon de soleil malfaisant ne pénètre dans les salles d'audience.

—À l'exception de tes cheveux, bien sûr, ajoute-t-il avec un mouvement du tranchant de la main au niveau de son cou.

Je les portais effectivement plus longs à la fac, mais j'ai opté pour un carré professionnel après avoir été confondue à plusieurs reprises avec la petite copine d'un inculpé.

Gênée, je coince une mèche derrière mon oreille.

—Oh, ouais.

—Ça te va bien, dit-il d'un ton léger.

—Merci. Toi aussi, tu as l'air en forme.

Je prends une profonde inspiration.

—Allez, raconte-moi tout. Marié, deux enfants virgule quatre, plan retraite béton ?

—Marié, oui, dit Ben.

—Fantastique ! m'exclamé-je en m'assurant que chaque syllabe sonne résolument enchantée. Félicitations.

—Merci. Olivia et moi avons fêté nos deux ans de mariage le mois dernier.

Mon estomac se noue brièvement en entendant ce prénom. Toutes les minettes BCBG de notre promo s'appelaient Olivia, Tabitha et Veronica, et nous prenions les armes contre elles dans notre lutte anti-snob. Or voilà que ce traître en a épousé une. Je regrette momentanément de ne pas avoir quelque Édouard à brandir en guise de représailles.

—Bien joué, continué-je de baratiner. Alors ? Vous vous êtes offert un mariage en grande pompe ?

—Beurk, non, dit Ben en frissonnant. Bureau de l'état civil de Marylebone. Nous avons loué un vieux bus à impériale et invité à un petit déjeuner de mariage où l'on servait un hachis parmentier gourmet dans une salle au premier étage d'un pub. Un joli – c'est Liv qui l'a choisi. Ce fut tout à fait idyllique, avec les enfants qui couraient dans le jardin – nous avons eu un temps magnifique.

Je hoche la tête et soudain il semble embarrassé.

—Un peu cliché, bobo *and Co*, je suppose, mais ça nous a plu.

—Ça a l'air super.

Et ça a vraiment l'air super. Et cool, et romantique. Cela dit, savoir ce que portait la mariée ne m'intéresse pas, pas plus que voir l'album photo. Bon, d'accord – si, j'aimerais bien.

—Ça l'a été. Pas d'hôtel anonyme ni de DJ avec un faux accent américain, ou trois millions de connaissances mangeant tristement du bout des dents de la viande à la con découpée à la demande qui t'a coûté trois millions de livres – rien de toutes ces bêtises.

—Tu parles d'un budget de 1 livre par tête seulement. Assez serré, en fait.

Ben sourit distraitement. Je devine que les rouages de son cerveau se mettent en branle tandis qu'il se remémore des choses qui n'ont rien à voir avec ma pauvre blague et qu'il ne mentionnera pas.

Pendant une fraction de seconde, sentant son malaise, je m'émerveille de mon propre masochisme. Souhaitais-je vraiment rester assise là à l'écouter raconter comment il avait promis tous les jours du reste de sa vie à quelqu'un d'autre ? N'aurais-je pas pu considérer ça comme une évidence ? Espérais-je découvrir un homme brisé ? Non. Je voulais qu'il soit heureux, ce qui serait aussi extrêmement douloureux, et donc la raison pour laquelle ces retrouvailles étaient une si mauvaise idée. Une des raisons.

Nous sirotons nos cafés à petites gorgées. Je m'essuie discrètement la bouche pour éviter de m'afficher avec une moustache de poudre de cacao.

Il continue.

—Les enfants, pas encore. Le plan retraite, oui, qui empiète d'ailleurs fâcheusement sur mon fonds loisirs et plaisirs.

— Tu arrives quand même toujours à dépenser plus qu'une victime de la mode ?

Je me souviens de journées à traîner dans des boutiques de fringues avec Ben, attendant devant les cabines d'essayage, savourant cette inversion des genres et des rôles. Il me demandait même conseil au moment de choisir et de passer à la caisse. C'était comme de retrouver mon vieux Ken en plastique devenu conscient de lui-même. (« Pas si conscient de lui-même que ça s'il se comporte comme une pédale du Sud », m'avait balancé Rhys un jour.)

— Oh, oui, répond Ben. Je dois cacher les sacs pour que Liv ne les voie pas vu qu'elle gagne plus que moi. Ma virilité en prend un coup. Et toi ? Mariée ?

Il attrape sa cuillère et touille son café bien qu'il n'ait pas ajouté de sucre et baisse momentanément les yeux. Puis il précise :

— À Rhys ?

Si nous étions reliés à un polygraphe, les ondulations sur la feuille se seraient accentuées.

— Fiancés un moment. En fait, nous venons tout juste de nous séparer.

Ben semble sincèrement horrifié. Génial, nous avons sauté l'étape de la joie sadique pour passer directement à celle de la pitié abjecte.

— Oh, je suis désolé…

— Merci. Ce n'est pas très grave.

— Tu aurais dû interrompre ma tirade sur les mariages.

— C'est moi qui t'ai posé la question. Il n'y a pas de problème.

— C'est pour ça que tu déménages ?

— Ouais, dis-je en hochant la tête.

— Pas d'enfants ?

— Non.

—C'est drôle, je ne sais pas pourquoi, mais j'étais persuadé que tu en aurais eu, dit Ben sans réfléchir. Une petite fille avec les mêmes problèmes relationnels et les mêmes moufles débiles que sa mère.

Il m'adresse un petit sourire avant de plonger de nouveau le regard dans sa tasse. Une bouffée de chaleur m'envahit – provoquée par son allusion à quelque chose d'obscur que nous sommes seuls à pouvoir comprendre, et le fait que cela révèle qu'il a pensé à moi. Je pousse un petit cri étranglé qui ressemble vaguement à un gloussement. Puis, en un instant, la tristesse me submerge. Ma cage thoracique est comme remplie d'eau de pluie.

Nous évitons de croiser le regard de l'autre et changeons de sujet. Ben me parle du cabinet d'avocats qu'il a intégré, de sa femme, également avocate, qui a demandé à être transférée par son cabinet londonien à leur bureau de Manchester afin de pouvoir l'accompagner. Ils se sont rencontrés à un dîner organisé par le syndicat des avocats. Salle bondée, cravates noires. La scène se joue dans ma tête comme la bande-annonce d'un film de Richard Curtis que je n'ai absolument aucune envie de voir.

Il conclut sur le ton de la plaisanterie.

—Si je suis avocat et toi chroniqueuse judiciaire, nous ne devrions peut-être pas nous parler ?

—Ça dépend. Tu es rattaché à quel département ?

—Famille.

—Divorces, ce genre de choses ?

—Ouais, droits de visite. C'est parfois très déprimant. Et le reste du temps, quand tu parviens à obtenir ce qui te paraît juste, c'est juste déprimant.

Je comprends pourquoi il souhaite travailler dans ce domaine, et il sait que je sais, donc je hoche la tête.

—Je pense qu'il y aurait un vrai conflit à t'entretenir avec un journaliste si tu étais pénaliste.

— Je ne supporterais pas les horaires. L'ami qui m'a décroché ce boulot ici est pénaliste. Il est de garde en permanence, c'est exténuant. Au fait, il disait vouloir contacter la presse au sujet d'une affaire. Puis-je lui donner ton nom ?

— Bien sûr, dis-je, aussi désireuse de plaire que d'établir une connexion.

Nous arrivons à la fin de nos cafés et, quand je propose d'offrir une deuxième tournée, Ben regarde sa montre.

— J'adorerais, mais il faut vraiment que j'y aille.

— Ouais, moi aussi, maintenant que tu le dis, baratiné-je en tournant ma montre sur mon poignet et en y jetant un coup d'œil sans regarder l'heure.

Prévenant, Ben attend pendant que j'enfile mon manteau. J'espère qu'il ne remarque pas les cinq kilos que j'ai pris depuis la fac. (« Cinq kilos ? avait coutume de ronchonner Rhys. Tu veux dire dix. Faudrait penser à calibrer ta balance. »)

Nous marchons ensemble jusqu'à la sortie.

— C'est vraiment merveilleux de te voir, Rachel. Je n'arrive pas à croire que dix ans ont passé, c'est hallucinant.

— Ouais, incroyable.

— Il faut que nous restions en contact. Liv et moi ne connaissons pas grand monde ici. Tu pourrais nous indiquer les bons plans et les bonnes adresses, histoire que nous sachions où il faut sortir à Manchester de nos jours…

— Avec plaisir ! (*Comme si j'en avais la moindre idée !*) Je proposerai aussi à Caroline, Mindy et Ivor.

— Waouh, tu les vois toujours ?

— Ouais. Tout le temps.

— C'est vraiment chouette, dit Ben en hochant la tête.

Moi, j'y vois soudain une autre manifestation de ma stagnation. J'ai l'impression d'avoir passé les dix dernières années assise dans une robe de bal mangée par les mites, à écouter un enregistrement grésillant de « Disco 2000 » de Pulp.

—Je te tiendrai au courant pour le papier, poursuit-il. Tu me donnes ton numéro ?

Ben enregistre mon numéro dans son portable pendant que, saturée d'adrénaline, je m'efforce de réciter les chiffres dans le bon ordre.

Il consulte de nouveau sa montre.

—Merde, je suis en retard. Et toi ? Tu veux que je te raccompagne jusqu'à ton arrêt de bus ?

—C'est juste au coin de la rue, ça ira. Sauve-toi.

—Tu es sûre ?

—Oui, merci.

—À bientôt, Rachel. Je t'appelle.

Il se penche et m'embrasse sur la joue. Je retiens ma respiration, choquée par ce contact, par le frôlement et la chaleur de sa peau sur la mienne. Puis il y a ce moment terriblement embarrassant où, de façon tout à fait imprévisible, il s'apprête à déposer un baiser sur l'autre joue, comme il est d'usage dans le monde des médias londoniens, ou chez tous ceux qui revendiquent les manières européennes sophistiquées. Évidemment, comme je ne m'y attends pas, nos visages manquent de se percuter. Je dois poser une main sur son épaule pour reprendre mon équilibre, suite à quoi, paniquée à l'idée que mon geste semble trop osé, je corrige exagérément ma posture en bondissant en arrière.

—À plus ! lancé-je.

En fait, ce dont je rêve, c'est de pouvoir rejouer la scène sans me comporter comme une imbécile maladroite, à la façon d'une gamine autoritaire dirigeant une pièce dans le salon. « Bon, toi, tu te mets debout là, moi je me replace ici… Action ! »

Je marche jusqu'à mon arrêt dans un état de semi-transe, des étoiles de dessin animé dansant autour de ma tête, les joues en feu d'avoir été effleurées par ses lèvres. En moi se mêlent l'excitation de ces retrouvailles presque illicites – et il a demandé à me revoir! – et la confirmation déprimante que sa vie est merveilleuse, heureuse et fonctionnelle et la mienne un champ de bataille.

Une heure après être rentrée à la maison, une fois effacé mon grand sourire figé, assise devant la vieille télé de la chambre d'amis, je laisse couler mes larmes – le barrage a cédé, c'est le déluge. Marié. Heureux. Olivia. *Et d'abord c'est quoi, un hachis parmentier gourmet?*

J'ai l'impression de sortir du coma, d'avoir été ramenée à la vie par le choc provoqué par une chanson favorite. Je ne suis pas sûre d'aimer la vue que j'ai de mon lit. L'expérience de cette rencontre avec Ben est l'illustration exacte du mot doux-amer.

Puis deux questions très claires se forment parmi les larmes, la morve et mon maelström intérieur : comment vais-je me sentir s'il n'appelle pas? Et qu'en ressortira-t-il de bon s'il le fait?

CHAPITRE 11

Je ne demande pas à Rhys de me prêter la voiture pour déménager mes affaires, car je sais qu'il en aura besoin pour s'éloigner le plus possible de la maison le jour de mon départ.

Avant-hier soir, en sortant de la douche, une serviette enroulée autour de mon corps et une autre autour de ma tête, je me suis dépêchée de regagner la chambre d'amis, toute exhibition superflue de mon épiderme me semblant déplacée depuis la séparation. Soudain j'ai entendu Rhys monter les marches au pas de charge. J'ai cru qu'il allait s'écarter vivement sur mon passage pour me croiser, ou me reprocher mon usage inconsidéré de l'eau chaude. Au lieu de ça, il m'a barré la route et s'est planté en face de moi en me regardant droit dans les yeux. Les siens étaient curieusement humides.

— Reste, a-t-il demandé d'une voix rauque.

Il m'a d'abord semblé avoir mal entendu, puis j'ai compris.

— Je ne peux pas..., ai-je répondu.

Il a hoché la tête, sans colère ni ressentiment, et est redescendu en dévalant les marches, me laissant plantée sur le palier, tremblante. Il s'avère que les conséquences d'une décision aussi considérable ne dégringolent pas toutes d'un coup comme quand on ouvre un placard trop rempli : elles ne cessent de vous tomber dessus par vagues successives.

Quand j'annonce à Caroline que je vais louer une camionnette pour mon déménagement, elle me demande ce que je compte emporter et décide que c'est jouable en quelques allers-retours avec sa voiture. En arrivant samedi matin de bonne heure, elle me trouve, légèrement en sueur, debout dans l'entrée bourrée à craquer de toutes mes possessions transportables. C'est un peu comme partir à l'université, la joyeuse espérance en moins, le morne abattement en plus.

Rhys a accepté le plan de rachat de mes meubles de Mindy. J'ai vu sa première pensée passer sur son visage – « Pourquoi je devrais lui faciliter la vie ? Qu'elle aille se faire voir » –, puis il a visualisé les grands chariots de chez Ikea et a grogné son consentement. J'emporte donc fringues, livres, DVD, un sac étonnamment volumineux d'articles de toilette, et puis les « divers », une catégorie qui devrait rassembler peu de choses mais qui finalement est la plus importante : albums photos, plantes, accessoires, cadres… J'ai effectué ma sélection de façon scrupuleusement juste : chaque fois que je suis tombée sur quelque chose que la maison n'avait qu'en un seul exemplaire – bouillotte, seau, cafetière, bague de fiançailles –, je l'ai laissé à Rhys.

Caroline évalue mon bazar d'un regard et décide que ce sera l'affaire de deux voyages, trois maximum. Nous commençons à entasser mon barda à l'arrière de son Audi Saloon et, avec les sièges baissés et quelques poussées déterminées, nous réalisons une bonne première cargaison.

— Deux voyages, c'est sûr, conclut Caroline tandis que je ferme la porte d'entrée à clé.

J'en étais arrivée à la même conclusion, mais je ne lui révèle pas à quel point je redoute de revenir la prochaine et dernière fois.

Nous nous mettons en route. Je lui décris joyeusement l'appartement pour détourner mes pensées de mon émoi.

Caroline me jette des regards inquiets chaque fois qu'elle peut détacher les yeux de la route.

— Nous ne sommes pas obligées d'y aller, tu sais. Si tu as changé d'avis…, commence-t-elle.

Je me mords violemment la lèvre et secoue furieusement la tête pour signifier *je t'en prie, pas maintenant*. Alors elle me tapote le genou et me demande de l'orienter.

Quand nous arrivons à destination, je bénis le ciel d'avoir autant à faire pour m'occuper – payer le parcmètre, ouvrir l'appartement, effectuer une course de relais avec des brassées de fouillis. Finalement, tout est empilé et il est l'heure de repartir chercher le reste. J'inspire et expire profondément, tel un athlète qui se prépare à un gros effort.

De retour chez moi, ou plutôt ce qui était autrefois chez moi, nous chargeons le reste de mes affaires en quelques minutes.

Je ne peux pas partir tout de suite. Je ne peux pas. Je m'assieds sur les marches du perron et essaie de me ressaisir, au lieu de ça je sens que je me décompose. Quelques reniflements sporadiques se transforment bientôt en sanglots qui me secouent tout le corps. Je sens la main de Caroline se poser sur mon épaule tremblante.

Quand je relève mon visage bouffi de mes genoux, je bafouille à travers tout le liquide qui sort de mon corps *via* mes yeux, ma bouche et mon nez :

— Je n'ai rien pour dormir.

— Comment ça ? demande Caroline en s'accroupissant devant moi. Rupa a un lit, non ?

— Non, dis-je en me désignant d'un geste. Pour dormir. La nuit, je porte toujours un vieux tee-shirt de Rhys. Celui des Velvet Underground. Je l'ai laissé.

Je m'essuie les yeux avant de reprendre :

— Il est à moi ou à lui ? Je n'en sais rien.

Je recommence à sangloter tandis que Caroline me frotte le dos.

— Vous êtes restés ensemble si longtemps et tout est arrivé tellement vite… Il faut t'attendre à ce que ça fasse mal, Rach.

Caroline a une façon d'exposer gentiment les choses sans les enjoliver qui aide vraiment à se reprendre quand on est entraîné dans une spirale infernale. Elle fait preuve de compassion sans tomber dans la complaisance – la différence entre aller voir l'infirmière scolaire au lieu de votre mère quand vous vous êtes égratigné le genou.

— Il va me manquer.

— Je sais.

Elle me frictionne plus fort, comme si elle pouvait me faire tousser et expulser ma douleur.

— Je ne peux pas lui dire.

— Pourquoi ?

— Parce que je le quitte ! braillé-je avant de m'effondrer de nouveau.

Elle vient s'asseoir à côté de moi sur la marche. Je me décale. Ni l'une ni l'autre ne prête attention aux gamins qui jouent au ballon de l'autre côté de la rue et nous regardent avec curiosité.

— Écoute, dit-elle en baissant légèrement la voix. Sans vouloir me la jouer psy, je crois qu'il est inévitable que tu te sentes coupable. Et que tu sois triste. Il faut simplement que tu acceptes de passer par ces émotions. Ne te déteste pas. C'est comme ça. Mon Dieu, quelles banalités…

— Non, pas du tout. D'ailleurs, ce que tu dis est même tout à fait sensé.

— Vraiment ? Eh bien, parfait.

Nous restons assises en silence pendant un moment.

— Nous ne sommes pas obligées de terminer maintenant si tu as envie de rester une nuit de plus, ajoute-t-elle.

Voilà qui me surprend venant de Caroline, qui est tout le contraire d'une adepte de la procrastination. Peut-être aimerait-elle me voir reconsidérer ma décision et assister à notre réconciliation.

—Non, non, ça va, insisté-je. Finissons-en.

À moins que cette petite rusée ne pratique la psychologie inversée !

Caroline se lève, se tapote les genoux et me tend la main pour m'aider à me lever.

—Je vais charger Mindy de te choisir un pyjama. Tu sais comme elle aime les missions shopping.

Je souris faiblement, attrape sa main et me hisse sur mes pieds.

—Tu es sûre de vouloir laisser tant d'affaires derrière toi ? me demande-t-elle tout en vérifiant qu'elle a bien fermé le coffre. Je sais que Mindy trouve que c'est une bonne idée, mais elle pensait aussi que ses trois derniers petits copains étaient des bonnes idées.

—Ouais. Je rachèterai tout plus tard avec l'argent que Rhys m'a donné. Et puis je n'en laisse pas tant que ça.

Je lève les yeux vers la maison qui me fixe de son regard vide, comme approbateur. Je pense à l'enveloppe laissée près du téléphone où j'ai glissé le bijou que je ne porte plus.

Sans rien ajouter, Caroline me tapote l'épaule et s'assied au volant. Je prends une profonde et bruyante inspiration et contourne la voiture pour gagner le côté passager.

Ça y est. Je pars. Et rien de spécial ne vient marquer le coup. Pas même un regard lourd de sens entre Rhys et moi. Peut-être est-ce toujours comme ça que ça se passe. Pourtant il me semble qu'il devrait y avoir quelque chose de plus formel : une poignée de main officielle, une cérémonie de rupture, un certificat. Comme l'a dit Rhys, c'est tout ce que ça vaut après treize ans ?

CHAPITRE 12

C aroline finit par rompre le silence larmoyant à l'avant de l'Audi.

—J'avais tort de te conseiller d'acheter tout de suite. Peut-être que Mindy a raison et que cet… intermède est exactement ce dont tu as besoin.

—Merci. Je croyais t'avoir entendue douter du jugement de Mindy…

—Il lui arrive de voir juste.

Je sais qu'elles ont parlé de moi, qu'elles s'inquiètent, et il y a une question que je ne peux plus attendre de poser.

—Est-ce que vous pensez tous que je suis en train de faire une erreur monumentale ?

Silence tendu.

—Il n'y a pas de «tous»…

—Oh, mon Dieu, soupiré-je en m'enfouissant le visage dans une main. Trois types de réprobation différents.

—Il ne s'agit pas de réprobation. Tu as trente et un ans. Personne d'autre que toi n'est à même de décider ce qui est bon pour toi. Je suppose que j'ai été surprise que tu n'aies jamais mentionné aucun problème entre vous jusque-là, c'est tout.

—Je ne voulais pas lui casser du sucre sur le dos. Et, honnêtement, je n'étais pas sûre de ce que je ressentais. J'ai été prise par l'organisation du mariage, et puis il s'est comporté comme un con à ce propos et tout est sorti et voilà.

— Et il ne méritait pas de recevoir un avertissement ? Tu n'as jamais assez cherché à imposer ton point de vue, si tu veux mon avis, et ça vous a peut-être conduits à… la paresse.

— J'ai essayé de suggérer qu'on aille voir un conseiller ou un truc dans le genre, mais ça ne l'intéressait pas.

— Je doute qu'il ait eu envie de te perdre. Il est têtu…

— On ne peut pas demander à quelqu'un de ne pas être qui il est. Nous en étions là.

— Et tu ne pouvais pas… Si tu…

— Caro, s'il te plaît. Pas maintenant. Bientôt, un verre de vin à la main, nous pourrons analyser toute l'histoire pendant des heures, tout démolir jusqu'à ce que tu ne veuilles plus en entendre parler. Mais pas maintenant.

— Excuse-moi.

— Pas de problème. Parlons d'autre chose.

Mmm. Je ne suis pas sûre de quand viendra ce « bientôt ». Il se peut que je la fasse attendre jusqu'en 2064, quand elle pourra se brancher une clé USB dans l'oreille et télécharger directement l'information dans son lobe frontal.

Et puis, sous le coup d'une impulsion irréfléchie, j'annonce :

— Oh, j'ai vu Ben.

— Ben ? Ben de la fac ? Où ça ? Je croyais que ça ne t'intéressait pas de le revoir ? Comment va-t-il ?

Par bonheur, Caroline ne peut me jeter qu'un rapide coup d'œil avant de se tourner de nouveau vers la route.

— Euh… à la bibliothèque. J'ai décidé que la Nouvelle Moi apprendrait l'italien, et voilà que je tombe sur lui. Nous avons pris un café ensemble. Il avait l'air d'aller bien. Marié.

Caroline pouffe.

— Ah, ça, c'était *inévitable*. N'importe qui d'aussi séduisant et éduqué se fait mettre le grappin dessus avant vingt-cinq ans.

— Donc, à nos âges, n'importe quelle personne convenable est mariée ?

Se rendant compte de ce qu'elle vient de dire, mon amie grimace.

— Non ! Je veux dire que les hommes comme lui le sont. Il y a plus de femmes bien que d'hommes. La loi de l'offre et de la demande veut que les hommes dans son genre ont depuis longtemps disparu du marché.

— Voilà qui ne présage rien de bon pour mon avenir amoureux…

Caroline fait crisser la boîte de vitesse. Elle me rappelle une tête égyptienne en terre cuite que j'ai vue un jour au British Museum.

— Je ne voulais pas dire… Oh, mais tu sais bien…

— Ne t'inquiète pas, la rassuré-je. Je suis d'accord avec toi. Il a toujours été évident que Ben se marierait, et peut-être que l'éventail de choix après trente ans n'est pas terrible. Mais les divorces vont bientôt commencer ; je trouverai un homme qui en sera à son second tour de piste.

Caroline éclate d'un rire plus reconnaissant qu'amusé.

— Tout ira bien.

— Mindy et Ivor sont toujours célibataires, ce qui ne les empêche pas d'être normaux et sympas. Enfin, passablement normaux.

— Exactement !

Je me sens beaucoup moins détendue que j'essaie de m'en donner l'air pour notre bien à toutes les deux. Tout recommencer. Depuis le début. Avec quelqu'un qui ignore les milliers de choses importantes et accessoires à mon sujet, qui ne parle pas couramment la langue des couples au long cours que j'ai si longtemps considéré comme allant de soi avec Rhys. Comment un homme pourra encore en savoir autant sur moi et vice versa ? En trouverai-je seulement un que ça intéresse de l'apprendre ? J'imagine un genre de « Profil » sur

Rachel Woodford. Ou une page sur Wikipédia, avec plein d'informations fournies par Rhys et suivies de [citation nécessaire].

Serait-ce la cruelle vérité ? Tous les gens bien sont pris ? Comme si les âmes sœurs ne se trouvaient qu'aux grands soldes de janvier – les premiers arrivés sont les premiers servis. Si vous vous êtes trompé dans votre achat et que vous revenez pour un échange, il ne vous reste qu'à choisir parmi tous les modèles dont personne n'a voulu. C'est le genre de raisonnement dont je me serais moquée venant de ma mère – mais je me moquais toujours depuis la sécurité d'une relation. Je ne me sens plus si sûre de ma position de rebelle maintenant que je dois prouver mon hypothèse.

Quelques détours dans le quartier pour trouver où nous garer me confirment que ce n'est pas plus mal que Rhys ait gardé la voiture.

— Je vais rester là pour éviter qu'ils ne me collent un sabot, annonce Caroline. Si je vois un agent, je ferai le tour du pâté de maisons, alors ne panique pas : je ne me suis pas sauvée avec tes serviettes.

Plusieurs allers-retours au pas de course de la voiture au rez-de-chaussée m'apprennent que je suis dans un état physique déplorable. Caroline réussit pendant ce temps à ne pas se prendre d'amende.

Quand je viens prendre mon dernier chargement, elle me dit :

— Je resterais volontiers, mais j'imagine que tu vas vouloir faire visiter les lieux à ta mère, maintenant qu'elle est là.

— Hein ? Ma mère n'est pas là.

— Si, là-bas.

Elle désigne un point derrière mon épaule. J'aperçois effectivement ma mère, en train de compter des pièces dans son gros porte-monnaie à fermoir rétro, qu'elle laisse ensuite tomber dans le chapeau retourné d'un homme qui tient un chien au bout d'une ficelle. Son manteau ample noir se gonfle comme la cape du Pr Snape. Toujours habillée avec une extrême élégance, elle est le sosie d'Anne Bancroft dans *Le Lauréat*. Je crois qu'elle se demande toujours comment elle a pu donner naissance à quelqu'un d'aussi petit, grossier et négligé – cela dit, il lui suffirait de jeter un œil du côté de mon père pour avoir au moins une partie de la réponse.

— Merde...

Caroline sourit, remonte dans sa voiture et salue ma mère d'un geste de la main.

— Bonjour, ma chérie! Était-ce Caroline? Quelle fille charmante. Je vois qu'elle a toujours le métabolisme d'un lévrier. Il y en a qui ont de la chance, hein?

— Salut, m'man. Hum. Qu'est-ce que tu fais ici?

— J'accompagne Barbara aux essayages de maquillage de Samantha chez John Lewis. Tu peux venir, si tu veux.

— Tu me proposes d'assister aux préparatifs de mariage d'une amie de la famille que je n'ai pas vue depuis quinze ans, pendant que je rumine l'annulation du mien et que ma présence embarrasse tout le monde?

— Oh, sottises. Ils seraient ravis de te voir.

— De toute façon, même si j'avais encore été dans la course, j'aurais été complètement inutile. Et je crois me rappeler que Sam est du genre pépète.

— Pépète?

— Tu sais bien. Ces filles qui minaudent et gloussent.

Ma mère se penche pour m'embrasser sur la joue.

— Allons, personne n'aime les gens amers. Fais-moi donc visiter ton nouveau chez-toi.

L'ascenseur étant toujours en panne, nous montons l'escalier, moi d'un pas aussi lourd que si je marchais vers la chaise électrique plutôt qu'un appartement doté d'un frigo rose. Je sors la clé de ma poche et ouvre. Ça sent bizarre là-dedans, bizarre comme dans « pas chez moi ». Je fixe d'un air lugubre la petite montagne de mes cochonneries, qui fait tache dans le paysage impeccable.

— Seigneur! C'est très tapageur. Comme si les années 1960 avaient vomi.

— Merci, m'man. Moi, ça me plaît.

— Mmm, eh bien, c'est le principal. Je comprends, c'est différent.

« Différent » est un mot généralement inoffensif, mais, dans la bouche de ma mère, il résonne comme un verdict accablant.

Elle se débarrasse de son sac à main et s'assied à côté de moi. Je sais exactement ce qui me pend au nez. Elle se racle la gorge. Nous y voilà…

— Bien. Rhys et toi. Vous traversez une crise…

— Maman! Tu en parles comme s'il s'agissait d'une averse sur la route de notre mariage. Nous avons rompu.

— Si tu voulais bien me laisser parler… Je suis mariée depuis quarante ans et…

Boudeuse, je tripote une couture du canapé.

— Le mariage est difficile. Il arrive qu'on se tape mutuellement sur les nerfs. En fait, ça ne cesse jamais. C'est très, très dur et, pour être honnête, même les bons jours, la plupart du temps on souhaite envoyer l'autre se faire cuire un œuf.

— Me voici rassurée : je ne perds pas grand-chose!

— Ce que je veux dire, c'est que ce que tu ressens est tout à fait normal.

— Si être avec quelqu'un se limite à ce que nous avions, Rhys et moi, je préfère être seule.

Silence.

— Tu es peut-être en train de faire une croix sur ta seule chance d'avoir des enfants, tu en es consciente?

Ma mère : on ne peut pas dire qu'elle ait raté sa vocation de coach personnel.

—Aussi incroyable que ça puisse paraître, oui, mais merci quand même…

—Je veux m'assurer que tu prends la bonne décision, c'est tout. Rhys et toi êtes restés ensemble très longtemps.

—Justement. (Silence.) Tu ne peux pas savoir ce que ça signifierait pour moi si tu me prenais au sérieux et acceptais que je sais qui je veux et ne veux pas épouser, maman. C'est déjà assez difficile comme ça.

—Eh bien. Si tu es *absolument sûre*…

—Je le suis.

Évidemment, au moment où je prononce ces mots, je me rends compte que je ne le suis absolument pas. Disons que je suis aussi sûre qu'on peut l'être quand on n'a jamais rompu de fiançailles auparavant et qu'on n'a rien pour comparer.

Ma mère se lève.

—Ton père et moi repasserons bientôt à Manchester. Dis-nous si nous pouvons t'apporter quoi que ce soit dont tu aurais besoin.

—OK, merci.

La gorge soudain nouée, je la serre contre moi, me noyant dans l'odeur familière de YSL Rive Gauche pour fuir un instant la nouveauté olfactive de l'appartement de Rupa.

Après le départ de ma mère, bien que soulagée, je me sens presque aussi seule que le jour où, debout au milieu du parking de ma résidence universitaire, je saluai mes parents de la main en regardant leur voiture s'éloigner. J'ai besoin d'une énorme tasse de thé, de celles qu'on ne peut soulever qu'en agrippant les deux anses. Avec plein de whisky dedans.

Plantée devant la gigantesque baie vitrée, l'immensité ne me paraît soudain plus glamour, mais précaire. J'imagine comme je dois sembler minuscule vue d'en bas. Une petite silhouette effrayée, triste et insignifiante contemplant à ses pieds les toits de Manchester.

Pendant un moment atroce, mon chez-moi me manque tellement que j'en hurle presque : « Je veux rentrer à la maison ! » Mais chez moi et Rhys sont indivisibles.

CHAPITRE 13

Tard dans l'après-midi, alors que j'ai comblé le silence de mort qui régnait dans l'appartement avec le crincrin impersonnel de la radio, un bruit étrange retentit et résonne dans le salon. Je finis par comprendre qu'il s'agit de la sonnette. Je détache la chaîne et ouvre grand la porte pour tomber nez à nez avec une explosion de fleurs roses et blanches, par-dessous lesquelles dépasse une paire de jambes en collant.

— Joyeux emménagement! s'écrie Mindy.

— Salut. Waouh, des lys. Qui parlent. Merci, c'est adorable.

Mindy me pousse pour entrer, Ivor sur ses talons, les mains dans les poches. Il se penche et m'embrasse sur la joue. Je devine à son manque d'empressement qu'il a eu droit en chemin à un sermon sur le thème «Félicite-la d'avoir fait le bon choix». Il me tend un sac de chez Marks & Spencer.

— De ma part, mais je m'empresse d'ajouter que ce n'est pas moi qui ai choisi, dit-il. J'ai délégué.

Je jette un coup d'œil à l'intérieur. Un pyjama. Très joli, en soie crème.

— Tu ne vas pas te mettre à pleurer, hein? s'inquiète Ivor. Le ticket est à l'intérieur.

— Je ne vais pas me mettre à pleurer, le rassuré-je, la larme à l'œil. Merci.

Cherchant désespérément du regard la surface appropriée où déposer les fleurs, Mindy laisse une énorme traînée de pollen ocre sur le mur immaculé couleur gâteau de mariage.

— Le bouquet est aussi de la part d'Ivor, explique-t-elle.

Elle se dirige vers la table basse, les fleurs tremblantes semant dans leur sillage un nouveau nuage de la poudre délicate couleur de feu.

Je pose discrètement une main sur ma bouche, évaluant l'ampleur des dégâts.

— De rien ! chantonne Mindy qui interprète mon geste comme l'expression de mon émotion.

Ivor a suivi mon regard. Il ajoute dans un murmure :

— Disons plutôt qu'elles sont de sa part. Bon, je vais nettoyer, d'accord ?

— Qu'en penses-tu, Ivor ? lance Mindy.

Comme ces filles qui font les potiches sur les plateaux de jeux télévisés, elle exécute une pirouette pour désigner l'appartement.

— J'en pense qu'on se croirait dans la tanière du tueur d'*American Psycho* version féminine. Patricia Batewoman.

Il passe une peau de chamois sous le robinet, un de ces bras flexibles qu'on voit dans les cuisines industrielles.

— C'est un compliment, précise-t-il.

Tandis que Mindy flâne de-ci de-là dans des bottines rouge vermillon en refaisant un tour du propriétaire, Ivor tamponne précautionneusement le mur pour réparer des dégâts. Il se tourne vers moi et hoche la tête pour me signifier que « ça part », et me fait signe de rejoindre Mindy.

— Je vous sers un thé ? demandé-je, me demandant du même coup où est ma bouilloire et comment je vais faire pour le lait.

— En fait, je ne peux pas rester, j'ai un rencard, dit Mindy.

— Bo… Robert ? demandé-je.

— Bob la Mode s'est fait remercier, m'informe Ivor, interrompant son nettoyage.

Robert s'habille chez AllSaints des pieds à la tête et laisse pendre des chaînes de vélo de la poche arrière de son pantalon.

Ivor l'a affublé du surnom « Bob la Mode ». Malheureusement, l'essayer, c'est l'adopter, et j'ai depuis du mal à l'appeler par son prénom.

— Ouais, il a annulé un dîner avec ma famille pour faire une partie de paint-ball avec son beau-frère, explique Mindy en agitant les mains. Trop c'est trop. Il devrait y avoir un TripAdvisor pour les rencards, histoire de pouvoir poster des commentaires. Jolie vue. Service décevant. Réserver trèèèès longtemps à l'avance.

— Portions insuffisantes, ajoute Ivor en toussant dans son poing.

— Et celui de ce soir, tu le sors d'où ? Des Âmes Sœurs du *Guardian* ? demandé-je.

— Mon Ami Célibataire.

— Ce site où un ami te recommande ?

— Ouais. Je me suis fait passer pour un homme et je me suis vendue comme mignonne, facile à vivre et qui « travaille aussi dur qu'elle s'amuse ».

J'affiche une expression consternée.

— Ça veut seulement dire que je suis solvable, que je ne suis pas du genre collante et que j'aime le sexe.

Ivor fait la grimace.

— J'avais compris, dis-je. Mais tu n'es pas censée demander à quelqu'un d'autre de le faire ?

— Qui serait mieux placé que moi pour me décrire ?

— Alors pourquoi t'inscrire sur un site dont c'est justement le principe ?

Mindy hausse les épaules.

— Les hommes se fient à l'avis d'autres hommes. Les recommandations des femmes ressemblent à : « pleine d'entrain, super vie sociale », et eux ils pensent tout de suite : « oh, hum, thon alcoolique ».

— Narcissisme et duperie : les deux points de départ classiques de toute relation saine, fait remarquer Ivor en se laissant tomber dans le canapé à côté de nous.

— Enfin bref. J'ai un peu abusé des « Âmes sensibles s'abstenir » du *Guardian*. J'attends qu'ils renouvellent leurs stocks. Celui de ce soir a vingt-trois ans, explique Mindy en se mâchant la lèvre. Et il aime le garage. Le style de musique, je veux dire. Dieu sait de quoi nous allons bien pouvoir parler.

— Eh bien, de *lui*, si j'en crois tes expériences antérieures, dis-je.

Ivor éclate de rire.

— Mais la photo de son profil… John Cusack jeune, soupire Mindy.

Ivor et moi échangeons un regard entendu, mais ni l'un ni l'autre n'ouvre la bouche. Mindy a une théorie sur la compatibilité dont aucun d'entre nous n'a jamais réussi à la convaincre de l'absurdité. Selon elle, une attirance physique immédiate est la condition *sine qua non* du succès de toute relation – soit c'est là dès le départ, soit non. C'est pourquoi elle ne s'est jamais intéressée qu'à des garçons qu'elle juge séduisants, soutenant qu'elle doit trouver un bel homme avec lequel elle se découvrira des points communs. Rien n'a jamais pu l'en faire démordre, pas plus les nombreux contre-exemples que les critiques qu'elle a pu essuyer sur sa superficialité. Et bien sûr elle est sortie avec un bon paquet de princes charmants vaniteux à l'âme de crapaud.

Je consulte ma montre.

— Tu as rendez-vous à quelle heure ? Vous vous retrouvez pour un thé tardif ?

— À 20 heures, mais il faut que je me prépare. Je vais aller inhaler un peu d'oxygène et me faire épiler les sourcils au fil.

— Tu sais comment ça marche. Mindy entre en préproduction et dépasse son budget comme une superproduction hollywoodienne. Projet condamné, se moque Ivor.

— Manifestement, je devrais me contenter de changer de tee-shirt et de m'asperger d'Axe, rétorque Mindy d'un ton sec en se levant.

— J'éviterais si j'étais toi, dit Ivor doucement. Axe est un déodorant pour hommes.

Mindy secoue la tête à l'intention d'Ivor et me serre dans ses bras.

— Commence donc à planifier une fête. Qui sait, si tout se passe bien, il se pourrait que j'amène Jake.

— Jake, se moque Ivor. Il a même un prénom qui permet de dater sa naissance après 1985.

— Tu peux parler !

— Mon nom n'a jamais été à la mode et ne peut donc jamais se démoder non plus. Il ne fait que me situer post-XIXe siècle, très chère.

— Blablabla… *Bye*, Rach.

— Bonne chance avec ton Collectionneur de Reliques ! s'écrie Ivor alors que je la raccompagne à la porte.

Une fois sur le seuil, Mindy se retourne et brandit son majeur dans sa direction.

Je me laisse tomber dans le canapé et serre un coussin couleur huître contre ma poitrine. Gonflé et raide, il semble tout juste sorti de sa boutique ; je me rends compte que ces coussins ne sont pas faits pour être manipulés et je le remets à sa place.

— Est-ce que tu crois que Mindy reviendra un jour sur son implacable principe de l'apparence d'abord et loin en seconde position la personnalité, non pertinente en termes de compatibilité ?

— Probablement pas.

Nous secouons la tête.

— C'est quoi, tes plans ? Tu veux que je reste ? me demande Ivor. Ou tu préfères que je te laisse ?

J'ai comme l'impression d'enchaîner les rejets polis aujourd'hui.

—Mmm, marmonné-je en essayant de deviner ce qu'il veut que je lui réponde.

Serais-je affligée d'un étrange stigmate ? Je pressens que les gens qui viennent de perdre un être cher ont terriblement besoin qu'on ne marche pas sur des œufs en leur présence.

—J'allais profiter de ce que Katya est partie en week-end pour me faire un marathon de Grand Theft Auto en mangeant des plats cuisinés sous vide à base de porc, reprit-il. Tu es la bienvenue si tu veux te joindre à moi.

—Ah non, merci, ça ira. Amuse-toi bien à tuer toutes ces putes.

Je raccompagne Ivor à la porte et me sermonne sévèrement : j'ai vraiment de la chance d'avoir des amis qui me soutiennent autant. Être célibataire implique de s'habituer à sa propre compagnie et de ne pas inventer des excuses pour être entouré en permanence. Malheureusement, aucune de ces réflexions ne m'aide à me sentir moins abandonnée. Ultime révélation : je dois réapprendre à être seule. Même si Rhys et moi avions des centres d'intérêt différents et que nous ne passions pas notre vie l'un sur l'autre, l'appartement me semble une île déserte au milieu de la ville océan.

Je continue de défaire mes cartons, jusqu'à ce que la découverte de ma vieille photo encadrée de l'époque de l'université déclenche une crise de larmes. À cet instant, j'ai tellement envie d'appeler Rhys et de lui dire que j'ai changé d'avis que je me sens comme une héroïnomane en pleine crise de manque. Je reste assise à tripoter mon téléphone, faisant défiler mes contacts jusqu'à son nom. Je ne suis pas obligée de dire quoi que ce soit de désespéré. Je n'ai qu'à prendre de ses nouvelles. Stop. Quelle que soit la façon dont il passe cette journée, je dois le laisser en paix. Je ne suis plus en position de le soulager. L'imaginant seul dans notre lit ce soir, je me dis que j'ai de la chance. J'ai droit à un nouveau départ dans un nouveau cadre, alors qu'il reste dans le décor de notre ancienne vie, sans moi.

Sans que je l'y aie invité, mon esprit se met à me projeter un montage de nos grands moments. La première nuit que nous avons passée ensemble dans son ancien appartement, quand j'étais tombée du lit sur ses pédales d'effet, sorte de baptême du feu pour un nouvel amour – j'ai hurlé à en faire trembler les murs et fini avec dans le dos un bleu de la taille d'une main. La course jusqu'à une pharmacie de garde pour trouver des calmants et le petit déjeuner qu'il m'a préparé le lendemain, avec sept sortes de pains et trois types d'œufs. Le jour où j'ai rencontré sa famille, tellement nerveuse que je lévitais presque. Sur le pas de la porte, Rhys m'a dit : « Ils vont t'adorer. Pas parce que je t'aime, mais parce que toute personne dotée d'yeux et d'oreilles ne peut que t'adorer. » Le week-end à Brighton, après le pire trajet en bus du monde. Je revois le *bed & breakfast* douteux tenu par un couple de nazis, on ne peut plus loin du front de mer, et le bistrot avec les horribles serveurs. Ça aurait pu être affreux, mais en fait nous n'avons pas arrêté de rigoler comme des écoliers. Le jour où nous avons emménagé dans notre maison et bu du champagne dans des tasses, assis sur les marches, entourés d'un désert de moquette sable, sans un meuble, débattant pour savoir si son horrifiante photo d'Iggy Pop laissait oui ou non voir trop de poils pubiens pour mériter sa place dans une des « pièces de réception ». Toutes les *private jokes*, les anecdotes et l'intimité que je ne pouvais espérer partager un jour avec personne d'autre, en tout cas pas sans une machine à remonter le temps qui me ramènerait à mes vingt ans.

Qu'est-ce qui me prend de tout balancer du jour au lendemain ? Tous ces souvenirs sont-ils remontés pour me faire comprendre que je devrais rester avec Rhys ? Suis-je en train de commettre la plus grave erreur de ma vie ? Probablement pas, dans la mesure où ce titre était déjà pris.

Cette journée ne peut pas empirer ; je dois simplement me la coltiner. Je me fais soudain la réflexion que ce serait moins pénible si j'étais inconsciente. Je me traîne donc jusqu'à l'énorme lit de Rupa, me couvre le visage de mes bras et pleure jusqu'à m'endormir.

Au moment où je m'assoupis, le portrait de la femme indienne aux allures de mannequin s'anime ; elle baisse les yeux vers moi et me lance : « Je te préviens, cet appartement n'est pas du tout fait pour ça. »

CHAPITRE 14

Un bruit étrange me tire du sommeil. Je crois entendre une abeille prisonnière d'une canette et quelque chose qui court à pas précipités sur une surface dure. Je me redresse d'un coup dans la pénombre : et si Mindy s'était gardée de mentionner une infestation d'insectes façon série B ?! Je me secoue pour que les dernières brumes du sommeil se dissipent. Le bruit provient de mon portable qui vibre et se balade sur la table de nuit. Je l'attrape juste au moment où il va heurter les lames du parquet. Caroline.

— Tu m'as fauché mes serviettes finalement ? marmonné-je d'une voix pâteuse.

— Tu es soûle ?

— Non ! Je me suis endormie, expliqué-je en me frottant les yeux avec le talon de la main. Cela dit, c'est une idée intéressante.

— Je voulais voir si ma politique d'isolement te réussissait. Je commençais à me sentir coupable, ce qui est franchement désagréable.

— Comment ça ?

— J'ai imposé une loi stipulant que tu devrais rester seule ce soir.

— Merci bien ! bredouillé-je, bouillant de colère pendant un quart de seconde.

— Si nous étions venus te tenir compagnie, nous nous serions soûlés, et pour ta première soirée seule dans l'appart tu aurais en plus dû te coltiner le cafard de la gueule de bois du dimanche soir. Alors que comme ça, tu en es débarrassée.

— On peut aussi considérer que ça aurait concentré le plus gros du cafard en une seule fois, grommelé-je.

— C'est ce que tu ressens ? Alors je peux venir, si tu veux.

J'observe autour de moi le décor nouveau et inconnu. Rupa est manifestement accro aux guirlandes : dans la chambre scintillent des chapelets de roses rouges dont les étamines sont des ampoules de la taille d'épingles, des tubes souples et transparents traversés de pulsations disco… Même à travers le filtre gris de mon chagrin, l'effet est assez magnifique. Et puis, comme toujours, le style « qui aime bien châtie bien » de Caroline me fait du bien.

— Bah, je m'en sortirai.

— Va t'acheter une bouteille de vin, commande-toi quelque chose à manger. Je passerai demain.

Après avoir raccroché, je constate que je n'ai pas faim, mais je me rappelle avoir repéré une bouteille de Bombay Sapphire sur une étagère de la cuisine. Je l'attrape en songeant que je la remplacerai probablement deux fois avant mon départ. Je n'ai pas d'eau tonique, il faudra donc me contenter d'un jus Tropicana. Une fois servie, j'allume la télé et me laisse happer par une série médicale. Soudain, une autre préoccupation fait surface. Une préoccupation dont je ne voulais pas admettre l'existence. Ben n'a pas appelé. Et je commence à croire qu'il ne le fera pas.

Je ne devrais même pas y penser. C'est d'un mauvais goût achevé. Ben est un homme marié, donc pas quelqu'un avec qui je pourrais potentiellement sortir. Seulement, s'il n'appelle pas, son silence en dira affreusement long.

Une demi-heure en ta compagnie m'a suffi. En fait, ça a été trop, mais je l'ai endurée avec le sourire. Le passé est le passé, et tu es la seule à y vivre. À la prochaine, pour le dixième anniversaire de jamais. Au fait, avec ta nouvelle coupe, tu me fais penser à Tom Hanks dans Da Vinci Code.

Tout au fond de moi, je sais que c'est ma culpabilité paranoïaque qui parle, pas lui. Ben est celui qui s'est irrationnellement excusé d'avoir ne serait-ce que mentionné son mariage une fois que je lui eus appris mon statut d'ex-fiancée. Mais alors comment se fait-il que, quand j'examine et décortique les échanges entre nous, les perspectives s'amenuisent ? Je ne peux pas m'empêcher de penser au détail qui tue : il a pris mon numéro, mais il n'a pas proposé de me donner le sien…

C'est lui qui a dit que ce serait super qu'on se revoie, déclare d'un ton rassurant l'ange sur mon épaule.

C'est le genre de choses qu'on dit pour se montrer agréable et s'extirper d'une embuscade sociale, sans nécessairement s'y tenir, objecte le diable.

Bon sang, il ne va jamais appeler, et je vais tomber sur lui et son Olivia de Troie au rayon linge de maison de chez John Lewis, où ils seront en train d'examiner des draps en coton peigné d'Égypte ! Dans ma hâte de battre en retraite, je ne manquerai pas de m'affaler sur quelqu'un dans un fauteuil roulant…

Le patient à la télé souffre d'un syndrome appelé « FV ». Pendant que l'équipe de réanimation s'active, j'opte pour une théorie qui satisfait autant mon fatalisme que ma connaissance du caractère de Ben. Il était sincère quand il a dit que ce serait sympa de se revoir. Il m'a demandé mon numéro en toute bonne foi, probablement persuadé de s'en servir. Puis il a réfléchi à comment il me décrirait à sa femme. Cette simple considération pouvait en effet le faire reconsidérer son idée. Me reviennent en mémoire quelques souvenirs qui pourraient l'avoir aidé à se décider. Je le vois attraper son téléphone, faire défiler ses contacts jusqu'à mon nom, presser « effacer » et reprendre le cours de sa merveilleuse vie sans Rachel.

* * *

Une demi-heure plus tard, mon téléphone se met à clignoter. Un appel. Ma mère, sans doute. Je me prépare à me montrer faussement optimiste pendant cinq minutes et jette un œil à l'écran : numéro inconnu.

— Allô, Rachel ?

Je reconnais sa chaude voix masculine instantanément. Je passe de la fille à moitié endormie à 18 heures à la personne la plus éveillée de Manchester. Il a appelé ! Il ne me déteste pas ! Il n'a pas menti ! Piqûre d'adrénaline suivie d'une dose d'endorphine.

— Salut !

— Ça va ?

— Super !

— C'est Ben.

— Bonjour, Ben !

Mon ton est exagérément enjoué.

— Tu es sûre que ça va ? Tu as une voix un peu bizarre.

— Ça va, j'étais – j'étais… (Bon sang, je n'ai pas du tout envie d'admettre que j'ai dormi tout l'après-midi comme une vieille de quatre-vingt-deux ans.)… juste en position horizontale.

— Ah. OK. Je vois.

Ben semble gêné. Il doit me croire en charmante compagnie.

— Je te rappelle, conclut-il.

— Non ! crié-je presque. Je t'assure, tu ne me déranges pas. Comment vas-tu ? C'est drôle que tu appelles maintenant, j'étais justement en train de penser à toi.

Silence consterné.

— En bien, j'espère, finit par lâcher Ben d'un ton embarrassé.

— Bien sûr ! couiné-je, la note hystérique persistant.

— Hum, je voulais voir si ça te conviendrait de rencontrer mon collègue un soir de la semaine prochaine après le boulot. Tu sais, pour discuter de cette affaire…

— Oui, ce serait super.

— Jeudi ? Je pensais me joindre à vous ; ça ne te dérange pas ?

— C'est parfait.

Absolument, merveilleusement, incroyablement parfait.

— Simon est sympa, mais assez imbu de sa personne. Ne le laisse pas trop prendre ses aises et se lancer sur le thème « La presse, ce fléau ».

— Je suis sûre de pouvoir lui tenir tête.

— Je n'en doute pas, déclare Ben en riant. Très bien, je vous enverrai un message avec le lieu et l'heure en début de semaine.

— Génial.

— Passe un bon week-end. Je te laisse retourner à ta position horizontale.

— Je suis debout maintenant, et je pense le rester.

— C'est toi qui vois…

Nous échangeons des salutations empruntées et raccrochons. Je plane, anesthésiée, hébétée. À l'écran, le cœur du patient s'est remis à battre.

CHAPITRE 15

J e devrais écouter les détails du débat pour savoir comment, le 26 ou autour du 26 août de l'année dernière, Michael Tallack de Verne Drive, Levenshulme, a obtenu frauduleusement de l'argent, utilisant la prothèse de jambe de son frère pour se faire abusivement attribuer une allocation aux adultes handicapés.

Au lieu de ça, je suis mentalement à des kilomètres du tribunal, à une époque très, très lointaine : je suis revenue à l'automne de ma première année de fac et me trouve au milieu d'un groupe de jeunes gens en train d'admirer un feu d'artifice à Platt Fields Park.

Je poussais des « oh » et des « ah » à chaque explosion qui s'épanouissait puis s'effaçait en une araignée de poussière scintillante. À un moment, en me retournant vers Ben pour lui dire quelque chose, je vis qu'il me regardait moi au lieu du ciel nocturne. Son regard était tellement intense qu'il me fit la même impression que quand, à la fête foraine, on croit qu'une attraction est finie alors qu'il reste un dernier virage, une dernière plongée.

— Euh… (Je butai sur les mots que j'avais sur le bout de la langue une seconde plus tôt.) J'ai froid.

— Même avec ça ? demanda Ben d'un ton sceptique en désignant mes moufles.

Elles étaient en jacquard multicolore – et, je dois l'admettre, de la taille de housses de bouillotte.

— Elles sont jolies !

— Si tu as sept ans.

— Tu n'as pas froid, toi ? lui demandai-je.

— Pas vraiment, répondit Ben. Je n'avais pas remarqué.

Ses yeux scintillaient. Dans l'atmosphère glaciale, je sentis une onde de chaleur se répandre à la surface de ma peau. Je respirai profondément et frappai mes moufles l'une contre l'autre.

Une fille nous rejoignit et passa familièrement son bras autour de celui de Ben. Je pivotai de façon à ne pas les voir. Quand je me tournai de nouveau, ils s'étaient éclipsés. Je me surpris à me tordre le cou pour essayer de les repérer dans la foule. Je me sentis un peu abandonnée, ce qui était ridicule, et certainement un symptôme de mon manque de Rhys.

— Levez-vous, aboie le greffier, me ramenant brutalement à l'ici et maintenant.

J'attends poliment que tout le monde sorte en file devant moi, au lieu de me tracer un chemin rapide jusqu'à la porte, sur le mode irritable que j'adopte habituellement quand je travaille. Je ne pense qu'à mon rendez-vous avec Ben tout à l'heure. En moi se mêlent terreur, impatience, excitation, culpabilité, confusion…

Je vais me chercher un café à la bouse de vache et gagne la salle de presse pour le boire en paix. Zoe m'y a précédée. En dépit de ses doutes, elle s'est mise brillamment à la chronique judiciaire. L'aptitude à repérer un sujet ne s'enseigne pas vraiment, et elle en est clairement dotée. Elle a également assez d'assurance pour quitter une salle d'audience où il ne se passe pas grand-chose et partir à la recherche d'une affaire plus croustillante. Cela m'a pris des lustres d'avoir le courage de le faire. Je me revois scotchée à mon banc, suivant une banale tentative de vol avec coups et blessures, mes yeux allant d'un côté à l'autre, comme le font ceux du portrait d'un ancêtre dans une maison hantée dès qu'on lui tourne le dos.

— Cette saleté de Gretton! lance-t-elle en guise de salut, penchée sur sa salade de patates à emporter.

Elle pique les rondelles de concombre avec sa fourchette en plastique et les aligne sur le couvercle ouvert.

Je bois mon café à petites gorgées.

— Il vous colle aux basques, maintenant? Il me semblait bien que je le voyais moins.

— Ouais. J'avais déniché un bon sujet – un retraité téméraire qui a chassé des voyous de son jardin. Je crois avoir l'exclu, quand soudain je me retourne et le découvre en train de me souffler dans le cou.

— Mmm! Il n'a pas fait de jeu de mots avec «bêcher», si?

— Heureusement, l'arme mortelle ou dangereuse était un râteau.

— Prenez-le comme un compliment. Il ne se fatiguerait pas s'il ne pensait pas que vous savez ce que vous faites.

— Je suppose.

Je me rends compte que c'est plus vrai que je ne le souhaiterais. Voilà une découverte désagréable que celle de Gretton changeant instantanément de cible et se concentrant sur Zoe. Suis-je devenue si peu indispensable? Bon, je n'ai rien déniché de très palpitant ces derniers temps. Voilà ce que les étoiles pâlissantes du cinéma doivent ressentir quand un de leurs fans les plus fidèles les abandonne pour une rivale plus jeune. Même les rats dans son genre quittent le navire *Woodford* quand il prend l'eau. Il faut reconnaître que Zoe donne déjà l'impression qu'elle ira loin. Je crois que les gens ont dit ça de moi autrefois. Cette constatation m'affecte plus qu'elle ne l'aurait fait avant que je ne rompe mes fiançailles. Étrange comme, quand un pan de votre vie s'effondre, ceux restés debout paraissent soudain plus fragiles. J'ai toujours cru avoir un bon boulot. Maintenant je me rends compte que je n'ai jamais vraiment couru après les promotions, et voilà Zoe qui va probablement me passer devant en l'espace de quelques semaines, guère plus, avant de passer à autre chose.

— Je vais partir à l'heure aujourd'hui. Si on vous pose la question au journal, j'étais là jusqu'au bout, dis-je. Je n'ai rien à rendre avant demain et le procès en salle 2 avance tout doucement.

— Compris. Ça s'annonce amusant ?

— Quoi, en salle 2 ?

— Votre soirée.

C'est une bonne question.

— Un verre avec une vieille connaissance.

— Oh. Une *connaissance* connaissance ou une connaissance ?

J'ignore pourquoi, mais sa question m'agace.

— Une amie de longue date.

J'ai répondu d'un ton sec, et je comprends que ma conscience coupable me rend nerveuse.

Zoe hoche la tête, harponne une tranche de tomate cotonneuse avant de plonger sa fourchette dans un morceau de pomme de terre, tel un jardinier travaillant la terre avec une fourche.

CHAPITRE 16

L'affaire Tallack suit son cours, et mon après-midi passe en rêveries similaires. Cette fois, je reviens à ma période de révisions pour les examens de première année. Ben a laissé un message énigmatique dans mon casier du bâtiment des arts, m'indiquant le lieu et l'heure d'un rendez-vous, précisant pour finir « Viens seule », comme si nous étions des agents secrets.

Je n'étais jamais allée à la Central Library de St Peter's Square, heureuse de pouvoir me satisfaire de la bibliothèque John Rylands de l'université. Sachant cela et pour se payer ma tête, Ben me traça un itinéraire en dessinant quelques points de repère le long des rues à emprunter. À l'arrivée, il avait représenté une espèce de gâteau d'un bleu d'encre de stylo à bille ; les colonnes toscanes tenaient lieu de bougies. Il avait dessiné une tête rigolote légendée « Ben » et une flèche pour indiquer qu'il serait à l'intérieur.

En arrivant, alors que j'admirais l'architecture de la salle, j'aperçus Ben qui me faisait signe depuis une table.

— Coucou. Qu'est-ce qu'on fait ici ? soufflai-je en me glissant sur une chaise libre à côté de lui.

— Je ne voulais pas risquer que quelqu'un nous entende à la bibli de la fac, chuchota Ben. Et puis ça nous fait une sortie. Regarde ça.

Il poussa une pile de sujets d'examen devant moi.

— Ce sont des anciens sujets ? demandai-je.

— Ouaip. En les feuilletant, je me suis rendu compte qu'il y avait des constantes. Il n'y a de question sur le *Beowulf* qu'une année sur deux.

— D'accooord. Et donc… ?

— Il est sorti l'année dernière, donc il n'y a pas moyen qu'il tombe cette année. Nous n'avons pas besoin de le réviser.

— Une stratégie risquée.

— Je suis sûr de moi à cent pour cent.

— Vraiment ? dis-je, sarcastique. À cent pour cent ? Aussi sûr que les lois de la gravité ou que les lois de… de…

— Tu ne connais aucune autre loi, pas vrai ?

— … Murphy ?

— OK. Alors je suis sûr à quatre-vingt-dix pour cent.

— Je connais une autre solution tout aussi infaillible.

— Ouais ?

— En nous débrouillant pour que les profs ne soupçonnent rien, nous glissons en douce des informations dans nos cerveaux. Puis nous les introduisons clandestinement dans la salle d'examen, à leur nez et à leur barbe ! Personne ne devinera jamais notre secret…

Ben étouffa un rire.

— Allez, fais la maligne. Je savais que tu n'apprécierais pas mes efforts.

Je pointai du doigt l'inscription au plafond.

— « Voici le commencement de la sagesse : acquiers la sagesse. »

Ben secoua la tête.

— Voici le commencement : l'important, c'est ton diplôme, pas les sermons de Ronnie.

— Écoute, ça pourrait marcher, mais tu es intelligent, tu n'as pas besoin de faire ce genre de pari.

— Je déteste l'anglais médiéval…

— Que penserait ta mère de tout ça ?

Ben fronça le nez.

—Laisse ma mère en dehors de cette histoire.

J'avais fait la connaissance de celle-ci par hasard la semaine précédente, en passant à l'appartement qu'il partageait avec d'autres étudiants pour déposer un manuel. Une femme jeune et mince aux cheveux courts et aux mêmes traits fins que Ben discutait debout dans l'embrasure de la porte en faisant cliqueter des clés de voiture.

—Bonjour, je suis la mère de Ben, annonça-t-elle comme je m'approchai.

Son ton taquin suggérait : oui, je parlerai à tes amis si j'en ai envie.

—Bonjour, je suis Rachel. Je suis en lettres avec Ben, ajoutai-je au cas où elle m'aurait prise pour un plan sexe.

—Oooh, Rachel ! s'exclama-t-elle. Tu es cette fille adorable et intelligente dont le petit copain est musicien.

—Euh… oui, dis-je, flattée ne serait-ce que d'avoir été évoquée en des termes aussi valorisants.

—Ton copain habite – attends, attends, je le sais…

La mère de Ben leva la main pour indiquer qu'elle réfléchissait.

—*Maman*, protesta Ben dans un grognement sourd, rougissant à vue d'œil.

—Sunderland ! annonça-t-elle.

—Sheffield, dis-je. Mais vous aviez raison pour le S. Et le Nord. Vous n'êtes vraiment pas tombée loin.

—Honnêtement, vous n'imaginez pas à quel point il est sain pour mon fils de fréquenter une jeune femme insensible à ses charmes. Donc toutes mes félicitations, à vous et votre petit copain de Sheffield ou Sunderland !

—MAMAN ! s'écria Ben, la bouche tordue dans un rictus de souffrance tandis que je gloussais.

Dans la bibliothèque, je déclarai :

—Ta mère m'a bien plu.

— Ouais, pas la peine de me le rappeler. Elle t'a appréciée aussi.

— Et puis, si tu rates ta première année, à côté de qui je vais m'asseoir pendant les cours magistraux ? demandai-je à Ben.

Quelqu'un toussota ostensiblement à côté de nous. Nous ouvrîmes nos livres. Au bout de dix minutes, je levai la tête et constatai que Ben était très concentré. Il avait l'habitude de serrer d'une main l'épaule opposée, le menton sur le torse, pendant qu'il louchait sur un texte. Je ressentis soudain l'envie pressante de tendre le bras et de passer le dos de ma main sur sa pommette aussi lisse que du marbre.

Il leva les yeux. Je m'empressai de me composer une expression d'ennui mortel et feignis un bâillement.

— Ça te dit d'aller boire quelque chose ? chuchota-t-il.

— Un triple espresso avec un comprimé de ProPlus moulu directement avec les grains de café, répondis-je en refermant mon livre dans un bruit sourd, m'attendant à moitié à ce que s'en dégage un nuage de poussière légère et volatile comme du talc.

Une fois que nous fûmes installés dans la cafétéria, Ben dit :

— Je ne peux pas me permettre de rater ma première année. Je dois décrocher ce diplôme et commencer à gagner ma vie, vu que mon bon-à-rien de père n'est pas près d'aider ma mère et ma sœur.

— Vous vous voyez de temps en temps ?

— Pas si je peux éviter. Et c'est réciproque.

Le menton dans la main, je l'écoutai me raconter comment son père était brutalement sorti de leurs vies, les deux boulots de sa mère… Je me sentis coupable de m'être plainte de l'ennuyeuse tranquillité de ma vie de famille, tout en songeant que, avec certaines personnes, on a l'impression qu'on ne sera jamais à court de sujets de conversation.

Puis Ben me raconta la fois où il était parti sur les traces de son père et que celui-ci lui avait expliqué qu'il ne tenait pas à être retrouvé. Soudain, contre toute attente, il en eut les larmes aux yeux.

— Je n'arrivais pas à y croire. Je pensais qu'il suffirait que je lui dise que nous avions besoin de lui pour qu'il saute dans le premier train ou qu'il envoie un peu d'argent à ma mère. (Les yeux de Ben se mirent à briller, sa voix se fit rauque.) Je me suis vraiment senti con.

Je compris à ce moment-là qu'il avait besoin d'une diversion. Voulant être à la hauteur de mon rôle de confidente et prendre soin de lui – surtout après avoir appris qu'au moins une personne importante dans sa vie l'avait terriblement trahi –, je déclarai avec émotion :

— Je sais qu'il s'agit de ton père, mais j'espère que tu ne t'offenseras pas si je dis qu'il m'a l'air d'un beau connard. Tu as fait ce qu'il fallait en essayant de le convaincre d'assumer ses responsabilités. Et si tu ne l'avais pas affronté, tu te serais toujours posé des questions à son sujet et ça t'aurait bouffé. Au moins, comme ça, tu sais que c'est cent pour cent sa faute. Je sais que tu considères cet épisode comme un moment purement douloureux, mais n'oublie pas qu'il t'a permis de te libérer de tes doutes. Prends-le comme quelque chose que tu devais faire pour avoir l'esprit en paix.

Ben hocha la tête, reconnaissant que je lui aie donné le temps de reprendre le contrôle de ses émotions.

— Merci, Ron.

Je compris ce jour-là que, sous ses vêtements impeccables et ses airs désinvoltes, Ben était autant en construction que les autres. C'est juste qu'il donnait mieux le change.

CHAPITRE 17

— Levez-vous, aboie le greffier pour la dernière fois de la journée.

Toujours à moitié plongée dans mes rêveries, je me dépêche de ranger mon calepin et me rue vers la porte ; l'apparition d'un Gretton fou de rage me ramène brutalement à la réalité.

— Vous pourrez dire à cette petite pute à face de piaf que j'aurai sa peau ! On ne se fait pas de coups bas entre confrères, postillonne-t-il.

J'ignorais que Gretton agissait selon un code d'honneur – probablement rétroactif : je parie qu'il s'est fait doubler sur un article.

— Qui ça… ?

— Votre petite acolyte.

— Zoe ? Quel est le problème ?

J'essaie de l'amener à baisser le ton en parlant doucement moi-même, espérant qu'il calquera son volume sonore sur le mien. Quelques personnes nous regardent.

— Elle a *délibérément*…

Ma tactique ayant échoué, je l'agrippe par l'épaule et l'entraîne plus loin.

— Chhhut, pas ici. Suivez-moi.

Être pris au sérieux semble calmer légèrement Gretton, qui parvient presque à maintenir le couvercle sur sa rage en ébullition jusqu'à ce que nous arrivions dans la rue.

— Elle a trafiqué ma liste.

— Comment ça ?

— Il me manquait les pages 2 et 3. Quand je suis allé en chercher une complète, je me suis rendu compte que les meilleures affaires du jour figuraient sur les pages en question.

— Comment savez-vous qu'il s'agit de Zoe ? Les pages ne peuvent-elles pas s'être détachées ? Il vous manquait une agrafe ?

Ou une case, probablement. Le personnel de la réception nous distribue les listes imprimées des audiences du jour tous les matins dans des enveloppes scellées. Je ne vois donc pas comment Zoe aurait pu s'y prendre pour réaliser un tel tour de passe-passe.

— Comme par hasard celles où sont répertoriées les affaires qu'elle suit ? Faut pas me prendre pour un con.

Au même moment, Zoe passe tranquillement à côté de nous.

— Tout va bien, Pete ? demande-t-elle, très cool.

— Je vois clair dans votre jeu, petite connasse malhonnête, aboie Gretton.

— Ne lui parlez pas comme ça ! m'offusqué-je.

— Quel est le problème ? demande Zoe en écarquillant ses yeux de petite fille.

— Arracher des pages de ma liste… Alors comme ça, tous les coups sont permis ? Pas de problème. Je vous aurai prévenue. Et vous… (Il pivote sur ses talons pour pointer son doigt vers moi.)… vous feriez bien de prendre garde aussi.

— Pourquoi ? Qu'est-ce que j'ai fait ?

Il s'en va d'un pas furieux, lissant ses cheveux fins brun rouille d'une main, fouillant dans sa poche à la recherche de ses cigarettes de l'autre.

Zoe ajuste son sac sur son épaule. Je n'avais encore jamais prêté attention à son état pathétique et miteux, d'une inélégance finie – un de ces trucs informes qu'on achète sur les marchés étudiants, couleur vase, brodés et couverts de petits miroirs. Cela me rappelle qu'elle débute dans ce monde. Ses parents lui offriront probablement sa première serviette en cuir pour son prochain Noël.

Elle arbore un sourire un peu trop satisfait.

—Comment vous y êtes-vous prise ?

—J'ai arraché les pages de la mienne et échangé nos listes à un moment où il était très occupé à reluquer les jambes d'une avocate dont la toge s'était prise dans une poignée de porte.

Nous échangeons un regard et éclatons de rire.

—À partir de maintenant, plus question de se laisser faire, déclare Zoe.

J'ai toujours toléré Gretton, le considérant comme un désagrément de l'existence, mais Zoe est manifestement pleine de ressources. Peut-être que si j'avais eu ce genre d'énergie il y a dix ans, je serais loin d'ici aujourd'hui.

Je lui tends la main et elle la serre.

—Vous pouvez être très fière de votre première semaine.

—Un verre ? propose Zoe.

—Une prochaine fois. Je dois retrouver des amis.

—L'amie de longue date…, dit-elle en hochant la tête.

Pendant un instant, le regard fixe et ahuri, je dois me creuser les méninges pour me rappeler mon bobard.

—Amusez-vous bien, conclut Zoe.

Son petit sourire m'indique qu'elle m'a grillée.

Je m'éloigne en me répétant mentalement : *J'apprends l'italien, j'apprends l'italien…*

* * *

—Tu es toute jolie, dit Caroline en me voyant m'avancer précautionneusement jusqu'à notre point de rendez-vous près de Piccadilly Gardens, et remarquant probablement ma robe-chemise et mes talons-plus-hauts-que-d'habitude. Tu t'es pomponnée en mon honneur, bien sûr…

— Toi aussi, tu es sur ton trente et un, rétorqué-je, sur la défensive.

— Je me fais toujours belle pour aller travailler.

— Frimeuse.

J'espérais avoir choisi la tenue qui me donnerait l'air « professionnelle et bien dans sa peau ». Et, OK, peut-être un peu sexy. Jusqu'ici, ça m'a valu un « Hé ! Comparution pour racolage ? Salle 7 ! » de Gretton.

Submergée par le trac et comprenant que j'avais besoin de soutien pour affronter Ben et son pote intimidant, j'ai demandé à Caroline de m'accompagner. Il est possible aussi que j'aie pensé qu'être quatre me permettrait éventuellement à un moment de discuter tranquillement avec Ben. Et je savais que Caroline serait ravie d'avoir une nouvelle fois l'occasion de l'admirer – en tout bien tout honneur.

Nous nous mettons en route.

— Ça n'a pas dérangé Graeme que tu viennes, j'espère ? Désolée d'avoir chamboulé ta soirée…

J'essaie de ne pas me laisser distancer par les longues foulées de Caroline.

— Ouaip, tu as gâché notre sortie cinéma annuelle. Je bannis tous les films avec des sous-marins, lui tous les films avec Meryl Streep, et ensuite nous nous disputons devant le guichet jusqu'à ce que Gray me soudoie avec des M&M's.

— Désolée…

— Je plaisante. On avait déjà annulé. Il s'est débarrassé de moi en me racontant des salades à propos de je ne sais quels tableurs, histoire de rester pépère à la maison. Qui on retrouve, déjà ? À part Ben ?

— Son ami Simon.

Elle hausse un sourcil.

— C'est quoi, ce plan ? Il essaie de te maquer ?

— Ne dis pas de bêtises. Ce n'est pas le genre de Ben.

— Euuuh…

—Quoi ? demandé-je nerveusement.

—Tu n'as pas vu Ben depuis dix ans. Il pourrait avoir complètement changé.

CHAPITRE 18

B en nous a fixé rendez-vous dans un bar branché du centre que je n'ai pas encore pris le temps de visiter, ce qui prouve bien qu'il n'a absolument pas besoin de mes recommandations en matière de sorties. L'endroit est tout en surfaces de béton lissé, ciré, avec une lumière tamisée pour un effet théâtral, des compositions de fleurs tropicales et des sièges si bas qu'une fois assis on se retrouve à faire la conversation à des rotules et des trachées.

En arrivant, j'aperçois Ben à l'autre bout de la salle. Il discute avec un grand blond d'environ trente-cinq ans. Les gestes dont celui-ci ponctue ses phrases suggèrent que la vie est un talk-show dont il serait l'hôte. Quand nous atteignons leur table, le pseudo-présentateur nous examine de haut en bas d'un regard languide qui me rappelle un scan d'aéroport.

— Salut… Ben, tu te souviens de Caroline ? dis-je.

— Bien sûr, répond Ben en souriant. Comment vas-tu ? Simon, je te présente Rachel, qui travaille au journal.

Ben se lève, toujours en costume – chemise bleu barbeau artistement froissée (et non pas chiffonnée comme elle l'aurait semblé sur le commun des mortels), pantalon bleu marine, veste à la doublure chatoyante jetée par-dessus une chaise près de lui. Une part de moi, la part de moi qui, comme Caroline l'a justement fait remarquer, a oublié qu'une décennie s'est écoulée, veut hurler son excitation et le serrer dans mes bras. *C'est toi ! C'est moi !* Je sais que je dois me calmer. Ce n'est rien. Juste un verre avec une vieille connaissance de ma vie étudiante. Il se penche pour embrasser Caroline sur la joue et, naturellement, elle retombe instantanément sous le charme. Ben et moi nous saluons d'un signe de tête, nous signifiant tacitement que nous avons déjà tenté le coup du baiser l'autre jour et que ni l'un ni l'autre ne tient à renouveler l'expérience.

Simon déplie ses longs membres et se met debout à son tour.

— Enchanté. Qu'est-ce que vous boirez, mesdames ?

— Merci, je m'en occupe. Qu'est-ce que vous buvez ? dis-je.

Je me rends compte immédiatement que toute résistance est inutile : Simon, en bon mâle dominant qui se respecte, ne permettra jamais qu'une femme lui offre un verre. Je suis tellement plus habituée aux buveurs de bière dominés…

— Non. Qu'est-ce que vous boirez ? répète-t-il fermement.

— Une vodka tonic, lance Caroline, sapant gentiment ma position.

Il se tourne vers moi, attendant ma réponse.

— Un gin tonic, merci.

— Comment vas-tu, Ben ? demande Caroline. Rachel m'a dit que tu étais marié, et avocat ?

— Exact. Spécialisé en droit de la famille. Ma femme en litiges.

— Tu étais en lettres à la fac, non ? demande Caroline.

— Ouaip. J'ai passé le mauvais diplôme, dit Ben franchement. Bon à presque rien.

Aïe, ça fait mal. Non pas que je m'enorgueillisse particulièrement de mes qualifications… mais nous n'aurions pas passé trois ans en compagnie l'un de l'autre s'il n'avait pas choisi ce cursus.

— Bon à rien si l'on considère qu'apprendre ne doit servir que des visées professionnelles, rétorqué-je un peu sèchement.

— Ouais, désolé. Je ne voulais évidemment pas dire bon à *rien* – tu as très bien réussi, se reprend Ben, et je vois qu'il est surpris de son propre manque de tact. Mais j'étais fauché après la remise des diplômes, et uniquement qualifié pour continuer à étudier. On ne peut même pas enseigner l'anglais à l'étranger sans le TEFL. Et je n'ai pas l'étoffe d'un journaliste comme Rachel. Je ne pourrais jamais abattre un tel travail en respectant des délais comme elle le fait.

Je sais qu'il essaie de se rattraper, mais, même si j'apprécie l'intention, le mal est fait. Sentant son regard sur moi, je feins d'être très occupée à plier mon manteau sur mon siège pour éviter de le croiser.

Simon revient avec deux verres à whisky trapus remplis de glace.

— Citron dans la vodka… Citron vert dans le gin tonic.

— Merci, pépions-nous à l'unisson.

Il paie une tournée sans se commander un autre verre ? Il faudra que je dise à Rhys que ce genre d'hommes existe vraiment – il recommanderait probablement à Simon de faire immédiatement don de son cerveau à la science.

Nous discutons un moment histoire de faire connaissance, puis, une fois établi que Caroline est comptable, Simon part dans une digression avec elle.

— Comment va Abigail ? demandé-je à Ben.

Abigail, la sœur maigrichonne aux yeux globuleux de Ben, avait treize-quatorze ans à l'époque où nous étions étudiants. Ben l'adorait, de cette manière qu'ont les grands frères beaucoup plus âgés avec leurs cadets. Il m'avait prévenue, avant que je fasse sa connaissance, qu'elle était atteinte du syndrome d'Asperger, et qu'elle disait donc tout ce qui lui passait par la tête, sans filtrer ses émotions, ni peser ses mots, ni sacrifier à la politesse. « Ça ne me changera pas beaucoup des membres de ma famille et de mon copain », avais-je plaisanté, même si j'appréhendais secrètement. Et si elle demandait pourquoi j'avais des rouflaquettes ? Quand nous avons enfin eu l'occasion de nous rencontrer, j'ai découvert l'une de ces personnes rares qui ont peu de penchants méchants ou de pensées mauvaises, si bien que ça n'eut pas autant d'importance que ça aurait pu en avoir. Après avoir admiré mon bonnet, que j'avais acheté sur le marché étudiant, elle me dit : « Tu peux me le donner, s'il te plaît ? » Ben en avait été horrifié.

Plus tard, je lui en avais fait parvenir un identique. Ben m'avait rapporté qu'elle en avait été tellement ravie qu'elle en avait « presque pleuré, cette andouille », même s'il était tellement grand pour elle qu'il la faisait ressembler à « un des martiens de *Mars Attacks* ». Il me l'avait raconté dans une lettre, ayant pris l'initiative inhabituelle de m'écrire pendant les vacances.

Ben sourit.

— Abi va *très bien*, figure-toi. Elle est employée à temps partiel dans une agence de voyage où ma tante travaille aussi et a pu la prendre sous son aile. Elle vit toujours avec ma mère, et c'est bon de savoir que ni l'une ni l'autre n'est seule.

Je me rappelle comme cette perspective le préoccupait.

— C'est super !

Me rappelant combien Abigail s'était attachée à moi, j'ajoute :

— Je parie qu'elle adore avoir une belle-sœur.

Ben fait une grimace.

— Mmm, ça lui a plu au début, oui.

Je hausse des sourcils interrogateurs.

— Abi pensait qu'elle serait demoiselle d'honneur à notre mariage, sauf que Liv avait déjà demandé à deux amies et qu'elle a refusé d'en virer une sous prétexte qu'Abi avait mis la charrue avant les bœufs. Et, d'après Liv, si elle choisissait Abi, il fallait aussi qu'elle propose à ses nièces diaboliques, ce qu'elle voulait éviter à tout prix. J'ai essayé de lui expliquer qu'Abi n'est pas manipulatrice, elle ne comprend pas. Enfin, tu sais de quoi je parle, tu connais Abi.

Je suis touchée qu'il considère que je comprends Abi après toutes ces années.

— Tu n'avais vraiment aucun moyen d'intervenir ? Je sais combien ces situations peuvent être délicates…

Tu parles.

— J'en ai eu l'intention. J'ai essayé. Mais en fin de compte je ne pouvais pas imposer à Liv ses demoiselles d'honneur.

— Bien sûr.

— Abi n'en a pas démordu : elle serait « demoiselle d'honneur ou rien ». La crise est devenue tellement politique entre ma mère, Abi et Liv que j'ai préféré ne plus m'en mêler. Mais le résultat, c'est que c'est un peu tendu entre elles depuis. Ou plutôt entre ma mère et Liv. Abi a oublié l'incident. Je suis sûr que ça finira par s'arranger.

La mère de Ben avait ri si facilement le jour où nous nous sommes rencontrées. Pendant une fraction de seconde, j'imagine un univers parallèle où je suis sa belle-fille et Abi ma demoiselle d'honneur – ah, comme nous nous entendons bien… ! Pour faire bonne mesure, je devrais rajouter quelques elfes qui nous apporteraient les alliances.

— Passe le bonjour à Abi de ma part quand tu la verras.

— Bien sûr. Elle me demandait régulièrement de tes nouvelles autrefois.

Le « autrefois » nous plonge dans le silence. Je me demande comment il lui a expliqué la fin de notre amitié. Et comment il pensait à moi – s'il pensait à moi ?

Ce nid-de-poule dans notre conversation est le premier d'une longue série sur la route qui se déroule devant nous – si nous renouons notre amitié. Car il est possible que Ben ne considère pas cette rencontre comme le commencement de quoi que ce soit, seulement comme un service rendu à un ami. Un petit crochet au pays des souvenirs, avant de faire rapidement demi-tour et de repartir, le pied écrasant fermement l'accélérateur.

Ben pense visiblement la même chose, car, avec un geste qui nous englobe, lui et moi, ensemble, il dit :

— C'est fou, non ? Où va le temps qui passe… ?

Je parie qu'il a passé plus vite pour toi, pensé-je en hochant la tête. La conversation en tandem de Caroline et Simon sur la haute finance ne semble pas près de s'arrêter. Ben estime donc manifestement pouvoir me demander :

— Que s'est-il passé entre Rhys et toi ? Enfin, si tu veux en parler. Sinon, pas de problème…

— Tout et rien en particulier. Nous étions arrivés au bout de la ligne. Cockfosters.

— Pardon ?

— Le bout de la ligne. Le terminus. Le métro ? Laisse tomber.

— Ah.

Ben sourit poliment, déconcerté.

Du temps où nous étions à la fac, je suis sûre que ça l'aurait fait rire. *Je ne le connais plus. Il a changé.* Ou peut-être que je devrais réessayer avec une blague un peu plus drôle. D'un côté j'ai envie de me jeter sur Ben et tout lui raconter, après avoir fait signe au serveur de nous apporter la fin de la bouteille et viré Caroline et Simon. De l'autre je sais que non seulement il est la dernière personne auprès de qui chercher de la compassion, mais qu'en plus je ne supporterais pas de voir une miette, ni même la plus petite poussière de soulagement dans ses yeux – soulagement d'avoir échappé à une relation avec moi.

— Enfin bref. Qu'est-ce qui t'a poussé à revenir vivre à Manchester ? continué-je, un peu en désespoir de cause.

— En plus du poste à pourvoir dans l'étude de Simon ? Je ne sais pas exactement… J'en avais assez de Londres. Je ne me résolvais pas à l'idée de devoir m'installer en banlieue ou dans un petit bled. Manchester est l'autre grande ville que j'aime.

— Ta femme aussi avait envie de déménager ?

— Pas exactement. Nous avons débattu longtemps avant d'arriver à cette décision. Il a fallu, disons… quelques compromis et concessions.

Simon surprend cette dernière phrase et s'immisce :

— Ce qu'il veut dire, c'est qu'ils sont ici, mais qu'en contrepartie Olivia prend désormais toutes les décisions, et ce jusqu'à ce que la mort les sépare.

Il ajoute :

— À propos de femmes tyranniques, Caroline pense que Ben devrait aller nous chercher autre chose à boire.

— Absolument pas ! proteste Caroline, amusée que Simon la taquine.

Elle a toujours aimé les mecs arrogants.

Ben secoue la tête, feignant la désapprobation.

— Allons, Caroline. Nous ne sommes pas en train d'enchaîner les tequilas paf au bar du syndicat étudiant. Cette fille était monstrueuse à l'université.

— Vraiment ? dit Simon en examinant Caroline, se demandant manifestement si « monstrueuse » impliquait aussi « et plus si affinités ». Et Rachel ?

— Encore pire, marmonne Ben avant de se lever prestement.

CHAPITRE 19

—A lors ? Tu comptes parler de l'affaire à Rachel ? demande Ben à Simon en revenant.

J'aurais aimé nourrir encore un peu l'illusion que nous n'étions pas là pour parler boulot ; néanmoins je renchéris :

—Ouais, de quoi s'agit-il ? Je suis curieuse.

—Je peux vous faire confiance ? Ça reste entre nous ? me presse Simon d'un air circonspect.

Il s'avance sur son siège ; ses yeux sondant le bar comme si l'agent secret avec lequel je faisais équipe rôdait près du distributeur de cigarettes.

—Je fréquente rarement les bars avec des micros planqués sur moi.

Simon me lance un regard noir.

Du bout du doigt, je trace une croix sur ma poitrine.

—Ça ne sortira pas de cette pièce, promis. Sur ma vie. Vous pouvez parler en toute sécurité.

—J'ai un client important prêt à accorder une interview. Au bon journal.

—Nous ne pouvons pas lui offrir beaucoup d'argent.

—J'ai dit le bon journal, pas celui qui paiera le plus.

—Qui est ce monsieur ?

Simon recule de nouveau au fond de son siège, examine attentivement mon visage comme s'il s'agissait d'une carte qui contiendrait la clé de mon honnêteté.

—Cette dame. Natalie Shale. Donc épouse de client, pour être exact.

Mon pouls s'accélère. J'attends que mon pessimisme naturel le fasse redescendre à son rythme normal.

— Elle n'accorde pas d'interview.

— Elle n'en accordait pas, mais je suis en train de la conseiller différemment.

— Différemment de qui ?

— Du précédent avocat de son mari, répond Simon, sa bouche se tordant convulsivement, peut-être irrité d'être mis en doute. J'ai remplacé un collègue submergé.

— Ça doit plutôt bien marcher pour vous si on vous confie… ?

— Simon est sur le point d'être nommé associé, intervient Ben.

— Alors, vous êtes partante ou pas ? demande Simon.

— Natalie ferait un entretien face à face, avec photos et tout ? En exclusif ?

Ça fait un bail que je ne me suis pas vraiment enthousiasmée pour un sujet. Je sens s'agiter au fond de moi la vraie journaliste, s'éveillant d'un sommeil aussi long et profond que celui de Rip Van Winkle. Mon rédac chef va sauter au plafond.

— Oui, mais rien ne doit filtrer sur la nouvelle preuve pour l'appel. Vous devrez également me garantir que vous n'en profiterez pas pour déterrer le passé trouble du mari. Elle est très sensible sur le sujet, comme vous pouvez l'imaginer. Elle ne veut rien voir imprimer qui risquerait de ternir sa réputation quand il sera relâché.

— Et s'il ne l'est pas ? demande Caroline.

— Il le sera, déclara Ben.

J'émets un bruit qui indique que je suis d'accord.

— Pourquoi ? insiste-t-elle.

— Parce qu'il est innocent… et qu'il est défendu par une équipe d'avocats de choc, répond Ben en inclinant sa bouteille pour l'entrechoquer avec celle de Simon.

Toujours aussi optimiste.

Caroline me jette un coup d'œil. Je sais qu'elle pense : depuis quand est-ce une garantie ?

Toujours aussi pragmatique.

— Il a besoin d'excellents avocats, poursuit Simon posément, et d'attention, dans la mesure où il s'agit d'une erreur judiciaire : il faut que le juge n'ait pas d'autre choix que reconnaître qu'on n'attire pas autant de gens brandissant des pancartes et sonnant leurs vuvuzelas devant la cour d'appel sans une bonne raison, putain. Nous devons maintenir l'attention braquée sur lui. L'interview de Natalie pourrait nous y aider.

Son « putain » me fait douter qu'il ait toujours fréquenté la crème de la crème et étudié dans une université qui en jette, du style Eton ou Harrow.

— Et Natalie est très appréciée des médias, conclut-il. Si vous faites ça bien, c'est la victoire assurée.

— Appréciée ? Je croyais qu'elle n'accordait pas d'interview ? s'étonne Caroline.

— Il veut dire qu'elle est très séduisante, expliqué-je.

— Exact, confirme Simon en se laissant aller en arrière.

Ainsi adossé, il est pratiquement horizontal.

CHAPITRE 20

À la fac, avoir des amis étudiants en compta, en gestion d'entreprise et en sciences cognitives signifiait clairement une chose (outre le fait qu'ils gagneraient dix fois mieux leur vie que moi plus tard) : je disposais de bien plus de temps libre qu'eux pendant les périodes de révisions.

Naturellement, Ben et moi avons fini de passer nos examens de première année une semaine environ avant tous les autres. Pour des raisons que l'histoire n'a pas retenues, nous sommes allés fêter l'événement dans un abominable pub pseudo-écossais de Fallowfield, le *MacDougal's*. Si le patron avait baptisé son bar en l'honneur du clan MacDougal, la déco ne m'a donné aucune envie de les rencontrer : les rideaux étaient en tartan, la couleur du tissu d'ameublement évoquait une plaie suppurante et il flottait dans l'air une odeur de produit de nettoyage à moquette et de Silk Cut. Ben résuma l'endroit ainsi : « Mac Dégueu ».

Ben et moi passions presque toutes nos journées ensemble. Nous nous amusions tellement, et ce sans le moindre effort, que je crois que nous aurions été capables de nous bidonner même en passant une nuit en cellule. Pourtant, je ne m'imaginais pas un instant tomber amoureuse de lui. D'abord parce qu'il n'était pas mon genre, ensuite parce que tout était trop fluide entre nous. L'attirance, avais-je décidé, nécessitait des frictions. Elle se fondait sur le conflit, le mystère et la distance. Rhys pouvait se montrer vraiment froid parfois, et ce de bien des façons. Il m'avait même demandé d'arrêter de venir à ses concerts sous prétexte que «ça l'empêchait de se concentrer». Il me traitait comme un chien et, n'étant pas du genre à contredire les clichés, j'étais mordue.

—Je suis vraiment, vraiment forte pour enchaîner les verres cul sec, annonçai-je à Ben, après deux vodka-Coca.

—Ah oui? demanda-t-il, dubitatif.

—Oh, ouais. Je peux enchaîner les shots de vodka en mesure.

—Tu n'en as bu que deux…

—Je te défie de tenir mon rythme! Tu vas rouler sous la table! m'écriai-je avec la présomption de celui qui a déjà bu du costaud l'estomac vide et qui baratine grave.

Ben ricane dans son verre.

—Tu choisis le poison, ajoutai-je en tapant sur la table pour plus d'effet. Je t'écrase, et ensuite je te porte jusque chez toi.

Ben penche la tête sur le côté.

—Tu as déjà essayé le Drambuie flambé?

—Nooon. Vas-y, fais péter.

Il partit comme une flèche au bar et revint avec une pochette d'allumettes bon marché et des verres contenant chacun deux, trois centimètres d'un liquide cuivré. Suivant les instructions créatives de Ben, nous les avons allumées pour faire de minuscules lacs de feu, avant de coller nos paumes sur les bords pour les fermer hermétiquement. Puis nous avons essayé de les faire tournoyer au-dessus de nos têtes avant de boire, avec les résultats désastreux prévisibles.

—Tu ne ressembles à aucune fille que j'ai rencontrée, déclare Ben d'un ton léger en s'essuyant la bouche après que la deuxième tournée nous eut enflammé l'estomac.

—Plus grossière? demandai-je.

—Non, je veux dire… Tu es… tu sais. Comme mes meilleurs potes chez moi. Pas gnangnan. Tu décapes.

Il marmonna le dernier mot en se plongeant dans la carte des cocktails, si bien que je dus faire un effort pour l'entendre.

— Quoi, tu n'avais jamais rencontré de fille intelligente avant ?

— Ce n'est pas ce que je veux dire. Je n'avais jamais autant ri avec une copine.

Je n'avais aucun mal à croire que Ben avait connu peu d'amitiés féminines platoniques, mais je n'avais pas l'intention de flatter son ego en lui proposant des explications.

— Et toi, tu ne ressembles à aucun garçon que j'ai rencontré, dis-je avec les lèvres molles qui caractérisent le début de l'ivresse, sans tenir compte du fait que ce n'était pas un enchaînement d'idées que j'avais particulièrement envie de mener jusqu'à destination non plus.

— Comment ça ?

— Avec ton physique, tu pourrais faire partie d'un *boys band*, expliquai-je dans un gloussement d'ivrogne.

Les traits de Ben se tordirent en une expression blessée.

— Oh, waouh, merci…

— Quoi ? C'est gentil !

— Non, pas du tout.

Je continuai d'insister sur le fait qu'il s'agissait d'un compliment, et Ben marmonna qu'il aurait fallu qu'il subisse une ablation de l'amour-propre en même temps que celle de son appendice pour me croire. Je m'en voulais de n'être pas fichue de faire preuve de sincérité.

Alors que le temps commençait à se dilater et se contracter dans les chaudes vapeurs de l'alcool, les potes de chambrée de Ben nous rejoignirent, et soudain je me retrouvai l'unique fille au milieu d'une bande de sept gars hurlants qui nous saluèrent par des « Oi oi ! » et un « Encore fourré avec ta femme, hein ? »

Cette plaisanterie ne me dérangea pas, surtout dans mon état de décontraction, mais quand je jetai un coup d'œil à Ben, je le surpris qui leur lançait des regards assassins.

Aussi étonnant que cela puisse paraître, je fus bientôt surpassée dans le jeu des défis alcoolisés : l'un d'eux revint à la table avec une bouteille de tequila avec un sombrero en plastique en guise de bouchon, une énorme boîte de sel et un bol rempli de quartiers de citron un peu ratatinés.

— Action ou vérité ! annonça Andy, le meneur du groupe. Tu joues ?

Il s'adressait à moi directement.

— Non, intervint Ben d'un ton brusque.

Je me tournai vers lui.

— Je te demande pardon ?

— Ron, tu es la seule fille. Toutes les actions seront en rapport, de près ou de loin, avec tes seins.

J'ouvris la bouche pour protester.

— Crois-moi, ils ont beaucoup plus de résistance que toi et beaucoup moins de principes, ajouta-t-il.

— Pourquoi tu l'appelles Ron ? demanda Patrick, un des garçons.

— Longue histoire, éluda Ben.

— Ils forment une société secrète composée de deux membres, intervint Andy.

— Il y a des rituels d'initiation intéressants ? demanda Patrick avec un regard lubrique.

— Tu es vraiment obligé d'être aussi puéril ? lança Ben.

— Se montrer hypersusceptible quand quelqu'un taquine cette dame fait sûrement partie du code de conduite, expliqua Andy à Patrick.

Je sentis la colère de Ben augmenter de quelques degrés, mais je ne savais pas comment lui venir en aide. Je ne tenais pas à être la petite femme docile au milieu d'un tas de mecs échangeant coups de coude et clins d'œil. Cependant, sentant que tout ce que je dirais serait utilisé contre nous, je préférai garder le silence.

—Alors, tu participes ou tu laisses ta mère décider à ta place ? me lança Patrick de sa voix de capitaine de la Société de débats.

Je me rendis compte à cet instant qu'il m'inspirait une profonde aversion.

Andy s'écria :

—Ouais. Laisse-la jouer ! C'est ça, le féminisme, non ?

—Je ne suis pas en train de jouer les machos, je cherche à te protéger. Qu'est-ce que Rhys voudrait que tu fasses, face à cette bande de crétins ? me glissa Ben à voix basse.

Invoquer mon petit copain eut l'effet escompté. Rhys serait déjà en train de se faire craquer les phalanges en les invitant à le rejoindre dehors.

—J'ai de l'avance sur vous, je crois que je vais passer cette tournée, dis-je avec un sourire.

Ils me huèrent tous.

Le jeu commença. L'un après l'autre, ils durent confesser des fantasmes pervers comportant au moins deux mâles et une prof coquine, descendre des pintes d'une traite, et, pour Andy, se précipiter à la fenêtre pour montrer ses fesses aux passants. La fille derrière le bar tiqua à peine et continua de feuilleter son magazine, satisfaite que nous fassions plus que doubler la recette habituelle d'une soirée de week-end tranquille au *MacDougal's*. Ça valait bien une paire de fesses.

—Ben Ben BEN BENNY ! beugla Andy. Ton tour. Action ou vérité ?

Les yeux d'Andy glissèrent malicieusement dans ma direction. Je craignis soudain, de façon tout à fait irrationnelle, que la « vérité » ne m'implique de je ne sais quelle façon. Mais quelle vérité devais-je redouter, exactement ?

—Euh. Action, dit Ben.

Andy se pencha vers Patrick et ils s'entretinrent à voix basse, ponctuant leur conciliabule de ricanements diaboliques. Je m'agrippai aux bords de ma chaise.

— L'action de Ben a été décidée ! Embrasse-la, ordonna Andy en me désignant d'un geste.

— Pas question, elle ne joue pas, protesta Ben avec un rire dédaigneux.

— Et alors ? Les passants auxquels j'ai fait l'honneur de montrer mes fesses jouaient, peut-être ?

Le regard de Ben se fit d'acier.

— Hors de question ! Vérité, ou j'arrête.

— Ce n'est pas toi qui choisis, lui rappela Andy en secouant la tête. Allez, au boulot !

Il agita la langue dans ma direction.

— Beurk. Ne me demande pas de répéter, dit Ben.

C'était irrationnel et ridicule, mais son « beurk » emphatique me blessa. La détermination de Ben était compréhensible et respectueuse, mais aussi tellement véhémente que je ne pus m'empêcher de me demander si l'idée ne lui répugnait pas sincèrement. D'accord, il me trouvait « décapante »… Mais ça n'empêchait pas que je puisse le dégoûter physiquement. Nous admirions tous l'œuvre de Charles Dickens en TD, sans pour autant avoir envie de chevaucher sa moustache.

— OK, Ben est une lopette. Vérité ! Vérité. (Andy leva les mains pour demander le calme et l'attention de l'assistance.) Merci.

Andy et Patrick se replongèrent dans une de leurs messes basses ricanantes, dont ils émergèrent bientôt.

— Vu qu'apparemment tu es un sacré lapin, ta vérité sera : combien de filles tu t'es tapées depuis le début de l'année – noms et détails requis.

— Aaaah, ouais… Sauf qu'un gentleman ne divulgue pas ce genre d'informations, objecta Ben.

Mais les autres avaient déjà commencé à taper sur la table.

— Alors là, pas question que tu te défiles. Action ou vérité ! s'écria Andy. Vérité-vérité-vérité…

Ben se mâchouillait la lèvre. Quant à moi, je n'avais absolument aucune envie d'entendre les résultats de son tableau de chasse. Ça ne me faisait ni chaud ni froid, néanmoins ses conquêtes féminines et notre amitié appartenaient à deux mondes séparés. Je le soupçonnais de feindre poliment de ne pas voir que Caroline en pinçait pour lui dans la mesure où sa proximité avec moi rendrait la situation incommode. Si toutes ces rencontres étaient soudain détaillées, si j'entendais des noms, je serais bizarrement tentée de chercher à leur associer un visage et des détails biographiques sommaires, comme un tueur à gages repentant revisitant l'histoire de ses victimes.

— Ce n'est pas juste… (Ben luttait pour se faire entendre par-dessus les huées et les sifflets)… pour les personnes dont je parlerais, si ?

Les personnes. Le voilà, le pluriel qui traduisait un vaste arrière-pays de conquêtes. Mes intestins commençaient à protester contre mon abus de Drambuie.

— Mais, putain, on ne te demande pas du coup par coup – ah, ah, dit Patrick. Et pas la peine de jouer les timides. Un bon chasseur accroche la tête du cerf sur son mur.

— Je vais t'aider : il y a eu Louise O'Oui la première semaine, déclara Andy avec un gloussement.

Je m'agrippai plus fort à ma chaise, les phalanges si crispées qu'elles devinrent blanches.

D'une chiquenaude, Ben envoya un sous-bock au milieu de la table.

— Non, ne comptez pas sur moi pour jouer à ces conneries.

— Oh, ne nous force pas à te punir, gronda Andy. Je doute que tu aies envie de découvrir ton châtiment. Sache quand même que tu devras, entre autres, te mettre à poil la tête en bas dans cette poubelle.

Ils étaient très nombreux, et j'étais le seul membre du *fight club* de Ben. Je commençai sérieusement à me faire du souci pour Ben, mais je ne voulais pas qu'ils découvrent la force de mon instinct de protection – j'étais déjà bien assez ennuyée de l'avoir découvert moi-même. Enfant unique, je n'ai jamais eu de frère ou de sœur à protéger à la récré, mais je supposai que c'était ce qu'on devait ressentir si quelqu'un les menaçait. Assez primitif.

Je lui envoyai un coup de coude désinvolte dans les côtes.

— Accepte l'action. Je m'en fiche.

— Vraiment ? demanda-t-il, l'air vaguement horrifié.

OK, j'étais officiellement blessée. Je lui offrais une bêche et il réagissait comme si je lui proposais de creuser sa tombe et non un tunnel pour s'échapper.

— Ah, ah, ah, ah ! cria Andy, et tous se remirent à taper sur la table en cadence.

— Ben, franchement, on s'en tape ! soufflai-je. C'est juste un baiser, nous savons bien que ça n'a aucune importance. Si tu en as le courage…

Je hochai la tête en signe d'encouragement tandis qu'il me fixait, pesant le pour et le contre.

Il se pencha prestement et, bouche fermée, posa sur mes lèvres un baiser ferme qui ne dura que quelques secondes. En dépit de sa brièveté, j'y répondis en y mettant un petit peu plus de passion, lèvres entrouvertes. (Après tout ça, je ne tenais pas à ce qu'il imagine que j'embrassais comme un pied.)

Il se recula légèrement, comme s'il allait arrêter. Puis, de façon inattendue, il se rapprocha et m'embrassa de nouveau, d'une façon qui ressemblait plus à un vrai baiser ; bouches ouvertes, nos langues se touchaient. Je sentis sa main sur le côté de mon ventre quand il se stabilisa.

Il avait un goût d'alcool avec une touche de sel, et, oh, mon Dieu, incroyable, je me dissolvais comme une cuillerée de sucre dans une tasse de thé chaud. Pendant que mon cerveau restait loyal et fidèle à la politique officielle, mon corps se rebella. C'était comme s'il enregistrait la présence de matériel génétique supérieur et émettait des instructions immédiates à mes terminaisons nerveuses, leur intimant de faire treize bébés avec cette personne, en dépit de sa déplorable collection de CD. En quelques secondes, je franchis la ligne avant laquelle j'ignorais si ma volonté de collaborer à un baiser de qualité respectable venait d'une authentique passion. Ah. Une leçon de la vie. Voilà pourquoi on ne relève pas les défis consistant à embrasser des amis.

Ben s'écarta brutalement, sans croiser mon regard. Nous nous dépêchâmes de boire nos shots de tequila histoire de rester occupés et d'effacer le goût de l'autre, pendant que tout le monde applaudissait. Donc, pensai-je en reprenant mes esprits, le problème n'était pas que notre baiser soit raté, mais qu'il soit réussi. Voire spectaculaire. Je ne pouvais nier avoir senti physiquement un genre de réaction chimique, même sans en pincer pour Ben. En fait, j'aurais même carrément eu besoin d'aller m'asseoir dans une baignoire remplie de glaçons.

Je savais aussi que je venais de commettre mon premier crime contre Rhys, le genre contre lequel il m'avait sévèrement mise en garde quand j'avais quitté Sheffield. Un baiser compte-t-il comme tel quand il s'agit d'un bouche-à-bouche fonctionnel, forcé, échangé pour éviter à quelqu'un une blague violente et humiliante ? Je n'étais sûrement pas plus coupable que les femmes capturées par le méchant qui les oblige à se balader en bikini ou robe du soir jusqu'à ce que le héros arrive à la rescousse… Je veux dire, Han Solo n'a jamais raconté de salades à Leia – il était juste reconnaissant d'avoir été décongelé, aucun reproche. Sans chercher à établir qui exactement est M. Solo dans mon scénario.

—Pas mal, déclara Andy, déterminé à continuer dans la provocation. Vous y aviez déjà pensé, tous les deux ?

—Je sais que tu as du mal à le comprendre, mais nous sommes *amis*, souligna Ben d'un ton cinglant. C'est comme d'embrasser sa sœur. Mission accomplie.

—Aïe, ça fait mal, fit remarquer Andy en me jetant un coup d'œil pour voir ma réaction.

Ouaip, dans le mille. Dur. Je dissimulai ma douleur en buvant une lampée de tequila façon cow-boy.

À ma grande surprise, je sentis Ben attraper ma main libre sous la table et la serrer en signe de solidarité. L'esprit embrumé par l'alcool, j'essayai d'évaluer précisément ce qui s'était passé entre nous. Une chose était sûre : je vibrais comme un diapason.

Comme la soirée s'achevait dans le chaos, Ben me raccompagna chez moi. Sur les quelques dizaines de mètres du trajet, nous avons réussi à trouver un nombre incroyable de sujets de conversation neutres extrêmement intéressants, prenant la parole sans laisser à l'autre le temps de finir sa phrase afin de ne pas risquer que le silence s'installe.

—Eh, je suis vraiment désolé pour ce qui s'est passé avec ces abrutis, dit-il au moment de nous séparer. J'aurais dû me défiler dès que le jeu a commencé. La faute à l'alcool. Et désolé pour… tu sais… ce que j'ai dit.

—Pas de souci !

Voulant désespérément éviter qu'il ne se répète ou ne se répande sur le sujet, j'ajoutai un « Dors bien ! » enjoué.

Manifestement, Ben avait souffert de l'expérience. Tout ce que je savais, c'est que, durant tout le temps où nos lèvres avaient été en contact, moi pas.

Les longues vacances d'été tombaient à pic.

CHAPITRE 21

— Je ne voulais pas reconnaître l'étendue de mon ignorance en présence de témoins, mais je suppose que
cette interview de Natalie Shale est un gros coup alors ? dit
Caroline dans le taxi qui nous ramène chez nous, tandis que
j'essaie de maîtriser le mal de cœur qui me prend facilement
en voiture.

Je me concentre sur le troll arborant les rayures du club de
football Manchester City qui se balance au rétroviseur central.
Les sièges sont recouverts de ces boules de massage en bois
soi-disant déstressantes, vraisemblablement pour compenser
la conduite calamiteuse du chauffeur.

— Ce serait génial de le décrocher. Tu te souviens de
l'affaire ?

— Juste que ce n'était pas joli-joli, en fait.

— Un vol à main armée dans un dépôt de matériel de
sécurité. Le gardien a reçu un coup de crosse de revolver et
perdu un œil. L'accusation montée contre Lucas Shale s'est
principalement fondée sur une preuve indirecte. En tout cas,
personne sur les bancs de la presse ne le croyait coupable. Il
s'était tenu à carreau pendant vingt ans, femme magnifique,
adorables petites jumelles, et tout le monde pensait que son
témoignage à elle attestant qu'il était avec elle cette nuit-là
le mettrait hors de cause. L'impression générale à l'époque
était que la police, sous pression, devait trouver un coupable
rapidement du fait de la violence du vol.

— Pourquoi n'a-t-elle pas parlé plus tôt ?

— Je suppose qu'elle n'avait aucune raison de le faire – avant l'appel, du moins –, autre que financière, et ça ne semble pas la préoccuper. Je vois passer beaucoup de monde au tribunal et tous deux faisaient une très bonne impression.

— Eh bien, je me réjouis pour toi. Ça va te faire du bien d'avoir un projet qui te change les idées.

— Oui, dis-je, songeant que ce n'est pas à ça que je penserais en allant me coucher ce soir.

— Et Simon est célibataire ? Bon boulot, séduisant, intelligent…

Caroline compte sur ses doigts.

Un silence.

— Tu plaisantes ?

— Pourquoi ?

— Parce que, bredouillé-je comme si elle venait de m'annoncer que le monde est dirigé par une coalition de lézards dans un bunker. D'abord, il n'est pas mon genre.

— On devrait arrêter de parler de « genres » probablement au moment où on décroche les posters de chanteurs et acteurs canons des murs de sa chambre. J'aime penser que je mène une vie de couple heureuse, pourtant je n'ai jamais regardé les clips de Take That en pensant : « Quel dommage qu'il n'y en ait pas un prématurément grisonnant et chaussé de mocassins. »

— OK, mais quand même… Simon est à des années-lumière de Rhys.

— Ai-je besoin de te faire remarquer que le plan consistant à te trouver quelqu'un qui ressemble à ton ex promet quelques dysfonctionnements ?

— Tu perds ton temps. Il ne me plaît pas. De toute façon, les hommes comme lui ne sont pas attirés par les femmes comme moi. Ils aiment les femmes comme toi. Ou alors ils épousent des femmes comme toi et fricotent avec de jeunes Cubains aux hanches étroites.

— Typique.

—Quoi?

—Tu passes une soirée avec un homme parfaitement charmant et, sous prétexte qu'il évolue dans un milieu différent du tien, non seulement tu l'exclus, mais en plus tu l'accuses d'homosexualité refoulée ou de pédophilie. Tu fais du snobisme à l'envers.

—Je ne voulais pas littéralement dire « pédophile ». Et tu es loin du compte avec ton « milieu différent ». Il nous a saluées d'un « Enchanté » on ne peut plus précieux et parle d'une voix tellement traînante qu'on a l'impression qu'il n'a presque plus de piles.

—Il est plus difficile de rencontrer des gens à nos âges. Est-ce qu'il y a quelqu'un qui t'intéresse à ton boulot?

—Euh. Pas sans sauter des barrières entre espèces.

—Ben, par contre… Waouh.

Caroline émet un sifflement bas avant de poursuivre:

—Excuse-moi d'emprunter le vocabulaire de Mindy, mais j'en mangerais bien un morceau pour mon quatre heures.

Je serre les dents.

—Tu n'as jamais été tentée? ajoute-t-elle.

—Par Ben? pouffé-je en forçant un peu la note.

—Oui. En dépit du fait qu'il semble prendre une douche tous les jours, contrairement à ton *genre* habituel.

—Oh, non. Je le considère plutôt comme le frère que je n'ai jamais eu.

Le frère que je n'ai jamais eu – si nous avons grandi au sein de je ne sais quelle secte tordue surveillée par la brigade des mœurs.

—Vous vous entendiez tellement bien, à l'époque. C'est vraiment dommage que vous ne soyez pas restés en contact. Comment ça se fait, d'ailleurs?

—Tu trouves ça tellement bizarre?

—Je suppose que non. Mais normalement tu es bonne pour entretenir tes amitiés, et il a l'air de t'aimer beaucoup.

Je me tais, car répondre serait aussi risqué que douloureux.

— Bon, alors, en imaginant que nous arrivions à établir que Simon aime au moins AC/DC, est-ce que tu considérerais sa candidature? demande Caroline.

— Tu n'as absolument pas l'intention de me laisser rester célibataire plus de cinq minutes avant d'essayer de me maquer, hein? Incroyable!

— Je plaisante, me rassure Caroline.

À l'instant où elle essaie de se pencher pour me donner un coup de coude taquin, la voiture tourne brusquement à un coin de rue et elle se retrouve projetée en arrière contre la portière.

CHAPITRE 22

M algré mon impatience d'annoncer l'interview exclusive de Natalie Shale à mon rédac chef, Ken, je dois ronger mon frein car Vicky me repère à peine ai-je posé un pied sur la moquette de la salle de rédaction bourdonnante. Adjointe à la rédaction, Vicky est un genre de créature mi-vierge, mi-serpent tout droit sortie de la mythologie grecque.

— Rachel ! aboie-t-elle.

Dûment sommée, je m'avance précautionneusement entre les bureaux pour la rejoindre.

— Votre papier sur le procès pour fraude à l'allocation handicapé qui s'est enfin terminé..., commence-t-elle en tapotant son écran avec son stylo.

Elle me sert ses charmantes tournures de phrase habituelles d'une voix tout arsenic tout miel.

— ... il est boiteux jusqu'à la dernière ligne, si je peux me permettre. Je peux savoir pourquoi Michael Tallack se transforme en Christopher dans le cinquième paragraphe ?

Je sens mon visage s'embraser.

— Ah ? Désolée, lâché-je, quelques gouttes de transpiration perlant sur ma lèvre supérieure.

Je sors à peine d'une condamnation pour homicide involontaire et cette histoire n'est déjà plus qu'un lointain souvenir.

—Eh oui. Le frère de Hopalong Cassidy a bien été acquitté de toute implication, non ?

—Oui, désolée…

Merde, merde…

—Soyez gentille, essayez d'éviter d'inclure dans vos papiers des propos diffamatoires passibles de poursuites en justice.

—Je suis désolée, Vicky, je ne sais pas où j'avais la tête.

—Heureusement que je l'ai repéré, conclut-elle.

—Oui, merci.

Je parie que c'est plutôt un correcteur qui lui a signalé ma bourde. Certains responsables de la rédaction sont plus connus pour leurs coups de gueule que pour le dur labeur qu'ils abattent. Mon ami Dougie les avait ainsi décrits un jour : « une cravache dans une main et un éclair au chocolat dans l'autre ». Il avait fini par se fatiguer de râler et était parti s'installer en Écosse où il avait réussi comme correspondant aux affaires criminelles. J'ai l'impression d'être un rocher couvert de bernaches que le temps a encerclé comme de l'eau, et ce n'est pas la première fois que ça m'arrive.

Le journalisme, comme la plupart des professions probablement, contient un paradoxe : plus vous réussissez, moins vous faites les choses qui vous ont attiré au départ, à savoir trouver des sujets et rédiger des articles. Je pourrais postuler aux informations générales, mais je passerais mes journées assise à côté de gens comme Vicky à répondre au téléphone et à me disputer avec tout le monde.

—Ken est dans le coin ?

—Ouais, quelque part.

Vicky ne s'intéresse déjà plus à moi. Elle décroche une ligne de téléphone qui clignote.

—Qu'est-ce qui s'passe, Woodford ? Qu'est-ce qui nous vaut l'honneur ?

Je me retourne pour voir Ken, le rédacteur en chef, plonger la main dans un paquet de Curly, l'édition du jour coincée sous un bras. Ses cheveux gris et rêches forment une tignasse cubique qui semble avoir été taillée au sécateur. Elle me paraît plus carrée chaque fois que je le vois. Il pourrait porter une boîte en guise de chapeau.

— Je suis passée vous annoncer une bonne nouvelle.

— Bon Dieu. Vous êtes pas enceinte, si ?

— Non…

En fait, je ne pourrais pas être moins enceinte, merci, Ken.

— Alléluia !

Ken Baggaley est connu pour être « ferme, mais juste », bien qu'il soit excessivement ferme et pas particulièrement juste. Dans le langage de la presse, on dirait que c'est parce que ses accès de rage sont des réactions à des événements réels et non pas des secousses sismiques dues à une faille psychologique.

— J'ai décroché une interview avec Natalie Shale, annoncé-je.

Cela ne semble pas l'impressionner outre mesure.

— Elle fait une conférence de presse ?

— Non. Juste elle et moi. En exclu. Son avocat est un de mes contacts.

Ken hausse les sourcils, grogne. Je sens que je deviens son centre d'intérêt numéro un, lui faisant brièvement oublier ses biscuits apéritifs.

— C'est bon, ça. Quand ?

— La date doit être arrêtée, mais ce sera bouclé bientôt – avant l'appel de Lucas Shale le mois prochain.

— Tenez-moi au courant. Bien joué, Woodford.

Ken se laisse tomber sur un siège et repart à l'assaut de ses Curly. Je quitte les bureaux d'un pas alerte : alors, *ça*, c'était du Ken enthousiaste. Ben me porte bonheur.

* * *

Sur le chemin qui me ramène au tribunal, je décide de faire un détour par chez Marks & Spencer. En déballant mon stock de sous-vêtements pourris (de la gamme extra-complaisante «L'Amour Longtemps»), la nécessité d'un renouvellement s'est imposée à moi. J'ai d'abord pensé : *Bon, ce n'est pas comme si quelqu'un allait les voir dans un avenir proche.* Et puis j'ai mentionné le sujet à Mindy, qui m'a alors expliqué le feng shui de la lingerie : si je porte des vieux sous-vêtements informes en coton décoloré et trop petits, rien de bon ne pourra m'arriver – même si je ne recherche rien pour l'instant. Je ne suis pas tout à fait convaincue par son raisonnement.

Jouer délicatement avec un soutien-gorge à balconnet à dentelle turquoise ne me stimule absolument pas sexuellement. Je me demande si quelqu'un aura encore envie de me voir nue un jour, ou, plus exactement, si après m'avoir vue une première fois il en aura envie une deuxième fois, puis régulièrement, et toujours plus, comme dirait Ken.

Les relations à long terme reposent parfois autant sur les choses qu'elles suppriment de votre vie que celles qu'elles y ajoutent. Ce ne sont plus les montagnes russes, plutôt un monorail ; vous évitez donc autant les bas que les hauts. Si votre cher et tendre fait irruption dans la salle de bains et vous surprend penchée en avant, le bide comme une bouée en Babybel, il ne cesse pas de vous aimer pour autant, pas plus qu'il n'attend de vous que vous passiez votre temps en décolleté plongeant et autre tanga, impeccablement épilée à la cire. Il vous a engagée, il a acheté le produit. Dans le cas du célibat ou d'une nouvelle relation, il vous faut revoir l'emballage et vous vendre de nouveau, corps et âme.

Ces pensées peu stimulantes vont et viennent dans mon esprit pendant que je tire sur un triangle violet qui semble fait avec un morceau de filet de pêche et un élastique. Mon téléphone sonne. Ben – dont j'ai désormais enregistré le numéro dans mon répertoire. Encore ce frisson…

— Salut, Rachel ! Comment vas-tu ? Je voulais te remercier d'aider Simon avec cette entrevue.

Je rougis. Je n'arrive pas à croire que je sois debout là à regarder une culotte minuscule, les joues en feu parce qu'elle se juxtapose à la voix de Ben. On est loin de *Sex and the City*…

— Bien, merci. Et non, c'est moi qui te remercie de nous avoir présentés. C'est un excellent sujet et ça ne va pas me faire de mal professionnellement. J'ai une sacrée dette envers toi.

— T'inquiète, ça rend vraiment service à Simon qui ne se décidait pas à prendre contact avec ton journal. Il considère les journalistes comme des bêtes sauvages. Il était paralysé par la trouille.

Simon ? Parlons-nous bien du même ? Le Simon que j'ai rencontré était exagérément sûr de lui…

— J'ai du mal à imaginer Simon paralysé par la peur…

— Alors imagine-le ramolli par la peur.

— Nooon, impossible ! gloussé-je, consciente qu'un feu d'artifice de bonheur se met à crépiter dans ma poitrine à la moindre manifestation de notre complicité d'autrefois.

Ben rit.

— Il s'est montré assez élogieux à ton sujet. Il t'a trouvée « culottée ».

— Pour ne pas dire mal élevée.

— Je t'avais prévenue, il cherche un peu l'affrontement. Il aime ça. Enfin bref. Il y a quelque chose d'autre dont je voulais te parler.

— Ah oui ?

— Ouais. Je me demandais si tu étais libre samedi soir. Liv organise un dîner « entre gens de Manchester ». Nous sommes des sales bourgeois maintenant, t'sais. Liv a particulièrement envie de te connaître.

— Hin-hin, marmonné-je, sentant l'angoisse me gagner.

Pourquoi Olivia tient-elle particulièrement à me rencontrer si ce n'est pour évaluer les risques ? Il pouvait lui assurer qu'elle n'avait absolument aucune raison de s'inquiéter. Niveau d'alerte du Mi5 : Menace plausible. Se tenir prêt à répliquer. Mon Dieu, mon Dieu – que sait-elle ? La raison me dit qu'elle connaît l'histoire officielle, son invitation en est la preuve. Mais l'instinct me recommande d'utiliser ce string comme lance-pierres pour envoyer mon portable dans le bac des culottes en promo et de foncer me réfugier dans la montagne.

Ben rompt le silence.

— Alors, on t'attend samedi ?

— Bien sûr.

— Je ne voudrais pas te gâcher une soirée cool de célibataire. Je sais que nous ne sommes qu'un couple marié et barbant.

— Tu plaisantes ? Ça me fait super plaisir.

— C'est vrai ? Super.

Super plaisir, tu parles. Dis plutôt super chier. Mais Ben semble tellement ravi que je finis presque par m'en convaincre.

— J'adore manger et j'ai énormément d'admiration pour les gens prêts à cuisiner pour leurs invités, dis-je.

— Tu cuisines bien, toi, non ?

— Nan. J'ai abandonné les fourneaux quand je me suis installée avec Rhys. C'était lui, le cuistot.

— Ah.

Silence gêné.

— Liv m'a demandé si tu souhaitais venir accompagnée ?

Là, c'est le moment où je suis censée avoir l'idée farfelue d'embaucher un *escort boy* pour sauver les apparences. Pendant un bref moment d'égarement, j'envisage sérieusement cette option… avant de l'écarter fermement. Je me rappelle que Mindy s'était un jour rendu compte qu'un des Roméo burinés qu'elle avait dénichés sur le Net travaillait autrefois comme «gentleman accompagnateur». Pire, il s'habillait toujours d'un ensemble veste en jean sur jean. Avec des santiags. Et d'horribles chemises. Surnom d'Ivor : MacRingard Cow-Boy.

—Euh, non.

Après avoir raccroché, je calcule mes tailles au pifomètre et achète une poignée d'ensembles noirs, histoire de ne pas prendre de risques. C'est un début.

Chapitre 23

Le jour de ma rentrée en deuxième année, j'arborais un léger hâle que j'essayais d'entretenir en me tartinant quotidiennement de crème hydratante teintée Nivea, souvenir d'un séjour de deux semaines à Paxos, cadeau de Rhys.

Alors que mes amies avaient des petits copains de notre âge qui faisaient la plonge ou les vendanges, je sortais avec un adulte qui gagnait sa vie pour de vrai en travaillant à plein-temps et m'emmenait à l'improviste en vacances, en séjour *all inclusive*. Mes parents ne s'en étaient pas autant réjouis que moi : Rhys avait débarqué à notre pub habituel où je travaillais – il m'avait même préparé un sac – et m'avait enlevée au milieu de mon service, me faisant perdre une semaine de paie et mon boulot. Mais il avait oublié que j'avais besoin de mon passeport et nous avions donc dû braver la réprobation de mes parents, lesquels voyaient d'un mauvais œil cette insouciance vis-à-vis des petits boulots et des voyages à l'étranger.

Je résumai d'un ton animé le drame à Ben tout en enfournant mes vêtements dans le tambour d'une machine de la laverie automatique. Les étudiants de deuxième année ne vivaient plus sur le campus, ce qui impliquait normalement qu'ils disposaient d'une machine à laver. Mais la nôtre était cassée et comme j'étais repartie pour l'université directement après mon retour de vacances, je m'étais retrouvée avec un paquet de linge sale en souffrance. Ben s'était porté volontaire pour me tenir compagnie pendant le cycle d'essorage en attendant d'aller boire un café. Il partageait une maison avec d'anciens camarades de chambrée du campus, et bien qu'il eût éliminé par filtrage les plus lourds d'entre eux, le résultat de sa sélection était loin d'être concluant. (Par exemple, il m'avait déconseillé d'utiliser leur lave-linge, sous peine de retrouver ses colocs coiffés de mes culottes en rentrant.)

— Comment s'y est-il pris pour préparer ton sac sans prévenir tes parents? demanda Ben tandis que je fanfaronnais en décrivant la mer couleur turquoise et nos séances de tourisme culturel.

— Oh, ce n'était pas mes affaires. Il est allé chez Boots m'acheter une brosse à dents et un bikini. Et quelques autres trucs.

En fait, le contenu de mon sac synthétisait (au sens propre comme au figuré) comiquement le fantasme masculin de ce dont une femme peut avoir besoin pour une escapade surprise au soleil. Le détour par chez moi eut l'avantage de me permettre de prendre les affaires dont j'avais vraiment besoin sans le blesser.

— Je vois.

Ben baissa les yeux vers ce que je tenais dans la main, et je me rendis compte, horrifiée, qu'il s'agissait d'un soutien-gorge en broderie anglaise d'écolière assez loin des teintes éclatantes Mir couleurs. Je me dépêchai de le fourrer dans le tambour, fermai la porte et gavai la machine de pièces.

Nous nous assîmes côte à côte sur le banc en lattes de bois.

— Si tu avais vu la tête de mon sorcier de patron quand je suis partie, me vantai-je. Génial.

— On dirait. La Grèce avec Rhys…, souffla Ben.

— Ça a vraiment été merveilleux.

— J'imagine. Le soleil, les baignades, tout ça…

Il se frotta le menton.

— Ouais, dis-je dans un grand soupir.

Je savais que mon attitude devait être horripilante – celle de la nana maquée et suffisante qui fonctionne comme un poste de radio, émettant sans recevoir. Mais je n'arrivais pas à m'arrêter.

Le carillon de la porte de la laverie retentit et une fille entra – une fille qui était à la gent féminine ce que l'Aston Martin Vanquish était aux voitures : Georgina Race. Un nom qu'aucun mâle parmi la population estudiantine ne pouvait prononcer sans se pâmer. Elle était identifiable instantanément grâce à ses cheveux cuivrés incroyablement brillants, d'une couleur si intense qu'elle semblait parcourir la planète avec un projecteur du London Palladium braqué sur elle en permanence. Aucune paire d'yeux ne pouvaient glisser sur elle sans la voir – et, une fois posés sur elle, ils ne trouvaient pas grand-chose à redire, selon l'expression de mon père. Son visage de poupée de porcelaine semblait avoir été dessiné pour illustrer la couverture d'un roman sentimental. On l'imaginait sans difficulté vêtue d'une blouse déchirée, alanguie entre les bras massifs de l'arrogant prince Xaviero.

Georgina était dans ma promo. Devenue experte dans l'art de faire son entrée en amphi, elle se plantait sur le devant de la salle et balayait du regard les rangées à moitié vides, sachant parfaitement que tous les mâles présents mouraient d'envie qu'elle vienne s'asseoir à côté d'eux. En général, Ben m'envoyait un coup de coude, joignant les mains dans un geste de prière sous sa table, auquel je répondais par un « Branleur ! » accompagné du mouvement de main correspondant. Mais ses soupirants pouvaient toujours rêver : le bruit courait qu'elle sortait avec un acteur de série à Londres.

En ce vif matin de septembre, Georgina fit une pimpante apparition : elle portait une écharpe vert pomme nouée autour de son cou blanc de cygne et une robe courte évasée mettant en valeur ses jambes interminables qui ne semblaient même pas s'épaissir au niveau des cuisses. Une redingote bleu marine lui enserrait la taille avant de s'évaser en plis autour de ses hanches en violon. Tout compte fait, je l'aurais bien vue arpentant

Carnaby Street quelques dizaines d'années en arrière, tandis que des hommes ressemblant à Michael Caine jeune auraient baissé leurs lunettes et sifflé sur son passage.

C'était clairement une salope. Il ne me restait qu'à en réunir les preuves.

— Eh, Ben! gazouilla-t-elle en s'approchant d'un air désinvolte. Qu'est-ce que tu fais là?

Elle connaît Ben? Mais qu'est-ce qu'elle croit? pensai-je. *Qu'il est en train de commander une frittata, de faire réparer sa boîte de vitesse ou d'attendre les résultats d'une biopsie splénique?*

— J'attends avec Ron, là. Sa machine à laver est morte.

Les yeux de Georgina se posèrent sur moi à contrecœur, l'espace d'une fraction de seconde.

— Ahhh. L'enfer, hein?

Je hochai la tête, constatant avec agacement que son attention provoquait chez moi aussi un léger éblouissement, comme si une célébrité m'avait adressé la parole, et je fus incapable d'émettre un son.

— Et toi, qu'est-ce que tu viens faire ici? demanda Ben. Une lessive, j'imagine?

— Je viens déposer des fringues au service de nettoyage à sec, répondit-elle en faisant glisser de son épaule des housses monogrammées contenant probablement des tenues incroyablement chères et sexy. Cachemire, etc.

Je ne pus m'empêcher de remarquer ses bras minces comme les branches d'un saule ainsi que ses mains minuscules et délicates tels des papillons voletant. Sa peau fine évoquait du papier translucide. À la tombola génétique, elle avait décroché le gros lot.

— Ça te dit qu'on se le fasse, ce dîner? demanda-t-elle.

— Pas de problème. Décide d'une date et fais-moi signe.

— Je n'y manquerai pas, dit-elle avec une moue un peu féline et un clin d'œil aguicheur souligné d'eye-liner. À plus, OK?

Elle déposa ses vêtements et sortit d'un pas nonchalant en agitant négligemment les doigts à l'intention de Ben. Essayant de toutes mes forces – et vainement – de ne pas avoir l'air d'une râleuse amère et indiscrète, je demandai :

— Hum, de quoi elle parlait ?

Je m'attendais honnêtement à ce que Ben m'explique qu'ils devaient se retrouver au buffet à volonté de chez Pizza Hut pour un défi « le premier qui vomit a perdu ».

— D'un rencard.

— *Un rencard* ? répétai-je comme s'il venait de me dire : « prendre des loutres par-derrière en m'accrochant à leurs moustaches comme à un guidon ».

— Ouais. Qu'est-ce que ça a de si extraordinaire ?

— J'ignorais qu'elle sortait avec des étudiants. J'avais cru comprendre qu'elle ne s'intéressait qu'aux mecs cool plus âgés qui ont réussi et qui n'habitent pas Manchester de préférence.

— Comme toi, quoi…, rétorqua Ben avec un petit sourire satisfait.

Touché. Avant que je n'aie pu riposter, il enchaîna :

— Vu que tout le monde se contente d'émettre des hypothèses, j'ai décidé de lui demander. Qui ne tente rien n'a rien.

De pire en pire. C'est lui qui l'avait invitée à dîner ? Je ne pouvais nier que, d'une certaine façon, le ciel devait désirer une telle union : le roi de la promo et la reine du campus.

— *Cachemire, etc.*, singeai-je.

Ben ne releva pas. Je sentis que, karmiquement parlant, j'avais poussé fort sur une porte battante et que je venais de me la reprendre en pleine figure.

CHAPITRE 24

Assis côte à côte sur le banc de la presse, Pete Gretton et moi assistons à l'ouverture en milieu de semaine d'un procès pour négligence médicale. L'affaire concerne le décès très prématuré d'une femme de vingt-neuf ans au cours d'une procédure de liposuccion. Deux médecins du NHS ainsi qu'une infirmière d'un cabinet privé sont poursuivis pour négligence et homicide involontaire. Y assistent également plusieurs pigistes des agences de presse – un genre de journalistes freelance plus mobiles géographiquement et moins minables que Gretton. Nous ne devons leur présence qu'aux rumeurs annonçant la mention de détails assez sanglants de complications opératoires et autres particules de graisse délogées. Gretton lui-même me fait penser à un amas de cellules solitaires circulant dans les artères du bâtiment et provoquant de dangereuses hausses de tension chaque fois qu'il fait halte quelque part.

— Ils ne peuvent pas tous être responsables, marmonne-t-il avant l'ouverture de l'audience. Combien de personnes faut-il pour placer une perfusion dans un bras ? Le SPJC[1] jette simplement une poignée de boue en espérant que quelque chose colle. Un Mentos ?

Je secoue la tête en direction du paquet qu'il me tend.

— Non, merci.

— On est au régime ?

---

1. Service des poursuites judiciaires de la Couronne.

—Allez vous faire voir.

Gretton exhibe deux incisives jaunes.

—Faut pas s'inquiéter. La plupart des hommes préfèrent quand il y a un peu de chair sur les os. Bon, cela dit, celle-là y est allée un peu fort : il paraît qu'elle pesait cent vingt kilos. Une boule.

Il mâche bruyamment, et j'ai une vue imprenable sur son bonbon à demi mastiqué.

—Taisez-vous, soufflé-je.

Je jette un coup d'œil à la famille assise sur les bancs du public, dont tous les membres semblent souffrir de surpoids. Je me détourne le plus possible de Gretton. J'ai vraiment besoin d'un tee-shirt explicitant : « Je n'ai rien à voir avec cet imbécile. »

Les avocats s'entretiennent à voix basse en brassant des papiers ; dans le public, on tousse et on s'agite sur son siège.

Deux membres de la fraternité des perruques et des robes pouffent discrètement au sujet d'un détail probablement hilarant si vous êtes versé dans les subtilités des fautes professionnelles. Je vois la famille les regarder avec une irritation incrédule et compatis. C'est dur de croire que le drame qui vient de faire voler votre monde en éclats ne représente qu'un jour de travail comme un autre pour les gens qui gagnent leur vie en exerçant ce genre de métier.

La plupart du temps, les journalistes sont des touristes voyeurs qui parviennent à saisir les concepts basiques en jeu. Un chien mord un homme, un homme mord un chien, un homme mord un homme parce que son chien l'a regardé bizarrement, et ainsi de suite. Face à une affaire comme celle-ci, il faut se transformer en expert à court terme dans un domaine spécifique d'une profession hautement qualifiée. Chaque fois qu'un juge intime d'un ton irrité à un avocat plaidant ou à un témoin de simplifier la terminologie par égard pour le jury, on entend presque un soupir de soulagement s'élever du banc de la presse.

Quand je quitte la salle à l'heure du déjeuner, Zoe est en grande conversation avec une femme que j'ai aperçue plus tôt dans l'assemblée.

Gretton marche sur mes talons, comme d'habitude.

—Qu'est-ce qu'elle mijote encore ?

—Elle parle.

Zoe et la femme lèvent les yeux vers nous. Zoe penche la tête avec un air de conspiratrice.

—Un peu de poil aux couilles ne vous ferait pas de mal, maugrée Gretton. Elle est en train de parler à une personne impliquée dans l'affaire. Ça ne vous dérange pas ?

—Pas vraiment. Pour ce que j'en sais, elle pourrait très bien être en train de lui demander l'heure.

—Alors ça, vous êtes sacrément naïve.

—Ça s'appelle la confiance.

—La confiance ? Cette fille ment comme elle respire !

—Vous n'avez jamais apprécié Zoe, n'est-ce pas ?

—Disons que je l'ai dans le collimateur.

Je souris.

—Ça vous va bien, tiens.

Gretton range ses Mentos dans la poche de son pantalon et s'éloigne, les narines frémissantes.

Zoe me rejoint.

—On se fait un petit pub ?

Je hoche la tête. Depuis que j'ai emmené Zoe une première fois au *Château*, elle en a fait une habitude hebdomadaire, et je me suis surprise non seulement à accepter mais en plus à apprécier. Normalement, je passe mes pauses déjeuner en semi-réclusion jalousement protégée dans la salle de presse. Je ne m'attendais pas à me faire une amie.

Une fois dehors, je lui demande :

—Gretton a piqué une crise en vous voyant discuter avec cette femme. Qui était-ce ?

—Devinez !

—La sœur de ma victime de liposuccion?

—Sa mère. Quand je les ai vus dans le couloir tout à l'heure, j'étais sûre qu'elle allait se désigner porte-parole de la famille, alors je me suis dépêchée de l'aborder. Je lui ai raconté ce qu'a dit Gretton, à savoir que sa fille serait toujours en vie si elle avait plutôt fait ôter chirurgicalement sa cuillère de son pot de Häagen-Dazs.

Je m'arrête net.

—Vous n'avez pas fait ça?

—Si. Et j'ai ajouté que si elle voulait parler à quelqu'un plus tard, elle pouvait s'adresser à vous.

—Mais… C'est quelque chose qu'a dit Gretton en salle de presse.

—Et alors?

—Je sais que c'était du Gretton du pire mauvais goût, mais nous pratiquons tous l'humour noir de temps à autre au boulot. Vous ne devriez pas faire circuler ces plaisanteries.

—Pourquoi?

—Ça ne se fait pas, c'est tout.

Zoe se mordit la lèvre.

—Je suis allée trop loin, n'est-ce pas?

Nous nous remettons en route. Je change mon sac de côté pour soulager mon épaule.

—Alors ça, c'était franchement déloyal. Si Gretton l'apprend, il va devenir fou.

—Désolée. Il a été si méchant avec elle que j'ai pensé que ça lui ferait les pieds.

—Je sais. Mais n'oubliez pas que vous auriez pu tous nous griller. Les gens ne font généralement pas la différence entre les bons journalistes et les Gretton. Beaucoup ne comprennent même pas le principe de procès ouvert au public. Ils sont stupéfaits de ne pas pouvoir nous faire jeter dehors.

—Je suis vraiment navrée.

—Bon… Les interviews sensibles et empathiques ne sont pas vraiment son fort. Je ne le vois pas faire ami-ami avec la mère, donc ça ne devrait pas être un problème de toute façon. Et les articles qu'il va rédiger pour discréditer la famille gratuitement pendant le procès les mettront probablement tous hors d'eux.

La conversation s'interrompt pendant que nous négocions la traversée de la rue.

Quand nous reprenons notre marche, Zoe lance :

—Ma mère est grosse.

—Vraiment ?

Je jette un regard dubitatif vers ses longs membres fins qui la font ressembler à un jeune arbre.

—J'ai hérité du métabolisme de mon père, explique-t-elle. Ouais, à un moment, elle s'est intéressée à l'anneau gastrique, mais elle était trop en surpoids.

—Mais pourquoi…

Je me reprends :

—N'est-ce pas justement l'idée ?

Zoe marmonne quelque chose au sujet de l'opération et des risques de l'anesthésie.

—Ensuite elle a enfin perdu du poids et s'est fait poser l'anneau, et elle a commencé à boire ces boissons protéinées goût chocolat pour bodybuilders.

—Effectivement, les liquides sont probablement ce qu'il y a de mieux juste après la réduction du volume de l'estomac.

—Pas si vous les enchaînez toute la journée et que vous retrouvez votre poids de l'époque où on vous a refusé l'opération.

—Ah.

Pauvre Zoe. Son ambition démesurée résulte probablement de son désir de mettre le plus de distance possible entre elle et les problèmes qu'il y a chez elle.

—Gretton a touché un point sensible, conclut-elle.

Je me sens mal de l'avoir sermonnée. Je lui serre le bras.

—Gretton trouve toujours le moyen d'appuyer là où ça fait mal. Ne ressassez pas.

—Devrais-je revenir sur ce que j'ai dit ? Expliquer à la mère que j'ai mal entendu ou quelque chose dans le genre ?

—Ça m'étonnerait qu'elle oublie la plaisanterie de la glace. Nan, laissez. Et merci de m'avoir mise en avant, ajouté-je, ne voulant pas paraître ingrate.

—De rien, répond Zoe. Nous formons une équipe. C'est moi qui invite, aujourd'hui. Je vais essayer l'assiette Pince-moi.

—L'assiette quoi ?

—Le sandwich au crabe.

—Oh.

—Je viens de l'inventer.

—Merci, mon Dieu.

—Eux, ils l'appellent La Petite Gâterie.

—C'est vous qui passez la commande, décidé-je en ouvrant la porte du pub et en la tenant pour laisser passer Zoe. Je suis déjà assez humiliée comme ça, je n'ai pas l'intention d'en redemander.

CHAPITRE 25

— Ohé! cria Caroline pour couvrir le bruit de moteur d'avion de mon sèche-cheveux de voyage, que j'éteignis. Ben au téléphone pour toi.

Je dévalai les marches de notre maison étudiante et me précipitai dans l'entrée. Nous passions rarement des coups de fil – notre propriétaire avait installé un téléphone payant qui avalait les pièces de cinquante pence aussi vite qu'un diabétique en sueur engloutirait des Smarties géants.

— Ron! SOS culinaire! s'exclama Ben. Je prépare le dîner pour Georgina et je suis en train de *tout foirer*.

— Tu cuisines?! m'esclaffai-je tout en enviant Georgina d'être le genre de femmes pour lesquelles les hommes étaient prêts à transpirer aux fourneaux dans l'espoir de les impressionner. Pourquoi ne pas l'emmener dîner quelque part?

— Il y a eu un malentendu et je n'ai pas réussi à rectifier le tir ensuite. Elle disait des trucs du style… (Ben prit la voix haletante des starlettes des années 1950 qu'elle utilisait assez bien avec les hommes.)… « J'ai tellement hâte de goûter à ta cuisine, Ben. »

— Ah, ah! Ça va être génial! Tu ferais mieux de te rabattre sur des plats cuisinés.

— Ce n'est pas le genre de fille à trouver drôle qu'on lui serve des crêpes surgelées Findus, si?

Les colocataires de Ben réutilisaient les assiettes sales en les recouvrant de film plastique par flemme de faire la vaisselle.

Georgina avait intérêt à être de constitution solide et à avoir tous ses vaccins à jour.

— Je ne peux pas me porter garante de son sens de l'humour, d'autant que je ne l'ai jamais vue décrocher un sourire. Pas même pendant nos cours magistraux de linguistique, pourtant si désopilants.

— Au secours! Qu'est-ce que je fais?

Je poussai un soupir exagéré.

— Il te reste combien de temps avant qu'elle arrive?

— Trois heures. Non, attends… deux heures et quarante-cinq minutes!

— Et quel est mon budget si je passe au supermarché sur le chemin de chez toi?

— Tu as carte blanche! Tu es un ange!

— Ouais, ouais.

J'arrivai chez Ben coiffée de mon chapeau en laine tricoté et chargée de sacs en plastique déformés dont les poignées s'allongeaient inexorablement dans mes mains.

— Laisse-moi entrer, elles vont lâcher, dis-je en passant le porche en trombe et en les déposant sans cérémonie par terre dans le vestibule.

— Ah, Ron, que Dieu te bénisse…

Ben rattrapa de justesse un pot de crème fraîche qui roulait vers le portemanteau.

— Je t'ai aussi acheté des fleurs, annonçai-je en extirpant d'un des sacs un cornet en Cellophane de roses blanches cultivées sous serre. J'ai l'impression de faire la cour à quelqu'un par procuration, comme Cyrano de Bergerac.

— Magnifique!

Il fallait que j'aime drôlement Ben, car une chose était sûre : je n'avais absolument aucune envie de séduire Georgina Race, hormis peut-être avec un bouquet composé d'orties piquantes, de queues de rat coupées et de ficelles de tampons. Pourtant, manifestement, c'est ce que j'étais en train de faire.

Aidés des cartes d'idées recettes du supermarché, nous avons concocté un menu assez respectable : flan aux asperges en entrée, blancs de poulet farcis, gratin de pommes de terre et mousse au chocolat blanc et aux framboises. Je déléguai certaines tâches à Ben, qui mit de la musique pendant que nous travaillions. Il se révéla en fait un aide-cuisinier plutôt capable. Le réfrigérateur se remplit peu à peu de plats couverts de film plastique.

— J'ignorais que tu savais cuisiner, fit-il remarquer.

— Je ne sais pas vraiment. J'invente au fur et à mesure.

— Et c'est maintenant que tu me le dis…

* * *

— Voici les temps de cuisson, expliquai-je en notant les températures du four sur un bout de papier que je coinçai sous la bouilloire. Suis-les dans cet ordre et sers-lui le champagne quand elle arrive. S'il y a des ratés, elle s'en rendra moins compte avec un verre dans le nez. Qu'est-ce que tu vas mettre ?

— Une chemise ? proposa Ben, pas très sûr de lui.

Il portait un sweat rouge de la Coupe du monde de football de 1966 qui enfreignait directement l'article 7.1 de la Loi du connard de Rhys, lequel stipulait qu'on ne doit pas promouvoir un événement auquel on n'a pas assisté, un lieu où on n'a jamais mis les pieds ni aucun groupe qu'on n'est jamais allé voir en concert.

— Réfléchis bien. Rien de décontracté ou en rapport, de près ou de loin avec le sport.

— Compris.

— Je te laisse te préparer, dis-je en enfilant mon manteau et en attrapant mon chapeau. Bonne chance.

— Tu es un ange, et tu seras récompensée au paradis.

— Pas sur Terre, c'est sûr, marmonnai-je.

163

Durant tout le trajet à pied jusque chez moi, quelque chose me taraudait, et ce n'était pas d'avoir préparé un repas que je ne mangerais pas.

Traîner avec Ben platoniquement – en croisant de temps en temps le regard envieux de filles qui interprétaient mal la situation – dissimulait une réalité qui pouvait être démontrée par n'importe quel programme d'eugénisme efficace : les garçons comme lui sortaient et procréaient avec des filles comme Georgina Race. Je ne voulais sortir et encore moins me reproduire avec aucun des deux, mais il y avait quelque chose d'humiliant à se le voir confirmer.

Je revivais la soirée des feux d'artifice. Pour Ben, il y avait les vraies femmes pour les moments sympas, sexy et secrets, et cette bonne vieille Ronnie – une sacrée coquine quand il s'agissait de repérer les promos sur le *pain de campagne*[*] de chez Sainsbury's.

* * *

Le lendemain, nous nous sommes retrouvés à notre cours de 10 heures. Ben se glissa sur le siège à côté du mien, un sourire espiègle aux lèvres.

—Alors ? Comment ça s'est passé ? dis-je en lui rendant son sourire tout en mâchouillant le capuchon de mon stylo.

—Bien, répondit Ben. Elle a adoré le dîner. Elle a trouvé ça suc-cu-lent. Un grand merci.

—Vous allez vous revoir ?

—Ça m'étonnerait, répondit Ben en secouant la tête.

—Oh.

Je ne savais pas s'il valait mieux que j'arrête de poser des questions ou si Ben voulait que je continue. Je crus qu'il se détournait de moi pour mettre fin à la discussion, puis me rendis compte qu'en fait il s'assurait qu'aucune oreille indiscrète ne traînait.

— Je me suis ennuyé ! Bon sang, qu'est-ce qu'elle est assommante ! Au début, j'ai cru que c'était les nerfs, mais elle est totalement insipide. Et égocentrique. Le plus bizarre, c'est que je ne la trouve même plus canon. L'éclat s'est terni. Elle est sympa et tout, mais... pas pour moi.

J'ignorai l'éclair de joie qui me traversa le ventre.

— Ça n'est pas bien grave. Au moins, c'est moi qui me suis chargée des courses pour le dîner. Toi, tu n'as fait qu'un aller-retour à la pharmacie pour rien, c'est tout...

— Oh, non, pas pour rien, me corrigea Ben. Je n'avais quand même pas fait tous ces efforts pour me contenter d'une conversation sur les collèges privés du Hertfordshire et les bijoux de chez Tiffany.

Je le dévisageai. Son expression était impénétrable. La conversation sur ses prouesses de lapin au *MacDougal's* me revint en mémoire. Il y avait maintenant un nœud bizarre là où l'éclair m'avait traversée.

— Quoi ? C'est glauque !

— Hein ?

— Tu ne l'apprécies pas en tant que personne et tu couches quand même avec elle ? Je trouve ça superficiel et révoltant. Pauvre Georgina ! Tu la traites de raseuse après qu'elle est devenue une encoche dans la colonne de ton lit ? Quel manque de respect !

Rachel Woodford, défenseur de la vertu de Georgina Race. Du jamais vu.

— OK, calme-toi.

— Ça me déçoit beaucoup de ta part.

— Dans le monde réel et imparfait, les gens couchent ensemble sans s'engager, tu sais. Tu n'es pas obligée d'y voir un acte agressif, souffla Ben.

— Qu'est-ce que tu veux dire exactement ?

— Je veux dire que nous n'avons pas tous la chance de partager notre existence avec notre âme sœur, mais qu'en attendant de la rencontrer, nous ne sommes pas condamnés à l'abstinence.

J'aurais pu lui répliquer qu'il ne fallait pas se leurrer, il était loin de vivre comme un moine ascétique, mais Ben était désormais aussi indigné que moi. Je n'ai jamais été aussi contente qu'un cours commence.

Âme sœur. Avais-je employé cette expression ? Au milieu de tout mon baratin sur mes vacances en Grèce ? Oh, mon Dieu. Ça se pouvait bien. Je comprenais à présent que j'avais sorti l'artillerie lourde au cas où Ben aurait flairé le profond bouleversement que le baiser que nous avions échangé à la fin de l'année précédente avait suscité en moi. Car, en réalité, entre Rhys et moi, la lune de miel était finie depuis longtemps. Être traitée d'égal à égal par mes pairs à l'université m'avait rendue moins tolérante vis-à-vis de son attitude légèrement dominante et distante qui m'avait paru si Mr Darcy à nos débuts. De son côté, il m'accusait d'« avoir la grosse tête ». Honnêtement, je savais que, pour Rhys, l'enjeu du tour de force des vacances surprises consistait autant à me rappeler qui était le maître qu'à passer un été en amoureux à déguster des dolmas.

Après un moment, Ben poussa ses notes vers moi de façon que je puisse lire ce qu'il avait écrit dans la marge : « Je plaisante. »

Je fronçai les sourcils en signe d'incompréhension et traçai un point d'interrogation dessous avant de repousser la feuille vers lui.

« Il ne s'est rien passé », écrivit-il en soulignant le mot « rien » plusieurs fois pour être sûr d'être clair. « Qu'est-ce qui ne va pas ? »

Bonne question. Je haussai les épaules et lui rendis la feuille. Étais-je vraiment si intransigeante que j'attendais de tous mes amis célibataires qu'ils vivent selon mes principes ?

Après le cours, nous enchaînions chacun avec des TD à des endroits différents du bâtiment. En quelques secondes, j'eus déserté ma place, dévalé les marches et passé la porte de l'amphi. Mais Ben me rattrapa dans le couloir et me retint par le bras avant que je n'aie pu filer.

— Écoute, je jouais les machos. En général tu trouves ça drôle, dit-il à voix basse.

Je me libérai d'une secousse inutilement brutale vu le peu de force qu'il mettait dans son emprise.

— Pour que les choses soient claires : nous n'avons rien fait et je n'en ai pas eu envie, ajouta-t-il. Mais je ne vois toujours pas en quoi cela aurait eu quoi que ce soit de moralement répréhensible.

— Ça ne me regarde pas, répliquai-je, hautaine, le cœur tambourinant soudain contre mes côtes comme s'il cherchait à se faire la malle pour rejoindre les essayistes victoriens qui m'attendaient.

Avec cette attitude, je serais passée tout à fait inaperçue à leur époque.

— J'aurais passé un bien meilleur moment si tu étais restée, reprit Ben, mettant le doigt sur la source de mon angoisse avec beaucoup plus de précision que je ne l'aurais voulu.

— Pourquoi tu présentes les choses comme ça ? Comme si c'était le critère le plus bas – « J'aurais passé un bien meilleur moment *même* si Ron était restée. »

— Ce n'est absolument pas ce que j'ai dit.

Non, et ce n'est pas ce que je voulais dire non plus, à savoir : « Je ne veux pas que tu aies envie de coucher avec elle. Alors qu'elle est si différente de moi. » Qu'est-ce qui me prenait ?

Ben regarda par la fenêtre, me regarda de nouveau, ouvrit la bouche pour dire quelque chose, hésita.

— Je sais cuisiner, lâcha-t-il d'un coup.

— Quoi ? Tu m'as baratinée pour que je fasse tes courses ?

Il m'adressa un regard noir que je lui rendis.

— Ce fut un plaisir de vous voir si captivés par le cours, et je me réjouis de constater à présent que le débat académique fait rage, intervint notre professeur. Je suis également persuadé que les notes que vous vous passiez portaient sur l'essor des classes moyennes au XIVe siècle au regard des *Contes de Canterbury*.

— Très certainement, approuva Ben en hochant la tête.

— Foutez-moi le camp à votre cours de 11 heures.

Nous ne nous le sommes pas fait dire deux fois.

CHAPITRE 26

À côté des rubriques habituelles du style «Quelle tenue pour faire la connaissance de vos beaux-parents» ou «Quelle tenue pour une escapade à la campagne», j'aimerais que la presse féminine passe aux choses sérieuses et s'attaque à des problèmes véritablement épineux tels que «Quelle tenue pour faire la connaissance de l'épouse de votre amour perdu».

Je n'ai rien à me mettre qui convienne pour assister à ce dîner. Les possibilités sont tellement minces – contrairement à moi – que j'opte pour la politique de la terre brûlée : je fourre presque toute ma garde-robe dans des sacs que j'emporte au local d'une association caritative du quartier.

Debout au milieu de Help the Aged, mes sacs poubelle à la main, mon élan altruiste se dégonfle de minute en minute. Avec ses cheveux gris coiffés en chignon et ses lunettes pendues à une chaînette autour de son cou, la dame du comptoir ressemble à une merveilleuse mamie tout droit sortie d'une histoire de Roald Dahl – celle qui vous adopterait après que l'auteur eut décidé, avec son humour grinçant habituel, de liquider vos parents dès le premier chapitre.

— Je vous laisse ça là ? lancé-je gaiement, espérant pouvoir lâcher mon paquet et m'enfuir en courant.

Elle agite l'index dans ce geste internationalement connu – et pas spécialement gracieux – qui indique «Par ici».

Je lui tends mes sacs. J'ignorais qu'il fallait passer une audition pour faire un don. Elle entreprend de déballer le contenu de mes sacs devant moi. Elle renifle dédaigneusement un cardigan et me demande :

— Vous fumez ?

Avant que je n'aie pu lui répondre par la négative, elle pousse un glapissement douloureux qui pourrait laisser croire qu'elle a découvert un godemiché noueux de la taille d'un cactus du Sahara. Puis elle dit d'un air pincé :

— Nous nous passerons de *ceci*.

Elle tient à bout de bras, entre le pouce et l'index, une paire de chaussettes vagabonde. Mmm, mes chaussons-chaussettes, ceux qui ont des antidérapants en forme de coussinets. Je suis sûre que quelqu'un saurait en faire bon usage. Certes, je suppose que pour accepter des chaussettes de seconde main, plus qu'en situation précaire, il faut en être réduit à faire les poubelles. J'ai néanmoins envie de lui rétorquer : « Vous êtes qui ? La duchesse de Nettoyage à sec uniquement ? »

Au lieu de ça, je marmonne : « Ça alors ! Comment elles ont atterri là ? » et pars faire mon shopping avec les chaussettes en boule dans la poche de mon manteau, jurant qu'à l'avenir les anciens et leurs représentants à la langue fourchue n'auront qu'à se démerder tout seuls.

Il me faut une tenue qui dise : « Adulte mais toujours jeune », « Élégante mais décontractée » et « Pas salope mais encore bonne pour le service actif ».

Comme on peut s'y attendre, dénicher quelque chose dans mes prix qui :

a) m'aille ;

b) remplisse six critères contradictoires ;

… se révèle difficile.

Je croyais faire une taille 40 et je m'accroche à cette idée en dépit de toutes les preuves qui pointent vers le nord. Ou, dans le cas de mes tétons pris dans des matières moulantes, nord-ouest et sud-est.

En ce samedi après-midi, les boutiques de fringues de King Street grouillent de monde. Cette expédition me laisse à bout de nerfs et au bord des larmes. Il n'y a qu'une chose à faire, décidé-je. Et j'appelle Mindy. Elle écoute mon problème et rédige une rapide ordonnance.

— Tu dramatises et n'es plus à même de prendre une bonne décision. Entre dans un magasin plus haut de gamme, genre Reiss, et trouve-toi une robe de cocktail noire toute simple. Choisis une taille au-dessus si ça rend mieux – mets ta fierté en veilleuse. Ne t'occupe pas du prix. Assortis-la à des talons dans lesquels tu es à l'aise. Boum, c'est fait.

— Mais j'ai déjà porté du noir la dernière fois que j'ai vu Ben et son ami…, protesté-je précipitamment.

— Crois-moi, à moins que tu n'aies été déguisée en lapin rose, il ne se rappellera absolument pas ta tenue.

Ses instructions se révèlent simples et efficaces. Malheureusement, une fois rentrée à l'appart, mon exaltation est de courte durée : je découvre que, alors que l'éclairage digne d'un clip de pop des cabines d'essayage me faisait ressembler à une des filles de la vidéo de «Addicted to Love», dans la lumière du jour déclinant, j'évoque plus une veuve de mafioso qui a noyé son chagrin dans les tortellinis pendant son deuil. J'ai le choix entre essayer d'arranger le résultat et boire une vodka-Coca Light tranquillisante en attendant le taxi. La seconde option est beaucoup plus attrayante que la première, laquelle revient à tenter désespérément de faire briller une crotte. Un précepte du Tao de Mindy me revient en mémoire : «On ne peut pas faire briller une merde, mais on peut la rouler dans les paillettes.»

J'opte pour la vodka et un rab de maquillage.

Je n'arrête pas de me demander à quoi va ressembler Olivia. Je sais qu'elle est blonde, si j'en crois la photo entraperçue en fond d'écran du portable de Ben. Ce dernier a toujours eu un faible pour les canons sur lesquels on se retourne. Je ne vois pas pourquoi la femme avec laquelle il a fait sa vie dérogerait à la règle. Je l'imagine comme une sorte de Patsy Kensit à l'époque de *L'Arme fatale 2*, avec le style vestimentaire de Betty Draper dans *Mad Men*, dotée de l'art de la conversation de Dorothy Parker et le… Oh, merde !

Le pire est déjà arrivé. Elle n'est pas moi. Au menu ce soir : le cœur de Rachel servi façon steak tartare.

CHAPITRE 27

B en et Olivia habitent une maison mitoyenne de style victorien, avec des pignons blancs et une porte d'entrée d'un bleu roi brillant, un laurier taillé en sucette dans un cache-pot noir carré en faction sur le perron. Je presse la sonnette en laiton qui résiste un peu sous mon doigt et attends, tendant l'oreille au brouhaha des conversations animées à l'intérieur. Un frisson d'angoisse me traverse. Il n'y a plus de Rhys à mes côtés. Je n'avais pas évalué le sentiment de solitude dans lequel me plongerait le célibat. Je regrette de ne pas avoir bu deux vodkas.

Ben vient m'ouvrir, une bouteille avec un tire-bouchon enfoncé dedans à la main. Avec sa chemise crème et ses cheveux légèrement ébouriffés, il a un peu l'air de sortir d'un catalogue Lands' End. Je les imagine, Olivia et lui, partir le dimanche pour de longues marches ; vêtus de pulls irlandais et de pantalons moleskine unisexe chocolat, ils lancent des bâtons à leur chiot Golden Retriever et rient à gorge déployée.

—Rachel ! Salut !

Il se penche pour un chaste baiser sur la joue. Je me raidis.

—Puis-je te débarrasser ?

J'exécute une petite danse maladroite, lui tendant le vin que j'ai apporté pour pouvoir m'extirper de mon manteau avant de le lui échanger contre la bouteille.

Par-dessus son épaule, alors qu'il suspend le cintre, Ben lance :

—Voici Liv. Liv, Rachel.

Le sang bourdonne dans mes oreilles.

Une femme menue s'avance vers moi en souriant, et me voici délestée de ma bouteille pour la seconde fois. Je frémis. Sans surprise, peut-être, après toute cette appréhension, je découvre qu'elle n'est qu'une femme séduisante. Mince, cheveux blond caneton, visage à l'ovale parfait, teint doré. Je m'attendais à une variante de la perfection féminine et Olivia semble transpirer le Chanel n° 5 – évidemment.

Si j'étais peau de vache – ce que bien évidemment je ne suis pas, mais *imaginons* –, je dirais que, physiquement, le connaissant, Ben n'a pris aucun risque en la choisissant. À la fac, il préférait le type Carly Simon – dynamique, saine, robuste, grand sourire. Le genre de beauté si énergique et enjouée que l'ignorer revenait à essayer de regarder le soleil en face sans plisser les yeux.

— Enchantée, dit-elle.

— Moi de même. Je vous remercie pour votre invitation.

— Venez donc saluer les autres invités. Je vais vous servir quelque chose à boire.

Je lui emboîte le pas et en profite pour détailler sa tenue. Elle porte un haut drapé en jersey moulant et un pantalon à la fois près du corps et évasé, l'ensemble dans les tons gris. Pas d'un gris qui évoque un accident de lessive avec du noir, évidemment – de ceux qu'on appelle pierre de lune, graphite et ardoise, et qu'on voit chatoyer sur des cintres rembourrés dans ces boutiques dont l'ambiance évoque les boîtes de nuit new-yorkaises. Celles dont je n'ai pas osé pousser la porte cet après-midi, de peur d'en être chassée à coups de balai. Elle est tellement sobre et sophistiquée que j'ai soudain l'impression d'en avoir trop fait avec ma petite robe aguicheuse, qui me donne l'air de m'être échappée d'une publicité de café instantané des années 1980.

Olivia me guide jusqu'à un salon qui se prolonge en salle à manger. Là, elle m'entraîne vers une grande femme aux mèches vanille-toffee que j'imagine parfaitement à l'époque du lycée en attaquante de l'équipe de netball de l'école rivale, de celles qui marquaient avec tellement d'agressivité qu'on en tombait à la renverse de peur. Mon regard se pose ensuite sur l'homme debout près d'elle. Plus petit, trapu, il porte une chemise rose saumon qui accentue la rougeur de son teint.

— Lucy, Matt, voici Rachel. Rachel, je crois que vous connaissez Simon… ?

Simon, qui est en train d'inspecter la bibliothèque, lève sa flûte en guise de salut et s'approche d'un pas tranquille. Il est habillé comme pour aller travailler.

— Puis-je vous offrir un cocktail au champagne, Rachel ? me demande Olivia.

— Vous pouvez, et j'accepterai avec plaisir, plaisanté-je, essayant d'adopter un ton mondain et échouant lamentablement. C'est ravissant, chez vous, Olivia. Je n'arrive pas à croire que vous n'êtes installés que depuis quelques mois.

Pas de doute, c'est une vraie maison d'adultes. Le tapis beige sous nos pieds est épais et doux, des cierges d'église scintillent dans une immense cheminée d'origine, et aux murs sont accrochées des photos en noir et blanc encadrées. Je reconnais Barcelone, Berlin, ainsi que d'autres lieux probablement visités, le Nikon à la main, lors d'escapades romantiques à l'époque où ils se courtisaient.

— Oh, nous vivons toujours au milieu du désordre, mais l'éclairage tamisé aide à le camoufler, lance Olivia en s'esquivant à la cuisine.

— Liv est modeste ; elle entraîne l'ordre dans son sillage comme beaucoup apportent le chaos, intervient Ben depuis quelque part près du four.

La table à l'autre bout de la pièce est soigneusement dressée : serviettes bleu-vert, longues bougies assorties et, au centre de la table, une orchidée dans un vase cylindrique rempli de cailloux. De la musique chill out-dub-je ne sais quoi s'élève d'une chaîne stéréo Bang & Olufsen. Si Ben en est encore à grimper les échelons, il est clair qu'Olivia évolue déjà dans les hautes sphères, pensé-je en m'imprégnant de l'atmosphère de sérénité luxueuse et de richesse discrète. Je revois mon ancien chez-moi à Sale ; Ben et moi vivons dans des milieux tout à fait différents. Je me surprends de nouveau à regretter la présence rassurante de Rhys à mes côtés, avant de réévaluer rapidement si cela vaudrait vraiment le coup. Il se hérisserait au milieu de cette représentation d'un bonheur cliché digne de publicitaires, pendant que je croiserais les doigts pour qu'il ne boive pas trop ni ne devienne agressif.

Olivia revient et me glisse dans la main une flûte à champagne où dansent des framboises.

— Est-ce que tout le monde est là, Liv ? demande Lucy.

— Oui.

— OK, alors trinquons. Liv et Ben, bienvenue à Manchester !

— Santé, marmonné-je dans le tintement de verres qui s'entrechoquent.

— Santé, Ben ! crient les convives au maître de maison, toujours dans la cuisine.

C'est ça, tout le monde ? Six personnes, deux couples, deux célibataires – Simon et moi sommes tombés dans un traquenard. Ce n'est pas une rumeur : ces tentatives de rapprochement on ne peut moins subtiles existent vraiment. Simon est-il aussi mal à l'aise que moi de voir qu'on nous pousse dans les bras l'un de l'autre ? Lucy et Matt m'examinent avec curiosité. Je vais devoir affronter bravement cette situation en faisant comme si ce n'était pas en train de m'arriver. Mon mode opératoire habituel.

En désespoir de cause, je me tourne vers Simon avec un sourire crispé.

— Comment allez-vous ? lui demandé-je.

— J'ai parlé à Natalie et elle est partante pour faire l'interview.

Je suis bien contente que nous ayons un sujet de conversation en commun.

— Fantastique.

— Je vous recontacterai pour vous proposer une date. Des inconvénients à le faire chez elle ?

— Idéal.

— Un problème si j'y assiste ?

— Si ça ne vous ennuie pas, je préférerais un tête-à-tête.

— Merci.

— Je ne cherche pas à me montrer désagréable…

— Oh, vraiment ? Et que cherchez-vous, alors ? demande-t-il, pince-sans-rire.

Je m'esclaffe malgré moi.

— Si vous êtes présent, expliqué-je, elle risque de se crisper et de chercher sans arrêt votre approbation. L'entretien ne sera pas naturel. Je sais que c'est un gros sujet, mais Natalie n'est pas Barbra Streisand. Tout ira bien.

— Je vais y réfléchir, dit Simon en souriant.

— Ce sont mes conditions, riposté-je en lui rendant son sourire, espérant ne pas trop forcer sur le culot. Bonne chance pour imposer les vôtres aux journaux nationaux…

En réalité, la presse nationale lui arracherait même le bras jusqu'au coude d'un coup de dents. Mais si je me fie à ce qu'a dit Ben, je suis presque sûre que Simon ne se départira pas de son sens de l'humour et me confiera l'interview.

— Qu'est-ce que vous faites dans la vie ? intervient Matt.

— Je suis chroniqueuse judiciaire pour un journal local. Et vous ?

— Expertise conseil en management. Principalement pour des sociétés *blue chips*.

Comme aucune question ne me vient à l'esprit, Matt enchaîne :

— Quel est le pire chef d'accusation que vous ayez jamais entendu ?

— Euh… Pire que des meurtres en série ?

— Non, plutôt des trucs bizarres.

— Vous, les avocats, devez en voir plus souvent que moi ? dis-je à Lucy.

— Je suis spécialisée en litiges, comme Liv, m'explique celle-ci. Donc non. Je m'occupe de cyprès de Leyland et de murs de séparation.

À ce moment-là, Olivia nous invite à nous asseoir, et nous prenons place autour de la table. Lucy et Matt se précipitent au milieu, Simon et moi n'avons donc pas d'autre choix que de nous installer à côté d'eux, face à face. Pourquoi Ben ne m'a-t-il pas prévenue de ce qui se tramait ? Ça ne lui ressemble pas. *Tu ne sais plus ce qui « lui ressemble »*, me rappelé-je.

On sert le vin, je me dépêche de finir mon cocktail, et des salades sont placées devant nous. J'essaie de me rappeler comment faire la conversation poliment, tout en résolvant l'équation : Ben plus Olivia égale Lucy et Matt comme amis. L'une des particularités étonnantes de ma vie passée et de celle de Ben était notre radar pour détecter qui était notre genre et qui ne l'était pas. C'était comme si nous arrivions à l'amitié en partageant un guide de conversation, une boussole morale et un plan, même si celui de l'université était plus difficile à comprendre. La tournure des événements m'apprend, comme Caroline me l'a justement fait remarquer, que soit son genre a changé, soit il a adopté l'attitude de l'hôte et du mari attentionnés. Je sais laquelle des deux possibilités j'espère être la bonne.

— Comment se passe votre nouvelle vie ici ? demande Matt à Olivia. Vous plaisez-vous à *Man-chest-ah* ?

Il prononce ce dernier mot avec un faux accent de voyou de Burnage qui me fait légèrement frémir.

— Les grands magasins sont bien, répond Olivia, ce qui provoque un gloussement de Lucy. Vraiment. En fait, Manchester ressemble plus à un petit Londres que je ne l'aurais cru.

Tu parles d'un compliment… Est-ce que louer quelque chose comme une version miniature de ce à quoi vous étiez habitué est positif? À moins de parler d'une paire de fesses, évidemment.

— Comme vous le savez, Ben s'extasiait toujours en se remémorant ses années d'étudiant dans cette ville, continue-t-elle.

Bravo, Ben.

— Didsbury est fa-bu-leux, opine Lucy.

— Il semble qu'il y ait tout ce qu'il faut, oui. Il va d'ailleurs falloir que nous commencions à passer en revue les écoles, ajoute Olivia avec une timidité affectée.

— Oh! Auriez-vous un heureux événement à nous annoncer? demande Lucy d'une voix flûtée.

Je mâche tellement fort que je me mords l'intérieur des joues.

— Non, nous faisons juste des projets, répond Olivia en lançant un coup d'œil à Ben.

— Ooooh, roucoule Lucy.

Je me sens infiniment triste et déjà légèrement pompette, une combinaison annonciatrice de désastre. Je remarque toutefois que Ben semble s'étouffer et avoir besoin d'une bonne claque dans le dos.

— Ne nous emballons pas, dit-il à Olivia. Un chien suffira pour commencer. Pour l'instant nous nous concentrons sur notre installation ici, c'est tout, dit-il à la table.

—N'attendez pas trop, vous ne savez pas combien de temps cela prendra, intervient Lucy. Combien de temps avons-nous essayé pour Miles ?

—Dix-huit mois, répondit Matt.

—Et en y travaillant à peu près toutes les nuits…, précise Lucy.

La question de savoir si oui ou non ce sont bien des feuilles de chicorée que j'aperçois dans ma salade me paraît soudain tout à fait captivante.

—L'autre jour, j'ai lu un article dans le *Mail* écrit par un spécialiste de la fertilité, poursuit Lucy. Selon lui, à trente-trois ans, on devrait avoir fini de fonder sa famille. Combien d'enfants veux-tu, Liv ?

—Trois. Deux filles et un garçon.

Ben soupire lourdement.

—Les enfants ne se commandent pas sur Internet…

—Et vous avez combien ? Trente et un ? Il faut que vous vous y mettiez immédiatement – là maintenant tout de suite ! s'exclame Lucy qui tape sur la table en gloussant.

—Pas *tout de suite*, j'espère, dit sèchement Simon.

Je ris.

—Ne l'encourage pas, Lucy, dit Ben.

Lucy ne semble absolument pas remarquer la tension dans sa voix.

—Oh, allez, Ben ! cajole Lucy. Si madame veut, il faut la satisfaire. Les petits bouts sont super fun !

Je jette un regard circulaire à la tablée histoire de vérifier que j'ai bien entendu. Elle a bien dit « petits bouts » ?

—À moins que tu n'aies peur de tirer à blanc ? ajoute Matt assez sérieusement à l'intention d'un Ben mortifié.

Waouh. L'enfant de Matt et Lucy est le résultat d'une sacrée formule. Matt et Lucy *au carré*.

—Il finira par changer d'avis, intervient Olivia en tapotant le bras de Ben.

L'air traqué, Ben boit une gorgée de vin.

— Et vous, Rachel ? poursuit Olivia en tournant son regard vers moi. Souhaitez-vous avoir des enfants un jour ?

— Oh.

Une fourchetée de matière verte et feuillue s'arrête à mi-course de ma bouche. Je la repose bruyamment sur le bord de mon assiette pour éviter de ressembler à un gorille dans la brume observé par cinq Dian Fossey.

— Ce n'est pas ma priorité, mais oui, pourquoi pas ? Si je trouve quelqu'un avec qui les avoir.

Un silence gêné s'installe – qui s'explique largement par leurs manigances. J'enchaîne :

— Et je vais vous dire : ne vous inquiétez pas de ce qu'écrivent les spécialistes de la fertilité. C'est leur boulot de vous pousser à faire des bébés. De même qu'un spécialiste du foie vous dira de ne jamais faire d'excès d'alcool et un cardiologue de renoncer à la cuisine au beurre.

Un autre silence ponctué du bruit des couverts, peut-être plus pesant que le précédent. Ben m'adresse un sourire encourageant. Pas étonnant : je suis dans la merde à sa place.

— Vous faites des abus d'alcool ? demande Matt d'une voix éteinte en chassant des feuilles de roquette tout autour de son assiette.

— Euh, non. Disons que je ne siffle pas les bouteilles de vodka à la pomme avant de me soulager sur des monuments aux morts. Mais généralement, quand l'occasion se présente, je bois plus de deux verres. Ce qui est normal, non ?

— Pas si vous avez des enfants, répond Lucy.

— Bien sûr, les nuits sans dormir…, etc., avancé-je.

— Et Miles a presque quatre ans maintenant. Je n'ai pas envie qu'il soit en notre présence quand nous sommes soûls.

— Eh bien, ça ne m'étonne pas, dis-je. Biberonner, à son âge…

Lucy prend ma plaisanterie au premier degré.

—Il est sevré et mange des aliments solides. Il a *trois* ans, me corrige-t-elle en clignant rapidement des yeux.

—Ahem, ouais. Je voulais dire…

Je n'achève pas ma phrase.

Lucy se tourne vers Olivia et s'exclame :

—Mon Dieu, j'ai oublié de te dire : nous avons enfin récupéré les clés de la villa !

Elle se met à fouiller dans son sac à main dont elle sort des photos qu'elle tend à Olivia et Ben, lesquels poussent des cris intéressés et approbateurs. Manifestement, les clichés ne circuleront pas beaucoup plus.

—Pas le bon public pour la dernière blague, murmure Simon en remplissant à ras bord mon verre de vin soudain presque vide.

—J'ai dit quelque chose qu'il ne fallait pas ? chuchoté-je en retour.

—Absolument pas. J'étais en train de me préparer à affronter le moment où les projecteurs seraient braqués sur la mobilité de mes spermatozoïdes. Désastre évité, les gars, conclut-il en baissant les yeux.

Et soudain je suis de retour à l'école, à glousser au fond de la classe. Quand notre fou rire se calme, nous nous rendons compte que le reste de la tablée nous observe avec intérêt.

CHAPITRE 28

Il est juste de dire que Matt et Lucy remportent haut la main le grand prix de la soirée. Tous les sujets – travail, famille, vacances, maison – semblent venir avec les bonnes et les mauvaises réponses. Une fois qu'ils ont compris (rapidement) que les miennes appartiennent à la seconde catégorie, ils cessent de s'intéresser à moi. Il faut dire que je n'ai jamais fait de ski, que je ne me suis jamais préoccupée de savoir quel était le meilleur break en termes de litres aux cent, que je n'ai jamais fréquenté de restaurants ayant remporté des étoiles Michelin et que je n'ai pas d'opinion arrêtée sur les mesures de réductions d'impôts proposées par chaque parti.

Plus qu'ils n'affichent un air d'autosatisfaction, ils baignent dans un épais brouillard de suffisance. Être si âpre au gain me semble absolument épuisant. Je me demande comment le jeu se termine : finiront-ils dans une maison de retraite à rivaliser avec les autres pensionnaires pour savoir qui a le collier alarme le plus épais ?

J'espère sincèrement que Lucy et Matt comptent parmi les quelques connaissances de Ben et Olivia à Manchester et que ces derniers font donc un effort spécial. Toutes mes interactions avec Olivia suggèrent qu'elle est quelqu'un de plutôt agréable, pourtant, en présence de Lucy, il semble qu'elle se lucynise. Quant à Ben, il est silencieux, voire sombre.

Une fois le plat principal servi, englouti et débarrassé, je prie les convives de m'excuser et m'esquive aux toilettes.

— Utilisez celles du rez-de-chaussée. Juste avant la cuisine sur votre gauche, m'indique Olivia.

L'endroit est aussi impeccable que le reste de la maison, et j'ai un pincement au cœur en songeant à mon statut de sans domicile fixe. Je n'habite plus le quartier de Sale. Et le palace de Rupa n'est pas vraiment mon chez-moi.

Alors que je me lave les mains avec un gel parfumé tiré d'un distributeur chinois, je m'étonne de surprendre les voix étouffées de Ben et d'Olivia. Aux bruits de couverts qui les accompagnent, je déduis qu'ils discutent au-dessus du lave-vaisselle. Quelque chose dans la teneur de la conversation me laisse penser qu'ils n'imaginent pas un instant qu'on puisse les entendre. Ils n'ont pas dû encore percer les secrets de l'acoustique de leur maison.

Après avoir débattu sur le sens dans lequel ranger les assiettes, Olivia déclare :

— Rachel est adorable.

Mon bras tendu pour attraper la serviette se fige.

Ben répond :

— Oui, elle l'est.

Silence.

— Et jolie, ajoute Olivia.

Ben émet une onomatopée équivoque.

— « Quelconque » était un peu dur, poursuit Olivia.

J'inspire bruyamment et jette un œil à mon reflet dans le miroir. Des yeux quelconques et légèrement injectés de sang dans un visage quelconque. Je pense : *Tu as eu ce que tu voulais. Tu l'as cherché, tu as supplié pour l'avoir, tu savais que ça te pendait au nez et voilà. Et devine. Tu détestes.* Sans réfléchir, je recommence à me laver les mains.

— Tu sais bien, ma chérie, que je n'ai jamais regardé d'autre femme que toi, dit Ben avec une galanterie exagérée qui fait pouffer Olivia.

— Simon est sous le charme. Ça se passe très bien, je crois.

184

—Ouais, Liv, ne t'en mêle pas, tu veux?

—Je ne m'en mêle pas!

—Rachel sort à peine d'une longue relation, elle est un peu fragile.

—Ils étaient fiancés?

—Ouais. Sérieusement, poursuit Ben, elle était avec Rhys depuis des lustres. Ils sortaient déjà ensemble quand je l'ai connue.

—Eh bien, alors, une aventure lui fera le plus grand bien.

—Pourquoi faut-il toujours que les femmes se mêlent de tout?

CHAPITRE 29

Après deux plats, l'effet des cocktails et du vin commence à se faire sentir. Les gloussements de Lucy ont gagné en volume, les anecdotes de Matt sont plus osées. Simon est détendu, mais il tient visiblement bien l'alcool et ne se relâche absolument pas. À mon retour des toilettes, il me regarde ramasser ma serviette, me rasseoir et remplir mon verre. Je me sens tellement vide que j'ai besoin de me remplir de quelque chose – autant que ce soit de vin.

J'arrive sur la fin d'une discussion sur le meilleur âge pour se marier. (Serait-ce, par le plus grand des hasards, celui où Matt et Lucy se sont mariés ?)

— Vous êtes donc contre le mariage ? demande Lucy à Simon en se couvrant courtoisement la bouche pour dissimuler un hoquet.

— Il n'est pas contre, il n'a pas encore rencontré la femme idéale, c'est tout. N'est-ce pas, Simon ?

Olivia me jette un coup d'œil – bon sang, c'est pour moi qu'elle dit ça.

— Je n'ai rien contre le mariage en soi, je suis contre la majorité des mariages, explique Simon. Je suis contre les raisons pour lesquelles les gens se marient généralement.

— Le grand amour ? demande Lucy.

— La plupart des gens n'épousent pas la personne qu'ils aiment le plus, mais celle, quelle qu'elle soit, avec laquelle ils sont en couple au moment de passer le cap des trente ans, répond Simon. À l'exception des personnes présentes, bien entendu.

« À l'exception des personnes présentes » est une insulte tellement élégante, pensé-je, vu qu'il veut clairement dire : « Les personnes présentes en particulier. » C'est du même registre que « avec tout le respect que je vous dois » pour « allez vous faire voir ».

— Écoute ça. D'après Simon, on épouse la personne avec qui on est à trente ans, quelle qu'elle soit, et l'amour n'a rien à voir avec le mariage, explique Olivia en tirant sur la manche de Ben qui revient s'asseoir après nous avoir distribué les bols du dessert.

— Je n'ai pas dit que l'amour n'avait rien à voir, proteste Simon en croisant les bras. Vous voyez, c'est ça le problème quand on discute avec les femmes : elles déforment et exagèrent. Qu'est-ce que les gens pensent au moment de sauter le pas : « Cette personne m'est destinée » ou : « Je ne vais pas m'emmerder à chercher quelqu'un d'autre maintenant, alors que je commence à perdre mes cheveux et à prendre du ventre… Je t'aime beaucoup, tu feras l'affaire » ?

— Même si c'est ce que tu penses en te mariant, la question n'est-elle pas de savoir si tu vas honorer ton engagement ? demande Ben.

— Eh !

Olivia lui donne une tape taquine sur le bras.

— Bien évidemment, je ne parle pas pour moi… Mais, théoriquement, ici, les motifs comptent moins que les intentions.

— Toutes les relations sont conditionnées par le moment où on les vit, dis-je en prenant garde à ne regarder que Simon.

— Je suppose, concède-t-il.

— Entendons-nous bien, intervient Matt, passant soudain en mode consultant, comme s'il avait été surfacturé par un grossiste en encre pour photocopieuse et qu'il traquait l'erreur dans la facturation. Qu'y a-t-il de mal à s'engager sans faire l'effort de «chercher quelqu'un d'autre» ? Comment savoir s'il existe quelqu'un de mieux ?

Simon hausse les épaules.

—On ne risque pas de le savoir sans chercher. Je veux choisir ma vie, et pas laisser une vie me choisir. C'est tout ce que je dis. Ne faites pas «ce qu'il faut» pour récompenser quelqu'un pour ses bons et loyaux services si cette personne ne vous convient plus. Visez haut.

Matt plisse tellement les paupières que ses yeux disparaissent presque.

—Même si vous voulez des enfants, que l'heure tourne, vous jetez une relation stable à la poubelle ?

—Stable ? Stable, c'est pour des étagères ! s'exclame Simon, se délectant de son rôle d'*agent provocateur*[*].

Lucy et Matt semblent horrifiés.

—Mais alors cela veut dire que vous croyez en l'âme sœur ? demande Lucy qui se raccroche désespérément à la moindre lueur d'espoir.

—Non, très chère. Je suis un partisan de la manière forte. C'est ce qu'on appelle plus communément un adulte.

—Qui est cette femme que vous poursuivez, si elle n'est pas votre âme sœur ? insiste Lucy.

—Il semble que vous confondiez un concept marketing développé dans les comédies romantiques avec un phénomène scientifiquement prouvé, objecte Simon.

J'éclate de rire malgré moi.

—Qu'est-ce qui te fait ricaner, Woodford ? lance Ben depuis l'autre bout de la table, me forçant à le regarder en face pour la première fois depuis «quelconque».

—C'est Simon – son regard acéré et son sens du dénigrement tout juridique. (J'agite la main.) Ne vous arrêtez pas. Désolée. Vous parliez de l'âme sœur.

—Elle n'existe pas ? presse Lucy.

Simon soupire.

— Il y a un pourcentage de personnes sur la planète avec lesquelles on peut être raisonnablement heureux. L'âme sœur est en fait une de ces six mille personnes environ. Ensuite, tout dépend de qui vous croisez et quand. La période au milieu où vous contrôlez votre vessie et vos boyaux. Être membre du club des zéros virgule zéro zéro zéro je ne sais combien pour cent sur six milliards est quand même une distinction. Toute femme qui ne saisit pas cela ne comprend pas grand-chose aux mathématiques.

— Ou ne comprend pas grand-chose à la chance qu'elle a de faire partie de votre club des six mille, fais-je remarquer.

J'essaie de malmener Simon, mais il prend mon intervention pour de la connivence.

Je surprends l'expression outrée de Lucy, qui interprète cet échange comme une trahison à l'encontre de la gent féminine. J'ai le sentiment que pas mal de choses lui ont volé au-dessus de la tête – assez haut pour ne pas risquer de la décoiffer.

— Simon, je crois qu'il est temps de prononcer l'heure du décès de ta popularité, suggère Ben.

— Vous n'êtes qu'une bande de cyniques, proteste celui-ci. Ma théorie n'est rien d'autre qu'un appel à l'amour romantique.

— Je ne vois pas ce que tes pourcentages ont de romantique, déclare Ben d'un ton acerbe. Tout le monde perd l'attrait de la nouveauté tôt ou tard. Tu as plus de chances d'être heureux avec quelqu'un que tu connais bien qu'avec une personne inaccessible que tu as placée sur un piédestal et poursuivie vainement. Le coup de foudre et tous ces trucs-là, ce sont des conneries. C'est seulement l'imagination surstimulée qui travaille à partir d'informations insuffisantes. C'est ce moment où quelqu'un peut être n'importe qui. Il passe vite. Et c'est encore pire parce que, en s'emballant, on rend la déception inévitable.

Mes yeux sont inexorablement attirés vers Ben. Il doit le sentir, car il détourne rapidement le regard.

— Être exigeant ne veut pas dire qu'on n'est jamais satisfait, mais qu'on l'est rarement, Benji.

Le ton de Simon est devenu légèrement cassant. Lucy n'est maintenant plus la seule à sentir vaguement des projectiles passer en sifflant au-dessus de sa tête.

Je me sens obligée de briser le silence qui suit.

— Il y a une chose que je ne comprends pas. Un mariage où vous êtes follement amoureux tout le temps qu'il dure jusqu'à une séparation est considéré comme un échec, alors que vous pouvez rester ensemble durant des décennies tout en étant malheureux et on considérera officiellement votre mariage comme une réussite, sous prétexte qu'il a tenu. Personne ne dirait d'un veuf qu'il a raté son mariage.

— Parce que le mariage est censé durer jusqu'à ce que la mort nous sépare. Par définition, on a échoué si on est séparés et en vie, dit Ben en me regardant posément. Ou si l'un des deux a tué l'autre.

— OK. Eh bien, je persiste à dire que le critère ne devrait pas être aussi sommaire. On devrait dire « réussi pendant une durée limitée » au lieu de raté. Et peut-être que « durable » conviendrait mieux que « réussi » pour un couple resté uni sans être heureux.

— Seigneur, soupire Simon. Je parie que vous êtes du genre à penser que les sports de compétition devraient être bannis des tournois inter-écoles. Je me trompe ?

— Je suis du genre à penser que les tournois inter-écoles devraient être interdits tout court.

— Vous avez peut-être cessé de croire au mariage parce que le vôtre est tombé à l'eau ? intervient Lucy, révélant sans aucune finesse que « quelconque » n'était pas la seule information sur mon compte à avoir circulé.

J'en reste sans voix. C'est beaucoup trop, même avec taux élevé d'alcool dans le sang.

— Je n'ai pas cessé de croire au mariage, protesté-je d'une petite voix.

— Qui veut un café? interrompt Ben d'un ton enjoué.

CHAPITRE 30

L e lendemain m'attend un événement social d'importance et considérablement moins éprouvant pour les nerfs : je prépare un vrai repas du dimanche, un rôti et ses légumes, pour mes trois meilleurs amis. En temps normal, j'aurais probablement regretté de me retrouver à éplucher des carottes au lieu d'être en train de me soûler agréablement dans un pub gastronomique. Mais le dîner d'hier m'a rappelé combien je suis heureuse d'avoir des amis qui ne sont :

a) ni Matt ;

b) ni Lucy.

Le palace de Rupa semble à première vue bien équipé, ce que suggère notamment son impressionnante cuisinière immaculée. Une enquête plus approfondie m'apprend que son appartement est l'équivalent de ces hôtels modernes à la déco ultra-léchée, avec des placards aux portes clouées et nulle part où ranger une trousse de toilette. Posé sur l'étroit plan de travail, mon butin d'ingrédients rapporté du supermarché suffit à donner à la pièce un air de fête des moissons. Transpirant au-dessus de mes casseroles, j'ouvre la porte du four, la referme, regrettant que le poulet ait mon teint au lieu de celui d'Olivia. Tout en m'affairant, je repense à la femme de Ben hier soir. Elle semblait se déplacer sur un nuage de velours, glissant de l'un à l'autre comme sur des roulettes. Je n'ai pas surpris une seule goutte de sueur perlant sur son front, alors qu'elle servait un dîner pour six, et ce avec tellement d'assurance… Quand je cuisine pour des gens, je les observe avec appréhension tandis qu'ils commencent à mâcher, me préparant à me répandre en excuses. Et je suis incapable de recevoir sans stresser. (« Il suffit de balancer un saladier de pâtes au milieu de la table et d'inviter tout le monde à se servir. Quoi de plus simple ? » ALLER AU PUB.) Mon visage se reflète tel un fantôme dans les revêtements en verre qui protègent les murs le long du plan de travail. En surprenant mon expression préoccupée, je songe que, plus qu'appartenir à un même genre, Olivia et moi sommes de deux espèces complètement différentes.

Mettre la table est facile car Rupa possède de la vaisselle luxueuse – blanche, carrée, bordée d'un liseré argent. En revanche, bizarrement, elle ne dispose d'aucun ustensile de cuisine, et malheureusement j'ai laissé tous les miens à Rhys. Quand Caroline arrive, je dois me précipiter pour remuer les carottes avec un couteau à pain et vérifier la fermeté du poulet du bout d'une baguette.

—Il est fascinant d'observer un professionnel accompli au travail dans son habitat naturel, plaisante-t-elle. J'ai l'impression d'avoir pénétré dans une sorte de laboratoire gastronomique à la Heston Blumenthal. Oh, regarde ! Ça mousse !

J'attrape une casserole au moment où son contenu se met à bouillir.

—Ingrate, va !

—Ah, ah ! Si Ivor porte son ridicule chapeau de conducteur de train, tu pourrais y servir la purée ?

Elle éclate d'un rire moqueur, puis cueille une olive dans le plat sur le comptoir et la fait disparaître dans l'ovale collant de sa bouche maquillée de gloss – si la plupart des femmes abandonnent les pantalons ajustés et coiffent leurs cheveux gras en queue-de-cheval le dimanche, profitant d'être en famille, ce n'est pas le cas de Caroline.

—Santé! dit Caroline qui lève son verre de vin et en boit une bonne lampée. Ah! Ça fait du bien de sortir un peu de la maison.

Elle ferme les yeux et se penche en arrière.

—Graeme était le bienvenu aussi, dis-je tout en me réjouissant secrètement qu'il ne l'ait pas accompagnée.

Hors de son territoire, le mari de Caroline ne tient pas en place. Par exemple, là, il serait en train de fureter dans tous les coins, inspectant les éléments de cuisine en en énumérant les défauts. Je ne dis pas qu'il y ait quoi que ce soit qui cloche chez Graeme en tant que tel. D'ailleurs, Caroline et lui vont très bien ensemble. C'est juste qu'il correspond à tous les aspects de mon amie qui me ressemblent le moins. Nous considérons nos rôles respectifs dans la vie de Caroline avec une perplexité bienveillante, nous demandant, consternés, ce qu'elle peut bien trouver à l'autre.

Les yeux de Caroline se rouvrent d'un coup.

—Il est tellement grincheux depuis quelque temps. Il est en train de se laisser déborder par son travail. Il passe son temps dans son bureau ou bien à faire les cent pas dans la maison, le portable vissé à l'oreille. Je l'ai surpris au fond du jardin en train d'essayer d'avoir une conversation téléphonique tout en tondant la pelouse. J'ai dû le forcer à arrêter avant que nous ne nous retrouvions à devoir passer l'herbe coupée au tamis pour retrouver des bouts d'orteils.

—Il peut se montrer très, euh… obstiné, approuvé-je en hochant la tête.

—Je sais. Il m'arrive de me demander si nous ralentirons la cadence un jour. Nous avons la grosse maison, les voitures, les vacances. Et tout ce que nous partageons, c'est *Newsnight* et des plats thaï à emporter. Moi, je suis prête à lever le pied.

Caroline et Graeme se sont mis d'accord pour lancer le projet bébé l'année prochaine. Comme tout couple de cadres ultra-organisés qui se respecte, ils ont minutieusement programmé l'événement.

—Il faudra bien qu'il ralentisse quand tu seras enceinte.

Caroline lâche un grognement sceptique.

—Je peux te poser une question, Rach? Personnelle?

Je finis de retourner les pommes de terre rôties dans le plat, les remets dans le four, attrape mon verre de vin et prononce un «oui» résolu.

Ça fait du bien de se retrouver en compagnie de gens qui ont la délicatesse de vérifier avant de vous demander quelque chose d'un tant soit peu intime.

—Comment ça se passait au lit entre Rhys et toi?

—Hum…

—Pas de panique, rien ne t'oblige à répondre.

—Non, non. Euh. Pas trop mal. Un peu plan-plan. En général, Rhys rentrait de sa soirée entre potes et rampait dans le lit en puant la clope alors qu'il n'était plus censé fumer. Et là il me chuchotait: «Tu aurais un inconvénient à baiser?» Évidemment, moi, je corrigeais: «Tu veux savoir si j'y *verrais* un inconvénient»?

—Oh, super! soupire Caroline en levant les yeux au ciel.

—Nous nous sommes séparés, lui rappelé-je.

—Je sais! C'est pour ça que je levais les yeux au ciel. Le couple séparé avait une vie sexuelle plus active que Gray et moi.

—Caroline, Rhys et moi n'avons pas rompu à cause du sexe – ou d'un manque de sexe.

—Je sais, soupire-t-elle en tirant sur la manche de son pull ample et fin. Depuis quelque temps, Gray a l'énergie sexuelle d'un panda.

—C'est beaucoup? Ou pas?

—Eh bien, les zoos leur font venir des partenaires par avion de Chine, et quand madame panda est enceinte, on en parle aux infos. Alors à ton avis?

—Ah. OK. Eh bien, ces choses-là vont et viennent. Ça s'arrangera.

Elle hoche la tête, attrape une autre olive. La sonnette nous interrompt. Je vais accueillir Mindy et Ivor et leur sers aussi un verre.

—À ton nouveau départ, Rachel ! lance Mindy en trinquant.

Tandis que nous entrechoquons nos verres, le toast similaire porté à Ben et Olivia la veille au soir me revient à l'esprit.

Depuis ma rencontre avec Olivia, j'ai à peine pensé à combien je l'envie. Pas parce que je ne l'envie pas, mais parce que, si je commençais, je ne m'arrêterais plus. Je me ratatinerais sur moi-même comme ces poissons magiques qu'on trouve enroulés dans les pétards de Noël, à moins que je ne me corrode telle une roche calcaire sous une pluie acide. Sauf que c'est vraiment dommage qu'elle n'ait pas un peu plus le sens de l'humour, vu que Ben est le type le plus drôle que je connaisse. Quand Lucy s'est mise à discourir sur le TDA de son fils, Simon a dit : « Il pourrait m'en vendre un peu ? Au prix de la rue ? » Ben et moi avons éclaté de rire, Olivia, fronçant son adorable nez, s'est contentée d'une moue boudeuse. Je trouve que Ben aurait dû se choisir une épouse qui aurait eu un nez adorable *et* le sens de l'humour.

Malgré un léger retard de cuisson qui laisse à tout le monde le temps de boire un deuxième verre de vin, le déjeuner est enfin prêt, et même mangeable, et, en entreposant les plats de service sur le comptoir, nous tenons tous autour de la minuscule table Shaker de Rupa.

—Raconte-nous ton rencard, Mindy, lancé-je une fois les assiettes pleines.

—C'était sympa, ouais. Nous devons nous revoir jeudi pour essayer ce nouveau restaurant sur Deansgate. Jake fait un master en commerce international, donc nous avons beaucoup parlé boutique.

— Tu pourrais peut-être lui proposer un petit boulot le samedi, suggère Ivor.

— Au moins je sors avec quelqu'un, moi, et peu importe qu'il se souvienne du gouvernement de John Major ou pas.

Ivor émet un grognement et se sert une autre pomme de terre.

— Oh, et comment s'est passé ton dîner ? me demande Caroline.

— Bien. Je suis un peu rouillée pour faire la conversation et briller en société, mais je crois que je ne m'en suis pas trop mal sortie.

— Bon, et alors raconte, à quoi ressemble la femme de Ben ?

— Elle est magnifique…

— Naturellement, commente Caroline.

Ouais, enfin pas si naturellement que ça. Elle doit passer pas mal de temps sur la plage électrique pour attraper tous ces UV, pensé-je avant de pouvoir me retenir.

— … et agréable. Je n'ai pas eu l'occasion de parler beaucoup avec elle parce qu'il y avait un couple d'amis à eux plutôt bavards.

Je rapporte brièvement la discussion sur les bébés, entre autres.

— La femme de Ben t'a demandé si tu voulais des enfants ? demande Mindy.

— Oui.

— C'est super déplacé.

— Ah oui ?

— Ben, ouais. On ne pose pas une question pareille à quelqu'un qui vient de se séparer de son fiancé, si ? Imagine que tu aies des soucis gynéco ou un truc du genre et que ce soit pour cette raison que vous ayez rompu ?

Ivor pousse un gémissement étouffé.

— Quoi ? s'énerve Mindy. Je suis sérieuse. Et si Rachel avait répondu : « J'ai une malformation de l'utérus » ou : « Je souffre d'incompétence cervicale » ? Qu'est-ce qu'ils auraient fait ?

Je manque de recracher mes choux de Bruxelles.

— Ils auraient regretté qu'elle ait répondu, tout comme je regrette que tu aies dit ça ? hasarde Ivor.

— L'incompétence cervicale existe, ma tante l'a eue ! Quand elle attendait ma cousine Ruksheen. Elle a dû rester alitée genre trois mois. Soit dit en passant, ça n'en valait vraiment pas la peine. Ruksheen est une affreuse traînée.

— Extraordinaire ! lance Ivor.

— Quoi ?

— La façon dont tu passes en douceur du dîner de Rachel à la foufoune de ta cousine.

— Merci de ta sollicitude, dis-je à Mindy une fois que j'ai cessé de rire.

— Les gens profitent de ton sens de l'humour, décrète-t-elle fermement.

— Et toi, comment vas-tu ? demandé-je à Ivor.

— Bien, merci. Katya s'en va enfin, elle m'a donné son préavis. Elle part barouder en Amérique du Sud. Elle aura quitté l'appart d'ici la fin du mois.

— Ding dong, la méchante sorcière végétalienne est morte ! chantonne Mindy en lissant sa jupe bleu paon sur ses jambes.

— Ah, elle n'est pas si terrible, franchement, marmonne Ivor en se frottant un œil.

— Oh, Ivor ! gémit Mindy. Combien de fois t'avons-nous entendu râler Katya-ci, Katya-ça ? « Katya a jeté mes Knacki à la poubelle ! » « Katya a accroché un symbole de fertilité africain au mur et a fait des gros trous dans le plâtre ! » « Katya m'a forcé à regarder un documentaire de la PETA sur l'élevage des ocelots et je n'ai pas pu dormir pendant une semaine!»

—Je n'ai jamais dit une semaine! proteste Ivor en nous jetant un coup d'œil à Caroline et moi.

—Et maintenant qu'elle s'en va: «Elle n'est pas si terrible, franchement.» Quelle lopette!

—Tout ce que je dis, c'est que je la trouve plus facile à supporter maintenant que je sais qu'elle s'en va.

—Elle aurait pu s'en aller plus tôt si…

Mindy s'interrompt en voyant Ivor mimer une bouche qui parle avec une main. Caroline se tourne vers moi:

—Alors, vous allez vous revoir, avec Ben et sa femme?

Question difficile. Il est temps de jouer mon atout.

—Peut-être. J'ai un rencard avec Simon.

—Le Simon que j'ai rencontré?

—Ouais. Le copain avocat de Ben, précisé-je à l'intention de Mindy et Ivor.

—C'est génial! Qu'est-ce qui t'a fait changer d'avis? demande Caroline qui lâche presque ses couverts sous le coup de la surprise.

J'ai bien peur que ce ne soit l'anticipation de ce genre de réaction… Si l'attention générale porte sur ce qui se passe entre Simon et moi, personne ne s'intéressera de trop près aux autres aspects de mon existence. Cela s'appelle faire diversion. Pour mon prochain tour de magie, il me faudra un assistant.

—L'esprit d'aventure, proposé-je vaguement.

—C'est super, Rach!

—Il ressemble à quoi? demande Mindy.

—Ouais, on veut connaître ses mensurations, savoir quel poids il peut soulever au développé couché, et qui l'incarnerait si on tournait un film sur sa vie? débite Ivor en regardant Mindy.

— Grand, blond, BCBG, sûr de lui, doué pour les remarques cinglantes. Mmm, Christian Bale peroxydé ? Rupert Penry-Jones pour la télé ?

— Une belle prise, conclut Caroline la bouche pleine de poulet.

Ai-je envie d'attraper Simon ? Je suis presque sûre que non.

— Je sais que c'est rapide, mais tu dois saisir les opportunités, ajoute-t-elle après avoir avalé.

— Ouais, c'est ce que je me suis dit.

Tu parles.

Hier soir, Simon m'a rattrapée par l'épaule au moment où je partais et m'a murmuré : « Puis-je vous revoir ? » « Oui » m'est apparu comme la seule réponse polie. J'ai aussi trouvé plutôt flatteur que s'intéresse à moi quelqu'un ayant déclaré ne viser « que le top du top », même si j'espère que cet odieux numéro de salaud n'était destiné qu'à épater la galerie.

— Et vous devez vous revoir quand ?

— Sais pas. Il a dit qu'il m'appellerait. Je considère toujours que nous sommes un couple excessivement improbable, mais je suppose que ça ne fait pas de mal de vérifier.

— Ah, voilà la bonne attitude ! (Satisfaite, Caroline boit une gorgée de vin et jette un regard approbateur autour de la pièce.) Vous savez, cet endroit vaut presque son prix. Pas tout à fait, mais presque. Même si la cuisine de Rupa est aussi mal équipée que celle de notre taudis étudiant.

— Le moment est-il approprié pour demander pourquoi tu as servi la sauce dans un vase ? demande Ivor.

CHAPITRE 31

L'arnaque du téléphone payant de notre maison étudiante ne fut pas la première manifestation de la pingrerie de notre propriétaire. L'annonce décrivait notre magnifique palace de Fallowfield comme une maison mitoyenne dotée de trois chambres – Ivor était parti un an faire un stage en entreprise.

À la fin de la visite, Caroline demanda : « Qu'est-ce qu'il y a là-dedans ? » en tournant la poignée d'une porte du rez-de-chaussée. Le propriétaire parut aussi nerveux que si elle avait été une jeune épouse essayant de s'échapper de la tour de Barbe bleue.

—C'est la chambre de Derek, expliqua-t-il sur un ton qui suggérait que toutes les maisons à louer du monde allaient de pair avec un Derek. Il reste. C'est pour ça que le loyer est si bas.

Nous échangeâmes toutes les trois un regard. Pas si bas que ça.

—Derek ?

Le propriétaire frappa à la porte. Le fameux Derek apparut – un individu massif et gras – et nous salua d'un grognement. Il était étudiant de troisième cycle en astrophysique, ce qui était censé constituer une explication suffisante à la présence d'un télescope sur le rebord de sa fenêtre.

Nous nous sommes excusées et avons déguerpi en vitesse. Après nous être assises devant des *latte* dans le café le plus proche, nous nous sommes mises d'accord sur le fait qu'il n'était pas question d'emménager dans une maison occupée par un pensionnaire permanent et asocial. Puis nous avons commandé une autre tournée de *latte* et du gâteau de carotte, et commencé à discuter de combien les chambres étaient spacieuses, du nombre de maisons puant l'humidité que nous avions visitées, et du fait que Derek ne semblait pas si désagréable que ça, une fois qu'on avait ouvert son esprit et bouché son nez. Et nous avons rappelé le proprio pour lui dire que nous étions partantes.

Par chance, Derek vivait principalement la nuit et passait la plupart de ses week-ends dans sa famille à Whitby. La ville où Dracula a débarqué. Pas d'autre question, votre honneur.

Il était justement absent le soir de la première fête digne de ce nom à laquelle nous participions depuis notre emménagement. Le syndicat étudiant avait organisé un grand raout à l'occasion d'Halloween. Malheureusement je passai la journée à vomir tripes et boyaux, ce qui me donna l'opportunité de repérer tous les recoins de la salle de bains oubliés par notre système de ménage par roulement. J'étais complètement déprimée par le fait que ce n'était même pas l'absorption d'alcool qui m'avait mise dans cet état, et que d'ailleurs ce virus m'empêcherait de m'y risquer.

Au rez-de-chaussée, une vampire sexy et une sorcière à la peau brune et aux collants rayés tenant une bouteille en plastique de cidre de la taille d'un pare-battage sur la hanche me fixaient tandis que je me traînais dans le couloir pour leur dire au revoir.

Caroline plaqua le dos divinement frais de sa main aux ongles vernis de noir contre mon front.

—Fu es frûlante.

—Quoi?

Elle retira ses canines en plastique.

—Tu es brûlante. Tu veux que je reste?

—Non, ça va aller.

—On boira à ta santé! promit Mindy en brandissant la bouteille de cidre et en ajustant le bord de son chapeau de sorcière.

J'eus un haut-le-cœur.

—Merfi, dis-je d'une voix pâteuse, comme si moi aussi je parlais avec des fausses dents.

Une heure plus tard environ, quelqu'un frappa à la porte.

—Qui est-ce? crié-je sans ouvrir.

—Un visiteur qui se pèle les miches, lança une voix familière.

J'ouvris la porte. Ben était emmitouflé dans son manteau boutonné jusqu'au nez. Il l'ouvrit d'un coup sec jusqu'au menton pour pouvoir parler.

—Alors, comment te sens-tu?

—À chier, dis-je avec toute la délicatesse dont j'étais capable, en reculant pour le laisser entrer.

J'étais gênée d'être surprise dans mon gros pyjama en pilou, dont les motifs quelque peu psychotropes représentaient des animaux de ferme aux sourires aussi larges que des tranches de melon munis d'instruments de musique.

—Où est ton costume? demandai-je à Ben pour détourner son attention.

—Se déguiser est une terrible façon de gâcher une bonne fête. C'est bizarre, tout le monde a fait dans le macabre et l'effrayant, mais tu as l'air plus morte que n'importe lequel d'entre eux.

—C'est pour me dire ça que tu es venu?

—Non, je voulais voir comment tu allais. Qu'est-ce que tu as pris pour combattre cette grippe?

—Deux paracétamols. Il y a un petit moment.

Deux paracétamols trouvés en vrac au fond de ma trousse de maquillage. J'ai même dû décoller un cheveu égaré d'un des comprimés. J'ai un nouveau haut-le-cœur.

—OK, dit Ben. Je vais faire des courses. Garde-moi une place sur le canapé.

—Ben, ne te sens pas obligé…

—Ne t'inquiète pas pour moi.

* * *

—Et voilà, dit-il en revenant.

Il me tendit des comprimés avec un verre d'eau, alors que je faisais la malade, affalée sur le canapé.

—Ils sont super efficaces, mais costauds. Tu prends d'autres médocs ?

—Seulement la pilule.

Ben fit une grimace.

—Je n'avais pas besoin de savoir *ça*.

Je jetai les comprimés qu'il me tendait au fond de ma gorge et les avalai sans eau.

—Waouh !

—Je salive horriblement, expliquai-je en pointant ma bouche du doigt.

—Génial.

Il me fit un pâle sourire, puis renversa le contenu de son sac de courses : de l'eau minérale, des chips, du Coca normal, du Berocca et du paracétamol. Il s'assit à côté de moi et commença à zapper d'une chaîne à l'autre.

Je lui lançai un regard en biais.

—Ça ne t'ennuie pas de rater la fête ?

—Disons les choses ainsi : le cocktail de bienvenue s'appelait « Brouet de chiennes ».

—Oh ! Tu crois qu'il a été préparé à base de vraies chiennes ?

—Difficile à dire.

—Retourne mentalement en arrière. Est-ce qu'il avait le goût de Georgina Race ?

Ben me donne un coup sur la tête avec le programme télé.

—Caroline m'a raconté que quand elles t'ont laissée tu ressemblais à un ouistiti abandonné un lundi matin. Je me suis dit, oh, merde, je connais cet air-là. Ensuite ma conscience ne m'a plus laissé en paix.

—Un ouistiti abandonné!

Je ris, extrêmement touchée par sa tendresse.

Je me laisse aller en arrière dans ma moitié de canapé et nous commençons à nous chamailler joyeusement au sujet de ce que nous allons regarder, tombant finalement d'accord sur *The Breakfast Club*.

—Tu lui ressembles étrangement. C'est clair, déclara Ben au bout de quelques minutes en désignant Ally Sheedy lançant des coups d'œil par-dessous la fourrure de la capuche de sa parka.

—Une menteuse compulsive et cinglée? Et toi, tu es l'intello complexé au physique de sportif. Tu es Anthony Michael Hall coincé dans le corps d'Emilio Estevez.

—Beuh, quelle idée…

Ben marqua un temps d'arrêt.

—Au moins tu ne penses pas que je suis le sportif. Tu sais comment une fille de ma résidence m'a surnommé l'année dernière? Ben Barbant.

—Quoi? Pourquoi?

—Elle a dit que j'étais… que j'étais «un modèle standard de mannequin de couture» et «agréable», que je m'entendais bien avec tout le monde parce que j'étais insipide et chiant, dit-il en rougissant légèrement. Je ne crois pas qu'il y ait plus insultant que d'être taxé de chiantise. Si quelqu'un te traite de salaud, tu peux essayer de l'être moins. Mais quand une personne chiante essaie d'être intéressante… elle devient probablement encore plus chiante.

—Quelle connasse! m'exclamai-je. Je te parie – non, je te promets qu'elle s'est pris un râteau au collège d'un mec qui

205

te ressemblait et qu'elle se venge sur toi. Il n'y a rien de mal à être gentil.

—Gentil…

Ben sourit, mais grimaça.

—Agréable, si tu préfères. Attentionné. Le contraire de con, quoi. Qui met les gens à l'aise. De bonne compagnie. Tu n'es pas ennuyeux. Elle ne te connaît pas assez pour comprendre que tu ne te la pètes pas à cause de ton apparence. Je crois qu'elle a confondu chiantise et correction.

M'apercevant soudain que j'avais été plus inspirée que nécessaire, je me tus et gardai mon regard fixé sur la télévision.

—Merci, dit-il, manifestement content, et peut-être même légèrement surpris.

Ben ouvrit un paquet de chips et me le tendit. L'odeur suffit à me faire bondir du canapé et me précipiter dans l'escalier. Je courus jusqu'à la salle de bains, essayant de me retenir de vomir avant que la cuvette ne soit en vue. Après m'être brossé les dents trois fois, je redescendis au salon, pâle et faiblarde.

—Au moins tes poumons ont l'air costaud, fit remarquer Ben. Il faut voir le bon côté des choses.

—Mouais, moi, je vois surtout le fond de la cuvette, grognai-je.

Il se plaqua une main sur la bouche, reposa les chips sur la table basse et leva le pouce.

Une demi-heure plus tard, bien que je n'aie fait que boire un peu de Volvic, la nausée se manifesta encore. Sentant cette fois que je n'aurais pas le temps d'atteindre l'étage, je me précipitai dans la chambre de Derek et jusqu'à son cabinet de toilette, essayant de ne rien regarder de ce qui traînait. Je retins mes cheveux d'une main tout en vomissant. Quand j'eus fini, l'effort avait laissé tout mon corps douloureux. Je tirai la chasse et m'écroulai contre la porcelaine froide de la cuvette. Ensuite, je me traînai jusqu'au lavabo et me rinçai la bouche. J'entendis un léger coup frappé à la porte et Ben passa la tête dans l'embrasure.

—Ça va mieux ?

Toute vanité m'ayant désormais abandonnée, je hochai la tête. Au bord des larmes, dans un état physique pitoyable, je gémis, comme retombée en enfance :

—Je n'en peux plus de vomir, Ben. Je suis si fatiguée…

—Je sais.

—Je veux ma maman, ajoutai-je, plaisantant à peine.

—Qu'est-ce qu'elle ferait ? demanda-t-il sérieusement.

Je soulevai mes bras puis les laissai retomber, impuissante.

—Un câlin ? Un sirop de citron chaud ?

—Il va falloir que tu te contentes de moi et du Berocca.

Ben entra et passa ses bras autour de ma taille. C'était très agréable d'être soutenue par quelqu'un de plus fort et de plus sain que moi, comme si, par osmose, je pouvais absorber un peu de son énergie. J'appuyai ma tête contre sa chemise. Nous sommes restés ainsi un moment. Je le laissai supporter tout mon poids, complètement, oubliant ma gêne.

—Tu fais une bonne maman, marmonnai-je.

—J'ai toujours rêvé que la femme de mes rêves me dise ça un jour, soupira-t-il en ébouriffant mes cheveux imprégnés de vomi.

Je lui aurais bien enfoncé un doigt dans les côtes en guise de représailles, mais je n'en avais même plus la force.

CHAPITRE 32

Le principal point commun entre une séance au tribunal et UNE représentation théâtrale, ce n'est pas la façon dont les avocats crient «Objection!» ou arpentent la salle en interpellant passionnément le jury, mais plutôt les dialogues qui fusent et claquent comme des coups de fouet. Oubliez les tours de passe-passe qui parviennent à faire tenir un compte rendu d'audience en trois lignes: les vrais procès sont des exercices de coupage de cheveux en quatre à vous engourdir l'esprit, tant les faits sont – et doivent être – passés au peigne fin.

Dans l'affaire de chirurgie esthétique, l'avocat de l'accusation a passé la dernière demi-heure à reprendre point par point les procédures minutieuses de l'anesthésie avec une infirmière en position délicate. J'ai récolté un mal de crâne lancinant et la conviction que jamais je ne soumettrai mon corps à aucune intervention esthétique. Il m'est arrivé d'assister à des procès qui progressaient avec une telle lenteur que j'étais persuadée de ne jamais les voir finir et de devoir briefer mon successeur au moment de prendre ma retraite. Aujourd'hui, le juge annonce qu'il lèvera la séance tôt afin de pouvoir examiner les dernières plaidoiries écrites. Ah, ah! Manifestement, lui aussi meurt d'envie d'aller se détendre en feuilletant un magazine people.

Dans la salle de presse, j'ouvre mon ordinateur portable et consulte mes e-mails. Au milieu de messages de collègues aux objets guère prometteurs du genre : « Tr : FWD : Vraiment marrant !!!!???? », j'en repère un de Ben Morgan.

Mon cœur fait *boum*.

Puis, après m'être mentalement passé un savon, je l'ouvre.

Salut! Tu as passé une bonne soirée samedi? Désolé pour Simon qui a fait son... Simon. Ben.

Je le lis plusieurs fois avant de composer le message suivant :

Bonjour! J'ai passé un très bon moment, merci encore! Comment as-tu eu mon adresse e-mail?

Une réponse m'arrive dans la minute avec en objet :

J'espère que tu n'es pas une journaliste d'investigation... Ton adresse apparaît à la fin de tous tes articles.

Je m'esclaffe et réponds :

D'oh! Au fait, Simon est drôle...!

Ben renchérit :

Nous ne cherchions pas à provoquer quoi que ce soit, je te présente mes excuses si tu as eu cette impression. Plusieurs personnes ont annulé au dernier moment et il était déjà trop tard quand nous nous sommes rendu compte que vous risquiez de mal interpréter la situation...

Si j'en crois la conversation que j'ai surprise, je suis certaine que, si c'est vrai, cela ne l'est que pour Ben, pas Olivia.

Il semblerait que Simon n'ait pas dit à Ben que nous devions dîner ensemble – mais je n'en suis pas sûre non plus.

Pas de souci. En échange, j'aimerais vous inviter, Olivia et toi, à ma pendaison de crémaillère.

Hein ? J'organise une pendaison de crémaillère ? C'est sympa de la part de mon subconscient de m'en informer.
Ben répond.

Avec plaisir ! Dis-moi où et quand. Bon, je retourne au turbin. B.

Je lui envoie un au revoir joyeux et relis notre conversation, interrompue par l'arrivée de Gretton, que précède l'odeur de cigarettes imprégnant ses vêtements. Il fredonne pour lui-même tout en feuilletant une pile de tabloïds pour voir si ses articles ont été utilisés. Comme il n'est pas salarié, la plupart des journaux les signent du nom d'un autre employé, ou indiquent simplement « Reporter pour le » suivi du titre du journal. Mais si son papier est utilisé, il est payé, et c'est la seule chose qui l'intéresse.

— Vous êtes bien gai, fais-je remarquer, l'air soupçonneux.

— Gai, gai, yeah, yeah, chantonne Gretton en se tapotant le nez. Qui sème le vent récolte la tempête.

— Qu'est-ce que vous avez fumé, Pete ?

Il sort *Sport* de sa liasse de paperasses, le déploie dans un grand geste théâtral et disparaît derrière.

Je reçois à cet instant un e-mail de Simon contenant les précisions sur mon entrevue avec Natalie Sale. Il y a un « *P-S* : Attendons que l'interview soit bouclée pour aller boire un verre. Ne pas mélanger travail et plaisir, etc. ».

Je souris. Simon est suffisamment prudent pour attendre que j'aie rempli ma part du marché avant de m'inviter à faire un bon gueuleton. À propos de conclure, il ne va pas essayer de me raccompagner chez moi le premier soir, si ? Ça me semble peu probable, mais bon, cela fait tellement longtemps que je ne suis pas descendue dans l'arène des rencards que les règles pourraient bien avoir changé. Je ne suis pas sûre que je devrais sortir avec quelqu'un que je ne m'imagine pas vraiment avoir envie de ramener chez moi un jour, mais Caroline soutient que si, et Caroline est une fille sensée.

Zoe entre et pose bruyamment sur la table ses sandwichs sous Cellophane et son livre de poche.

— Zoe, dis-je, vous verriez un inconvénient à reprendre l'affaire lipo vendredi ? J'ai à peu près couvert le contexte. Si le verdict tombe d'ici là, je vous l'enverrai par e-mail.

— Pas de problème. Je le mentionnerai à la rédaction, mais je suis sûre qu'ils n'y verront pas d'inconvénient. Vous vous libérez pour votre entretien ?

— Ouaip.

— Bien joué. Je vais me chercher un café, quelqu'un veut quelque chose ?

Je secoue la tête. Gretton regarde Zoe partir.

— Vous n'avez donc aucune fierté, Woodford ?

— Hein ?

— Je sais reconnaître une voleuse de sujet quand j'en vois une. N'espérez pas trouver vos deux noms à la fin de ce travail.

— Vous est-il déjà arrivé de faire confiance à quelqu'un et d'en être récompensé, Pete ?

Pensif, il entrouvre ses lèvres humides, puis les fait claquer.

— Eh bien, non.

— Cela devrait vous apprendre quelque chose.

— Vu que j'ai dix ans de plus que vous, c'est à *vous* que ça devrait apprendre quelque chose.

— Dix ? Quinze, oui !

CHAPITRE 33

Natalie Shale habite un de ces pavillons mitoyens d'avant-guerre en brique rouge caractéristiques des banlieues de Manchester. Pressant la sonnette, j'entends le timbre métallique résonner à l'intérieur. Je tape des pieds en me demandant si les voisins sont en train de m'épier, cachés derrière leurs voilages. Natalie ouvre la porte et je suis de nouveau frappée par son physique exquis, que sa tenue de tous les jours – haut et bas de jogging – ne gâche en rien.

— Rachel ? demande-t-elle avec méfiance, comme si une procession de fausses Rachel s'était succédé à sa porte ce matin.

Dans un flash, j'ai une vision grotesque de Gretton coiffé d'une perruque foncée, ses jambes velues dépassant d'une jupe crayon trop ajustée. Beurk…

— C'est moi. Simon a organisé ce rendez-vous… Merci de nous accorder cette entrevue.

— Oui, très bien, entrez.

Je la suis au salon, m'assieds sur le canapé et sors mon bloc-notes. Je remarque qu'elle a déjà placé un Dictaphone sur la table basse.

Surprenant mon coup d'œil, elle demande :

— Vous ne comptez pas nous enregistrer ?

— Non, je préfère la sténo. Je ne fais pas confiance aux enregistreurs.

—Oh. (Confuse, elle jette un regard à l'appareil, comme s'il pouvait la mordre.) Simon m'a recommandé de tout enregistrer, désolée.

Pourquoi est-ce que ça ne me surprend pas ?

—Pas de problème, dis-je.

Natalie semble reconnaissante que cela ne donne pas lieu à une prise de bec.

—Le photographe vient à 14 heures, lui rappelé-je. Ça ira ?

—Oui, répond-elle en souriant. Ne vous inquiétez pas, je me serai changée d'ici là. Je vous sers un thé ?

—Merci. Du lait, pas de sucre.

Pendant que l'eau bout bruyamment dans la théière, j'examine le salon de Natalie et prends mentalement quelques notes pour dépeindre l'ambiance dans mon article. Je pourrais le faire par écrit, mais cela me semble impoli et indiscret de décortiquer son intérieur pendant qu'elle me prépare un thé. Il y a des photos de ses filles sur presque tous les pans de murs disponibles. Si j'avais mis au monde des enfants aussi beaux que ses jumelles, il se pourrait que je sois tentée d'épater la galerie. Les photos les plus récentes les montrent dans des salopettes assorties, les cheveux tirés en touffes afro ressemblant à des nuages. La plupart des clichés les ont surprises en plein fou rire, bouche ouverte, révélant leurs dents de lait plantées en avant comme de drôles de petits portemanteaux. Au-dessus de la cheminée, sur un agrandissement de la taille d'un terrain de football, Natalie et ses filles se tiennent l'une derrière l'autre, comme assises dans un canoë invisible, leurs mains posées sur les épaules de celle qui la précède.

C'est le genre de portrait réalisé en studio où tout le monde pose pied nu et en Levi's, le photographe s'efforçant d'évoquer la petite famille parfaite et heureuse. Moi, ces mises en scène me font toujours penser à ces familles américaines dysfonctionnelles où le fils complexé au menton duveteux finit par rassembler ses proches dans le garage pour les descendre au fusil de chasse.

La télévision est allumée, volume au minimum, et diffuse une de ces séries importées des États-Unis à l'éclairage excessif de studio. Il règne dans la pièce une atmosphère de plénitude et de calme. Rien ne laisse deviner le drame qui a frappé les habitants de cette maison.

— J'espère que je l'ai fait assez fort, dit Natalie en revenant avec une tasse. Lucas prétend toujours que je noie le mien dans le lait – il appelle ça du thé de bébé.

Elle me tend une tasse qui porte l'inscription « Meilleur Papa du Monde ». Je me demande si elle l'a remarqué ou si elle n'était concentrée que sur le service.

— C'est parfait, dis-je après en avoir bu une gorgée.

Au fil de mes incursions chez les gens pour le boulot, j'ai vu défiler bien des tasses de thé suspectes – mug fêlé, effluves de lait périmé, récipient lavé très approximativement par un hôte bienveillant mais à la vue défaillante, généralement accompagné de biscuits à la flexibilité spectaculaire –, mais je me suis toujours fait un devoir de terminer ce qu'on m'offrait jusqu'à la dernière goutte et la dernière miette. Après tout, je viens rarement abuser de la gentillesse des gens parce qu'ils ont reçu de bonnes nouvelles.

— Vos filles sont vraiment adorables, dis-je en désignant un cadre.

— Merci. Elles sont à la crèche, sinon ça aurait été le chaos. Vous avez des enfants ?

— Non.

Au cas où ma réponse brutale suggérerait que je la juge d'en avoir, j'ajoute sur un ton d'excuse :

— Pas encore.

Il y a un moment de silence pendant que nous buvons notre thé.

—Donc, d'après Simon, nous pouvons parler de tout mis à part du procès en appel ? demandé-je.

—Oui, ça me convient.

Natalie pose son téléphone portable sur la table basse à côté de l'enregistreur.

J'ouvre mon carnet de notes à une page blanche en me demandant par où commencer : par le commencement, quand elle et Lucas se sont rencontrés, ou bien par le drame de façon à revenir en arrière ? En interview, certaines personnes ont besoin de s'échauffer, d'autres ont une capacité d'attention limitée.

—Ah, la voilà !

Se dévissant le cou pour regarder par la fenêtre, Natalie piaille comme une petite fille. Elle pourrait bien entrer dans la seconde catégorie…

—Mon amie Bridie… Elle vient de rentrer de vacances et je dois absolument lui expliquer quelque chose au sujet de son chat. Vous voulez bien m'excuser deux minutes ?

—Je vous en prie.

J'observe Natalie pendant qu'elle traverse à toute vitesse la pelouse devant sa maison et coince une femme volumineuse à la coiffure loufoque. Moulée dans un pull noir, Bridie est pratiquement ovoïde. Le genre à consulter son horoscope tous les jours.

Natalie commence à gesticuler, vraisemblablement au sujet du félin, et je suis impressionnée qu'on trouve encore l'énergie de se préoccuper de l'animal de compagnie de son voisin quand sa moitié croupit en prison pour un crime qu'il n'a pas commis. Je me détourne et essaie de me concentrer sur la télévision qui déverse son flot de publicités. Il est question d'avocats vautours et d'usuriers requins qui peuvent vous sauver de tous les autres usuriers requins moyennant une mensualité abordable, ainsi que d'un objet non identifié censé faire de l'épluchage et du découpage des légumes un jeu d'enfants grâce à sa lame multifonction.

À condition de donner un bon coup de collier et d'ajouter suffisamment de détails bien pensés, je pense pouvoir décrocher un prix avec cette interview exclusive. Natalie aura de quoi être fière : son drame m'aura catapultée à un joyeux pince-fesses de journalistes à Birmingham ou à Londres. Je me vois déjà sirotant du vin blanc français tiède dans des verres à pied, saluée par des applaudissements réticents, repoussant les avances indésirables de journalistes sportifs bourrés.

Natalie parle toujours à bâtons rompus avec sa voisine. Son téléphone portable bipe pour indiquer la réception d'un texto, la fenêtre circulaire du clapet s'illuminant en bleu électrique.

Une idée diabolique me vient à l'esprit, si diabolique que j'en suis surprise. *Lis le texto. Tu es là, toute seule avec son téléphone – pourquoi pas ?* La plupart des journalistes de ma connaissance n'hésiteraient pas. Comme nous usons déjà de magouilles, subterfuges et autres cajoleries pour mettre le pied dans les maisons au départ, faire preuve d'une indiscrétion scandaleuse une fois à l'intérieur ne semble même plus si grave. Certains reporters jugeraient même que ce serait du mauvais journalisme de *ne pas* lire le texto. Suis-je l'un d'entre eux ?

Je réfléchis à toute allure. Il me faudrait l'effacer, évidemment, sinon elle se rendrait compte que je l'ai lu. Mais s'il contient des informations urgentes que je ne peux transmettre sous peine de me trahir ? Ou bien que son expéditeur veut savoir pourquoi elle n'a pas répondu, précise quand il l'a envoyé et qu'ils font le rapprochement ?

Oh, arrête ton char, Rachel, pensé-je. La plupart des textos sont à peu près aussi importants que ceux que m'envoyait Rhys du pub pendant les quizz, et qu'il tapait clandestinement sous la table :

En quelle année est sorti *Dirty Dancing* ? Vite.

Ou aussi tordants que ceux de ma mère :

Tu t'es fait faire un frottis cette année ? On vient de diagnostiquer un cancer des ovaires à ma collègue Wendy.

Cancer. Voilà quelque chose qui vaut la peine de se faire du souci. Contrairement à la lecture d'un texto qui ne vous est pas adressé.

Je tends la main puis la retire brusquement. Qu'est-ce qui me prend ? Où sont passés mes principes ? Je regarde par la fenêtre. Natalie discute toujours. Les secondes s'égrènent.

Une pensée supplémentaire, l'argument massue : c'est Simon qui demande comment ça se passe. Forcément. Dira-t-il quelque chose de désobligeant sur mon compte ? Voilà quelqu'un avec qui j'envisage de sortir. Voir la preuve qu'il peut être sans pitié pourrait m'épargner bien de l'appréhension et de l'angoisse. *Et puis merde.* Une légère entorse à mes principes. Je ne divulguerai pas le contenu du message et Natalie n'en saura jamais rien. Indiscrétion responsable. Tout en vérifiant qu'elle est toujours suffisamment loin et absorbée par les histoires du chat de sa voisine, j'ouvre son portable d'un coup de pouce et clique sur le message. Je tiens dans ma main moite les mots d'un inconnu.

Comment ça va aujourd'hui, N ? Tu me manques tellement. Je n'arrête pas de penser à l'autre nuit. Baisers. P-S : Qu'est-ce que tu portes ?

Les yeux écarquillés, je regarde alternativement Natalie par la fenêtre, puis le texto, essayant de comprendre. Son téléphone ne reconnaît pas l'expéditeur comme un de ses contacts et n'affiche qu'un numéro.

Ça vient de son mari, raisonné-je, refermant d'un coup sec le téléphone et le replaçant sur la table. Évidemment. Il doit avoir accès à un portable. Certains détenus en introduisent en douce en prison, cachés dans des endroits invraisemblables. Non ? Si, bien sûr. C'est ça.

Mais… il est question de l'« autre nuit ». Or Lucas n'a pas eu d'« autre nuit » avec sa femme depuis un an. Ah ! Mauvais numéro ! Une erreur. Non. Impossible. L'expéditeur l'appelle « N ».

Je jette de nouveau un coup d'œil par la fenêtre. Natalie parle toujours. La panique me frappe : j'ai oublié d'effacer le message ! Elle va savoir que je l'ai lu ! Je reprends le téléphone, l'ouvre, hésite, note le numéro. Je le comparerai à celui de Simon avant de m'en débarrasser. J'efface le message et repose le téléphone sur la table basse en prenant garde de l'orienter de façon qu'il pointe vers le fauteuil où Natalie était assise. J'avale une grande gorgée de thé, comme si, en revenant, elle allait inspecter le contenu de ma tasse et dire : « C'est trop plein de deux millilitres. »

J'attends, le cœur tambourinant dans ma poitrine, les pensées se bousculant dans ma tête.

— Désolée, son chat s'est enfui pendant que je lui donnais à manger. Un vrai cauchemar ! explique Natalie en se laissant retomber sur le canapé.

Elle consulte son téléphone. Mon cœur s'emballe : tatoum-tatoum-tatoum.

Elle allume le Dictaphone et vérifie qu'il tourne.

— Par quoi voulez-vous commencer ?

Je m'éclaircis la gorge.

— Quand le jury a rendu son verdict, « coupable », qu'avez-vous ressenti ?

CHAPITRE 34

« L' apparence physique fragile de Natalie donne une fausse idée de sa détermination, le genre dont on a besoin pour élever seule deux enfants en bas âge et coordonner la campagne de son mari pour la justice, et surtout pour garder la foi en son retour proche. Peut-elle encore croire en un système qui a, elle en est convaincue, inculpé à tort son mari ? Sa réponse montre comment une ancienne assistante opticienne originaire de Bury a su assimiler un cours intensif sur le processus judiciaire et démontre le pouvoir des pensées positives.

« Les tribunaux peuvent commettre des erreurs. La procédure d'appel n'existerait pas sinon, dit-elle. Et l'équipe légale de Lucas est confiante quant au fait que la preuve nouvelle présentée suffira à faire casser le verdict et à ce qu'ils ne demandent pas de nouveau procès. »

Durant ses visites à Lucas, ils n'évoquent jamais la possibilité d'un échec de la procédure d'appel. « Nous parlons des filles, des factures à payer. Nous nous entretenons de sujets ennuyeux, mais Lucas dit que c'est ce qui l'aide à tenir. »

Alors que d'autres membres de la famille et des amis se sont effondrés et ont fondu en larmes au moment où la peine de Lucas a été prononcée, Natalie a gardé son calme. À quoi pensait-elle en ces moments terribles ?

« Je savais qu'il fallait que je reste forte pour mon mari, explique-t-elle. Il est innocent, c'est tout ce qui compte, et la vérité se fera jour. Si je m'effondrais, en quoi cela l'aiderait-il ? C'est auprès de moi qu'il cherche le soutien. Il compte sur moi. »

Quand je lève les yeux de mes notes, la tête me tourne et le sol tangue sous mes pieds.

Si j'en crois les apparences et que Natalie a une aventure, je me demande si cette liaison date d'avant l'incarcération de son mari. Il y eut un temps où cela m'aurait horrifiée. Mais, franchement, il n'y a que deux personnes qui savent ce qui se passe vraiment dans une relation. *Et parfois moins*, me souffle une voix.

Une heure plus tard, je passe mon texte au vérificateur d'orthographe et me prépare à l'envoyer à la rédaction. J'ai fait un boulot sérieux, rien de transcendant, mais j'ai envie de le boucler, de m'en débarrasser. Je ne veux plus penser au numéro qui n'était pas celui de Simon.

Ken me répond par e-mail dans les vingt minutes :

Pas mal. On va attendre la semaine de l'appel.
Bonne photo aussi.

Si nous étions au téléphone, je suis sûre qu'il aurait ajouté : « Elle est super bandante ! » Par e-mail, c'est un politicien soucieux d'éviter à tout prix l'erreur typique du « répondre » au lieu de « faire suivre » et de ne laisser aucune trace électronique.

Le photographe m'appelle pour vérifier l'orthographe des prénoms des jumelles.

— C'est quand même bizarre qu'il n'y ait aucune photo de son mari affichée chez elle, non ? Et elle a mis du temps à en trouver une que nous pourrions utiliser…

— Ce doit probablement être trop douloureux pour elle de les avoir sous le nez toute la journée, dis-je avant d'écourter la conversation.

* * *

Tous les jobs ont leurs avantages ; le mien m'offre un occasionnel one-man-show gratuit ou, pour lui donner son titre officiel : l'outrage à la cour. Chaque fois qu'un individu dérangé ou extravagant vient à la barre, la rumeur se propage. Et les journalistes ne sont pas les seuls à la colporter : avocats et audienciers ne sont pas en reste. «Allez en 2, vite» se répand comme un feu de forêt, et soudain la salle se remplit de curieux qui prétendent tous avoir une bonne raison d'être là. La pose favorite consiste à se glisser sur un siège dans le fond et à scanner vaguement la salle en faisant croire qu'on a un message urgent à transmettre à quelqu'un qu'on n'arrive pas à localiser immédiatement, mais sans vouloir perturber le déroulement du procès.

Parmi les perles, il y a eu la prostituée qui a montré un sein tatoué au juge en lui disant qu'il «ressemblait à un client» (chez le dentiste pour un traitement de canal radiculaire, Gretton n'était pas là pour celui-là – je ne sais pas ce qui a été le plus douloureux pour lui, la dent ou le téton raté) ; l'homme qui souffrait d'un trouble de la personnalité multiple et qui répondait à chaque question avec un accent différent ; et le DJ de drum'n'bass qui, assis sur le banc des accusés, ôta solennellement sa chemise pour révéler un tee-shirt portant l'inscription : «Seul Dieu peut me juger». (Devant un juge imperturbable qui baissa ses lunettes et lâcha d'un ton acerbe : «Malheureusement pour vous, Il m'a chargé de prononcer la sentence. »)

Donc, en ce lundi matin, quand un gars dégingandé passe la tête par la porte de la salle de presse et lance, essoufflé :

« Vous êtes au courant… ? », je m'imagine immédiatement qu'un conseiller de la reine s'est fait arracher sa perruque par un accusé récalcitrant, ou qu'un témoin a informé une salle d'audience comble qu'il était un scientologue de haut rang et par conséquent instruit de la plupart des secrets de notre pitoyable humanité.

J'interromps la transcription de mes notes de l'entretien avec Natalie Shale.

— Non, qu'est-ce qui se passe ?

Au lieu de nous balancer un numéro de salle et de repartir en trombe, il entre et étale sur le bureau un exemplaire de l'*Evening News* dont il tourne les pages jusqu'aux petites annonces.

— Là, dit-il en tapotant du doigt un texte énorme en corps 16 points, encadré d'une épaisse bordure noire.

Je lis :

« Cherche Popol désespérément. Zoe Clarke, journaliste au *Manchester Evening News*, cherche Popol, mais sans succès. Si vous détenez quelque information que ce soit au sujet de Popol, merci d'appeler le… (Suit un numéro de téléphone portable.) Elle vous récompensera très généreusement. »

— Ingénieux. Et quel talent ! Très spirituel. Qui a fait ça ? demandé-je.

Le type dégingandé ricane, puis hausse les épaules.

— Manifestement, quelqu'un qu'elle a sacrément contrarié.

— Ce n'est vraiment pas nécessaire, dis-je, et soudain je comprends pourquoi Gretton était si anormalement joyeux l'autre jour. Comment avez-vous su ?

— Vos collègues ne parlent que de ça. Quelqu'un a téléphoné au journal pour prévenir.

Je feuillette le reste de l'édition du jour et tombe sur l'article de l'affaire liposuccion en double page – les médecins ont été jugés coupables et l'infirmière acquittée. Je reconnais mon travail sur le contexte mais constate qu'il n'est signé que de mon nom, pas de celui de Zoe, bien qu'elle ait rédigé les huit premiers paragraphes. Je parcours l'annonce une seconde fois et pars en quête de la jeune fille. Après avoir fouillé tout le bâtiment, je me prépare à déclarer forfait quand je l'aperçois depuis une fenêtre donnant sur la rue.

—Je vous en supplie, ne riez pas. On s'est fichu de moi toute la journée, je n'arrête pas de recevoir des coups de téléphone où je n'entends que des respirations haletantes et je sature, dit-elle en tirant sur une cigarette avec l'avidité de l'ancien fumeur qui replonge.

—Je n'ai aucune envie de rire, je suis outrée. Vous vous êtes plainte auprès de la rédaction ? Ça n'aurait jamais dû paraître.

—Ouais. Ken a dit qu'on passait pour des crétins et a appelé le service des annonces pour leur expliquer qu'ils auraient dû mettre leurs cerveaux en marche au moment où l'espace a été réservé, mais c'est tout. Et puis, de toute façon, à quoi bon ? Tout le monde sait qui l'a fait.

—Si c'était Gretton, je vais botter son cul poilu jusqu'à Stockport.

—Ça ne peut être que lui.

J'ai failli dire : «À moins que vous n'ayez contrarié quelqu'un d'autre ?», mais j'ai eu la sagesse de m'abstenir.

—C'est très probable.

—Ça fait du bien de parler à quelqu'un qui ne trouve pas ça drôle.

—Ce n'est absolument pas drôle ! Gretton est un con vindicatif. Et merci d'avoir signé le papier de la lipo de mon nom. Vous auriez dû le cosigner, vous en avez fait un paquet.

Zoe paraît surprise, l'esprit encore ailleurs.

— C'était normal. Le contexte était vraiment approfondi. On voit que vous faites ça depuis un moment.

— Effectivement. Ça vous dit de boire un verre avec une vieille, cette semaine ?

— Oh, oui, merci. Je vous enverrai mon nouveau numéro par e-mail dès que je l'aurai.

— Nouveau numéro ?

— Je ne peux pas garder celui-ci. Tous les tarés de Manchester m'appellent.

Je cherche quelque chose à dire pour lui remonter le moral.

— Je pends ma crémaillère le week-end prochain, ça vous dit de venir ? Ce n'est pas donné à tout le monde.

Zoe se ragaillardit.

— Ouais.

Je laisse Zoe fumer une autre cigarette et retourne à l'intérieur, à la poursuite de Gretton. Ce doit être la première fois que je lui cours après dans tout le tribunal.

— Vous avez deux minutes ? Il faut que je vous parle, dis-je en tirant sur la manche de sa veste alors que je le rattrape au tournant d'un couloir.

— Woodford ?

— Ce que vous avez fait à Zoe est tout à fait inacceptable.

Gretton m'adresse un sourire vampirique.

— C'est la monnaie de sa pièce, voilà tout.

— Elle est douée pour son boulot, plus jeune que vous et femme, par-dessus le marché. Visiblement, c'est plus que ce que votre ego ne peut supporter.

— Alors comment se fait-il que nous ne nous soyons jamais disputés, vous et moi ?

— Parce que je vous supporte en silence. Zoe, elle, se défend, mais vous êtes allé trop loin ce coup-ci.

— Laissez-moi vous dire une chose : je veux bien croire que vous planiez quelque peu depuis que votre vie amoureuse a fait le grand plongeon…

Je croise les bras, pince les lèvres. Connard impertinent. Je ne plane pas. Si ?

— Elle a fait plus que se défendre, elle est passée à l'attaque, et les gens de son espèce ont besoin d'être remis à leur place. Vous auriez dû la voir à la fin du procès bourrelets, m'écartant d'un coup de coude pour rejoindre la famille. Et eux qui me lançaient des regards assassins… Elle leur avait clairement bourré le mou…

— Vous voyez – là, juste là, Pete. Le « procès bourrelets ». Ça vous arrive de réfléchir deux minutes à combien votre façon de parler pourrait offenser Zoe ?

— Pourquoi ? Clarke n'est pas grosse. Elle a une sale tronche, mais elle n'est pas grosse.

— Vous ne savez rien de ses antécédents, de son histoire ou… Écoutez, c'est une des raisons pour lesquelles les gens civilisés évitent les expressions du style « procès bourrelets ».

— Oh, bouclez-la, ma petite. Allez donc travailler au conseil municipal si le politiquement correct vous préoccupe tant.

— Cette stupide annonce, c'était la fin de cette guéguerre, OK ? Fini les petits jeux. Laissez Zoe tranquille. Promis ?

— Si elle recommence avec…

— En échange, je m'engage à la surveiller. Allez, promettez-moi !

Gretton fait la grimace.

— Je le fais pour vous, alors. Vous, je n'ai rien à vous reprocher.

— Merci.

— Votre éditeur a trouvé ça drôle, cela dit.

— Hein ?

— J'ai passé un coup de fil anonyme à Baggaley pour le mettre au courant de l'annonce et je peux vous dire qu'il se tordait de rire.

Mesdames et messieurs – mon supérieur hiérarchique et mon supposé mentor en matière d'éthique professionnelle.

— Ça vous dit une petite bière rapide ? ajoute Gretton, anormalement amical.

Je secoue la tête.

— Malheureusement, il faut que j'aille nourrir mon chat.

CHAPITRE 35

Tôt dans l'après-midi, je me faufile à travers la foule bien chaussée des gens qui font leurs courses et des employés des bureaux alentour. J'aperçois Rhys qui m'attend devant Holland & Barrett. Il a l'air d'un homme à qui un peu de millepertuis antidéprime ne ferait pas de mal. Il arbore un anorak bleu marine et un froncement de sourcils concentré. Je me revois tirer sur les cordons de la capuche pour resserrer son col quand je l'embrassais pour lui dire au revoir. Un geste que je ne referai désormais que si me prend l'envie de l'étrangler.

Je m'attends à ressentir un vilain coup au cœur – j'ai passé les dernières vingt-quatre heures à appréhender ce rendez-vous –, et pourtant, maintenant que nous nous trouvons face à face, je ne ressens aucune émotion violente, seulement une sorte de deuil résigné. Nous ne sommes que deux personnes qui s'aimaient beaucoup autrefois et qui ne s'entendent plus.

— Salut, dis-je.

— J'ai failli laisser tomber. On avait dit 13 heures.

— Je n'ai que cinq minutes de retard…, protestai-je avant de consulter ma montre. Dix. Désolée. Une affaire qui a duré plus longtemps que prévu.

Hum. L'affaire de la femme en retard et de son magazine de mode.

Rhys me met un fourre-tout dans les mains.

— Tiens, voilà.

— Merci.

J'ouvre la fermeture Éclair et jette un œil à l'intérieur. Des livres, un collier, une théière dont je ne me souvenais plus qu'elle m'appartenait. Comment ai-je pu oublier tout ça ?

— Pourquoi as-tu laissé autant de trucs ? Qu'est-ce que je suis censé en faire ? demande Rhys.

— Je croyais que l'idée était justement que je laisse des affaires.

— Ouais, des meubles. Je n'ai jamais dit que je voulais avoir quatre-vingt-dix pour cent de tes merdes éparpillées dans toute la maison. À moins que tu n'aies voulu me signifier combien tu étais pressée de débarrasser le plancher en laissant des traces de pneus ?

— Non. (Derrière son masque de contrariété permanent, je vois le fantôme d'une réelle souffrance.) Ça me semblait violent de tout embarquer, c'est tout. Si tu préfères que je prenne plus de choses, je reviendrai en chercher.

Rhys hausse les épaules.

Je me demande si je peux lui proposer d'aller déjeuner.

— Tu ne travailles pas aujourd'hui ?

— J'ai pris ma journée pour aller m'acheter une voiture.

— Tu ne gardes pas l'ancienne ?

— Besoin de changement. Tu sais ce que c'est…

Silence.

— Tu habites dans le centre, alors ? dit Rhys.

— Oui. Northern Quarter. Passe me voir un jour, si tu veux.

Il fait la grimace.

— Non, merci. Pour quoi faire ? Grignoter des chips en regardant *X Factor* ?

— Pour… disons… être civilisés.

— Mmm. Ça ressemble à quoi ?

— L'appart ?

— Non, *X Factor*. Oui, l'appart.

— Il est…

J'ignore pourquoi, mais il me semble extrêmement blessant de dire qu'il est incroyable. Alors je marmonne :

— Pas mal. Un peu exigu.

— Exigu pour une personne qui ne possède rien. Ce doit être minuscule.

Il faut que je change de sujet.

— Tu as mangé ?

— Ouais, dit Rhys en pointant brusquement le menton en avant.

— OK.

— Sans vouloir te vexer, je n'ai pas l'intention d'aller déjeuner avec toi et de faire comme si de rien n'était.

— Ce n'est pas ce que je voulais dire.

— Même si je suis sûr que ça t'aiderait à te sentir mieux…

— Oh, Rhys, je t'en prie…

Je lève les yeux vers les visages qui passent à côté de nous. En voyant Ben émerger du flot, j'ai l'impression de recevoir un coup dans l'estomac. Nous nous apercevons au même moment, si bien que je n'ai pas le temps de lui tourner le dos. Il dévie aussitôt sa trajectoire pour venir me saluer. Son sourire se fige quand il comprend avec qui je suis.

— B'jour ! dis-je, essayant de paraître détendue.

Rhys se retourne.

— Rhys, tu te rappelles Ben, de la fac ? Il est revenu s'installer à Manchester.

Je crois que je m'en sors. Ben, en revanche, a l'air extrêmement gêné.

— Salut. Waouh, ça fait un bail !

Ben tend la main. Rhys la serre.

— Ouais. Comment vas-tu ?

— Bien, toi ?

— Bien.

Niveau conversation, il paraît évident que personne n'a grand-chose à ajouter. Ben jette un œil au sac que je tiens à la main et commence à reculer, heurtant des passants.

— Il faut que je me sauve. J'ai plein de boulot. Ça m'a fait plaisir de vous revoir.

— *Bye*, dis-je.

— Ouais, salut, ajoute Rhys.

Ben se mêle de nouveau au flot de la circulation piétonne, par la voie rapide, on peut dire.

— Voilà qui était embarrassant, dit Rhys.

Je le regarde, confuse et alarmée.

— Pourquoi ?

— Je ne me souvenais absolument pas de lui.

CHAPITRE 36

Entrer dans sa troisième décennie et voir sa vie s'écrouler a un avantage qui vaut la peine d'être mentionné : ça fait perdre du poids avant une fête. Dans le genre régime amincissant, par contre, c'est un peu extrême. La vieille robe rouge que je ressors pour ma pendaison de crémaillère me va plutôt bien, effleurant à peine mes «deux airbags et barres d'impact latérales», comme les décrivait joliment mon ex-fiancé.

Ma tenue me vaut des hurlements approbateurs de Caroline et Mindy quand elles arrivent avec leurs moitiés respectives, abandonnant dans l'entrée leurs sacs contenant leurs affaires pour la nuit. Caroline m'a demandé si elle pouvait dormir à la maison parce qu'elle a rendez-vous à 9 h 30 demain matin pour une initiation dans un gymnase du centre-ville (rien ne change). Bien évidemment, quand Mindy l'a appris, elle a demandé à rester aussi.

— Mindy, tu habites à dix minutes en voiture, ai-je objecté.

— Si elle reste, je veux rester aussi, a-t-elle insisté. Ce sera comme au bon vieux temps !

— C'est bien ce qui m'inquiète, ai-je conclu, me rappelant l'époque où nous bavardions jusqu'à l'aube dans nos chambres de la résidence universitaire.

En ce moment, j'ai besoin de dormir. Mindy a tranché en disant qu'il y avait largement de la place pour trois dans le lit de Rupa, ce que je n'ai pas pu nier.

— Rach, je te présente Jake, dit Mindy.

Un jeune homme mince, brun et visiblement nerveux suit une Mindy sur son trente et un à l'intérieur de l'appartement. Je n'aime pas penser que nous avons l'air vieux, mais lui, il a vraiment l'air jeune.

—Enchantée, dis-je.

Il rougit. Ouaip, *très* jeune.

Mindy fait une pirouette dans sa robe noire à paillettes.

—D'après toi, ma tenue dit *Studio 54* ou «Monsieur, pour regarder, c'est 50 livres» ?

Je n'ai pas le temps de répondre, déjà Ivor s'immisce.

—Tu ne pourrais jamais avoir l'air aussi bon marché, Mindy.

L'intéressée se tourne vers lui avec une moue moqueuse.

—Allez, vas-y, balance ta blague.

—Ta robe dit : «Monsieur, pour regarder, c'est 50 livres, plus la facture du teinturier, et pas dans la figure.»

—Hilarant! grince Mindy.

Ivor me tend des sacs dans lesquels s'entrechoquent des bouteilles.

—Je mets ça où ?

—Par là-bas, dis-je en désignant le frigo rose.

—Tu es déjà bourrée, pas vrai, Rachel ? Tes joues rouges t'ont trahie! lance Graeme.

—C'est du blush, réponds-je. Et c'est mon look «En route pour le château de Versailles».

La seule façon de s'en sortir avec Graeme est de jouer son jeu. Du moins quand il est marié à l'une de vos meilleures amies.

Graeme jette un coup d'œil dans l'évier.

—Mais qu'est-ce qui se passe, ici ?

Je l'ai bouché et rempli de fleurs blanches, pivoines, lilas et roses, dont j'ai incurvé les tiges sous la surface de l'eau. J'avais repéré cette idée de déco géniale au cours d'une soirée organisée par un journaliste de mode une fois, et j'ai toujours eu envie de l'imiter. C'était inenvisageable du temps où je vivais avec Rhys. Il m'aurait demandé où il était censé vider ses fonds de bière et je le lui aurais très probablement dit.

— Tu n'avais pas assez de vases ?

— Gray, intervient Caroline. Arrête la provoc.

— Les vases servent pour la sauce, explique Ivor.

Graeme semble perplexe.

— Tu as fait du bon boulot, vraiment, me complimente Caroline en regardant autour d'elle.

Et, si je puis me permettre, c'est bien vrai.

J'ai tracé des pistes d'atterrissage de photophores en verre transparent sur toutes les lignes droites et disposé des explosions verticales de glaïeuls blancs dans des bacs en verre un peu partout dans la pièce. Je n'ai jamais été fan de glaïeuls du temps où je vivais à Sale, mais leur hauteur gracile et impérieuse sied à cet appartement.

— On se croirait à une veillée funèbre. Il ne manque que le cadavre, fait remarquer Graeme.

Il m'adresse un clin d'œil malicieux, pensant ainsi s'affranchir de tous ses péchés.

— Ça peut s'arranger, gronde Caroline en croisant les bras.

— Alors, Notre Dame des Goût Ruineux, poursuit Graeme en me fixant d'un regard perçant, à combien s'élève le loyer, ici ?

— Ça ne te regarde pas, rétorqué-je – gentiment, j'espère.

— Je m'inquiète pour toi, c'est tout. Te revoilà sur le marché immobilier avec un seul revenu, et je serais prêt à parier que six mois de location ici doivent entamer sérieusement ton acompte.

Je me tourne vers Caroline pour qu'elle le fasse taire, mais elle est déjà partie se chercher à boire.

— Je n'ai pas l'intention d'acheter pour l'instant.

— Pourquoi ?

— Parce que je viens de rompre avec l'homme avec qui j'ai passé la moitié de ma vie et que je ne sais pas encore ce que je veux ni où je veux vivre.

— Tu auras toujours besoin d'un toit au-dessus de ta tête, non ? À moins que tu n'envisages de rejoindre une tribu de Bédouins ?

— On ne peut pas toujours faire ce qui est le plus sensé… J'ai déjà à boire, Caro, merci.

Celle-ci hoche la tête, tend un verre à Graeme, boit dans le sien, les yeux baissés.

— Vivre au jour le jour, ça va quand on a vingt ans. Il faudra bien que tu fasses des plans pour l'avenir à un moment, continue Graeme. (Je sais qu'il pense : personne ne le fera pour toi, maintenant.) Le cours des événements n'est pas seulement le fruit du hasard, ton futur ne te sera pas servi sur un plateau d'argent.

— Peut-être.

Alors qu'il se prépare à se lancer dans un nouveau monologue, je l'interromps :

— Graeme. Soi-rée. Nom commun, deux syllabes, rassemblement de gens à but festif.

* * *

Quand Ben, Olivia et Simon arrivent, je suis occupée à passer la serpillière sur une flaque de cocktail renversé. Caroline leur ouvre et les conduit jusqu'à la cuisine. Quand je les rejoins, j'entends Simon lui raconter :

— On a bu quelques verres dans un bar de Canal Street, ou devrais-je dire Anal Street. Ben a prétendu que la population était moitié hétéro, moitié homo, mais la seule femme présente avait une pomme d'Adam aussi grosse qu'une balle de ping-pong. Croyez-moi, tous les mecs dans ce bar étaient aptes à choisir des coussins décoratifs.

234

Pommes d'Adam ou pas, j'espère franchement que Simon plaisante.

— Nous t'avons amené un homophobe, et puis ceci, annonce Ben tandis qu'Olivia me tend un spathiphyllum dans un pot en laque dorée. Pour contribuer à l'inauguration de ton appartement.

Ben porte un jean gris délavé-pour-faire-vieux-mais-en-fait-neuf et un pull noir. Comme toujours : waouh. Olivia porte une délicate robe drapée grise. Décidément, ces deux-là *aiment* le gris. Il se penche et refait le coup des deux bises. Je suis mieux préparée cette fois, mais la manœuvre m'angoisse encore et je suis bien contente que la plante fasse diversion.

— Cet endroit est incroyable, dit Ben à Olivia en regardant autour de lui et en passant un bras autour d'elle. Tu ne trouves pas, Liv ?

— Votre maison est bien plus agréable, et surtout elle est vraiment à vous, dis-je avec chaleur à Olivia, dont le visage s'illumine.

CHAPITRE 37

J'avais oublié qu'approximativement quatre pour cent des soirées, tout comme quatre pour cent des sorties en boîte, sont absolument inoubliables, ce qui explique qu'on soit prêt à miser son temps, son argent, ses sous-vêtements amincissants et ses espoirs sur les quatre-vingt-seize pour cent restants. Aussi incroyable et inespéré que cela puisse paraître, ma pendaison de crémaillère se classe dans la minorité magique. La conversation va bon train, l'alcool coule à flots, la musique attire les convives sur la piste, le décor provoque l'admiration, la circulation se fait sans effort et mes choix d'amuse-gueules d'hôtesse flemmarde (chips carrées, chips rondes, biscuits apéro qui ressemblent à des minuscules tranches de bacon) ont été bien accueillis, ou du moins mangés.

Zoe a l'air de s'éclater, hilare parmi la bande du *Manchester Evening News*; la petite annonce de Gretton n'est manifestement plus qu'un lointain souvenir.

Je me sens comme si, après avoir gravi une colline pendant très longtemps, le soleil avait soudain fait une percée et que j'avais trouvé un endroit où m'asseoir sur ma veste imperméable pour admirer la vue. Depuis notre séparation, Rhys n'a pas arrêté de me manquer, telle une démangeaison fantôme dans un membre amputé; mais ce soir, pour la première fois, il ne me manque pas du tout. Ça mérite que je me resserve un verre.

Au fur et à mesure que la nuit avance, Mindy prend le contrôle de la musique, ce qui rend les choses plus bruyantes. Jake me fait un signe de la main en partant, après m'avoir expliqué qu'il doit se lever tôt demain matin pour réviser ; dès qu'il a tourné le dos, Ivor lève les yeux au ciel. Caroline est en grande conversation avec Olivia. Je me retrouve près de la baie vitrée en compagnie de Ben et Simon.

— Natalie m'a dit que l'entretien s'était bien passé, m'annonce ce dernier.

— Parfait, tant mieux ! m'exclamé-je, libérée d'un fardeau. C'est ce qui m'a semblé.

— Quand aurai-je la chance de vous emmener dîner ?

Ben hausse les sourcils.

— Quand vous voudrez, dis-je.

Ben fronce les sourcils.

— Vous aimez la cuisine italienne ? demande Simon.

— Bien sûr. La cuisine en général, en fait.

— Rachel apprend l'italien, intervient Ben.

— Ah, je parle un peu l'italien. J'ai passé quelque temps à Pise au cours d'un programme d'échange, dit Simon. *Siete fluente ?*

— Euh… *non*[*].

— *Non*[*] ?

Oh, merde. Merde ! Changement de sujet, vite.

— En prévision de la soirée, j'ai lu aujourd'hui un article qui donnait des sujets de conversation pour briser la glace, baratiné-je. Je peux en essayer un sur vous deux ? OK. Les situations les plus embarrassantes qui vous sont arrivées depuis un an. Feu !

— La semaine dernière. Ma femme de ménage lettone m'a surpris à poil, annonce Simon.

— Sérieusement ?

— J'ai attrapé la première chose qui me tombait sous la main et assez grande pour cesser d'offenser la pudeur.

— À savoir ?

— Ma fiche de paie.

— Frimeur !

Je ris malgré moi, ce qui semble devenir une habitude avec Simon.

Je surprends le regard légèrement préoccupé de Ben passer de l'un à l'autre ; il ne fait pas de doute qu'il essaie de comprendre cette histoire de rencard. Quand il arrivera à une conclusion, je lui serai reconnaissante de m'en faire part.

— Il l'avait concoctée à l'avance, lança Ben.

— Et toi ? lui demandé-je.

— Mis à part le fait que j'avais complètement oublié ton nom quand nous sommes tombés l'un sur l'autre après dix ans ? Laisse-moi réfléchir…

— Tu plaisantes…

Mes rotules semblent soudain ne pas être correctement vissées.

— Bien sûr que je plaisante, andouille !

Je devine à son expression incrédule qu'il se demande comment j'ai pu gober un bobard pareil.

Parce que l'idée que tu aies pu m'effacer, cliquer sur mon nom et le faire glisser jusqu'à l'icône de la poubelle mentale, aussi facilement qu'on supprime un dossier, est le plus angoissant des cauchemars, *ex æquo* avec celui où je cours nue dans la rue à l'aube, me dissimulant derrière les camions des livreurs de lait.

— La fois où j'ai proposé mon siège à une fille albinos dans le tramway. De dos j'ai cru qu'elle avait soixante-douze ans alors qu'elle en avait vingt-deux.

Ben se mord la lèvre à ce souvenir, Simon rit, je grimace.

— Le manque de pigmentation peut être très marqué sur les jambes, fait remarquer Simon.

— Eh, tes intentions étaient louables, le consolé-je.

— Ouais. *Simon.*

Ben enfonce une main dans une poche tout en buvant une gorgée de vin.

Soudain je me rends compte que Ben et Simon sont en train de rivaliser. Pour quoi au juste ? Mon attention ? Sûrement pas. Pas Ben, en tout cas. Il est marié. Est-ce que le fait de rire avec eux peut être considéré comme du flirt ? J'imagine Olivia sur le chemin du retour commentant d'un ton acide : « On peut dire qu'elle prend très à cœur son rôle d'hôtesse. »

— Je vous apporte autre chose à boire ? demande Simon avant de s'éloigner vers la cuisine.

Je me remets d'aplomb sur mes talons – qui me font un mal de chien soit dit en passant – et m'éclaircis la gorge, prête à justifier mon projet de dîner avec Simon.

— Oh, mon Dieu ! Séquence nostalgie. *Teenage Fanclub* ?! s'exclame Ben, tendant l'oreille à la musique perdue dans le brouhaha des conversations. Tu aurais ri en nous voyant ouvrir le bal, Liv et moi.

Ça m'étonnerait, pensé-je.

— Pourquoi ça ?

— Mon premier compromis important d'homme marié : je l'ai laissée choisir le morceau qu'elle voulait.

Il articule « Coldplay » et fait la grimace.

— Ah, bah. Moi-même j'organisais mon mariage il n'y a pas si longtemps que ça. Je suis contente que vous ayez réussi à vous mettre d'accord et à combler le fossé DJ/groupe *live*. Entre Rhys et moi, c'était la bande de Gaza.

Je me rends compte que je meurs d'envie de raconter à Ben ce qui s'est passé. De parler de ma vraie vie – et non pas de ces imbécillités qui servent à rompre la glace – avec un vrai ami.

— La perspective du mariage nous a mis au pied du mur, expliqué-je.

Ben hoche la tête.

— On prétend que c'est le plus beau jour de sa vie, mais… Eh bien, c'est à double tranchant : si tu n'es pas vraiment heureux, ça devient difficile de l'ignorer.

— Est-ce que ça a été soudain ? Ou bien ça faisait un certain temps que tu étais malheureuse ?

— Mmm. Nous nous en sommes sortis jusqu'à la trentaine. Son groupe et mes amis nous servaient de soupapes de sécurité. Mais quand est venu le temps des décisions – mariage, enfants –, je me suis rendu compte que nous n'étions pas assez heureux pour réussir l'étape suivante. Tu vois ce que je veux dire ?

— À peu près, acquiesce Ben en hochant de nouveau la tête. Tu as l'air de prendre tout ça très bien.

— Il y a des hauts et des bas.

Il m'adresse un sourire triste et doux, et baisse les yeux vers le sol.

— Quelle chanson de Coldplay ? demandé-je pour alléger l'humeur. Oh, non, attends, laisse-moi deviner. Est-ce que ça fait : « Dum dum da dum dum... Veuillez nous excuser, tous nos opérateurs sont en ligne pour le moment. Merci de patienter, nous allons donner suite à votre appel. »

Ben plisse les yeux de manière fort séduisante en éclatant de rire.

— Tu n'as absolument pas changé ! Toujours aussi impitoyable...

— Tu l'as bien cherché, reconnais-le.

— Qu'est-ce que tu as bien cherché ? s'enquiert Olivia en nous rejoignant avec Simon.

— Elle était en train de se moquer cruellement du morceau de rock indé sentimental que nous avons choisi pour ouvrir le bal à notre mariage, explique Ben.

— *Non !* C'est toi qui...

Mais je ne peux pas dénoncer Ben, ce serait encore plus désastreux. Malheureusement, je sais que, pour Olivia, il ne s'agit pas d'une plaisanterie mais d'une insulte. *Merci, Ben.*

— Il y a certains morceaux de Coldplay que j'aime bien..., dis-je d'un ton peu convaincant.

— Tu parles ! s'esclaffe Ben, remuant sans le vouloir le couteau dans la plaie.

— Et que choisiriez-vous pour votre première danse ? me demande sèchement Olivia.

Ben lui jette un regard noir, probablement pour lui rappeler qu'on ne pose pas cette question à quelqu'un qui vient de rompre ses fiançailles.

— Rhys disait qu'il voulait « What Have I Done to Deserve This ? » des Pet Shop Boys. On peut dire que je l'ai échappé belle.

— Mais vous, que choisiriez-vous ? insiste Olivia.

— Liv…

Ben est consterné, ne comprenant pas pourquoi sa femme se montre si insensible. Mais Olivia et moi comprenons parfaitement.

— Au train où vont les choses, ce sera probablement « At Last » d'Etta James. Et un jeune accompagnateur nous aidera, moi et mon nouvel époux, à nous extirper de nos sièges.

Personne ne rit.

— Nous allions danser sur « May You Never » de John Martyn, concédé-je.

Ben hoche la tête, impressionné.

— Très bon choix.

— Jamais entendu parler, lance Olivia d'un ton cassant. *Ah, bon, alors ce doit être nul.*

— Peut-être légèrement trop rapide ? fait remarquer Ben. Je pencherais plutôt pour son « Couldn't Love You More ».

Je hoche la tête à mon tour. Il n'y a pas grand-chose à redire à ça. Il ne me reste qu'à écarquiller les yeux et à continuer à boire jusqu'à ce que mon foie ressemble à un demi-kilo d'aloyau mariné au poivre.

— Pourquoi ne l'as-tu pas proposé, alors ? s'insurge Olivia d'un ton mordant.

— Je voulais te laisser choisir, répond Ben.

— Il me semble qu'on devrait ouvrir le bal de son mariage sur une musique qu'on aime, pas quelque chose de cool, décrète Olivia à mon intention, ostensiblement, pas prête à me pardonner.

— Personne ne pourrait t'accuser de choisir Coldplay pour être cool ! s'esclaffe Ben.

Le malheureux ne se doute de rien, mais il va passer un sale quart d'heure dans la voiture sur le chemin du retour. Olivia croise les bras sans me quitter des yeux. Je fixe le glaçon dans mon verre.

— Ah, je connais ce morceau, dit Simon en tendant l'oreille à la bande-son de la fête. «Unfinished Symphony».

— «Unfinished Sympathy», le corrigé-je.

— C'est ce que j'ai dit.

CHAPITRE 38

— T u dors de quel côté, d'habitude? demande Caroline une fois que nous avons couché un Ivor passablement abîmé dans le canapé.

À l'heure où tout le monde a commencé à grimper dans des taxis, le trouvant avachi dans une sorte de coma éthylique, nous avons jugé préférable qu'il passe la nuit sur place. Nous l'avons allongé sur une serviette, une bassine à côté de lui et de nombreux torchons autour de la tête. À le voir ainsi, pâle comme la mort, les mains croisées sur la poitrine, on se serait cru aux funérailles d'un pharaon dans la dèche.

— Je ne vis pas ici depuis assez longtemps pour avoir des habitudes.

Ce que je veux vraiment dire, c'est que je n'ai plus à choisir de côté maintenant que la masse du corps de Rhys ne forme plus un rempart dans le lit.

— Alors tu dors au milieu, décide Caroline en soulevant un coin de la couette. Moi, je me mets là, et Mindy de l'autre côté.

Cette dernière revient de se laver les dents vêtue d'un magnifique pyjama chinois écarlate. À côté de la combinaison noire à bretelles et bordure de dentelle fleurie de Caroline, je suis plutôt contente d'avoir renoncé à mon vieux tee-shirt des Velvet taché de dentifrice.

— Ivor s'est réveillé, nous informe Mindy. Il a fait un bruit genre : bwargh. Bwargh. Bwaaaargh. Et il s'est précipité au petit coin.

—Des dégâts sur les tissus d'ameublement?

—Non, je ne l'ai pas lâché d'une semelle. Je l'ai même poussé pour qu'il aille plus vite que ses haut-le-cœur ne le lui suggéraient.

Nous nous installons puis éteignons les lampes de chevet.

—Comment s'est débrouillée Rupa pour monter un matelas de cette taille par les escaliers? m'étonné-je.

—Je crois qu'elle l'a fait rentrer par une des fenêtres, suggère Mindy.

Je sens mes muscles se détendre contre les ressorts.

—Bon, qu'est-ce qui se passe entre Ben et toi? demande Caroline.

Toute la tension revient. En pire.

—Comment ça?

J'essaie de convaincre Caroline de ma profonde stupéfaction, alors que je suis en position horizontale et qu'elle ne peut pas me voir – en revanche, je suis persuadée qu'elle peut sentir la bouffée de chaleur coupable qui me fait soudain piquer une suée.

—Eh bien, commence Caroline, c'est bizarre…

—Quoi?

Raide comme un piquet entre mes deux amies, je dois ressembler à un point d'exclamation entre parenthèses. Je nierai tout. Jusqu'à la mort.

—Quand tu es montée sur une chaise pour changer l'ampoule qui avait grillé, Simon agrippé à tes jambes, Ben vous a lancé un de ces regards…

—C'est parce que nous avons ouvertement bafoué les règles de sécurité et d'hygiène du travail.

Silence. Je ne m'en tirerai pas à coups de blagues médiocres cette fois-ci.

—Un regard très intense, très sérieux. Et quand Simon t'a aidée à descendre en réussissant à te peloter les fesses dans la manœuvre, je te jure que Ben a presque tressailli.

—Il n'est pas fan de Simon. Je ne crois pas que l'idée que nous sortions ensemble lui plaise beaucoup, ajouté-je, espérant en avoir assez fait pour clore le sujet.

—Ouais. Justement. Si je ne connaissais pas le contexte, j'aurais vu dans sa réaction de la pure jalousie masculine primaire. En quoi le fait que tu sortes avec Simon lui pose un problème, exactement ?

—Alors c'est une chance que tu connaisses le contexte, dis-je, vu que Ben est marié et très heureux en couple.

—Ah, et s'il est marié et heureux, il ne peut pas éprouver de sentiments pour toi ?

—Non.

—OK. D'abord, les mariages heureux, ça n'existe pas…

—Oh, Caroline ! gémit Mindy. Ça suffit !

—Je n'ai pas terminé.

—Je le sais bien, vu qu'il me reste encore un soupçon d'espoir, soupire Mindy.

—Il n'existe pas de mariages heureux dans le sens d'indestructibles. Toutes les relations ont leurs failles et leurs rafistolages foireux.

—Pas la peine d'être marié pour savoir ça, fais-je remarquer.

—Bien sûr, concède Caroline. Loin de moi l'idée de minimiser ta relation avec Rhys. Mais il ne traînait qu'avec les mecs de son groupe. Tu n'as jamais eu à t'inquiéter d'amies filles.

—Je ne vois toujours pas où tu veux en venir.

—Que si j'ai raison et que Ben a un faible pour toi, tu dois être prudente. Tu ne voudrais pas causer d'ennuis en l'encourageant sans le vouloir. Vous étiez proches à la fac, non ? Tu n'as jamais rien soupçonné ?

—Non ! Et Ben ne tromperait *jamais* sa femme.

Je suis enfin capable de dire quelque chose dont je suis tout à fait convaincue.

— Comment le sais-tu ?

— Je le sais, un point c'est tout. Aussi sûre que je m'appelle Rachel. Ben ne ferait jamais une chose pareille. C'est un homme de parole. Et je ne coucherais jamais avec un homme marié non plus. J'espère que tu ne m'en crois pas capable.

— Nooooon, dit Caroline, qui ne soupçonne absolument pas les affres dans lesquelles me plonge cette conversation. Mais je crois que tu pourrais malgré toi te retrouver prise au milieu d'une situation délicate. Je vous ai observés pendant que vous discutiez tous les deux : vous rayonniez comme des arbres de Noël. Personne ne va fumer en douce derrière le hangar à vélo en pensant au cancer du poumon qu'il risque de développer quarante ans plus tard.

— Tu crois que je fais des amabilités à Olivia, que je l'invite à ma fête tout en cherchant à séduire son mari ?!

— Je ne dis pas que tu cherches à le séduire…

— Écoute, continué-je, la bouche sèche – pas uniquement due à l'absorption d'alcool. Ben et Olivia sont mariés, Ben ne s'intéresse pas à moi de la façon que tu sous-entends, je ne lui cours pas après et j'ai un rencard prévu avec Simon. Point final.

— Je ne suis pas sûre que tout soit si rose entre Ben et Olivia. J'ai cru sentir de la tension entre eux. Elle est à des kilomètres de sa famille et de ses amis, et je crois que son ancien boulot lui manque, déclare Caroline.

Silence.

— Si je peux te donner un conseil, Rach, commence à t'inquiéter le jour où il t'explique que les choses sont compliquées à la maison, intervient Mindy. Ce n'est *jamais* compliqué. « C'est compliqué » signifie : « Eh bien, ouais, il y a quelqu'un d'autre, mais j'ai envie de coucher avec toi aussi. »

— Ce qu'ils veulent dire en général dans ces cas-là, c'est que ce n'est pas assez compliqué à leur goût, renchérit Caroline en riant.

Moi, ça ne me fait pas rire.

—Oh, excuse-moi, je ne cherchais pas à te stresser, souffle Caroline. Le plus probable, c'est que Ben a la nostalgie de ses vingt ans. Je veux dire, si vous aviez été faits l'un pour l'autre, vous seriez sortis ensemble à l'époque.

—Exactement, glapis-je, bénissant le ciel que nous soyons plongées dans l'obscurité.

—Il nous arrive tous d'être pris d'une mauvaise attaque de «et si…?».

—Ouais.

Nous nous souhaitons bonne nuit. Caroline et Mindy sombrent rapidement dans le sommeil.

Je suis parfaitement réveillée, le cerveau à mille tours/minute.

CHAPITRE 39

Au programme le vendredi soir… Pour les étudiants cool : sortie en boîte, un peu de drogue et de danse, ou, pour ceux qui préféraient la bière et les guitares, c'était le *5ᵉ Avenue* ou le *42ᵉ Rue*. Pour les étudiants sensiblement moins cool, il y avait un bar connu pour être un lieu de drague, où jean et baskets étaient interdits et où l'on passait des tubes du hit-parade. Pour les cas désespérés, ne restait que la discothèque du campus où l'on buvait du cidre dans des gobelets en plastique et dansait dans une salle qui servait de cantine le jour. À deux heures et demie du matin, on pouvait tituber jusqu'au local d'en face qui vendait des plats à emporter.

Mais être fauché met tout le monde au même niveau et, la deuxième année, le coût de la vie hors du campus n'épargnant personne, beaucoup d'étudiants que nous connaissions finirent par se rabattre sur le dernier endroit. Parmi la douzaine de copains réunis ce soir-là, il y avait Ivor, revenu de son stage pour un week-end, Ben et sa dernière petite copine en date, Emily, avec laquelle il sortait depuis plusieurs mois – un record, pour Ben.

Elle était cool comme jamais je n'aurais pu l'être : baskets montantes, minijupe en jean coupée, cheveux aux pointes décolorées rassemblés à la va-vite sur le haut du crâne. Son look était sexy-prédateur tout en restant conventionnel. Elle n'avait pas besoin de faire le moindre effort pour se mettre en valeur ; même, sa beauté était tellement évidente qu'elle pouvait jouer à cultiver le genre négligé. J'avais remarqué que Ben choisissait toujours les teintes blondes sur le cercle chromatique. N'ayant jamais vraiment eu l'occasion de faire sa connaissance, je fus déçue qu'ils prennent place à l'autre bout de la table, se contentant de saluer de la main. Si je voulais avoir le temps de connaître les copines de Ben, il fallait que je batte le fer pendant qu'il était chaud. Aucune ne durait beaucoup plus qu'un trimestre. Celle qui arriverait à convaincre Ben de se poser un jour aurait du pain sur la planche.

Quand ce fut le tour de Ben d'aller chercher une nouvelle tournée, j'y vis l'opportunité de discuter. Je repoussai ma chaise et partis lui donner un coup de main.

En arrivant au bar, je le trouvai en pleine conversation avec un troupeau de joueurs de rugby abrutis. Jouer au football et être doté de chromosomes XY valait à Ben d'exister en tant qu'être humain et non comme cible potentielle de leurs blagues foireuses.

—Oh, bonsoir. Tu sais comment on t'a surnommée ? me lança l'un d'eux en m'apercevant. Ben sait. Eh, Ben ! Dis à Rachel comment on l'appelle !

Ben parut soudain extrêmement mal à l'aise. Je le regardai en fronçant les sourcils.

—Rachel *Voudrait Fort*. Ahahahahahah !

Ben marmonna :

—Moi pas…

Un peu comme quand il m'avait comparée à une « sœur » le soir du jeu action ou vérité, j'avais du mal à interpréter sa dénégation.

Ben et moi avons commencé un relais entre le bar et la table, transportant deux ou trois pintes à la fois et nous les passant à mi-chemin.

En m'éloignant, je sentis les yeux du troupeau sur moi et regrettai brièvement d'avoir mis mon nouveau pantalon en velours côtelé noir qui me moulait un peu au niveau de l'arrière-train. Au moment où je repartais avec mon deuxième chargement, je sentis soudain qu'on me pinçait fortement les fesses et sursautai sous le coup de la douleur.

— Eh! m'exclamai-je en faisant volte-face.

— C'est lui!

Sans décroiser les bras, ils se pointaient tous du doigt, se croyant probablement comiques. Ayant les mains pleines, je ne pouvais pas faire grand-chose. Je me contentai donc de leur lancer un regard assassin. Quand je revins chercher d'autres verres, je signifiai mon refus de me laisser intimider en leur jetant un regard délibérément méprisant. Erreur: cela ne fit que provoquer un autre murmure amusé.

— Ne le prends pas mal, mais nous aimerions te voir de dos, dit un spécimen à l'apparence particulièrement déplaisante – petit, trapu et couvert d'acné.

Je voyais bien qu'il compensait ses complexes par un comportement encore plus désagréable que celui de ses compagnons.

— Crève. Refais ça une fois et je t'en colle une.

Rachel contre dix joueurs de rugby… J'avais peu de chances de les faire pisser dans leur froc de peur, mais je mettais un point d'honneur à ne pas me laisser marcher sur les pieds.

— Je ne le referai pas, minauda le hobbit. Et ça, je peux, ou c'est interdit aussi?

Il tendit le bras et pressa mon sein gauche comme s'il s'agissait du Klaxon d'une vieille voiture. Les autres éclatèrent de rire et se mirent à beugler.

— Hé! criai-je. Espèce de connard!

— Désolé, désolé, c'était mal, concéda-t-il. En fait, c'était le droit qui m'intéressait.

Il violenta de la même manière mon autre sein et je bondis pour lui administrer une bonne gifle. Mais il retint mon poignet avant que ma paume ne soit entrée en contact avec sa joue grumeleuse. J'avais déjà vu cette parade dans des mauvais films d'action, mais jamais je n'aurais pensé qu'on pouvait avoir des réactions aussi rapides dans la vraie vie. Son horrible main moite me serrait comme un étau. Incapable de me dégager, je commençai à paniquer.

— Lâche-moi ! hurlai-je, ce qui ne fit que provoquer plus de rires rauques chez ses compagnons.

Je sentais encore sur mes seins l'empreinte brutale de ses doigts. J'avais perdu le contrôle de la situation et sentais mes poumons se resserrer.

Soudain j'eus conscience d'une présence à mes côtés. Mon poignet fut brusquement libéré. Je me tournai juste à temps pour voir Ben plonger sur le peloteur boutonneux et son poing s'écraser violemment sur sa mâchoire.

— Aïe ! s'écria mon tortionnaire. Je…

Il n'eut pas l'occasion d'ajouter quoi que ce soit car Ben le frappa de nouveau, assez férocement ; cette fois le coup déséquilibra le rugbyman qui s'étala de tout son long sur le carrelage. Pendant un moment, je craignis que ses amis ne prennent sa défense et ne règlent son compte à Ben. Au lieu de quoi ils reculèrent et regardèrent leur copain s'agiter par terre. Des bons potes.

— Excuse-toi ! rugit Ben.

Face à ce spectacle violent, j'eus l'impression que j'allais vomir. On était dans le bar de la résidence universitaire, pas dans un pub mal famé de Moss Side.

— Désolé, grogna le boutonneux en se frottant la joue, redoutant visiblement de se prendre un autre crochet du droit.

— Pas à moi ! À elle !

— Désolé, lâcha-t-il d'un air boudeur en jetant un regard très rapide dans ma direction.

— *Abruti* ! lâcha Ben en injectant toute sa hargne dans le mot.

Il attrapa les deux dernières pintes et tourna les talons ; je le suivis jusqu'à notre table.

Alors que nous nous éloignions, le boutonneux cria, si fort que tout le monde dans le bar se figea – ou du moins ceux qui n'étaient pas déjà en train d'observer la scène :

— Ben ! Je savais pas que c'était ta copine !

Silence.

— JE SAVAIS PAS QUE C'ÉTAIT TA COPINE !

Je tressaillis. Je fus absolument certaine que Ben aussi. Une fois que nous avons eu rejoint notre groupe, tout le monde voulut savoir ce qui s'était passé.

— Ils se sont comportés comme des abrutis, marmonna Ben en reprenant sa place près d'Emily.

— Il m'a agressée de façon parfaitement indécente ! m'écriai-je, dissimulant ma gêne derrière une attitude théâtrale.

— C'est-à-dire ? demanda Caroline.

— Il m'a pelotée, répondis-je, me sentant obligée de justifier la réaction de Ben.

— Et tu lui as mis une raclée ? lança Caroline à l'intention de Ben.

Elle était béate d'admiration ; son béguin se transforma en adoration inconditionnelle.

— Félicitations, dit Ivor. J'espérais que quelqu'un le ferait depuis le jour où je l'ai rencontré.

— Ouais, merci, tu as été héroïque, dis-je, remerciant Ben pour la première fois.

Manifestement guère décidé à me regarder, ni personne, d'ailleurs, il but sa bière cul sec à longs traits.

— Je ne savais pas que tu étais un dur ! intervint Mindy. Je vais peut-être devoir fantasmer secrètement sur toi maintenant.

— Je ne suis pas un dur, mes phalanges me font un mal de chien, protesta Ben en reposant son verre et en se frottant la main. Je ne sais même pas si je m'y suis bien pris.

— Ton mec est vraiment super, roucoula une autre fille du groupe à l'intention d'Emily.

C'est alors que je remarquai l'expression stupéfaite de celle-ci. On aurait dit que c'était elle qui avait reçu un coup de poing. *Elle a dû avoir peur qu'il ne se fasse casser la figure*, pensai-je. Même si je n'avais pas demandé à ce qu'on tripote mes caractères sexuels secondaires, ni que Ben s'en mêle et les défende, je me sentais particulièrement coupable et inquiète.

Une semaine plus tard, j'appris que Ben et Emily avaient rompu.

Chapitre 40

Ivor est réveillé quand Mindy et moi nous traînons hors du lit, Caroline l'ayant dérangé en partant pour le gymnase. Assis sur le canapé, chaussé de ses lunettes et torse nu, il tire le couvre-lit autour de lui en nous voyant émerger.

— Tu espères nous faire oublier l'état lamentable dans lequel tu t'es mis en exhibant tes pectoraux ? demandé-je.

— Mon tee-shirt est un peu sale, explique Ivor. Bon sang, j'étais si mal en point que ça ?

— Est-ce qu'il était mal en point, Rach ? demande Mindy d'un ton sarcastique en se tournant vers moi, une main sur la hanche. *Mal en point ?*

Je me gratte la tête, bâille.

— Comment t'annoncer ça ? Le bûcher de la dignité, Johnson.

Je pars nous préparer des tasses de thé bien sucré. En revenant avec celles de Mindy et Ivor, je la retrouve installée sous les couvertures à côté de lui.

— Si j'ai bien compris, tu essayais d'expliquer la vie aux petits gars de vingt-trois ans ? me moqué-je en revenant avec ma tasse et en m'installant dans un fauteuil.

— Les White Russians, explique Ivor en soufflant sur son thé. Il aurait plutôt fallu les appeler des Beige Russians vu leur concentration en Kahlua. Bon sang, je suis une loque. J'ai la langue sèche comme une Wasa.

— J'en conclus que Jake a gagné ?

— Oh, non, proteste Ivor. J'ai gagné. (D'un geste, il désigne son corps à demi-nu et son allure débraillée.) Sentez l'odeur du succès, mesdames. L'eau de Cologne de la victoire. Inspirez profondément.

Mindy et moi éclatons de rire.

— Je crois que je buvais pour oublier, poursuit-il en reposant son thé et en se frottant les yeux par-dessous ses lunettes, qui montent et descendent comme dans un spectacle de music-hall. (Quand on regarde Ivor sans ses lunettes, on a l'impression que quelque chose cloche.) Monumentale erreur avant-hier soir.

— Tu as pété un plomb parce qu'une adolescente belge est passée au niveau supérieur avant toi sur *World of Warcraft*? demandé-je.

— Nan…, dit-il en se frottant la tête. Katya.

La tête de Mindy, qui reposait sur le bras d'Ivor, se redressa d'un coup.

— Tu ne l'as pas laissée prolonger son préavis? Ivor, c'est quoi, ton problème?

— Non, elle s'en va toujours.

— Alors?

— Nous nous sommes mis une mine avec son vin de prune maison.

Ivor m'adresse un sourire malicieux et timide que je crois interpréter correctement.

— Tu ne lui as pas fait manger de viande, hein? demande Mindy à son aisselle.

Ivor se met à rire, puis grimace.

— Ne me fais pas rire, ça fait mal.

— Je ne vois pas ce que ça a de drôle…

— Ça l'est, vu ce que nous avons vraiment fait.

Il y a un silence, puis Mindy s'écarte d'Ivor comme propulsée par la détonation de sa propre explosion verbale.

— QUOI?

Ébahi par la violence de sa réaction, Ivor reste sans voix pendant une seconde.

— Tu l'as baisée ? demande Mindy, agressive.

— Euh. Un peu.

— Ce n'est pas drôle, Ivor. C'est répugnant !

— Nous étions soûls. C'est arrivé une fois. Je ne vais pas la laisser rester ni rien.

— Ce n'est pas ça le problème. Le problème, c'est *toi* faisant *ça* avec *elle*. Alors que tu la détestes !

— Je ne la déteste pas, marmonne Ivor.

— Tu n'arrêtes pas de te plaindre d'elle ! Et à la première occasion tu couches avec elle ? Tu te rends compte de l'image que ça donne de toi ?

— Ce n'était absolument pas la première occasion. Elle n'arrête pas de faire des vins de fruits.

— Quand nous t'avons suggéré de montrer à Katya que tu avais des couilles, nous ne voulions pas dire *littéralement* !

J'avale une gorgée de thé pour ne pas rire, car je vois bien que Mindy est loin d'apprécier l'humour de cette situation. D'ailleurs, Ivor ne rit pas non plus. Il est rouge de honte, ou de colère. Ou les deux.

— Oh, d'accord, donc je suis censé écouter les leçons de morale de Miss Superficialité 2012, c'est ça ?

— Qu'est-ce que tu veux dire, exactement ?

— En quoi tes minets sans intérêt valent-ils mieux que Katya ? Il aurait fallu que je la rencontre par petite annonce et que j'ignore ses défauts dans la mesure où elle était suffisamment photogénique, c'est ça ?

Ivor n'a pas tort. Il me jette un coup d'œil, cherchant mon appui, mais il est hors de question que je me mêle à cette discussion qui a si vite pris un tour désagréable.

— C'est ce que font les gens normaux ! hurle Mindy en s'avançant, menaçante et flamboyante, telle une déesse vengeresse dans son pyjama rouge. Ils sortent, font connaissance ! Ils ne profitent pas de l'ébriété de personnes censées leur payer un loyer. Qu'est-ce que tu comptes faire maintenant ? La laisser rester le dernier mois gratuitement en compensation ?

— Mindy…, commencé-je, nerveuse.

— J'ai abusé d'elle ?! Es-tu sérieusement en train de sous-entendre que je l'ai forcée ? hurle Ivor.

— Je dis que c'est la plus grande sordidité que j'aie entendue depuis longtemps.

Ivor se lève, vêtu de son seul boxer, toute pudeur oubliée.

— *Sordidité !?* Ce mot n'existe pas, abrutie !!!

— Va te faire foutre ! hurle Mindy qui éclate en sanglots et court se réfugier dans la chambre.

Ivor se laisse retomber dans le canapé, bouche ouverte.

— Nom de Dieu, finit-il par dire, une main sur la tête. Qu'est-ce qui s'est passé, putain ?

— Hypoglycémie ?

— Je ne suis pas spécialement fier de moi, mais est-ce si terrible ? Elle réagit comme si j'avais abusé de la situation. Si elle s'imagine que j'ai… Il est hors de question que je reste plus longtemps en compagnie de quelqu'un qui me croit capable d'une chose pareille, décrète-t-il après avoir poussé un soupir incrédule. Elle peut aller se faire foutre aussi.

— Nous avons besoin de prendre un petit déjeuner costaud et de nous calmer. Mindy est émotive, voilà tout.

Heureusement qu'Ivor ne me demande pas pourquoi, car je ne saurais pas lui répondre.

— Et qu'est-ce qu'elle dirait si je sortais avec des gamines de vingt-trois ans ? En quoi l'exemple reluisant de sa vie lui donne-t-il le droit de me traiter comme une merde ?

— Je vais nous servir une autre tasse de thé…

— Non, j'y vais, Rachel, dit-il en tâtonnant par terre pour ramasser son tee-shirt. Désolé, tu n'y es pour rien.

— OK.

Je vais voir Mindy, que je trouve à plat ventre sur le lit, le visage enfoui dans un coussin.

—Eh, dis-je en lui tapotant la hanche. Ivor s'en va. Je crois que nous sommes tous ronchons à cause des excès d'hier soir.

Mindy se redresse, les cheveux hirsutes.

—Tu salueras le Fléau Sexuel à Lunettes pour moi.

Je me dépêche de fermer la porte.

—Euh. Ouais. Peut-être pas. Qu'est-ce qui se passe ?

Elle renifle sans rien dire.

—Ça ne va pas avec Jake ?

Mindy hausse légèrement les épaules.

—Tu veux qu'on en parle ?

Elle secoue la tête.

—Ça te dit un énorme petit déjeuner anglais complet ?

Elle secoue de nouveau la tête.

—Je vais raccompagner Ivor alors.

Quand j'arrive à la porte, Mindy me lance :

—Rachel. Peut-être un petit déj anglais normal. Quand il sera parti.

La porte d'entrée claque.

—Oups.

—Tu trouves que j'ai été trop dure avec lui ?

Je penche la tête sur le côté et ouvre la bouche, réfléchissant à une réponse diplomatique autre que : « Eh bien, tu m'as foutu une sacrée pétoche, alors que je n'étais que spectatrice, alors… »

—Tu sais quoi ? Ça m'est égal, en fait, jappe Mindy. Ce qu'il a fait est…

Cette fois je l'interromps.

—Ce que les gens font. Même si je t'accorde que ce n'est pas très malin.

—Ouais, les gens… Tu veux dire les hommes libidineux sans moralité. En tout cas, je n'aurais jamais cru Ivor du genre à sauter sur tout ce qui bouge. Et *Katya*. Elle met des Crocs.

Avec des chaussettes. Des Crocs en chaussettes! Je crois même l'avoir déjà vue en tongs de piscine Reebok, comme si c'étaient des vraies chaussures! Je ne sais même pas comment un mec peut devenir suffisamment dur pour passer à l'acte…

— Peut-être qu'il se sent seul?

— Et pourquoi se sentirait-il seul? Il nous a, nous.

— Aussi merveilleuses que nous soyons – clairement –, je doute que nous satisfassions tous ses besoins. Ça fait longtemps qu'il n'est pas sorti avec quelqu'un. Depuis Je-ne-me-rappelle-plus-son-nom, repartie vivre à Copenhague.

— Hannah.

Mindy renifle, s'essuie les yeux, puis reprend:

— Elle avait des fourches et se tenait affreusement mal à table. Hum, bonjour, ce n'est pas parce qu'on commande des tapas que tu es autorisée à bouloter tous mes anchois. Pas une grosse perte.

Je m'assieds à côté d'elle sur le lit.

— Qu'est-ce qui se passe vraiment?

— Il se passe ce qui se passe.

— OK.

Un silence.

— Oh, je ne sais pas. Jake est sympa. J'ai coché toutes les cases, c'est le mec qui me correspond le plus, et pourtant ce n'est pas idéal. On ne choisirait pas ses amis de cette façon. Regarde-nous – moi, toi, Caro. Complètement différentes. Elle est allée à un concert de Simon et Garfunkels à Hyde Park.

— Garfunkel. Oui, je vois ce que tu veux dire.

Ce n'est peut-être pas le moment de suggérer à Mindy qu'elle pourrait aussi élargir sa recherche de façon à inclure des hommes qui ne remplissent pas forcément ce qu'elle appelle les «dix critères incontournables».

— Tout le monde prétend qu'à partir de trente ans tout devient clair. Tu lis des interviews d'actrices où elles déclarent des trucs du genre: «Oh, pour rien au monde je ne revivrais mes vingt ans. Tout était si chaotique… Alors que maintenant j'éprouve cette… extraordinaire sérénité, et je sais quels vêtements me vont, les classiques, blablabla. » Ce sont des conneries. Les vingt ans, c'est le hors-d'œuvre, genre « Ça n'est pas grave si tu n'as pas encore tout compris », et les trente ans le plat principal bien indigeste : « Peut-être que la vie, c'est ça. » Je n'ai encore rencontré personne avec qui ça vaille le coup d'avoir une vraie relation. J'ai trente et un ans. Et si rien ne change d'ici mes quarante et un ans ?

— Oh, allez, tu es jeune ! Tu as encore le temps de rencontrer quelqu'un !

Quelle hypocrite : cette phrase n'a jamais eu aucun effet sur moi.

— Je suis sérieuse, Rachel. Et si ça ne m'arrive pas ? On dirait que tout le monde a grandi, avancé, s'est assagi, sauf moi. Ce qui explique probablement pourquoi je fréquente des mecs de vingt-trois ans. C'est l'âge auquel je suis scotchée.

— Ouais. J'ai déjà ressenti ça – on sait qu'on n'est pas heureux mais on n'a aucune idée de quoi faire pour que ça change.

— Mais au moins tu t'es engagée. Tu es restée avec Rhys pendant treize ans. Tu t'es fiancée.

— On se sent plus seul quand on vit avec la mauvaise personne que quand on est vraiment seul. Ou bien autant, d'une façon différente, crois-moi. Pendant toutes ces années, je n'ai fait aucune rencontre, je n'ai pas cherché comme toi. Et aujourd'hui je dois me demander si, pendant que j'attendais que ça marche entre Rhys et moi, j'ai gâché tout ce temps que j'avais pour trouver la bonne personne.

— Franchement ? Nous ne nous sommes doutés de rien. Tu avais l'air d'aller bien.

— Je suis nulle pour savoir ce que je ressens, Mind. C'est comme si je me le cachais à moi-même.

Silence.

—Au moins tu as un boulot pour lequel tu as postulé. Ivor me prend pour la fille débile d'un homme d'affaires, la petite princesse indienne gâtée à qui tout arrive sur un plateau d'argent. Je ne suis pas Rupa!

—Ivor ne pense pas ça de toi.

—Tu l'as entendu : « abrutie ».

—Il rendait les coups, il ne le pensait pas.

—Si. Les gens révèlent ce qu'ils pensent vraiment quand ils se disputent.

—Ils disent ce qu'ils pensent le plus blessant.

Un silence.

—J'ai besoin qu'Ivor soit quelqu'un de bien, Rachel. Si lui aussi est une merde, alors j'abandonne. Vraiment.

—Ivor *est* quelqu'un de bien. Il a seulement fait quelque chose qui ne te plaît pas. Mais, manifestement, après coup, une fois dessoûlé, ça n'a pas l'air de lui plaire non plus.

Mindy pose la tête sur mon épaule et je passe un bras autour d'elle.

—Et peut-être que, quand vous vous serez réconciliés, si tu veux être mesquine, tu pourras lui faire remarquer que, même si la construction de ta phrase laissait un peu à désirer, *sordidité* existe.

Mindy s'écarte, ragaillardie.

—Ah oui? Ah, ah! Dans ta face, Johnson!

CHAPITRE 41

La nuit tombe. Mes talons claquent sur le trottoir – clip-clop-clip-clop. Je regarde l'heure et pars au petit galop – clipclopclipclop. J'ai découvert que le truc génial, quand on habite dans le centre, c'est qu'on peut aller à pied partout, et que le truc pourri, quand on habite dans le centre, c'est qu'on est obligé d'aller à pied partout.

La perspective de ce rendez-vous avec Simon me rend assez nerveuse. Honnêtement, je ne crois pas que ce soit parce que j'appréhende de faire des folies avec mon cœur, ni même avec mon corps. Il est séduisant, je le sais, mais je le pense objectivement, sans émotion, depuis le point de vue des autres femmes en quelque sorte. Mais Caroline a raison, je ferais mieux d'endosser au plus tôt mon rôle de célibataire et de me lancer sans attendre dans les rendez-vous galants, plutôt que de repousser cette étape à l'année prochaine. Si je ne me sens plus du tout dans le coup maintenant, ça ne risque pas de s'arranger avec le temps.

Parfois je me dis qu'il me faudrait un GPS existentiel accroché à ma ceinture, qui m'indiquerait d'une voix autoritaire : « À la première possibilité, faites demi-tour… »

En arrivant au coin de la rue du restaurant, je ralentis, lissant instinctivement l'arrière de ma robe, histoire de vérifier qu'elle n'est pas coincée dans ma culotte. Après avoir boitillé un instant avec les jambes arquées d'un *Monty Python* déguisé en harengère, je tente une démarche chaloupée et fluide, un pied devant l'autre.

J'ai lu quelque part que les pas d'une débutante dans le sable doivent tracer une ligne droite, et non pas deux côte à côte. J'ignore la douleur dans mon talon gauche qui me rappelle que les trottoirs de Manchester n'ont rien à voir avec une plage, ni moi avec une jeune beauté ondulant, un livre en équilibre sur la tête. J'essaie d'afficher une expression béate suggérant que j'ai glissé jusqu'ici portée par une brise parfumée.

Après avoir prétendu être ouverte quant au lieu où nous nous retrouverions pour dîner, il m'est ensuite apparu que je ne tenais pas à ce qu'il m'invite dans un restaurant exorbitant, au risque d'influer sur son horizon d'attente. J'ai donc suggéré un italien près du Printworks – une sorte de Pizza Express amélioré –, m'attendant à ce qu'il conteste mon choix pour me signifier qu'il voit clair dans mon jeu, mais il a immédiatement accepté. Le code génétique de l'Anglais doit lui commander de ne pas discuter les choix d'une dame. À moins que les prix raisonnables ne lui aient plu.

Je l'aperçois qui m'attend dehors, conformément aussi, très certainement, au code génétique de l'Anglais selon lequel on attend une dame pour pénétrer dans l'établissement où l'on a rendez-vous. Il aurait pu m'entendre arriver : j'ai parcouru les derniers mètres dans un bruit de galop, tel un chien qui aurait besoin qu'on lui coupe les griffes.

Il m'accueille d'un :

— Bonsoir. Vous êtes ravissante. On y va ?

Parfaitement repassé et soigné comme il se doit probablement pour un premier rendez-vous – chemise blanche et ce qui ressemble malheureusement à un chino –, Simon dégage une impression de calme et de maîtrise de soi. Mon allure et mon attitude sont loin d'être aussi impeccables, mais je suis sensible à son compliment, et j'approuve : allons-y.

On nous guide vers un canapé dans la zone d'attente, près d'un gigantesque palmier en pot. Le restaurant résonne de la symphonie des tintements des verres et des couverts sur la porcelaine, ainsi que du brouhaha des conversations. Le personnel vêtu de noir va et vient, suivant la chorégraphie d'un service attentif. Voici donc où les gens passent leurs samedis soir, au lieu de se coucher à 22 heures avec un livre de poche acheté en promo trois pour le prix de deux, pendant que leur homme s'égosille devant la retransmission d'un match de foot.

Un serveur tend à Simon la carte des vins. Tout en feuilletant avec autorité les pages en faux parchemin, il me demande :

—Alors, Ben et vous, vous vous connaissez bien ?

Il ne va pas s'y mettre aussi.

—Comment ça ?

—Vous êtes sortis ensemble ou quoi ?

—Non. Nous sommes de vieux amis, pourquoi ?

—C'est ce qu'il a dit. J'ai pourtant eu droit à une mise en garde grincheuse. Il m'a enjoint de prendre soin de vous, etc., comme si j'étais le grand méchant loup qui essayait de mettre la main dans votre panier.

Je suis aussi touchée que surprise de l'apprendre, mais j'essaie de ne pas le montrer.

—Il a une petite sœur. C'est un syndrome banal – par extension, les grands frères sont toujours protecteurs avec leurs amies filles.

—OK. Donc vous n'êtes jamais montée à bord ?

—Pardon ?

Il me demande ce que personne d'autre n'oserait me demander, et c'est sa première question ? Si j'étais dans une bande dessinée, la version cartoon de Rachel aurait une bouche en cul-de-poule et la bulle au-dessus de sa tête dirait « GRUMPH ??? ».

—Vous n'avez jamais sauté sur notre Benji ?

Je suis tellement choquée par son audace que j'éclate de rire. Je devrais lui répondre : « Tu m'as vue ? Tu as vu Ben ? Tu as vu Olivia ? Tu nous vois ? »

Le serveur vient nous annoncer que notre table est prête.

La carte des vins coincée sous son bras comme un porte-bloc, Simon se lève et reboutonne sa veste comme si on nous menait au podium lors d'une cérémonie de remise de prix.

— Après vous.

J'attends que le serveur qui nous a tendu les menus s'éloigne pour me pencher au-dessus de la table et souffler :

— Non, jamais. Je n'arrive pas à croire que vous me posiez cette question. C'est votre ami, vous ne lui avez pas demandé ?

— Toujours interroger les gens séparément.

— Ah, bien sûr. Peut-être préféreriez-vous qu'on en reparle dans la cellule de garde à vue du poste de police de Bootle Street ?

— Il manquerait l'éclairage d'ambiance, dit Simon en riant. J'aime savoir où je mets les pieds.

— Je vois ça.

— En fait… (Il semble à présent mal à l'aise, ce qui est une nouveauté.) La dernière femme dont je me suis épris était mariée. Disons que je suis attentif aux complications éventuelles.

— Que s'est-il passé ?

Il fait comme s'il ne m'avait pas entendue, cueillant une peluche imaginaire sur sa manche.

— Je n'avais pas l'intention d'aborder ce sujet avant d'avoir commandé le vin.

— Trop tard. Et je ne connais pas les conventions du rencard moderne, de toute façon.

— J'étais amoureux. Elle était mariée, comme j'ai fini par l'apprendre. Le mari découvre notre relation. Elle reste avec lui. Fin de l'anecdote.

— Je peux vous le promettre : je ne suis pas mariée.

—Ça, je le sais. Aucun autre terrible secret qui pèserait sur votre conscience et dont vous souhaiteriez vous soulager ?

—Seulement que je n'y connais rien en vin.

—Permettez-moi, dit Simon, de nouveau dans son élément. Quel plat avez-vous choisi ? Viande ou poisson ? Vous n'êtes pas une enquiquineuse ?

—Une enquiquineuse ?

—Végétarienne, pescétarienne, humaniste. Ou tout autre euphémisme pour intolérante au plaisir.

—Je ne mangerai rien qui aura un visage, déclaré-je d'un ton faussement moralisateur.

—Oh, pour ça, ne vous inquiétez pas. Tout ce que je vais commander aura eu la tête tranchée.

* * *

J'avais redouté que le goût de Simon pour la controverse systématique ne se révèle pesant dans le cadre d'un dîner en tête à tête. Je n'aurais pas dû. Il nous mène d'un sujet à l'autre dans un flot continu de questions polies. Il raconte des clients hauts en couleur, moi des procès burlesques. Nous échangeons des anecdotes sur des avocats et des juges que nous connaissons tous les deux. Il râle contre les journalistes importuns et négligents, je me plains des avocats froids et abusivement secrets pour remettre la balle au centre.

Il semble sincèrement intéressé et amusé, et au bout d'un moment je remarque combien j'apprécie d'être écoutée. Son attention est presque aussi enivrante que le puissant vin rouge qu'il a choisi.

À sa place, Rhys serait assis là à grogner, cherchant sans cesse des yeux la sortie, le pied battant la mesure ; je le vois accueillir chacune de mes paroles avec un mouvement d'impatience. En dehors de ses répétitions avec son groupe, il aimait se mouvoir selon un parcours établi entre les trois sommets d'un triangle – maison, travail, pub. Toute déviation le laissait dans un état d'agitation avancé, presque hostile.

Pendant que je goûte le contraste, il m'apparaît peu à peu que, alors que Rhys se montrait brutal en général, Simon est tout en surfaces planes et désespérément lisses. Il n'y a chez lui aucun relief où coincer un grappin et entreprendre de faire sa connaissance. À un moment néanmoins, de façon tout à fait inattendue, son calme vacille quand je mentionne un de ses collègues devant lequel toutes les femelles de la cour de la Couronne se pâment.

Simon lâche un « vraiment ? » sec, comme si c'était parfaitement incompréhensible, et s'empresse de changer de sujet. Je me demande vaguement s'il est du genre jaloux.

La discussion dévie sur un couple qui travaille dans le même service que lui, et sur la façon dont les autres employés se retrouvent facilement mêlés à leurs problèmes domestiques.

— J'ai toujours pensé qu'être avec quelqu'un qui fait le même boulot est une mauvaise idée. On passe trop de temps à parler boutique, sans parler de la rivalité.

— Ben et Olivia ont l'air de bien le gérer, objecté-je.

— Ils ont leurs moments.

— Ah oui ?

Je ne suis pas tout à faire sûre de ce qu'il veut dire et j'essaie de dissimuler ma curiosité.

Simon nous sert la fin du vin.

— C'est Liv qui porte la culotte, ça ne fait aucun doute. Je crois qu'avec la décision de venir s'installer ici, c'est la première fois que Ben s'impose. D'ailleurs, elle ne s'en est pas encore remise. Je l'avais prévenu : il ne faut jamais épouser une femme qui a beaucoup plus d'argent que soi, car elle va imaginer que c'est elle qui tient les rênes du couple. Et voilà…

— Olivia gagne vraiment beaucoup plus ?

—Ce n'est pas tant ce qu'elle gagne que l'argent de sa famille. Son père a vendu son entreprise de transport et a pris sa retraite vers quarante ans. Olivia n'a pas besoin de travailler.

Ça alors, comme si toutes ses qualités ne suffisaient pas, en plus elle est riche…

—Peut-être aime-t-elle son indépendance…

—Oh, oui. Ne vous méprenez pas. Je trouve très bien qu'une jolie fille veuille défendre ses droits.

—Presque tout ce que vous dites est ironique, n'est-ce pas ?

—Je ne suis sexiste que dans la mesure où je reproche aux femmes le succès de James Blunt. Un dernier verre ? demande Simon en faisant signe à la serveuse d'apporter l'addition.

—J'aimerais m'occuper de ça, dis-je résolument en demandant moi aussi l'addition.

—C'est bon à savoir.

La serveuse évalue l'équilibre des forces et tend la note à Simon sur une soucoupe. Il glisse sa carte par-dessus et la lui rend immédiatement.

CHAPITRE 42

Quand Simon m'a annoncé qu'il « connaissait un endroit »,
je me suis imaginé un luxueux *gentlemen's club* avec des
fauteuils à oreilles, du papier peint à rayures bordeaux Régence
et un feu crépitant dans chaque pièce. Simon présenterait
sa carte de membre ou donnerait au portier en livrée une
poignée de main maçonnique, et les portes s'ouvriraient
toutes grandes.

Au lieu de ça, nous nous engouffrons dans une ruelle à
peine illuminée jusqu'à une tanière crasseuse réservée aux
buveurs professionnels qui, le nez au vent tels les gamins des
pubs Bisto, peuvent sentir à cent mètres les établissements
autorisés à servir de l'alcool tard dans la nuit.

—Attention à la flaque, m'avertit Simon en prenant une
voix d'annonce de station de métro.

Une main sur mon épaule, il m'aide à contourner une
galette de vomi de la taille d'un couvercle de poubelle étalée
près de la porte.

L'endroit est uniquement signalé par l'enseigne publicitaire
lumineuse d'une marque de bière. Tout près, je remarque un
attroupement d'individus peu recommandables qui nous
tournent instinctivement le dos, histoire de ne pas nous laisser
le temps de retenir trop de détails pour un futur portrait-robot.

—Vous savez comment faire passer un bon moment à
une fille, hein ? Vous donnez rendez-vous à des clients ici ?

—Oh, allez. La Rachel que je commence à connaître n'a
pas besoin de napperons en dentelle sous son verre.

Il me tient la porte. Je ressens soudain pour lui une attirance inattendue, remarquant simultanément combien il est grand, combien je suis bien engagée sur le chemin de l'ivresse, et combien j'apprécie qu'il me surprenne.

Après l'extérieur crasseux, je découvre un intérieur encore plus minable : un sous-sol avec des tabourets de bar et un grand jukebox style Wurlitzer, qui évoque un énorme jouet voyant ou un reste du décor de *Doctor Who*. L'éclairage de la salle est programmé sur « crépuscule », l'air parfumé d'une note acide aisément identifiable de latrines sales.

—Vous aimez la vodka tonic, c'est bien ça ?

—Merci, dis-je en hochant la tête, bien que ce soit en fait la boisson favorite de Caroline.

J'ignore si c'est significatif. Je prends place dans un box libre. Il pose les verres sur la table et se glisse sur la banquette opposée, son pantalon couinant sur le vinyle.

—Vous ne me ferez pas croire que cet endroit est à votre goût, insisté-je. Vous essayez de me déconcerter pour voir comment je réagis.

—Après une soirée ensemble ou… (Il tire sur sa manche pour consulter ce qui semble être une Breitling, laquelle illustre assez bien mon point de vue et lui vaudra sûrement de se faire casser net le bras comme une queue de billard.)… les deux tiers d'une soirée ensemble, vous pouvez déterminer avec certitude quels endroits sont à mon goût ?

—Allons, bien sûr que non, protesté-je avant de marquer une pause. Bon, d'où venait ce discours sur l'hypocrisie du mariage au dîner de Ben et Olivia ?

Simon a un petit sourire satisfait.

—Je me demandais quand le sujet viendrait sur le tapis.

—Je ne vous pose pas la question parce que ça me dérange, dis-je, sèchement mais avec le sourire.

—Alors pourquoi ?

— En général, quand on est invité quelque part, on évite d'offenser ainsi ses hôtes.

— Est-il si choquant d'affirmer que la plupart des gens baissent les bras en se mariant ? Je parie qu'ils étaient tous d'accord avec moi. Seulement, il est délicat de se montrer honnête sur ce sujet avec son conjoint à ses côtés.

— Vous ne pensiez à personne en particulier ?

Simon hausse un sourcil.

— Je vais suivre mon propre conseil et m'abstenir de tout commentaire. Et si vous me racontiez quelque chose à propos de ces fiançailles que vous avez rompues ?

— Je suis obligée ?

— Eh bien, il est courant de découvrir quelque chose de personnel sur l'autre au cours d'un premier rendez-vous, et j'aime commencer par les questions difficiles. Jusqu'ici, j'ai appris que vous n'appréciiez pas beaucoup la betterave…

— Il n'y a pas grand-chose à raconter. Nous sommes restés ensemble longtemps, nous nous sommes fiancés, il est devenu évident que ni l'un ni l'autre n'avait tellement envie de se marier et j'ai été celle qui l'a exprimé.

— Mais lui ne souhaitait pas mettre un terme à votre relation ?

— Non.

— Des possibilités de réconciliation ?

— J'en doute.

En dépit de tous mes efforts, ma voix est devenue rauque.

— Combien de temps êtes-vous restés ensemble ?

— Treize ans.

— Aïe. Je me doutais que ça faisait longtemps.

Je suis sûre que Ben l'a raconté à Simon, mais, pour lui faire plaisir, je lui demande pourquoi.

— Vous avez le regard traqué et méfiant de la monogame en série qui, alors qu'elle ne s'y attendait pas, se retrouve de nouveau dans la jungle des célibataires et a oublié qu'il lui faut une machette.

Je ris.

— C'est plus dur pour les femmes, poursuit Simon. Les hommes célibataires après trente ans sont difficiles et les femmes craignent d'avoir l'air de victimes de leurs exigences.

Comme je m'étrangle, Simon ajoute :

— Même si c'est complètement injustifié ! Mais bon, il y a pire. Comme Matt et Lucy. Quelle corvée, ces deux-là…

Je ris en hochant vigoureusement la tête.

— Alors comme ça, Ben avait pas mal de succès à la fac ? poursuit-il.

— Il a eu quelques petites copines, ouais.

— Je suis surpris que vous n'ayez pas compté parmi elles.

— Pourquoi ?

Je me laisse de nouveau envahir par la nervosité. J'espère qu'il ne va pas me servir une de ses répliques exagérément flatteuses suggérant que je suis irrésistible. Je doute que ce serait sincère.

Simon hausse les épaules, termine sa vodka cul sec.

— Vous êtes mignonne et vous semblez avoir beaucoup de choses en commun, tous les deux.

— Comme je le disais, il y a treize ans, je n'étais pas célibataire.

— Ça n'arrête pas toujours les gens.

— Que cherchez-vous, exactement ? Une de ces conversations qu'on a devant la machine à café ?

Simon s'esclaffe.

— Bon sang, toutes ces dames au bureau n'ont que son nom à la bouche !

— Ouaip, ça ressemble à l'Effet Ben, dis-je en riant, j'espère avec légèreté. Pourquoi m'avez-vous proposé de dîner ensemble ? ajouté-je pour changer de sujet, et aussitôt la question posée, je la regrette. Je ne pensais pas être votre genre.

—Et quel serait mon genre, d'après vous?

—Euh. Zara Phillips? Une femme férue d'équitation mais coquine, que vous pourriez tout de même présenter à votre maman.

Simon rit de bon cœur à cette idée.

—Vous m'avez classé dans la catégorie idiot aristo, n'est-ce pas? Ne soyez pas si prompte à étiqueter les gens.

—Ça alors! Comme si vous n'aviez pas fait la même chose de votre côté!

—Absolument pas. J'aime les gens un peu mystérieux.

Simon fait rouler son verre vide entre ses paumes.

—Je suis mystérieuse?

—Oh, oui! Vous cachez clairement quelque chose.

Pour une fois, aucune réplique désinvolte ne me vient.

* * *

Deux verres plus tard dans ce bouge, le paysage commence à tanguer. Ne voulant pas perdre le contrôle, j'annonce à Simon qu'il est temps que je rentre; je ne rencontre aucune résistance de sa part.

Il insiste pour me raccompagner chez moi à pied, m'expliquant qu'il peut aussi facilement attraper un taxi de là, au cas où je croirais qu'il tente sa chance.

J'aime la ville la nuit, les explosions de musique et la lumière des bars encore ouverts qui éclabousse le trottoir, les groupes de clubbeurs aux tenues festives, les coups de Klaxon des taxis, l'odeur grasse et alléchante de la viande et des oignons qui s'échappe des camions de hamburgers. Nous marchons rapidement, contournant les attroupements qui bloquent le trottoir par intermittence, et arrivons devant mon immeuble en moins de temps qu'il n'en faut pour le dire, grâce à une de ces failles temporelles provoquées par l'alcool.

À l'aller, j'ai eu l'impression de mettre trois fois plus de temps pour couvrir la même distance.

— Bonne nuit, Simon. Merci pour cette très agréable soirée, dis-je, stupéfaite de sentir que je ne suis pas assez pompette pour ne pas me sentir mal à l'aise dans cette situation.

Maudit air frais.

— Venez par ici, m'intime Simon à voix basse en m'attirant vers lui.

Je ne suis pas étonnée qu'il donne des ordres au lieu de prononcer des mots tendres.

Il embrasse d'une façon que j'aurais pu prévoir si j'avais cherché à anticiper ce baiser : fermement, presque avec insistance, comme s'il s'agissait d'un concours et que l'un de nous devait être déclaré vainqueur à la fin. Ce n'est pas désagréable, mais les langues n'interviendront pas, décidé-je en reculant. Je croyais que la première personne que j'embrasserais après Rhys marquerait un tournant dans ma vie, mais ce baiser est – quel est le mot ? – prosaïque. Comme si les treize dernières années n'avaient jamais eu lieu.

— Alors, quel est le verdict, madame la chroniqueuse judiciaire ? Aurai-je la chance de voir plus de votre personne ? demande-t-il doucement et sur un ton ouvertement suggestif.

Je suis flattée et soûle. Et étonnamment perdue, par-dessus le marché. D'un côté, j'ai envie de dire oui. De l'autre, je sais que ce n'est pas ce que je veux, mais seulement ce qui est à portée de main.

— Euh… Simon.

— Euh… Simon, imite-t-il en haussant la voix. Oh, oh.

— J'ai vraiment passé un bon moment. Meilleur que ce que je pensais, même.

— La force de ce compliment dépend de votre horizon d'attente, n'est-ce pas ?

Je me demande s'il s'accorde des phases de repos durant lesquelles il s'exprime moins clairement et arrête de chipoter. Il a dû prendre le pli au cours d'affrontements quotidiens avec des membres du Service des poursuites judiciaires de la Couronne.

— C'est un peu trop tôt pour moi après Rhys. Pourrions-nous nous contenter d'être amis pour l'instant ? Je ne sais pas encore trop où j'en suis et il serait injuste de ma part d'infliger mes doutes à qui que ce soit.

— Bon. Eh bien – évidemment je préférerais qu'on se saute dessus comme des bêtes –, mais c'est comme vous voulez.

Je ris, ressentant un certain soulagement à m'éviter des rapports sexuels avec un homme qui emploie l'expression « se sauter dessus comme des bêtes ».

— Merci.

Un silence.

— Alors bonne nuit, dis-je.

— Bonne nuit.

Je sors ma clé de mon sac à main. Au moment où je m'éloigne, Simon me lance :

— Vous savez pourquoi ça ne me pose pas de problème, Rachel ?

Je secoue la tête, jetant un coup d'œil alentour.

— Parce que vous valez la peine d'attendre, dit-il en levant une main. Bonne nuit.

Je dois m'y reprendre à trois reprises pour glisser ma clé dans la serrure. Pendant ce temps, je me demande s'il ne s'agissait pas d'une hypothèse plus que d'un compliment.

CHAPITRE 43

Après avoir très longtemps – enfin, longtemps... – hésité, me demandant si c'était approprié, j'envoie un e-mail à Ben pour lui raconter comment s'est passée ma soirée avec Simon. Je ne veux pas qu'il me prenne pour une allumeuse bouffeuse de pâtes.

Je tape :

Salut,
Bizarrement, j'ai vraiment passé un très agréable moment avec Simon, mais je ne suis pas sûre de vouloir le revoir. Un peu tôt, etc. J'espère ne pas vous mettre, Olivia et toi, dans une situation délicate.

En revenant d'une suspension d'audience, je trouve sa réponse :

Eh bien... Nous comptions sur toi pour l'épouser, ce qui nous faciliterait grandement l'organisation des plans de table pour les prochains dîners à la maison. Est-ce vraiment trop te demander ?

Je glousse comme une cloche en lisant ces lignes, puis vois le *P.-S.* :

J'essaie de faire des pauses déjeuner saines et je vais à Platt Fields Park pour un sandwich/balade à 13 heures histoire de sortir un peu du bureau. Ça te dit de m'y retrouver pour bavarder ? Pas de problème si tu ne peux pas, je n'ai pas exactement les talents d'une rédactrice du courrier du cœur.

Je réponds immédiatement par l'affirmative et saute dans un bus, Platt Fields n'étant pas une destination aussi commode que ce que je soutiendrai avec insistance s'il me le demande. Le changement est aussi bénéfique que le repos, blablabla…

En arrivant à l'entrée du parc, j'aperçois Ben, des sacs en papier kraft dans une main, à genoux, en grande conversation avec une petite fille emmitouflée dans un duffle-coat sombre. Interpellée, une femme d'une quarantaine d'années les rejoint, et, alors que je m'approche, Ben s'exclame, d'un ton qui rappelle un peu celui d'un présentateur d'émission pour enfants :

— Voici mon amie ! Salut, Rachel !

— Bonjour ! dis-je, optant pour la gaieté, ne sachant pas si je dois moduler ma voix à l'intention des adultes ou de l'enfant.

Pendant que nous nous éloignons, Ben me chuchote :

— De nos jours, si tu parles à un gamin égaré, tu as plus de chances de te faire arrêter que remercier. J'étais bien content de te voir débarquer.

— À moins qu'on ne nous prenne pour la version comique du duo Brady-Hindley ?

Ben s'esclaffe.

— J'avais oublié combien me manquait ton horrible sens de l'humour.

Avant que j'aie le temps de décider si je dois me préoccuper d'avoir été oubliée ou me réjouir d'être un possible objet de manque, il ajoute :

— Tu as apporté de quoi déjeuner ?

Je me rends compte que, dans ma hâte, je n'ai rien pensé à acheter.

— Je t'ai pris ça. Tu aimes toujours le jambon et les pickles ?

Il me tend un de ses sacs. À l'intérieur, j'aperçois un sandwich au pain *ciabatta* enveloppé dans une serviette en papier.

— Merci !

Je ne penserais jamais sortir admirer la nature au milieu d'une journée de travail au tribunal, et pourtant me voici instantanément frappée par la beauté du parc au printemps et la lumière qui scintille à la surface du lac.

— Alors… Simon et Rachel, ça ne va pas marcher ? demande Ben.

La bouche pleine, il m'adresse un grand sourire, tandis que nous rongeons les bords de nos sandwichs de *ciabatta*. J'ai toujours pensé que ces pains exotiques sont une bonne idée, mais qu'en pratique on a l'impression de mâcher des briques couvertes de poussière de brique. Je déclare rapidement forfait et commence à extraire des bouts de jambon directement dans le sac, ne tenant pas à avoir l'air d'avoir plongé la tête dans un paquet de farine devant Ben.

— Nous sommes allés dîner et, contre toute attente, ce fut très agréable…

Je laisse ma phrase en suspens, réfléchissant à la manière de formuler la suite. Ben a soudain la tête d'un adolescent forcé d'écouter le récit de sa propre conception.

— *Oh-kay*… Il n'y aura aucune scène susceptible de choquer les enfants de moins de treize ans…

Mais, devant son expression préoccupée, je ne peux résister à la tentation et continue :

— Je crains que si, en fait. Voilà. Quand un homme et une femme s'aiment beaucoup beaucoup, ils se font une sorte de câlin spécial…

— Argh, arrête tout de suite ! Bon sang, l'idée de Simon donnant un coup de poing sur la tête de lit en criant : « Bravo ! Je suis arrivé à ma conclusion ! Dégagement du membre dans trois, deux, un… »

Ben frissonne.

— Trouve-toi un autre confident pour ces trucs-là.

— Je plaisante ! m'exclamé-je dans un grand rire, néanmoins légèrement tendue. Nous avons dîné, et puis chacun est rentré chez soi.

Ben fait semblant de s'essuyer le front avec sa serviette.

— Évidemment, Simon s'est montré plus énigmatique sur ce point. « Oh, elle est vraiment spéciaaale, Ben. »

Il fronce les sourcils façon Roger Moore, ce qui lui donne sa tête de Ben dégoûté.

Nous éclatons de rire.

— Je ne sais pas si nous irions très bien ensemble, concédé-je. Il est très intelligent, spirituel, caustique, etc. Nous sommes très différents. Je suis sûre qu'être avec lui représenterait un défi permanent. Il me fait un peu peur, pour être honnête.

— Mmm, je ne suis pas complètement désolé que tu dises ça.

Je repense aux avertissements de Caroline le soir de ma pendaison de crémaillère. Cet aveu franc de Ben suggère qu'il n'a aucune arrière-pensée. J'en ressens du soulagement, ainsi qu'une toute petite pointe de ce qui pourrait bien être de la déception.

— Non ?

Ben secoue la tête pendant qu'il finit d'avaler sa bouchée.

—On s'entend bien, mais je ne lui fais pas vraiment confiance. Je ne pourrais en toute bonne conscience conseiller à une amie de sortir avec lui.

Une amie. Je suis redevenue une amie.

—Cela dit, Liv pense que je suis ridicule et que vous iriez très bien ensemble. Après tout, qu'est-ce que j'en sais ?

Beaucoup plus qu'elle sur mon compte, j'espère, pensé-je, mais je garde cette réflexion pour moi.

—Pour être honnête, j'ai été assez surpris que tu acceptes de dîner avec lui, poursuit Ben.

J'extrais un autre morceau de jambon.

—Quand est-ce le bon moment pour se remettre aux rendez-vous galants après une relation de treize ans ? Comment savoir avec certitude qui est la bonne personne pour ça ? Caroline m'a conseillé de lui donner une chance et je me suis dit qu'elle avait raison.

—Tu devrais avoir plus confiance en ton propre instinct. Caroline est super, mais les choix de Caroline sont les choix de Caroline, pas les tiens.

Je suis touchée par ce qu'il vient de dire, à tel point que je lâche :

—C'est très gentil de ta part. Tu es ce qu'on appelle « juste assez homo ».

Ben secoue la tête et postillonne à travers une bouchée de pain :

—Et moi qui voulais me montrer encourageant. On t'a déjà dit que tu étais une sorcière au cœur de pierre ?

—Ouais, un mec, une fois, à la fac, répliqué-je en agitant la main avec une moue dédaigneuse.

Trop loin. Ben avale avec difficulté, puis fait un mince sourire. En dépit du processus de réhabilitation, un élancement dans la vieille blessure nous rappelle d'y aller doucement, de ne pas exercer de pression trop forte dessus.

Que sommes-nous l'un pour l'autre, Ben et moi ? Il n'y a pas de mots pour définir notre relation. Pas des ex et, en dépit de ce qu'il prétend et de ce que je veux croire, pas exactement des amis non plus. Pas étonnant que plusieurs personnes nous aient demandé une description. Je brûle d'aborder le sujet, mais ça gâcherait tout.

— Un deuxième rencard avec Simon est donc peu probable…, demande Ben, pour dire quelque chose, je crois.

— Peu probable. Pas impossible.

— Je dirai à Liv que c'est un « peut-être certain ». Comme ça, elle ne te harcèlera pas sur le sujet et Simon n'en sera pas blessé s'il lui demande.

— Bonne idée, approuvé-je, reconnaissante. Il a des opinions intéressantes, je dois lui accorder ça.

— Ah. Comme sa théorie au dîner selon laquelle nous avons tous épousé la mauvaise personne ? Ouais, il n'a pas beaucoup de respect pour les relations des autres en général, d'après les informations que j'ai pu glaner.

— Je crois savoir à quoi tu fais allusion. Enfin, si tu parles de son passé. Il l'a mentionné.

— Oh. Et qu'a-t-il dit ?

— Qu'il s'était épris d'une femme mariée et qu'elle était retournée avec son mari.

Ben hoche la tête.

— Il me l'a raconté aussi. Il connaît mon avis sur la question. Même s'il était passionnément amoureux d'elle, il n'aurait rien dû entreprendre.

Tu vois, Caroline, pensé-je. *Ben est comme ça. Il a peut-être eu du succès, mais il n'a aucune indulgence pour les infidélités et ne risque pas de s'y abaisser.*

— Mais vous êtes amis ?

Ben hausse les épaules.

— Liv et lui se connaissent depuis la fac et il a été sympa avec moi au boulot. Je ne voudrais pas sortir avec lui, s'empresse-t-il d'ajouter en fronçant les sourcils. Je suis désolé si je t'ai refroidie. Sois vigilante, après tout on ne sait jamais. Tu pourrais lui changer la vie. Mais je ne vois pas très bien ce que toi, tu y gagnerais, voilà tout.

— Ne pas mourir vieille et seule ?

Ben rit.

— Tu parles. Est-ce qu'en échange je peux te demander ton avis sur quelque chose ?

— Bien sûr.

— Liv veut que nous rentrions à Londres d'ici un an.

— Oh.

Je ne vais pas pouvoir lui donner de conseil impartial après ce coup de sabot dans le cœur.

— Si j'accepte, nos salaires ne nous permettront pas de nous payer là-bas une maison comme celle que nous avons ici. Elle me demande de laisser ses parents nous en acheter une gigantesque à côté de chez eux. Je suppose qu'ils le lui ont proposé pour motiver leur petite fille chérie à revenir s'installer dans le Sud. J'ai refusé. Tu me trouves déraisonnable ?

— Tu as refusé parce que… ?

— En plus du fait qu'ils vivent dans un horrible bled du Surrey, je ne veux pas devoir une fortune à mes beaux-parents. Entendons-nous bien : ce sont des gens charmants. Mais il est hors de question que je leur appartienne. J'avais compris avant notre mariage qu'ils étaient assez redoutables. Néanmoins, cette généreuse proposition tombe étrangement à pic et me fait penser que je les ai sous-estimés.

— Ils ne vous donneraient pas cet argent pour acheter ici ?

— Oh non ! s'exclame Ben avec un sourire sinistre. Même si de toute façon je n'accepterais pas non plus. L'offre n'est valable qu'à condition d'emménager là-bas.

— Et qu'en pense Olivia ?

— Elle me trouve égoïste. Elle m'accuse de mettre en danger le bonheur de mon épouse et la sécurité de nos futurs enfants pour un caprice abstrait. D'après elle, de toute façon, elle héritera de cet argent. Si elle pouvait, elle partirait demain. Elle dit avoir essayé le Nord pour moi et ne pas aimer. L'expérience est terminée, elle s'est acquittée de son obligation. Alors que moi, ça faisait des lustres que je ne m'étais pas senti aussi bien.

Cette dernière remarque me donne envie de le serrer dans mes bras – ce qui est pathétique, vu mon peu d'importance.

— Délicat.

Je suis consciente que mes paroles pourraient être répétées à Olivia, et que cette histoire ne me concerne en rien. Il y a quelques minutes à peine, je me suis entendu dire que mon jugement valait mieux que celui de Caroline, et pourtant cette confession ressemble étrangement à la situation même contre laquelle mon amie m'a mise en garde. *Ben n'a personne d'autre à qui parler ici*, me dis-je pour me rassurer. *Tout va bien.* Deux vieux amis en train de discuter. Même si «amis» ne convient pas vraiment pour décrire notre relation.

— Je comprends ce que tu ressens. Vous pourriez vous mettre d'accord sur un compromis : tu les rembourserais sur un certain nombre d'années…

— Nous parlons d'une dette dont je ne pourrais jamais m'acquitter complètement, Rachel. Le remboursement ne fait pas partie du projet. Non, une fois que nous serons installés, il s'agira de remplir les chambres…

Il se tait brusquement. Les enfants. Il est hors de question que je pose des questions sur ce sujet.

— Je pense que tu as raison de vouloir garder ton autonomie, dis-je. Pour ce qui est de la sécurité, Didsbury n'est quand même pas comparable à un bidonville de Soweto, si ?

Ben secoue la tête.

— Non.

— Olivia changera d'avis une fois qu'elle se sera laissé séduire par Manchester, ajouté-je.

Ben hausse les sourcils et, le regard perdu au loin, lâche un « mmm » équivoque.

Je sens qu'il en a beaucoup plus sur le cœur mais qu'il se sent déjà déloyal.

Un ange passe.

— À quoi ressemble la famille de Simon ? demandé-je – c'est mon tour de combler le silence.

— Tu ne sais pas ?

— Non…

— Ses parents sont morts dans un accident de voiture quand il avait sept ou huit ans. Son oncle et sa tante ont été désignés comme ses tuteurs, mais ils n'avaient pas vraiment la fibre parentale et l'ont envoyé en pension. Je crois que l'assurance-vie a payé ses études.

— Oh, non. C'est affreux !

C'est moi qui suis affreuse. Et morte de honte car je me revois me moquer de lui en évoquant sa « maman ».

— Je l'ai plus ou moins traité d'aristo…

Ben hausse les épaules.

— Tu n'étais pas censée savoir.

Le soleil a disparu derrière un nuage. Mon regard fixe au loin le plan d'eau lisse semblable à du goudron. Le vent en fouette la surface, y formant des rides superficielles.

— C'est bien pour ça que j'aurais dû fermer ma grande bouche.

L'humeur s'est assombrie. J'arrache un bout de pain.

— Je peux partager avec les canards ?

— Je t'en prie.

Une bousculade mêlant plumages vert bouteille, crème, noir et jaune se produit quand les oiseaux s'abattent sur les morceaux de *ciabatta* gorgés d'eau.

— Et le petit crevard qui n'arrive jamais à en attraper ? demande Ben.

— Où ça ?

—Là! Au fond. Pauvre diable!

Je tends à Ben un gros morceau de *ciabatta* et il me sourit – d'un sourire assez poignant qui me rend nostalgique, même si je ne sais pas très bien de quoi. Il commence à envoyer des bouts de pain bien haut, le bras en l'air, avec plus de vigueur que moi.

—Je l'ai eu! Voilà, mon pote. La vie n'est pas aussi injuste que tu le croyais.

—Oh que si! rectifié-je.

Ben me jette un regard oblique. Je sens quelque chose passer entre nous.

—Bien évidemment, ce que nous sommes en train de faire, en réalité, c'est tuer des poissons, enchaîné-je. J'ai appris que le pain qui tombe au fond pourrit, entraînant une surconcentration de nitrogène dans l'eau ou un truc dans le genre.

—Oh, madame la rabat-joie, proteste Ben. Et moi qui m'amusais tant…

CHAPITRE 44

Pendue à une poignée du bus, mes pensées vagabondent vers Simon l'orphelin, de nouveau digne de tendresse et de sympathie en dépit de sa liaison avec une femme mariée. Bien que j'aie une absolue confiance en Ben, je ne peux m'empêcher de m'interroger sur la version que donnerait Simon des événements. En pensant à la faveur que j'ai accordée à Natalie Shale et à ma discussion avec Caroline, je soupçonne que je devrais m'endurcir un peu et «prendre une position» par rapport aux choses, comme dirait Rhys. Des chants d'oiseaux étouffés retentissent – mon portable gazouille tout au fond de mon sac. Je le balance sur ma hanche et en extrais précipitamment l'appareil. C'est Ken. Mauvais signe.

— Allô?

— Woodford? Comment vous trouvez Zoe Clarke?

— Comment je la trouve? Professionnellement?

— Non, à la lumière des chandelles. Oui, *professionnellement*.

— Hum, elle est…

Je m'isole des bruits de la circulation et des conversations en enfonçant mon index dans mon oreille libre avant d'ajouter :

— Elle est excellente. C'est une très bonne journaliste et je n'ai pas eu besoin de lui tenir la main. Elle m'a secondée à plusieurs reprises et je sais que si je lui confie une affaire à couvrir, elle reviendra toujours avec l'article.

— Bien. J'ai discuté avec le directeur de la rédaction et nous sommes tous les deux satisfaits de ses performances à la cour.

Oh, oh… Est-ce que je viens de perdre mon boulot en parlant trop ?

—Donc, nous voulons essayer un nouvel arrangement. Ce sera une expérience…

Je sens tous mes muscles se contracter. Discuter ne servira à rien. Une fois que Ken a décidé quelque chose, surtout s'il s'est dépêché d'obtenir l'approbation du directeur de la rédaction, personne ne peut l'arrêter. Autant essayer de faire dévier un pétrolier de sa route en soufflant dessus.

—Nous allons la mettre au tribunal à plein-temps…

Ce n'est pas possible. Ne me dites pas que je vais être renvoyée au bureau comme journaliste généraliste, me farcir d'assister à des réunions au conseil municipal et d'interviewer des familles en deuil, et finir mes journées à pas d'heure. Non. Pas question. Je démissionne. Ah ouais… Et qui paiera le loyer de ce stupide appart de luxe, sachant que j'ai déjà du mal à l'assumer ?

—… pour être votre adjointe. Cela vous permettra de consacrer plus de temps à des recherches de fond comme le papier sur Natalie Shale. Nous avons beaucoup aimé aussi. Très bon article. Sobre comme il faut.

Je bégaie :

—Oh, d'accord, merci…

—On commence la semaine prochaine ?

—Pas de problème.

Il raccroche sans dire au revoir – Ken Baggaley est la seule personne en dehors des films à le faire.

Les portes du bus s'ouvrent dans un sifflement hydraulique et je descends. Immobile sur le trottoir, j'inspire profondément l'air chargé en monoxyde de carbone du centre de Manchester et laisse se dissiper le désespoir et la panique qui m'ont paralysée quelques secondes plus tôt.

Une assistante. J'aurai le temps de m'atteler à de plus gros sujets, peut-être même de me redécouvrir une passion pour mon boulot. Je savais que l'interview exclusive de Natalie Shale me ferait marquer des points, sans espérer qu'elle me vaudrait une promotion. Je souris intérieurement tout en me mettant en route vers mon travail.

Caroline m'a avertie que me lier de nouveau d'amitié avec Ben risquait d'avoir des conséquences désastreuses sur ma vie. Jusqu'ici, je ne récolte que du bon.

* * *

J'aimerais aller fêter nos promotions dans un établissement un peu plus haut de gamme, mais mon loyer m'interdit toute extravagance et, même avec une augmentation, je doute que Zoe roule sur l'or. Nous terminons donc au *Château*, nous maudissant d'être aussi prévisibles. Zoe va nous chercher à boire pendant que j'inspecte un dépliant bourré de jeux de mots hilarants sur le Curry Club du jeudi : « Rien ne sert de curry, il faut partir à point. Venez donc vous mettre les pieds sous la table ! » Elle revient avec deux verres de vin blanc de la taille d'aquariums et je propose un toast à notre collaboration au tribunal.

— Au travail d'équipe, dis-je en tendant mon verre pour trinquer. Et à Pete Gretton, qui nous a donné quelque chose en commun dès le premier jour – un ennemi.

Nous buvons.

— Vous savez, tout ça, c'est grâce à vous, Rachel.

— Ne dites pas de bêtises. C'est grâce à vous, si jeune et déjà excellente.

— Non mais sérieusement. Je me rappelle mon premier jour : je n'avais aucune idée de ce que je faisais. Je vous remercie pour votre patience.

Nous nous mettons à parler boutique et à échanger des potins, et, à la deuxième tournée, je décide que je peux me permettre de m'épancher un petit peu.

—Zoe, pouvez-vous garder un secret?

—Oooh, j'adore les secrets. Bien sûr.

—Pendant l'interview de Natalie, j'ai lu un texto sur son téléphone. J'ai pensé qu'il pouvait me concerner – je suis sortie une fois avec son avocat... Même si ce n'est pas une excuse!

—Et?

Zoe écarquille ses yeux gris ardoise.

—Et je crois qu'il était d'un... amant.

—*Meeeerde*. Son mari est en prison et elle va voir ailleurs. Une vraie Winnie Mandela.

—Je me suis demandé s'il s'agissait du type avec qui je sortais. Mais ce n'était pas son numéro.

—Vous avez noté le numéro?

Je ne sais plus où me mettre.

—Ouais. Seulement pour le comparer à celui de Simon.

—Et vous n'avez pas appelé?

—Je n'allais pas apprendre grand-chose d'une voix inconnue.

—Vous avez toujours le numéro?

—Pourquoi? Qu'est-ce que vous voulez en faire?

—En gros, l'appeler sans lui dire qui je suis.

—Et demander quoi? «Êtes-vous l'homme qui prend du bon temps avec Natalie?»

—Nan.

—Un coup de téléphone où vous ne dites rien et ne demandez rien? Ça semble assez inutile.

—Nous verrons.

—Vous me promettez qu'il n'y a pas de risque?

—Aucun risque, faites-moi confiance.

Je tâtonne dans mon sac et en tire mon calepin, que j'ouvre. Une voix intérieure assez forte me fait remarquer que j'y réfléchirais à deux fois si je ne m'étais pas descendu la moitié d'une bouteille de vin l'estomac vide. Le numéro est gribouillé à l'intérieur de la couverture cartonnée, près des mots « BON PLOMBIER », au cas où Gretton, cherchant celui de Natalie, aurait l'idée de copier des numéros anonymes par-dessus mon épaule.

— Je vous écoute, dit Zoe, un stylo à bille posé sur le dos de sa main.

Je lui dicte les chiffres et elle les griffonne, barbouillant sa peau d'encre bleue.

— OK, suivez-moi.

Zoe glisse au bas de son tabouret et scrute le bar en quête d'un téléphone public. Je pose mon manteau sur mon siège, passe la bride de mon sac sur mon épaule et lui emboîte le pas. Elle glisse quelques pièces dans l'appareil puis compose le numéro. Quant à moi, je jette des coups d'œil à droite et à gauche, comme si je faisais le guet, bien que je ne sois pas trop sûre de la raison qui me pousse à me comporter de la sorte.

Ça sonne. Zoe m'adresse une grimace surexcitée, comme si elle mourait d'envie d'aller au petit coin. La patronne jette un regard soupçonneux dans notre direction. Je ne me suis pas sentie comme ça depuis mes quinze ans, quand je séchais les cours pour aller chez Virgin.

— Allô ? Liz ? demande Zoe. Oh, je suis désolée, je me suis trompée de numéro.

Elle raccroche.

— C'est un homme.

— Je ne crois pas que cela nous qualifie pour la médaille Woodward et Bernstein de la meilleure équipe d'investigation…

— Patience, me gronde-t-elle, et je me demande quand Zoe est devenue mon mentor.

Elle compose de nouveau le numéro.

— Qu'est-ce que vous faites ? articulé-je.

Elle pose un index sur ses lèvres.

Cette fois, elle ne parle pas et repose le combiné sur son socle.

— Bingo.

— Quoi ?

— Peu de gens décrochent tout de suite après une erreur. Je suis tombée sur son répondeur.

— Et ?

— Et Natalie Shale se tape un certain Jonathan Grant, qui ne peut répondre pour le moment, cet enfoiré de menteur. Il ne nous reste plus qu'à découvrir qui il est. On pourrait éplucher les listes électorales. Je peux déjà vous dire une chose : il avait un accent BCBG, rien à voir avec un gros gangster… Vous vous sentez bien ?

— Zoe, je crois savoir qui il est.

— *Putain*. Qui ?

— L'ancien avocat de Lucas Shale.

Nous échangeons un regard ébahi. Zoe est bouche bée.

— *Yessss* ! s'écrie un type à côté de nous, tandis qu'une machine à sous se met à cracher des pièces comme une mitraillette.

CHAPITRE 45

—J'ai besoin de réfléchir calmement.

Je renforce cette déclaration en approchant un troisième verre de vin de mes lèvres.

Zoe hoche gravement la tête.

—D'un côté, il y a clairement matière pour un article, déclaré-je inutilement.

Zoe lève sa main tachée d'encre et renchérit :

—Un excellent article, qui plus est !

Ses yeux pétillants semblent soudain beaucoup plus clairs et brillants que d'habitude.

—Vous êtes une légende, poursuit-elle.

Malgré l'impression persistante d'avoir soulevé une pierre et découvert une horrible bestiole, j'ai un peu la grosse tête. Au moins Zoe passe un bon moment.

—Pas vraiment en termes de bon sens journalistique, mais merci.

—Et d'un autre côté… ?

—D'un autre côté, Natalie Shale va vivre un enfer. L'appel de Lucas pourrait être compromis par toute la publicité qui en découlerait. Imaginez que vous êtes sous les verrous pour un délit que vous n'avez pas commis et que vous apprenez un truc pareil ? Jonathan Grant perdra très probablement son boulot. Je ne sais pas exactement comment ça marche dans le système juridique, mais il me semble qu'un tel manque de professionnalisme vous vaut d'être radié.

— Exact. Elle a pris la décision de se taper l'avocat de son mari et lui l'épouse de son client. Vous n'êtes pas responsable.

— D'accord, mais je n'en aurais jamais rien su si je n'avais pas fouiné dans ses affaires alors qu'elle me recevait chez elle.

— Où était-elle quand vous avez ouvert le message ?

— Dehors, à parler avec une voisine.

— Mais n'oubliez pas que c'est énorme, insiste Zoe. C'est l'article qu'on évoquerait dans un discours au moment de votre départ en retraite. Vous pourriez appeler Natalie et lui demander si elle serait prête à en parler.

— Quelque chose me dit qu'il n'y a pas la moindre chance. De toute façon, je ne peux pas prendre la température sans provoquer un gros scandale. Je suis amie avec l'avocat actuel de son mari. (*Plus qu'amie, peut-être.*) Ils flipperaient et exigeraient que je laisse tomber l'interview. J'en suis certaine.

Zoe se mâche la lèvre.

— Si je n'avais pas appelé, vous n'auriez pas à vous préoccuper de cette histoire.

— Pas grave, dis-je, légèrement grise. Je vais aller aux petits coins, et, quand je reviendrai, j'aurai ma réponse.

Tandis que j'arrache des serviettes en papier du distributeur avec une brutalité inutile, une pensée de pochetronne s'immisce comme un ver dans la pomme pourrie qui me sert de cerveau. *Laisse Natalie tranquille avec sa liaison ; laisse-les en paix.* Après tout, qui suis-je pour juger la façon dont elle a trouvé le bonheur ? Qui sait si Lucas n'était pas un mari tyrannique ? Jonathan l'a peut-être séduite, et leur liaison sera peut-être terminée au moment de la libération de Lucas. C'est peut-être un « moment de folie » qu'elle regrette, tout comme cela arrive aux politiciens. Ce qui m'importe vraiment à moi n'est pas la moralité de leurs agissements ni les gros titres sensationnels. C'est un homme vivant dans le sud de Manchester. Je veux faire ce qui le rendrait fier, même s'il n'en saura jamais rien. Y a-t-il un moyen de révéler cette histoire sans énerver Simon ni mettre Ben dans une situation embarrassante ? Et si oui, le ferais-je – dénoncer Natalie avant de m'éloigner dans le soleil couchant ? Je roule ma serviette en boule et la lance vers la poubelle. Raté.

Je rejoins une Zoe impatiente à table.

— Alors ?

— Eh bien, il n'y a pas eu d'illumination. Ce qui est très agaçant, car j'ai normalement toutes mes révélations dans les chiottes du *Château*.

Zoe éclate de rire. Je me sens décidément un peu soûle.

Il est temps d'arrêter de prétendre le contraire : je sais parfaitement ce que je vais faire.

— Je n'utiliserai pas l'info, Zoe, annoncé-je. Ce n'est pas la décision la plus courageuse de ma vie, mais ça ne m'empêchera pas de dormir la nuit.

— Vous êtes sûre ? insiste Zoe.

— Sûre et certaine. Rien de bon ne peut ressortir de mon indiscrétion. J'ai mal agi. Mon instinct me dicte de ne pas m'en mêler.

— C'est probablement la bonne décision.

— Vous savez quoi ? J'en suis absolument certaine. Je le sens.

— Oh, là, là, vous imaginez ce que ferait Gretton s'il tenait ce scoop dans ses paluches moites ? glousse Zoe. Il mourrait et irait au paradis.

— Gretton n'ira pas au paradis, plutôt dans cet autre endroit où il fait chaud. En parlant de chaud, ça vous dit d'éponger tout ça avec un curry ?

CHAPITRE 46

J'ai fêté mes vingt et un ans autour d'un repas indien dans un restaurant de Rusholme, notre préféré sur le Curry Mile : les serveurs, qui nous connaissaient bien, étaient toujours aux petits soins pour nous. À la fin des repas, ils nous apportaient des kulfi gratuits avec des bonbons à la menthe, ainsi que le plat de petits essuie-mains en éponge chauds, au parfum artificiel de citron, enroulés et gainés dans du plastique.

En faisant la réservation, j'avais précisé quelle était l'occasion de cette réunion, et en arrivant nous avions découvert qu'ils avaient gentiment disposé des serpentins sur la table – lesquels terminèrent noyés dans le chutney à la mangue. C'était une façon plutôt modeste de fêter ses vingt et un ans, mais la date de nos examens de dernière année approchait et nous étions tous assez fatigués, tendus et fauchés.

Comme Ben ne connaissait pas tant que ça mes amis, il vint accompagné de sa dernière petite copine en date, Pippa, qui, d'après ce qu'on m'avait rapporté, nourrissait des sentiments pour lui bien avant qu'ils ne sortent ensemble. Je me demandai s'il était amoureux, lui aussi. J'avais entendu un ami de Ben la décrire avec admiration, précisant qu'elle avait « la totale », mettant ainsi précisément le doigt sur ce qui me mettait le plus mal à l'aise avec *petite*[*] Pippa. Ben était sorti avec de nombreux canons, mais jamais aussi sympas. Une rivière de cheveux couleur caramel, les mensurations de la Petite Poucette version porno et, pour couronner le tout, l'intérieur qui va avec l'extérieur.

— Tu es magnifique, me dit-elle gravement, et ses douces inflexions de Dublin donnèrent une note encore plus sérieuse à ses paroles.

— Merci !

Ce n'était pas vrai. J'avais passé des heures à essayer de me donner un look Shirley Temple, tentant, à l'aide d'un fer à friser, de me doter de boucles lâches et brillantes, de celles qui rebondissent comme un fil téléphonique dans les publicités. Au lieu de quoi j'avais l'air légèrement allumée et je me faisais moi-même penser à la photo d'identité judiciaire d'une reine de promo surprise en train de fricoter avec le roi dans le parking.

Pendant que Rhys se chargeait de distribuer les bières Cobra, Caroline voulut savoir ce qu'il m'avait offert pour mon anniversaire.

— Des trucs typiques de filles. Du parfum, des sous-vêtements. Les petites culottes, c'est pour moi, cela dit.

— Tu aimes t'habiller en femme ? demanda Caroline en tartinant un papadum d'oignon rouge.

— Je vais apprécier de la voir dedans. Faut voir ce qu'elle porte d'habitude. Elle a l'air de sortir d'un pensionnat pour jeunes filles.

— Ferme-la ! aboyai-je en me couvrant la bouche pour éviter d'arroser la table de miettes de samosa.

— Il y a des hommes qui aiment ça, l'informa Caroline.

— Pas les trucs costauds genre sous-vêtements de sport…

— Rhys !

— Ooh, je crois que tu serais surpris…, insista Caroline en dessinant un zigzag de sauce à la menthe avec une cuillère.

— Un de mes petits copains m'a un jour proposé un jeu de rôles… Je devais l'appeler le maharaja, raconta Mindy.

Nous l'ignorâmes tous poliment.

— Elle a même des petites culottes avec des personnages de dessins animés imprimés dessus, reprit Rhys. Comment s'appelle le truc frisé avec un chapeau dans *1, rue Sésame* ?

Le visage en feu – le vindaloo n'aidait pas –, je lui donnai un coup de pied sous la table.

— Aïe ! Putain, ça fait mal !

Je jetai un coup d'œil à Ben pour voir s'il avait suivi quelque chose de cette conversation. Il eut la bonté de feindre d'être plongé dans la lecture du menu, ce qui me gêna encore plus.

— Oscar le grincheux, répondit Caroline.

— Moi, grincheux ? Elle m'a fissuré le tibia ! protesta Rhys.

— Non – le personnage de *1, rue Sésame*.

* * *

Rajustant ma robe en sortant des toilettes, je remarquai que Ben n'était plus assis à sa place. Je l'aperçus dehors, adossé à la fenêtre. L'alcool coulait à flots à notre table. Tout le monde en était encore à grignoter des *jalfrezi* brun-gris, des *dhansak*, des *korma* et des boulettes de riz jaune pâle. Je traversai discrètement la salle et sortis.

— Tout va bien ?

Ben sursauta au son de ma voix.

— J'avais besoin d'air. Qu'est-ce que tu fais dehors ?

J'empoignai mon ventre rebondi à travers la dentelle de ma robe.

— J'ai frôlé l'overdose de brochettes tandoori.

Il sourit.

Une voiture au pot d'échappement pétaradant passa devant nous à toute vitesse, une musique de débiles se répandant sur son sillage par les quatre fenêtres baissées. Attendant en silence que le vacarme s'estompe, nous frissonnions légèrement dans la fraîcheur de cette soirée du nord de l'Angleterre. Il flottait dans l'air une odeur de feu de bois : le commerce d'ailes de poulet épicées du stand voisin était florissant.

— Vingt et un ans, hein, Ron ? On ne rajeunit pas.

— Ouaip.

— Tu as un plan ? Tout est prévu ? Carrière, mariage, enfant, etc. ?

— Pas vraiment.

— Mais c'est sûr, tu retournes vivre à Sheffield ?

— Eh bien, oui, vu que j'ai été acceptée à l'école de journalisme…

Sa question me surprit quelque peu. Sachant que j'avais présenté ma candidature, que j'avais été acceptée et que je n'avais pas arrêté d'en parler depuis, que pouvais-je faire d'autre ?

— Et toi ? Tu comptes terminer ton Super Tour du Monde en Irlande ?

Ben et son ami Mark préparaient un tour du monde de six mois depuis qu'ils avaient quinze ans. Connaissant le sérieux et la motivation de Ben, il avait dû économiser un bon pactole. Ils avaient acheté leurs billets d'avion peu de temps auparavant et Ben, tout excité, m'avait montré leur itinéraire sur une carte d'Asie étalée sur une table du réfectoire.

Son départ imminent me forçait à me confronter à une pensée que j'avais essayé d'ignorer : comment allions-nous rester en contact, c'est-à-dire vraiment impliqués dans la vie de l'autre, au-delà de l'occasionnelle carte postale ? Ses petites copines sérieuses auraient-elles un problème avec moi ? Rhys se mettrait-il à faire des blagues sur mon Autre Homme qui nous mettraient tous mal à l'aise ?

Mais Ben ? Nous formions un club de deux très fermé, étant tacitement entendu que nous n'accepterions aucun membre supplémentaire. Cette exclusivité allait sûrement causer notre perte. En dépit de toutes nos bonnes intentions et résolutions, je ne voyais pas vraiment notre duo résister à la distance géographique et au décalage entre hommes et femmes. Si quelqu'un m'avait demandé si Ben et moi resterions amis, j'aurais répondu que oui ; mais si on m'avait traînée dans une salle d'interrogatoire et collé une lampe dans la figure en exigeant de connaître la fichue vérité, j'aurais avoué que les chances de survie de notre amitié étaient faibles. Je ne pourrais plus squatter chez lui après les cours. Le temps passerait et nos moitiés soupçonneuses devraient donner leur accord chaque fois que nous aurions envie de nous voir. Lettres et coups de fil entraîneraient des propositions de visites que nous trouverions tous deux gênant de continuer de faire semblant de projeter, ce qui nous amènerait à espacer les contacts. Entravée par divers détails pratiques multipliés par les années, l'amitié finirait par diminuer et, pire que tout, nous en arriverions au point où nous aurions envie d'oublier et de laisser faire, pour que tout soit plus simple.

— Tu crois que je devrais m'installer en Irlande ? me demanda Ben.

— Pippa a l'air adorable, répondis-je sincèrement.

Nous nous sommes retournés pour jeter un coup d'œil à l'intérieur du restaurant où un Rhys en verve tordait un ballon et lui donnait une forme rigolote pour amuser une Pippa hilare.

— Ce n'est pas une réponse.

— Il n'y a que toi qui puisses savoir, Ben.

— C'est bien vrai. Et je ne sais pas.

Dis quelque chose de profond. Dis-lui que nous resterons amis, que la distance n'a pas d'importance.

— De tous mes amis, autrefois, j'étais le seul à ne jamais m'inquiéter de rien, reprit Ben. Je croyais que les choses se faisaient toutes seules. Je me trompais. On n'a rien sans rien. La vie est un enchaînement de décisions. Soit tu les prends, soit elles sont prises à ta place, mais tu ne peux pas les éviter.

— Rien ne t'oblige à faire quelque chose dont tu n'as pas envie.

Sa tristesse était aussi palpable que l'humidité dans l'air avant la pluie. Cela dit, on était à Manchester, donc il pleuvrait de toute façon. Voyant Ben d'humeur sombre, je regrettai que la soirée ne soit pas plus réussie.

— Désolée pour Rhys, tout à l'heure. Il va trop loin parfois, dis-je.

Il y eut un blanc pendant lequel j'attendis que Ben me contredise, mais rien ne vint.

— Pourquoi tu supportes ça ?

Mon estomac avait beau être plein, il fit un bond.

— Quoi ?

Ben ne critiquait jamais Rhys. Si je lui racontais une dispute entre nous, il se rangeait systématiquement de son côté. Je feignais d'être contrariée, mais au fond je trouvais son attitude rassurante, prévenante, de la même façon que les amis sensibles savent s'abstenir d'en rajouter quand vous débinez votre famille.

— Il te traite comme si tu lui étais inférieure. Tu es capable d'être très sûre de toi, mais avec lui tu te laisses complètement écraser. Je ne comprends pas.

Ma gêne tourne à l'irritation. Qu'est-ce qui lui prend ? Après tout, c'est mon anniversaire.

— Je suis tout à fait capable de lui tenir tête. Je ne me dispute pas en public, c'est tout. Écoute, tu es peut-être un peu déprimé, mais ne t'en prends pas à nous.

Je fis exprès de dire « nous ». Nous restions unis, même quand Rhys faisait un caniche avec un ballon pour une autre femme. Ben fronça les sourcils sans rien dire, fixant un point devant lui. Je ne l'avais jamais vu dans un état pareil – à me demander si je le connaissais aussi bien que je le pensais.

Il finit par dire :

— Pour être honnête, c'est assez bizarre d'avoir Oscar le Grincheux dans sa poubelle au niveau de ton entrejambe. Quel est le message ? « Voici ma camelote » ?

La tension se relâcha. Je saisis le rameau d'olivier qu'il me tendait.

— C'était l'ours Fozzie.

— Ah, Fozzie. Ça a déjà plus de sens si l'idée est de séduire. Je retire ce que je viens de dire.

— Et derrière il y a écrit « wocka wocka wocka ».

— Mmm. En tout cas, si tu étais ma nana, je n'aurais certainement qu'une envie, c'est que tu l'enlèves, conclut Ben en m'adressant enfin son sourire désarmant, même si sa remarque inhabituellement ambiguë m'avait déjà fait perdre mes moyens.

— Nous ferions mieux d'aller retrouver les autres, dis-je, nerveuse.

Au moment où la chaude odeur des épices et le son des cordes pincées des sitars nous enveloppaient, un chœur décousu de « Joyeux anniversaire » retentit. Deux serveurs apparurent avec un sundae coiffé de crème fouettée, une poignée de bougies plantées dedans. Pendant que Ben regagnait sa place auprès de Pippa et que tout le monde applaudissait, je soufflai mes bougies, fis une petite révérence et retournai à ma place.

Rhys se leva, sa pinte de Cobra à la main.

— J'aimerais dire quelques mots…

— Rhys, l'interrompis-je. Qu'est-ce… hum ?

— Je sais que c'est un peu formel pour un anniversaire de vingt et un an, mais vous serez bientôt tous diplômés et c'est donc peut-être la dernière fois que je dîne avec vous. Je voulais dire que non seulement Rachel est la meilleure petite copine du monde…

Il marqua une pause pour laisser les membres féminins de l'auditoire pousser d'inévitables soupirs. La meilleure petite copine? Il le pensait vraiment?

—… mais qu'en plus, depuis que j'ai commencé à rendre visite à Rach à Manchester il y a trois ans, vous m'avez fait sentir que vous étiez aussi mes amis. J'ai énormément apprécié. J'ai même appris que Ben était allé bien au-delà puisqu'il avait, en mon nom, cassé la figure d'un type qui l'avait bien mérité.

Pippa jappa d'admiration et passa un bras autour de Ben, apaisant, par ce geste bienvenu, ma peur persistante, après que l'incident eut provoqué l'effet opposé chez une petite amie antérieure. Ben prit simplement l'air étonné.

—Tu es un type génial. Moi qui pensais détester les étudiants, les gens du Sud, et par-dessus tout les étudiants du Sud… Tu devrais être ma kryptonite.

Rires. Rhys leva son verre à l'intention de Ben et ce dernier leva le sien à son tour, l'air toujours légèrement stupéfait et déconcerté.

—À toi, Rachel. Joyeux vingt et un ans, et santé!

—Santé, marmonné-je.

Nous avons tous levé nos verres pour trinquer, puis bu.

Je sentis un bourdonnement adorateur et envieux dans la conscience collective du groupe. *Elle en a de la chance, qu'est-ce qu'il est sympa, vraiment adorable.* Oui, j'avais de la chance. Rhys me décocha un grand sourire et un clin d'œil en se rasseyant, le crime de l'ours Fozzie effacé de son casier judiciaire. Je lui rendis son sourire, reconnaissante, médusée et un peu dépassée. Si vous cliquiez sur l'obturateur du grand appareil photo de la vie à cette seconde, l'avenir s'ouvrait devant moi et j'avais tout ce que je désirais: un petit copain aimant, des amis fantastiques, des projets d'avenir et des naans à l'ail.

Pourtant, quelque chose clochait. Un être cher était malheureux. Alors que le débat autour de l'addition et de l'endroit où nous irions ensuite commençait, je jetai un regard circulaire à notre tablée, observant les visages heureux de mes amis, gravant la scène dans ma mémoire. Je me forçai à inclure Ben dans ce balayage visuel. Sourcils froncés, il fixait les décombres d'un agneau bhuna qu'il avait visiblement à peine touché.

CHAPITRE 47

Je consulte ma montre au moment où je me précipite dans le cinéma et découvre que, à cause de je ne sais quelle plaisanterie du GMT, l'heure s'est décalée de dix minutes quelque part entre Sackville Street et ici. Un autre inconvénient de vivre dans le centre-ville et de pouvoir aller à pied partout, c'est d'être privé de l'excuse de la circulation.

Caroline me donne une tape sur l'épaule et croise les bras. J'ouvre la bouche, prête à me justifier, mais elle ne m'en laisse pas le temps.

— Garde ta salive. Tu n'as qu'à me payer mon assortiment de bonbons pour te faire pardonner.

Nous avons déplacé notre rencard du vendredi soir en ville car Graeme est rentré ce matin de je ne sais où par un vol de nuit et qu'il a besoin de dormir. Et Caroline craignait de trop boire si on se retrouvait chez moi, ce qui est exclu vu que ses beaux-parents arrivent demain pour le week-end.

Elle traverse à grands pas le foyer de l'Odeon, grande et mince dans son jean indigo, et commence à jeter des pelletées de bonbons dans un sac en papier. J'achète un bidon de boisson gazeuse sans sucre et nous gagnons notre salle. Elle est à peine au tiers pleine, et l'écran blanc.

— Comment se fait-il que ça n'ait pas commencé ? demandé-je en ajustant ma prise autour de mon lourd seau en carton mouillé par la condensation.

— Parce que, te connaissant, j'ai avancé d'une demi-heure l'horaire de la séance. Asseyons-nous là.

J'ouvre la bouche pour protester, avant de devoir reconnaître que la fin a justifié les moyens. J'emboîte le pas à mon amie et nous prenons place.

— Comment s'est passé ton rencard avec Simon la semaine dernière ? me demande-t-elle en pliant un fil de réglisse rouge sur sa langue.

— Bien. Très amusant. Dîner, baiser volé, rien de plus.

Caroline mâche avec difficulté, ce qui n'a rien d'étonnant vu que ce qu'elle est en train de manger contient plus de plastique que de matière comestible.

— Super, dit-elle la bouche pleine de cette substance gluante. Vous vous revoyez quand ?

— Mmm, je ne suis pas sûre.

— Il se fait désirer ?

— Je ne veux pas précipiter les choses.

— Précipiter un autre dîner agréable ? Waouh, chochotte !

— Tu vois ce que je veux dire. Je ne sais pas encore ce que je ressens.

— Mais tu l'aimes bien ? demande-t-elle.

— Ouiiiiii. Il est amusant. Mais effrayant et excentrique.

— Il te faut un excentrique. Tu *es* une excentrique.

— Absolument pas !

— Évidemment que tu nies. Personne ne peut se définir comme excentrique. Pas plus qu'on ne peut savoir qu'on a mauvais goût.

— J'ai mauvais goût ?

— *Non*.

J'aspire bruyamment une gorgée de ma boisson, agite les glaçons avec ma paille.

— Olivia m'a dit que Simon a demandé de tes nouvelles à Ben. Il a l'air sous le charme, m'informe Caroline.

Je remarque qu'elle emploie exactement les mêmes mots que ceux surpris dans la bouche d'Olivia le soir du dîner chez eux. J'en conclus qu'elle la cite directement. Olivia devait savoir que Caroline me les répéterait ; je ne prends donc pas totalement en compte cette information, que je considère comme de la propagande. Je suis beaucoup plus intéressée par le fait que Caroline a parlé à Olivia. Mes boyaux se tordent en un affreux spasme d'insécurité.

— Tu as vu Olivia ?

— Nous nous sommes retrouvées pour une séance de shopping nocturne. Elle cherchait un bibi pour un mariage et je l'ai emmenée chez Selfridges.

— Comment as-tu eu son numéro, ou l'inverse ?

Je sais que c'est une Question de Personne Jalouse. *Quel bus tu as pris ? Et vous avez bu un verre ensuite ? C'est à cette heure-ci que tu rentres ?*

— Nous nous les étions échangés à ta soirée. Comme je te le disais, je pense qu'elle n'a pas beaucoup d'amis ici. Nous devrions l'inviter à un déjeuner de filles.

— Mmm, marmonné-je en me rappelant les flèches empoisonnées que ses yeux m'ont lancées au cours de notre dernière conversation.

Silence.

— Elle prétend que Ben est un peu distant en ce moment, ajoute Caroline.

— Ah.

Il y a un autre silence, durant lequel je sens que Caroline attend que je lui fournisse des explications.

— Il ne me raconte rien, si c'est ce que tu crois.

— Tu ne l'as pas vu ?

J'ai la nette impression qu'elle connaît déjà la réponse.

— Nous nous sommes retrouvés cette semaine pour manger un sandwich à l'heure du déjeuner. Simon a été notre sujet de conversation principal.

— Olivia m'a posé des questions sur votre relation à l'université.

— Ah oui ? Qu'est-ce que tu as répondu ?

Je dissimule ma nervosité en fouillant dans son sac de bonbons, dont ma main ressort avec une petite souris blanche fourrée d'une matière rose, poisseuse et radioactive.

— Que vous étiez amis.

— Elle le savait déjà.

— En effet. Je me demande ce qui l'a motivée à me poser cette question.

Je glisse la souris dans ma bouche.

— Tu es en train de me dire qu'elle était sérieusement préoccupée ?

— Nooon…, tempère Caroline en piochant à son tour dans le sachet. Je pense qu'elle était simplement curieuse du passé de Ben, comme n'importe quel partenaire le serait.

— Eh bien, voilà.

— Ils voient les choses très différemment depuis qu'ils ont emménagé ici. Le projet initial était de s'installer pour de bon, mais maintenant elle souhaite repartir et lui non. D'après Olivia, Ben se montre tout à fait insensible au fait que sa famille lui manque et qu'elle veuille faire des plans à long terme dans le Sud.

— Pourquoi déménager dans le Nord au départ si c'est pour ensuite faire pression pour repartir ? objecté-je prudemment.

— S'ils ont des enfants, il est évident qu'elle va vouloir vivre près de sa mère.

— Ça ne ressemble pas à Ben en tout cas. Il est tellement facile à vivre.

— Oui, hors de son couple. N'est-ce pas le cas de tout le monde ?

Caroline a l'air franchement irritée quand elle jette une poignée de bouteilles de Coca dans le fond de sa bouche.

— Mmm, marmonné-je.

Mon petit doigt me dit que les onomatopées non compromettantes sont mes amies et qu'il vaut mieux que je m'abstienne d'exprimer mes opinions. Caroline change de sujet.

—Au fait, quand j'ai appelé Ivor et Mindy au sujet de ce soir, ils m'ont tous les deux répondu la même chose : « Pas si tu as proposé à Ivor/Mindy. » Ils sont toujours à couteaux tirés à cause de l'histoire avec Katya ? De temps en temps, Mindy devrait vraiment réfléchir avant d'ouvrir la bouche.

—Ouais, cette dispute a été rock'n'roll. Mindy a complètement pété les plombs. J'ai cru à un accrochage post-cuite, mais il ne semble pas qu'ils se soient réconciliés. Ivor se dit mortellement offensé et menace de ne plus jamais sortir à quatre. Il ne nous reste qu'à les mettre dans la même pièce et à les laisser se taper dessus jusqu'à ce que ça passe. Ils sont aussi têtus l'un que l'autre.

—J'ai une théorie, déclare Caroline.

—À savoir ?

Les lumières baissent et les publicités commencent. Une heure et demie à me taper sur les cuisses plus tard, j'oublie de répéter ma question.

CHAPITRE 48

Je n'ai pas réussi à convaincre Caroline de rester boire un verre – « Les parents de Gray repèrent une gueule de bois à dix mètres, et la perspective de me les coltiner deux jours me donne envie de me soûler, une combinaison dangereuse » ; elle part donc prendre son tram et je regagne l'appartement, me demandant ce que je vais faire du reste de mon week-end. La vie devrait être plus remplie au fur et à mesure qu'on vieillit, la toile plus peuplée – un café de Renoir plutôt qu'un terrain vague de Lowry. Au lieu de ça me voici, la trentaine bien entamée, avec probablement moins de choses à faire que quand j'étais adolescente.

Nous nous étions mis d'accord avec Rhys : je passais mes vendredis soir avec mes copains et le samedi avec lui, après sa répétition. Nous allions parfois dîner dans un restaurant ou un pub du quartier, mais nous passions le plus souvent la soirée à la maison : Rhys cuisinait un plat typiquement masculin à base de piments frais, et nous enchaînions ensemble les bouteilles de vin. Ce n'est pas comme si notre rupture avait fait exploser ma vie sociale, mais le couple est un bon alibi et dispense de s'interroger sur la façon dont on passe son temps libre. J'envisage de m'organiser un week-end à Paris à la date qui aurait été celle du mariage. La ville de l'amour… Non, peut-être pas. Je tomberai forcément sur un couple en train de s'embrasser comme celui de cette célèbre photo d'après-guerre et il faudra repêcher mon corps dans la Seine.

La sonnerie de mon téléphone retentit. J'espère que c'est Caroline qui a reconsidéré cette histoire d'abstinence et fait demi-tour. En voyant le nom de Simon s'afficher, je ne peux réprimer un sourire.

Il ne prend même pas la peine de dire bonjour.

— Faut-il que j'envoie une chorale chanter « Take A Chance On Me » sous vos fenêtres, alors ?

— Bonsoir, Simon. Et pourquoi feriez-vous une chose pareille ?

— Dans l'espoir que vous acceptiez de dîner une deuxième fois en ma compagnie.

— Ah ! Ça ruinerait toutes vos chances définitivement.

— Il y a donc de l'espoir ?

— Il ne faut jamais dire jamais.

— Amis, alors ? L'amitié entre hommes et femmes est-elle possible ou bien le sexe finit-il toujours par s'en mêler et autres clichés ?

Je croise une bande de jeunes gens vêtus de chemises Ted Baker de toutes les nuances de l'arc-en-ciel sorties de leurs pantalons. En passant près de moi, ils rugissent l'inévitable : « Waouh ! Quelle femme ! » Je suis ravie que cela me dispense de répondre.

— Ai-je interrompu votre groupe de lecture ? demande Simon.

— Je rentre à pied du cinéma.

— Toute seule ? Il va falloir que je vous parle jusqu'à ce que vous soyez arrivée saine et sauve chez vous, alors.

— Trop aimable.

— Puis-je vérifier quelque chose ? Ben a-t-il mis son grain de sel, par hasard ?

Je passe le téléphone à mon autre oreille.

— Hein ?

—Ben vous a peut-être parlé de moi. Mais je me trompe sûrement. S'il l'a fait, cependant, je préférerais que vous me jugiez par vous-même.

—Pourquoi serait-ce un problème que je lui aie parlé ?

—Rappelez-vous, il est assez protecteur en ce qui vous concerne.

—Ben ne va pas, euh… me braquer contre vous, si ?

Sauf que c'est ce qu'il a fait, je suppose.

—Quand il m'a demandé comment s'était passée notre soirée ensemble, je l'ai vu assis dans un fauteuil à bascule sous son porche, une carabine à la main. Vous êtes *sûre* que vous deux n'êtes jamais entrés en collision après avoir enlevé vos vêtements ?

Sa question me déroute autant qu'elle m'agace. Décidément, il ne renonce jamais. Ben prend trop de place dans nos conversations, et je n'arrive pas à comprendre pourquoi. J'envisage de faire remarquer à Simon qu'il n'arrête pas de revenir là-dessus. Sauf que ça impliquerait que nous admettions tous les deux que Ben est un sujet sensible, ce dont il n'est pas question. « Toujours interroger les gens séparément. » Je comprends pourquoi ils vont le nommer associé.

—J'en suis sûre, Simon, je crois que je m'en souviendrais. Pourquoi cette obsession alors que je vous ai déjà répondu ?

—Je suis avocat, Rachel. Nous revenons à la charge jusqu'à ce que nous obtenions une réponse qui nous semble satisfaisante.

—C'est drôle. Les avocats que je connais acceptent celle qu'ils pensent servir le mieux la cause de leur client.

—Vous-même êtes très douée dans l'art de l'évitement, n'est-ce pas ?

—Pourquoi nos conversations consistent-elles la plupart du temps à jouer au plus fin ?

—À vous de me le dire.

—Ah. Eh bien, je suis arrivée à destination, merci pour la compagnie.

— Passez une excellente soirée, réplique Simon doucereusement.

Je suis à trois rues de chez moi, mais je n'ai aucune envie de prolonger cette conversation.

CHAPITRE 49

Je me réveille dans le gaz le dimanche matin ; de faibles rayons de soleil d'hiver me tombent sur le visage. Les voilages magenta de Rupa qui gonflent en dessinant des flaques sur le sol sont ravissants, mais ne servent pas à grand-chose quand il s'agit d'empêcher la lumière d'entrer.

J'ai passé un samedi soir trépidant à regarder des DVD et boire du vin toute seule, sans aucun compagnon de bouteille pour m'aider à ignorer que j'ai trop picolé. J'ai dormi tellement longtemps que mes os semblent être devenus mous. J'imagine brièvement que c'est l'aube à cause du chant d'un oiseau, avant de me rendre compte progressivement qu'il s'agit du gazouillis de mon téléphone, assourdi par mes vêtements de la veille abandonnés par terre. Je sors de mon lit, écarte les cheveux de mon visage et maudis le malotru qui ose me déranger.

La sonnerie s'interrompt au moment où je décroche. Je consulte les appels en absence. Pete Gretton. Que peut-il bien me vouloir ? Je n'arrive pas à me rappeler pourquoi nous avons échangé nos numéros de portable, mais je suis sûre que c'était à la tacite condition qu'il ne se servirait jamais du mien. Je remarque qu'il a déjà appelé quatre fois sans laisser de message. Alors que je réfléchis au savon que je vais lui passer demain, il rappelle. Je décroche et lance sèchement, agacée :

— Quoi, Pete ?

— Je vous réveille ? demande-t-il sur un ton qui suggère qu'il n'est absolument pas intéressé par ma réponse.

— Oui, effectivement.

—Vous avez ouvert un journal aujourd'hui?

—Il me semble évident que non si je suis encore au lit.

Oh, beurk, j'ai mentionné le fait d'être dans mon lit à Gretton.

—Allez acheter le *Mail*.

—Pourquoi?

—Je ne vous le dirai pas. Allez l'acheter et rappelez-moi.

—Écoutez, vous commencez à m'emmerder avec toutes vos cachotteries. Qu'est-ce que vous mijotez, Pete?

—Allez acheter le journal.

Le cœur battant un peu trop vite à mon goût, j'enfile un pull par-dessus mon pyjama tout en cherchant des chaussures.

Sur le chemin de chez le marchand de journaux, je décide d'attendre d'être rentrée pour l'ouvrir, histoire d'encaisser le coup, quel qu'il soit, en privé. La personne qui me précède dans la file d'attente achète des tickets à gratter et des Benson & Hedges, et passe un temps insupportable à recompter sa monnaie. Je regagne l'appartement pratiquement en courant, claque la porte derrière moi, jette le journal par terre et tombe à genoux devant. Les pages adhèrent les unes aux autres tandis que je les tourne précipitamment. Peut-être un dernier retournement de situation grotesque dans l'affaire lipo…

Je tombe sur une double page où s'étale en gros titre: «Le voleur armé, sa femme, son avocat – son amant».

Il y a des clichés pris de loin avec un objectif de longue focale de Natalie Shale coiffée d'un chapeau mou descendu sur le visage, telle une pop star sortant de son hôtel, arrivant devant une maison qui n'est manifestement pas la sienne; devant la porte ouverte, je reconnais la silhouette mince et élancée de Jonathan Grant, l'avocat de vingt ans et quelques que j'ai souvent vu se pavaner au tribunal, plein de suffisance, flirtant avec les conseillères de la reine. Une photo d'identité judiciaire de Lucas Shale juste après son arrestation et un autre cliché de Natalie, humble, debout derrière Grant qui s'adresse à un troupeau de journalistes devant le tribunal, illustrent également l'article.

J'arrive à peine à me concentrer sur le texte, assez long pour qu'il suffise de n'en lire qu'une phrase par-ci par-là. «Rendez-vous amoureux secrets dans le nid d'amour de 200 000 livres de Grant à Chorlton-cum-Hardy…» « En public, Natalie Shale était une femme et une mère dévouée, qui clamait l'innocence de son époux ; en privé, d'après ses amis, elle était de plus en plus désespérée et Grant lui offrit une épaule pour pleurer…» « Le jeune avocat de vingt-sept ans est considéré comme une étoile montante de son étude…»

Puis je le vois. Le détail qui réussit à aggraver une situation déjà catastrophique. L'article est signé du nom d'un journaliste bien connu du *Mail*. Mais il y en a un second en dessous.

* * *

Pour quelqu'un à qui l'on n'a diagnostiqué formellement aucun trouble d'apprentissage, je passe un temps fou à me demander s'il pourrait s'agir d'une autre Zoe Clarke.

Ne sachant que faire d'autre, je rappelle Gretton.

— Vous l'avez vu ? demande-t-il.

— Oui.

— Je suis désolé pour vous, Woodford, vraiment. Ce qu'elle vous a fait est dégueulasse. Je suppose que vous gardiez l'info sous le coude et qu'elle vous l'a fauchée ?

— Non.

Je me sens brûlante ; j'ai la tête qui tourne. Gretton ne va pas être le seul à penser que je suis impliquée. Loin de là.

— Alors comment a-t-elle mis la main dessus ?

— Je n'en ai pas la moindre idée.

— Eh bien, on peut dire qu'elle vous a volé la vedette et chié dans les bottes…

— Je n'arrive pas à y croire… Comment a-t-elle pu faire une chose pareille ? Son article pourrait compromettre le procès en appel de Lucas Shale… Jonathan Grant va perdre son travail…

— Il faut reconnaître à Clarke qu'elle a eu un sacré culot d'en profiter pour se négocier un job.

— Quoi ?

— J'ai entendu dire qu'elle était passée vendredi en fin de journée pour annoncer qu'elle ne reviendrait pas.

— Elle est partie vendredi ? Pourquoi personne ne m'en a avertie ?

— J'ai essayé. Vous étiez sur répondeur. J'ai laissé un message.

La séance de ciné avec Caroline. Après avoir raccroché avec Simon, j'ai remarqué que j'avais un message mais décidé que ça pourrait attendre. Argh.

— Elle n'a pas expliqué les raisons de son départ, poursuit Gretton, que manifestement toute cette histoire amuse énormément. Elle a juste dit qu'elle n'était pas tenue par contrat de donner un préavis, et leur a brandi son majeur… Je suppose que vous alliez apprendre les mauvaises nouvelles lundi.

Mon téléphone bipe pour m'indiquer un double appel. Ayant une petite idée de qui cherche à me joindre, je prends congé de Gretton.

— Vous avez vu le *Mail* ? aboie Ken.

— Oui.

Je regrette de ne pas avoir eu le temps de me préparer à cette confrontation.

— Alors vous avez intérêt à me pondre une explication qui relève du miracle. Et que ça saute !

— Je ne sais pas ce qui se passe…

— Insuffisant ! hurle-t-il, si fort que je dois éloigner le téléphone de mon oreille. Va falloir faire un petit effort !

Essayez encore ! Vous décrochez l'unique interview accordée par cette femme et votre copine du tribunal vend cette info aux quotidiens nationaux ! Vous voulez sérieusement me faire croire que c'est une coïncidence ? Vous me croyez né de la dernière pluie ? Ce sont peut-être mes cheveux gris qui vous font penser ça ?

Quand Ken commence à fouiller dans son répertoire rhétorique, vous êtes dans une merde noire.

—Je n'ai rien à voir avec cette histoire, je vous le jure.

—Et d'où ça sort, alors ?

—Aucune idée.

—Si vous tenez à votre boulot, faites un effort.

—Il y avait des rumeurs…

J'essaie désespérément de penser avec trois temps d'avance. Le sang bourdonne dans mes oreilles et le téléphone me glisse des mains.

—Il y a quelque temps, le bruit a couru au tribunal que Natalie et son avocat étaient un peu trop proches, ce qui expliquait probablement pourquoi il avait été dessaisi de l'affaire Shale. C'est tout. Zoe a dû tenter le coup et ça a payé.

—On peut dire ça, ouais. En se fondant sur rien de plus qu'une intuition, elle est allée frapper à la porte du *Mail* sans jamais mentionner une seule fois ce qu'elle mijotait ?

—J'imagine qu'elle me l'a caché parce qu'elle savait que cela ficherait en l'air mon article et que je vous préviendrais.

C'est mieux – c'est bien, Rachel. Personne n'est au courant pour le texto. Oh, bon sang, et si Zoe m'a vendue et que Ken ne cherche qu'à voir si j'avoue ou pas. Merde, merde…

—Pourquoi n'avez-vous pas pris cette rumeur au sérieux ?

—Aucun d'entre nous ne l'a fait.

—À part la petite nouvelle ?

—On dirait, dis-je mollement.

—Voilà ce que je crois, moi. Je crois que Natalie Shale vous a avoué qu'elle se tapait l'avocat dans une de ces confidences entre gonzesses, et qu'au lieu de nous soumettre le sujet, vous avez cancané auprès d'une journaliste débutante, laquelle, en dépit de cette trahison qui a tout du coup de poignard dans le dos, a plus agi comme une putain de journaliste que vous.

— Pourquoi Natalie Shale me l'aurait-elle raconté ? L'interview avait pour but de redorer son blason. Jamais elle n'aurait pris le risque que cette histoire filtre dans les journaux.

— Et on peut dire que, avec cet article, on l'a dans le baba pour notre exclu, pas vrai ?

— Oui, concédé-je lamentablement.

Peu à peu, le choc initial reflue très légèrement, laissant place à un intense sentiment d'humiliation pendant que j'assimile ce qui s'est passé. Et dire que j'ai fait confiance à Zoe… et qu'elle a feint d'approuver ma décision d'oublier cette histoire. Elle m'a probablement méprisée pendant tout ce temps, et moi qui jouais le rôle de l'ancienne riche de ses expériences…

— Je vais devoir rendre des comptes au directeur de la rédaction. Vous ne m'avez rien fourni pour faire passer la pilule, poursuit Ken. J'ai encore un paquet de choses à vous dire, et je ne saurai trop vous recommander de trouver l'inspiration d'ici demain. Soyez dans mon bureau à la première heure.

Il me raccroche au nez. Au moins, là-dessus, rien n'a changé.

Je fais les cent pas dans l'appartement, essayant de me ressaisir et de réfléchir. *OK, OK. Inspire, expire.* « Demain à la première heure » – je ne vais probablement pas perdre mon boulot. Si Ken avait eu l'intention de me virer, il aurait eu besoin de plus de temps pour en parler au directeur et vérifier que c'était faisable sans risquer le tribunal. Mais si Zoe parle à quiconque du texto, plus rien n'est sûr.

Car il est là, le vrai problème : ce que j'ai fait est illégal. Je m'efforce de me remémorer ma lointaine formation en déontologie du journalisme. Je crois qu'en gros vous avez le droit de regarder la première page d'un document laissé à côté de vous, mais que tourner les pages pour lire le contenu constitue une violation de la propriété privée ou une atteinte à la vie privée. Saisir un téléphone et l'ouvrir pour consulter des données entrerait certainement dans cette catégorie si Natalie voulait nous poursuivre en justice. Des tas de journalistes avaient franchi des limites similaires ; je sais que certains d'entre eux avaient été jusqu'à escamoter des photos. La différence réside dans le fait de se faire coincer. Je suis sûre que Ken Baggaley n'aurait aucun scrupule à me laisser me dépatouiller toute seule, histoire de me punir pour le vrai crime que j'ai commis à ses yeux : avoir fait cadeau de cet article.

Folle de rage, j'appelle Zoe, sélectionnant rageusement son numéro dans mes contacts. Je marche de long en large en attendant d'être connectée. « Le numéro que vous demandez n'est plus en service… » Je me rappelle qu'elle comptait en changer suite à l'affaire de la petite annonce, mais qu'elle n'avait pas trouvé le temps de le faire – quelle heureuse coïncidence qu'elle se soit justement organisée ce week-end !

Avant d'avoir le temps de changer d'avis, je fais défiler les noms de mon répertoire et appelle Simon.

— Oui ?

Son ton est hautain et impénétrable, mais ça n'a rien de surprenant avec lui. Il est peut-être avec quelqu'un.

— Simon, il faut que vous voyiez le *Mail*, le papier sur Natalie. Je vous promets que je n'ai rien à voir avec…

— Je l'ai vu.

— Ah ? (Merci, Seigneur, il l'a vu et il ne semble pas hors de lui.) Simon, je…

— J'ai suffisamment parlé travail ce week-end. Retrouvez-moi à St Ann's Square à 13 heures demain.

— Très bien, j'y serai. *Bip-bip…* Il a raccroché. Il était clairement avec quelqu'un pour son travail ; c'est pour ça qu'il s'est montré si brusque. Enfin j'espère.

Quelques allées et venues, cheveux arrachés et gros mots supplémentaires plus tard, je téléphone à Caroline. S'ensuit une conversation peu satisfaisante, qui a lieu, de son côté, sur un parcours de golf avec les parents de Graeme. Peut-être est-elle distraite par le jeu, en tout cas elle ne semble pas comprendre pourquoi je m'inquiète autant d'être discréditée, ni pourquoi je me sens si mal.

— Si personne ne peut prouver que tu as vendu la mèche à Zoe, la responsabilité retombe sur elle, non ?

— Ils me soupçonnent de l'avoir fait.

— Ils peuvent te soupçonner tant qu'ils veulent, Rach, sans preuve, ils ne peuvent rien faire. Si tu tiens bon, tu survivras, j'en suis sûre.

— Mais s'ils savent déjà et qu'ils me testent pour voir si j'avoue ?

— Alors tu es foutue de toute façon. Donc continue à nier.

— Je suppose.

Cette pensée n'a absolument rien de réconfortant.

J'entends Graeme lancer au loin :

— Cee, dépêche-toi ! On prend racine !

— Il faut que j'y aille, dit-elle. As-tu parlé à Simon ?

— Trois secondes à peu près. Il m'a donné rendez-vous demain pour en discuter.

— Oui, *j'arrive*, Gray – il faut que je te laisse. Appelle-moi pour me raconter comment ça s'est passé avec ton boss.

Quand mon téléphone sonne une heure plus tard, il me pousse presque des ailes pour aller répondre, tant j'espère qu'il s'agit de Ben et qu'il détient des informations de première main sur ce qui s'est passé. C'est Rhys. Pour la première fois depuis que je suis partie, penser à lui éveille en moi de l'agacement et non de la culpabilité. J'ai eu ma dose de reproches pour aujourd'hui. Je suppose qu'il veut me parler de problèmes de logistique et des affaires que je ne suis toujours pas allée chercher.

— Salut, ça va ?

— Il faut qu'on parle.

— Si tu m'appelles pour m'enguirlander, je te préviens, tu vas devoir prendre un ticket et attendre ton tour.

— Eh, qu'est-ce qui t'arrive ? Tu as l'air à cran.

— Je le suis.

S'ensuit un profond silence pendant lequel Rhys semble peser le pour et le contre. Quand il reprend la parole, son ton est plus conciliant que je ne l'ai entendu depuis fort longtemps.

— En fait, je t'appelais pour voir si ça te dirait qu'on boive un verre ensemble. Je joue dans le centre la semaine prochaine et je me disais qu'on pourrait se retrouver avant. Pour tirer un trait sur plein d'histoires. Mais on dirait que tu es trop occupée.

— Non, dis-je d'un ton las. Ça me ferait plaisir. Il faut que je règle quelques trucs au boulot. Tiens-moi au courant, OK ?

— OK. Euh… prends soin de toi.

— Merci, j'y compte bien.

Nous nous saluons et raccrochons, et soudain Rhys me manque énormément. Il aurait juré comme un charretier qui se serait cogné un orteil à propos de tout ça, m'aurait serrée dans ses bras en plaisantant que je n'aurais pas besoin de ce boulot merdique si je me mettais à pondre des bébés.

Il m'a semblé différent. Moins en colère. C'est le premier échange où je le sens vouloir que nous parlions en adultes civilisés plutôt qu'en ennemis retranchés pris dans une guerre civile interminable. Je suis heureuse de l'entendre plus heureux, et j'aimerais beaucoup que nous soyons amis, dans la mesure de ce que ça a de réaliste. Sauf que j'ai le sentiment d'avoir été malhonnête : « un moment de la semaine prochaine » n'est envisageable que si je survis à la tempête de demain et n'existe pour l'instant que dans un pays imaginaire à la C.S. Lewis où je pourrais bien être dotée de pattes de chèvre magique.

CHAPITRE 50

J e m'efforce de traverser d'un air résolu le brouhaha matinal des bureaux en open-space, me répétant intérieurement le mantra : « Personne n'en a rien à faire, ce sont les nouvelles d'hier. » Sauf que ça ne compte pas quand les nouvelles tombent un dimanche, et qu'aujourd'hui on est lundi, le premier jour où on a l'occasion de discuter de cette croustillante affaire.

Tous les regards sont braqués sur moi, et je pourrais jurer qu'un silence lourd d'appréhension s'installe quand je m'approche de Ken, occupé à harceler un collègue de la rédaction. Debout, j'attends, jusqu'à ce que Vicky me désigne d'un signe de tête et qu'il se retourne, me fixant avec un regard de cocatrix.

Sans un mot, il s'extirpe péniblement d'une chaise pivotante et marche vers son bureau. Je lui emboîte le pas, comme poussée par la multitude de regards braqués sur mon dos.

— Fermez la porte, maugrée-t-il en se laissant tomber dans son fauteuil.

Je la pousse et reste debout.

— Vu que je vous ai prise au dépourvu hier, je ne tiendrai pas compte de ce que vous m'avez dit. Aujourd'hui, j'aimerais la vérité.

J'ouvre la bouche pour répondre, mais Ken ne m'en laisse pas le temps.

— Et je vous recommande fortement de réfléchir avant de parler, si vous ne voulez pas passer le reste de votre carrière de journaliste à faire la vérification orthographique du courrier du cœur de je ne sais quelle feuille de chou de province.

Je suis en équilibre sur un fil. Un fil qui s'effiloche. Les paroles de Caroline me conseillant de m'accrocher me reviennent. Je passe ma langue sur mes lèvres sèches.

— Natalie Shale n'a évoqué aucune liaison au cours de l'interview. Le nom de cet avocat n'a jamais été prononcé et il n'était pas mon contact. Zoe a œuvré dans son coin et fichu en l'air mon article. C'est tout ce que je sais, et je ne peux ni défendre ni expliquer quelque chose dont j'ignorais tout, même si les apparences sont contre moi vu que Zoe et moi travaillions ensemble et que j'ai interviewé Natalie.

J'attends que Ken se mette à hurler. Au lieu de ça, il se contente de hocher la tête.

— Rien de plus que ce à quoi je m'attendais, malheureusement.

— C'est la vérité.

— Vraiment ?

— Oui.

— Bien. Alors permettez-moi de vous dispenser quelques vérités maison. Vous conservez votre boulot pour deux raisons, Rachel Woodford. Un, je ne peux pas vous virer sans preuve que vous mentez. Croyez-moi, j'ai bien cherché, parce que je ne supporte ni les menteurs ni les journalistes qui ne font pas preuve de loyauté vis-à-vis de leur journal, et que vous vous êtes qualifiée dans les deux catégories, à mon avis. Si je trouve une preuve, les choses changeront. Deux, je n'ai personne pour vous remplacer à la cour. Pour le moment. Donc, jusqu'à nouvel ordre, vous êtes priée de m'adresser à la fin de chaque semaine une liste des sujets sur lesquels vous travaillez, y compris ceux qui vous semblent ne pas tenir debout. Si une rumeur extravagante circule sur la femme d'un défendant qui couche avec l'avocat de son mari, je vous recommande fortement de l'y inclure. Je déciderai de ce qui vaut d'être développé. Et si j'apprends qu'un sujet de ce genre apparaît ailleurs et que quelqu'un que *nous avons au tribunal à plein-temps ne nous l'a pas apporté*, je vais vouloir savoir pourquoi je vous paie.

Ken s'interrompt pour laisser le temps à la veine de la taille d'une limace qui a gonflé dans son cou de réduire légèrement.

— Vous allez recontacter Shale et lui demander de vous accorder une seconde interview sur les derniers rebondissements de la saga en usant de tous vos pouvoirs de persuasion. Si ça vous pose un problème, rappelez-vous que vous n'êtes pas près de pouvoir aspirer à une récompense ici, ni même d'être invitée ne serait-ce qu'à la fête de Noël, tant que vous n'aurez pas fait un gros ménage dans cet énorme bordel. Me suis-je bien fait comprendre ?

— Oui.

— Alors disparaissez, je ne veux plus vous voir.

Je tourne les talons et ouvre la porte pour faire face à la salle de rédaction où chacun a pu lire sur les lèvres du boss le moindre mot énoncé de l'autre côté de la cloison de verre. Ayant constaté que je ne suis pas en larmes, mes collègues détournent de nouveau les yeux et font mine de ne pas m'avoir remarquée. Aussi déplaisante que soit une convocation chez le dirlo, ça aurait pu être pire. Me demander d'interviewer Natalie est inutile, Ken le sait, comme il sait que je ne peux pas le dire. J'ai à peu près autant de chances d'y arriver que de gagner une course hippique sur un fauteuil roulant électrique. Je prétendrai avoir essayé quand les choses se seront un peu calmées. Ou bien je demanderai à Simon.

Juste au moment où je vais atteindre la porte et retrouver ma liberté, Vicky me fait signe.

— Rachel !

Je n'ai absolument aucune envie de lui parler, mais je ne peux pas me permettre de me faire plus d'ennemis.

— Qu'est-ce qu'a dit Ken ? souffle-t-elle en jetant un coup d'œil derrière moi pour vérifier qu'il n'a pas émergé de son bureau.

— Il n'est pas content, résumé-je, impassible. Et il n'est pas le seul.

— Je l'avais prévenu que Zoe Clarke risquait de faire quelque chose comme ça.

Bien sûr, espèce de Nostradamus en Zara.

— Ah oui ?

— Ouais. D'abord il y a eu la fois où elle a raconté à je ne sais quel hebdomadaire qu'elle était senior alors qu'elle n'avait même pas encore décroché son diplôme. Nous avons reçu un courrier à ce sujet, mais elle a nié.

J'ouvre la bouche pour en savoir plus, mais manifestement l'histoire s'arrête là, et Vicky est déjà partie sur autre chose.

— Ensuite il y a le coup qu'elle vous a fait sur l'affaire chirurgie esthétique.

— Quoi ?

— Le procès lipo. Elle a couvert le verdict pour vous, c'est bien ça ? Eh bien, elle l'a fait passer signé à son nom. Quand j'ai vu ça, j'ai demandé à Ken : « Comment a-t-elle pu écrire un article aussi long en une heure ? » Nous nous sommes aperçus qu'elle avait également signé votre étude de contexte. Il lui a remonté les bretelles et a tout bonnement supprimé son nom. Vous ne saviez pas ?

— Non.

— Non, évidemment. Elle n'allait pas vous le raconter.

— Je regrette que vous ne m'ayez pas mise au courant, dis-je froidement. J'aurais été plus sur mes gardes en sa présence.

— Oh, ouais… Eh bien, comme je vous l'ai dit, Ken avait réglé l'histoire. Je ne voulais pas être langue de pute.

En l'entendant, j'ai du mal à ne pas rire jaune. Pendant un moment de folie passagère, j'imagine que Vicky va me manifester son soutien sincère, mais elle consulte l'heure sur Sky News et dit :

—Ce n'est pas ce matin que s'ouvre le procès des cinq trafiquants ?

Sous-entendu : « Bouge-toi ; tu ne peux pas te permettre de rater ne serait-ce qu'une balle. » (*Comme si je ne le savais pas.*) Et elle se tourne vers son écran pour m'indiquer que l'audience est levée.

—Ouais, j'y vais, dis-je dans son dos.

Ça m'était complètement sorti de la tête. Une fois hors de vue, je pique un sprint totalement dépourvu de dignité.

Chapitre 51

A près une matinée passée à prendre des notes en sténo si tremblée et hachée qu'on dirait que je me remets d'une crise cardiaque, j'évite Gretton et quitte lentement le tribunal. Une fois à l'air libre, je me dirige vers St Ann's Square, l'estomac en cycle essorage.

Mon appréhension croît à chaque pas. Maintenant que Simon est sur le dessus de ma pile de dossiers en attente, j'ai plus de temps pour analyser ses sentiments et mes conclusions ne sont guère optimistes. Un peu tard, je me rappelle sa défiance vis-à-vis des journalistes. Je suppose que cette affaire a dû lui exploser au visage aussi méchamment qu'au mien. Je commence à me demander s'il gardera son masque poli et imperturbable, comme je l'ai espéré. Notre échange téléphonique ne m'a donné que de maigres indices.

J'ai ma réponse dès l'instant où je l'aperçois, marchant de long en large près de la fontaine, tordant le cou pour m'apercevoir dans la foule. Ses intentions de meurtre sont évidentes.

— Salut.

Je n'arrive pas à adopter un ton confiant. Simon me montre presque les dents. C'est seulement à ce moment que je remarque Ben à ses côtés, sourcils froncés. C'est trop. J'ai déjà assez à faire avec Simon. Je ne vais pas pouvoir supporter de me faire en plus étriller par Ben – je ne le supporterais pas dans l'absolu.

— Tu es là pour tenir son manteau ? lâché-je.

— Je suis là pour m'assurer qu'il ne va pas trop loin, rétorque Ben, visiblement blessé. Comment vas-tu ?

Je suis tellement surprise qu'il me pose la question que personne n'a eu l'idée de me poser depuis le début de cette affaire que je ne sais pas quoi répondre.

— Est-il vrai qu'une des personnes impliquées dans la rédaction de l'article du *Mail* est une de vos collègues du tribunal ? demande Simon.

— Oui. Zoe. *Était* une de mes collègues. Elle travaille au *Mail* maintenant.

— Que s'est-il passé ?

— Je l'ignore, Simon. Honnêtement, je suis autant sous le choc que vous.

— C'est tout ce que vous trouvez à dire ? Vous espérez vous en sortir avec ce genre de démenti ? Rachel est absente, elle est aux objets trouvés, elle a perdu la tête ?

J'essaie d'avoir l'air d'encaisser, mais la panique monte dans ma poitrine et m'enserre la gorge.

— Ce n'est pas une excuse, c'est la vérité. Ça a fichu en l'air notre interview…

— Oh, *vous croyez* ?

— Pourquoi saboterais-je mon propre article ?

— Du bluff. Vous lui avez probablement refilé le tuyau et touché la moitié de l'argent sans vous salir les mains ni risquer votre poste. Comment je m'en sors, hein ? Un peu plus proche de la réalité ?

Le couple âgé assis près de nous qui déjeune de sandwichs œuf-mayonnaise commence à tendre l'oreille.

— Je ne ferais jamais une chose pareille, protesté-je. Ça ressemble à un plan qui se déroule comme prévu, d'après vous ? Vous me croyez culottée à quel point ?

— Je ne pense pas que vous aimeriez ma réponse. Comment votre collègue a-t-elle été informée de cette liaison ?

Je ne sais vraiment plus où me mettre.

— Je l'ignore. (Silence.) Vous étiez au courant ?

Le visage de Simon se déforme.

— Votre question est hors de propos.

— Si la rumeur courait, beaucoup de gens auraient pu passer l'information à Zoe.

— Honnêtement, me jugez-vous assez stupide pour croire que vous n'avez rien à voir avec cette histoire ?

J'implore sa pitié, en sachant que c'est inutile.

— Simon, je suis aussi contrariée que vous. Je suis dans la merde jusqu'au cou au journal à cause de cette histoire.

— *Vous* êtes dans la merde ?!

Les yeux écarquillés, le couple des sandwichs aux œufs est en train de se couvrir de cresson. D'un geste, Ben intime à Simon de baisser le ton, ce qui revient à essayer d'éteindre un incendie domestique avec une dosette de sérum physiologique.

— Jonathan Grant a été mis à pied. On me reproche la brillante idée d'avoir impliqué les médias et, devinez quoi, je ne risque plus d'être nommé associé de sitôt. L'appel est fortement compromis. Natalie Shale et ses enfants se cachent pour échapper aux ordures de paparazzis qui campent dans son allée. Dites-moi, qui peut bien en avoir quoi que ce soit à foutre du genre de journée que vous êtes en train de passer ?

— Je suis parfaitement consciente que les apparences sont contre moi, mais je ne suis pas responsable de mes collègues.

— J'ai eu des doutes sur vous dès le départ. Ben s'est porté garant, poursuit Simon en lançant un regard accusateur à son compagnon, mais j'aurais dû suivre mon instinct.

Puisque Simon n'hésite pas à distribuer les coups bas, je dois me défendre. Je jette un coup d'œil à Ben, avant de le regarder de nouveau.

— Tellement de doutes que vous m'avez invitée à dîner en tête à tête ?

Simon semble à deux doigts de me sauter à la gorge.

— Et pour vous, c'était quoi, je me le demande ? De l'investigation ? Vous avez mentionné Jonathan pour voir si je mordrais à l'hameçon. Et puis, une fois votre mission accomplie, vous avez minaudé en battant des cils : « Je ne me suis pas encore remise de ma rupture… »

— Simon, allons, intervient Ben, gêné pour moi.

Mais Simon n'a pas fini.

— Je trouve très bizarre que, quand je vous ai appelée vendredi, c'est-à-dire quand l'article a été bouclé, vous ayez été si pressée de raccrocher.

— Qu'est-ce que vous voulez dire ? Nous avons parlé un bon moment.

— Quelques minutes, jusqu'à ce que vous prétendiez être arrivée chez vous.

— Oui.

— Vous étiez arrivée ?

— Oui.

— J'ai appelé sur votre fixe pour vous souhaiter bonne nuit et vérifier que vous étiez bien rentrée, pensant que vous apprécieriez l'attention. J'ai laissé sonner une bonne minute. Vous n'avez jamais décroché.

Les narines de Simon frémissent. Il affiche une expression triomphante.

— Oh, mon Dieu, qu'est-ce que c'est que cet interrogatoire ? bredouillé-je. Je n'ai mentionné Jonathan que parce qu'il est l'avocat frimeur sur lequel toutes les filles fantasment. Nous avons parlé de plein de gens du boulot ce soir-là. D'ailleurs, je l'ai évoqué simplement parce que la façon dont vous vous êtes fermé tout d'un coup m'a frappée. Au téléphone, j'ai dit être arrivée chez moi parce que j'étais presque au coin de ma rue. Effectivement, je n'avais pas encore pris l'ascenseur et n'avais pas littéralement glissé ma clé dans la serrure, mais je n'imaginais pas que l'un ou l'autre vous importerait.

— Mademoiselle Mytho. Je me doutais bien que vous aviez une idée derrière la tête en acceptant mon invitation à dîner. Encore une fois, j'ai ignoré mon instinct. Mais au moins j'ai la preuve que vous mentez effrontément quand ça vous arrange.

Je fais un geste pour signifier : « J'abandonne. »

— Je ne sais pas ce que vous attendez de moi, et de toute façon je crois que, quoi que je dise, ça se retournera contre moi.

Ma colère et mon exaspération sont de la pure comédie. Si Natalie et Jonathan comprennent que j'étais là au moment où il a envoyé le texto qu'elle n'a jamais reçu, tout est fini. Boulot, maison, respect professionnel… amitié avec Ben. Et cela effacerait la toute petite marge de doute qui retient Simon de me déchiqueter. J'en tremble presque.

— Ce que je veux, c'est la vérité, mais j'imagine que c'est trop vous demander, n'est-ce pas ?

Je passe un pacte silencieux avec moi-même, me promettant d'avouer au moins à Ben la vérité sur toute l'affaire.

— Je jure n'avoir rien à voir avec le fait que Zoe ait vendu cet article.

— Rien à voir avec le fait qu'elle le vende ou rien à voir avec tout court ?

Ah, les avocats. J'hésite.

— Je n'ai rien à voir avec l'article, point.

— Allez, elle t'a répondu, intervient Ben. Concluons une trêve et retournons travailler.

— Ne t'en mêle pas, aboie grossièrement Simon.

— Si, dit Ben.

Je regarde ces deux hommes se battre pour moi ; cela me semble bien moins divertissant qu'au cinéma.

— Arrête de l'utiliser comme punching-ball. Ce n'est pas sa faute si Jon et cette femme ont une liaison ni si quelqu'un a vendu la mèche.

— Qu'est-ce que vous cachez, tous les deux ? siffle Simon en nous regardant alternativement tout en feignant l'amusement. Elle a gardé les négatifs après que vous avez rompu ou quoi ?

Ben ignore sa remarque.

— Je connais suffisamment Rachel pour savoir qu'elle serait incapable de monter un coup pareil contre toi. Si elle t'avait piégé et n'en avait rien à foutre, elle ne serait pas ici maintenant, si ?

— Peut-être est-elle venue pour toi ? objecte Simon avec une moue très désagréable.

— Alors qu'elle ignorait que je serais là ? (*Merci, Ben.*) Quand tu te seras calmé, tu comprendras peut-être qu'elle ne mérite pas d'être aussi maltraitée.

La lueur de chien d'attaque dans les yeux de Simon commence enfin à se dissiper. Je m'autorise à respirer. Simon le sent et, se redressant de toute sa hauteur, il se prépare à attaquer pour tuer.

— Vous êtes une menteuse. Une petite menteuse méprisable et lamentable qui a vendu tout le monde et n'a pas le courage de l'admettre.

— Assez, bon sang ! s'exclame Ben.

Simon poursuit imperturbablement :

— J'aurais plus de respect pour vous si vous reconnaissiez ce que vous avez fait et vous en fichiez. Si je vous revois dans une autre vie, ce sera trop tôt.

Mes épaules s'affaissent. Je sais maintenant que, même si je le voulais, je serais incapable de produire le moindre son intelligible. Je lutte pour retenir mes larmes, me concentre pour respirer régulièrement, serre la mâchoire.

— OK, intervient Ben qui s'interpose entre nous, remarquant peut-être cette perte de contrôle imminente. Ça suffit, Simon.

Une fois convaincu que Simon a fini, il recule de nouveau.

— Allez, dit-il en posant une main sur le bras de son ami. Partons.

Celui-ci se dégage d'une secousse.

Je fais un dernier effort pour affermir ma voix et halète :

—Dites-moi si je peux faire quoi que ce soit pour arranger les choses…

—Vous plaisantez ? crache Simon. Parce que votre question est à peu près aussi drôle que la nouvelle d'un cancer généralisé.

—Non.

—Vous êtes vraiment en train de chercher à profiter un peu plus de la situation ?

—Ce n'est pas ce que…

Simon se tourne vers Ben.

—Je ne sais pas ce qu'elle a sur toi, mais si j'étais toi, je la rayerais de ma vie.

Là-dessus il s'éloigne à grandes enjambées. Incapable de prononcer le moindre mot, je regarde Ben en clignant des yeux. Il me rend mon regard.

—Il a pris tout ça très personnellement, dit-il, comme tu as pu t'en rendre compte.

—Ben, c'est un cauchemar, je n'ai jamais voulu…

J'essaie de ravaler mes sanglots, puis de parler, ce qui donne un mélange de syllabes et de hoquets qu'on pourrait décrire comme un hurlement guttural.

—Je n'ai absolument rien vu venir. Zoe et moi travaillions ensemble et je la considérais comme une amie. Jamais je ne l'aurais crue capable de faire une chose pareille…

Ben jette un coup d'œil à droite, puis à gauche, comme si j'étais son dealer et qu'il était en train de m'acheter de la drogue, puis, à ma grande surprise, il me serre dans ses bras. Aussi inattendu qu'il soit, son geste est incroyablement bienvenu, entre autres parce que, grâce à lui, les curieux de St Ann's Square cessent de me dévisager – notamment pépé et mémé œuf-cresson qui croient être tombés sur une œuvre de théâtre de rue dont le sujet serait une guérilla moderne, un genre de stand-up d'acteurs amateurs. Et puis je préfère que Ben me serre dans ses bras plutôt qu'il me regarde, ma crise de larmes ne ressemblant en rien aux pleurs de nymphe effarouchée artistiquement floutés d'une Julia Roberts.

— Je sais bien que tu n'as rien voulu de tout ça, me souffle-t-il d'une voix apaisante.

— Tu es bien le seul.

Je renifle contre l'épais tissu de son manteau.

— Ne prends pas trop au sérieux la fureur biblique de Simon. Il a passé un week-end affreux. Des journalistes ont appelé Natalie samedi pour voir si elle voulait « apporter sa version ». Elle a complètement pété les plombs, appelé Simon en hurlant et en pleurant. Une voisine a dû emmener ses filles…

Bridie, je suppose, la gentille excentrique au chat fugueur. J'ai l'impression d'être une vraie merde.

— Est-ce qu'il t'a téléphoné ? demandé-je en levant les yeux.

J'ignore pourquoi je tiens à le savoir.

— Il m'a appelé, effectivement. Je lui ai assuré que tu n'y étais pour rien. Il m'a interdit de te contacter. J'ai jugé plus prudent d'obtempérer afin qu'il ne puisse pas nous prendre en défaut ensuite. Inutile de jeter de l'huile sur le feu de ses théories de conspiration. Et au journal ? Comment ça s'est passé ?

— Le plus mal possible sans se faire renvoyer.

Je m'essuie le visage sur la manche de mon manteau avant de laisser retomber ma tête sur l'épaule de Ben. Il pose la main sur l'arrière de mon crâne.

— Chut, allez, tu verras, ce sera vite oublié…

Il déplace très légèrement sa main et je crois d'abord qu'il va l'enlever, mais non. Attendez. Il me… caresse les cheveux ? Je me raidis, retiens ma respiration. Peut-être le sent-il car nous nous écartons l'un de l'autre simultanément.

— Désolée, désolée, je suis dans un état lamentable, marmonné-je, frottant les traînées de mascara sur mes joues avec le bord de ma manche.

— Je suis désolé, Rach. Je pensais rendre service en vous mettant en contact, dit Ben, un poil plus fort que nécessaire, nous ramenant à plus de formalité.

— Mais tu as rendu service ! protesté-je. C'est moi qui devrais te présenter mes excuses.

— Je te proposerais bien d'aller boire un verre pour nous remonter, mais je ne crois pas qu'être vu au pub en ta compagnie aujourd'hui serait… hum… politiquement astucieux. Tu comprends ?

Je hoche la tête, parviens à sourire faiblement.

— Demain, le *Mail* d'hier servira à envelopper les épluchures de patates. Aujourd'hui, d'ailleurs. Il est déjà au fond des litières pour chat. Courage.

Je hoche de nouveau la tête.

— Tu as été trahie par quelqu'un en qui tu avais confiance. Ça arrive à tout le monde, conclut-il.

CHAPITRE 52

Nous n'étions pas encore diplômés, mais nous ne pensions qu'à l'imminence du bal de fin d'année. Celui qu'organisait la Chemical Society dans la splendeur fanée du *Palace Hotel* s'annonçait comme le favori et nous avions acheté des tickets *en masse**. Être accompagné, si vous le pouviez, semblait plus important que jamais et, encouragée par le discours démonstratif qu'il avait prononcé à mon dîner d'anniversaire, j'avais demandé à Rhys de venir.

Soigneusement emballé dans sa housse de teinturier en polyéthylène, son smoking de location pendait sur un cintre à la porte de mon armoire, à côté de ma robe de bal à jupe cloche. Je n'arrêtais pas de le lui rappeler à mesure que le bal approchait. Néanmoins, la veille, je reçus le coup de téléphone auquel je m'étais d'une certaine manière attendue. Je vivais un grand moment de solitude : Caroline et Mindy étaient rentrées chez elles pour y déposer un premier chargement d'affaires ; Ivor avait réintégré sa résidence pour sa troisième année ; Derek, heureusement, était sorti vaquer à ses activités de sociopathe.

— Rach. Ce truc, la fête…

— Mon bal de fin d'année ?

— Ouais. Je ne peux pas y aller. Nous avons un concert et il faut que j'y sois.

— Rhys ! m'exclamai-je. C'est prévu depuis quand ?

— Désolé, *baby*. C'est du dernière minute. Je ne peux pas me défiler, Ed la Défonce me couperait les couilles.

J'avais perdu contre Ed la Défonce. Dans la mesure où ce n'était pas dans le cadre d'une compétition visant à définir lequel de nous deux tenait le mieux la drogue, le constat était déprimant.

— C'est vraiment important pour moi. Tu m'avais promis !

— Oh, allez ! Il y en aura d'autres, des fêtes.

Son obstination à refuser de prendre cette soirée au sérieux en la traitant de «fête» m'énerva. Le bal de fin d'année était un jalon, le dernier hourra de ma vie d'étudiante, le moment où je disais au revoir à Manchester et à la vie et aux amis que je m'étais faits ici.

En vérité, cela faisait déjà quelque temps que les choses dérapaient légèrement entre nous. Les paroles de Ben le soir de mon anniversaire me revenaient sans cesse à l'esprit. Le doute s'était immiscé en moi et je l'avais autorisé à s'installer. L'empressement de Rhys à vouloir régenter ma vie m'apparaissait désormais plus comme du contrôle que du soutien. Ses connaissances supérieures sur tous les sujets étaient devenues moins impressionnantes et plus arrogantes. Au nom de son mépris affiché pour ces «têtes de nœud d'étudiants», il me rendait visite de plus en plus rarement le week-end, bien que je lui aie fait remarquer que c'était moi qu'il venait voir à Manchester et non l'entière population du campus.

Quand j'allais à Sheffield, j'atterrissais au milieu des potes de son groupe, toujours dans le même pub, m'étonnant de n'avoir pas remarqué plus tôt que rien de ce que j'avais à dire ne les intéressait jamais. Et, aussi merveilleux qu'il eût été, quelque chose dans le discours qu'il avait prononcé pour mes vingt et un ans n'avait cessé de me tarauder. J'avais fini par mettre le doigt dessus : c'était l'expression «meilleure petite copine du monde». Il adorait m'expliquer que la marque de ses chaussures et celle de sa guitare étaient les meilleures du monde. J'étais pour lui une possession très chère, une preuve de son bon goût, et dont l'opinion était à peu près autant estimée que celle de ses Converse et de sa Les Paul. Il avait d'ailleurs présumé, sans que je me rappelle avoir pris aucune décision à ce sujet, que nous nous installerions ensemble à mon retour de l'université. *La vie est faite de décisions*, songeai-je. Il prenait les miennes à ma place.

Je m'étais doutée que Rhys me planterait pour le bal parce que l'unique raison qu'il avait d'y assister était de me faire plaisir. Il n'avait plus rien à gagner à y aller : de toute façon, je rentrais à la maison, je le retrouvais après les festivités. C'était une époque d'achèvements et de nouveaux départs. J'avais commencé à nourrir des pensées traîtresses, révolutionnaires.

— Tu as une idée du mal que je me suis donné ? Je t'ai loué un costume chez Moss Bros, ça m'a coûté un bras.

— Je te rembourserai.

— Ce n'est pas un problème d'argent, si ?

— Alors c'est quoi, le problème ?

— Je veux que tu sois là.

— Ouais, eh ben, on ne peut pas avoir tout ce qu'on veut, princesse Rachel.

— Super, merci ! Cette soirée devrait passer avant ton groupe. Il y aura d'autres concerts. Moi, je n'aurai qu'un bal de fin d'année.

— Oh, allez… La vie ne se réduit pas à ton petit univers, tu sais. De toute façon, après une demi-heure à boire du château-vomi 2011, tu ne te rendrais même plus compte de ma présence.

— Pourquoi faut-il toujours que tu fasses en sorte que ce qui est important pour moi ait l'air débile ?

— J'aurais dû me douter que je ne pourrais pas échapper à ce truc sans une grosse engueulade.

— Échapper à ce truc ?

Rhys soupira.

—Enfin bref. Bon, quand tu rentreras, j'ai trouvé un appart à aller visiter dans Crookes.

—Je n'ai jamais dit que je voulais qu'on s'installe ensemble.

—Hein ? Ah bon ?

—Tu ne m'as jamais *demandé*. Tu considères que tout va de soi en ce qui me concerne. J'ai le sentiment d'être ton assistante ou ton apprentie. Pas ton égale.

—Eh bien, fais preuve de plus de maturité et je te traiterai en conséquence, ma biche.

Bouillant de rage, je lance :

—Tu sais quoi, Rhys ? Je crois qu'il est temps que nos chemins se séparent.

Silence perplexe.

—Tu me jettes parce que je ne vais pas à ta fête ?

—Ce n'est pas une putain de fête, c'est le bal qui clôt ma dernière année à l'université. Je te « jette », comme tu dis, parce que je ne suis plus une ado et que je ne vais pas te laisser m'écraser.

—Tu veux vraiment qu'on arrête ?

—Oui.

Rhys l'avait joué cool dans cette confrontation et clairement il ne voyait pas de raison de changer de tactique.

—Ta réaction me paraît exagérée.

—C'est pourtant ce que je ressens.

—Eh ben, d'accord. C'est tout alors.

Un autre silence.

—*Bye*, Rhys !

Je raccrochai violemment.

Après un moment d'hésitation, je composai un autre numéro sur le téléphone payant du propriétaire. Mes cinquante pence rejoignirent bruyamment le tas de pièces à l'intérieur, aussi gros que le trésor d'un pirate. Nous avions essayé de forcer le boîtier au burin un soir que nous étions soûles, mais sans succès.

—Ben! Ça baigne? Ça te dit qu'on aille se bourrer la gueule?

—J'ai une partie de billard prévue avec mes colocs. Tu veux venir?

—Je risque de ne pas être très fun, ce soir.

—Ah ben, ça me donne super envie de te voir!

Je me mis à rire.

—Je voulais dire que je pensais plus à un tête-à-tête tranquille.

—Alors tant pis pour le billard, une soirée tranquille avec toi me dit bien.

—Je ne veux pas gâcher votre sortie entre colocs…

—T'inquiète, on va au bal ensemble demain. On aura largement le temps de se voir.

—OK, alors. Le *Woodstock*? En souvenir du bon vieux temps?

—On peut déjà parler de bon vieux temps à vingt et un ans? s'étonna Ben, manifestement enchanté.

* * *

Arrivée la première, j'allai nous chercher à boire au bar et je m'installai à une table de pique-nique dans le jardin. Je commençai à siroter mon vin un peu trop vite dans la chaleur lourde et humide, savourant la sensation de l'herbe qui chatouillait mes jambes et mes pieds nus dans ma robe d'été et mes sandales. Je savais que la pire façon d'affronter ma rupture avec Rhys était de me réveiller demain avec une formidable gueule de bois, mais ça n'allait pas m'arrêter une seule seconde.

Je me demandais ce que Ben allait dire. Je n'avais pas envie qu'il déclare la saison ouverte, ni qu'il s'exclame: «Je te l'avais bien dit!» et encore moins qu'il me révèle que ça faisait trois ans qu'il pensait qu'il fallait que je le largue. Cependant, je ne tenais pas non plus à ce qu'il me traite d'imbécile ! En fait, je ne savais pas ce que je voulais entendre. Il apparut de l'autre côté de la pelouse, un verre dans chaque main. Son sourire s'élargit quand il vit que nous avions eu la même idée. Je lui rendis son sourire. En compagnie de Ben, j'allais passer une bonne soirée. Sauf que ce n'était pas ce qu'on était censé faire après avoir rompu avec son petit copain de plusieurs années, si ? Où étaient les orgies de chocolat, les récriminations, Gloria Gaynor ? C'était comme si, sans l'effet chambre d'écho de mes amies, j'étais libre d'inventer un nouveau protocole.

— Faut-il éviter de parler des examens ? C'est ça qui te rend asociale ? demanda Ben après que nous nous sommes salués. Si oui, tu n'as aucun souci à te faire. Tu es la reine des dissertations.

Princesse Rachel, couronnée reine des dissertations. Je n'étais pas sûre d'aimer la façon dont les hommes de ma vie me voyaient.

— Mmm...

J'ai haussé les épaules avant de les laisser retomber pour indiquer « peut-être », encore incapable d'annoncer ma rupture.

Du bout de l'index, Ben essuya la condensation sur sa pinte. Je jouai avec le pied de mon verre de vin, savourant les premiers effets de l'alcool.

— Comment va Pippa ?

— Je ne sais pas très bien. On a rompu.

Cette nouvelle me prit au dépourvu. J'étais persuadée que Pippa allait changer la donne.

— Oh. Je suis désolée de l'apprendre. Qu'est-ce qui s'est passé ?

— En y réfléchissant, j'ai su que je ne ferais pas les allers-retours en Irlande une fois revenu de mon voyage. J'ai trouvé plus honnête d'arrêter.

— Comment l'a-t-elle pris ?

Ben secoua la tête.

—Pas merveilleusement. Mais quand même. Mieux valait le faire maintenant que plus tard.

—Je suis désolée. Vous alliez bien ensemble.

Waouh. Même l'option Pippa ne convenait pas. Elle était pourtant le genre de trophée universitaire avec lequel la plupart des garçons paradent dans leur ville natale aussi fièrement que s'il s'agissait de la coupe de la Ligue des champions. Pendant une seconde, mon imagination se mit en avance rapide, cherchant à visualiser la déesse cléopâtresque et sans pareille à qui Ben aurait enfin envie de donner son cœur.

—Bon, te voilà libre de draguer les Barbie de Richmond upon Thames, ajoutai-je.

—Hein ?

—Ces belles jeunes filles riches rencontrées aux soirées Full Moon en Thaïlande, qui découvrent qu'il y a un monde au-delà du matérialisme tout en dépensant les dollars de papa.

—Ah. Elles…

Ben haussa les épaules et posa une main sur sa nuque.

—Nous voici donc tous deux à profiter de la vie de célibataires, déclarai-je.

—Je ne sais pas si « profiter » est le mot qui convient.

J'attendis que ça fasse tilt.

—Tu as bien dit « nous » ?

—Ouaip. J'ai rompu avec Rhys.

Et Ben attendit que je m'exclame : «Ah, ah, mais non, je t'ai bien eu !» Il me fixait d'un air stupéfait, bouche bée.

—Tu as rompu avec Rhys ? Quand ça ?

—Au téléphone tout à l'heure. Il m'a plantée pour le bal sans raison valable. Nous nous sommes beaucoup disputés ces derniers temps. Je me suis énervée et je lui ai dit que c'était fini. En criant un peu.

Je savais pourquoi j'exagérais. Je voulais montrer que je ne me laissais pas faire.

— Pour de bon ?

— Je crois bien.

— Je suis désolé, dit Ben, les yeux baissés.

— Pas de problème.

Je coupai court à d'éventuelles questions supplémentaires en me lançant dans des bavardages superficiels. J'étais la même physiquement. Ma façon de parler n'avait pas changé. Je me demandais qui j'étais intérieurement maintenant que je n'étais plus la Rachel de Rhys. *Rhys et Rachel, Rachel et Rhys.* Ben semblait réfléchir aussi, ajustant l'image qu'il avait de moi. Il me sembla que nous restions plus longtemps les yeux dans les yeux pendant les silences, mais je ne savais pas si c'était le fruit de mon imagination ou le résultat de la puissante combinaison de déshydratation, nostalgie et délicieux pinot gris du pub.

— Maintenant que je suis célibataire, j'aurai plus de temps pour aller rendre visite à mes amis installés à l'autre bout du pays, déclarai-je un peu plus tard dans la soirée, une fois le soleil disparu et les lampes allumées.

— Ouais, ces retrouvailles annuelles vont être vraiment formidables, rétorqua Ben, un poil acerbe.

— Eh ! On devrait réussir à se voir plus d'une fois par an, protestai-je en lui assenant un coup de coude.

— Deux ?

— Pourquoi ce pessimisme ?

— Mais ce ne sera plus pareil, si ?

— Rien ne sera plus pareil. La fac est comme un monde à part, une bulle temporelle séparée de tout ce qu'il y a eu avant et tout ce qui viendra après.

CHAPITRE 53

C e soir-là, Ben me raccompagna chez moi par les rues de banlieue tranquilles et bordées d'arbres, dont le feuillage engloutissait la lueur orange des lampadaires à sodium. Malgré l'heure tardive, il n'y avait pas un souffle de vent et il faisait lourd ; on se serait cru au bord de la Méditerranée, comme si Manchester aussi nous faisait ses adieux et avait commandé pour l'occasion un temps spécial. Nous sommes arrivés devant chez moi.

—Beurk, je n'ai pas envie d'entrer, chuchotai-je. Je ne sais pas si Derek le Zarbi est là ou pas. Il a fermé sa porte à clé. Je l'entendrai probablement se cogner aux meubles et grogner à 3 heures du matin.

—Tu es toute seule ? Les filles sont parties ?

—Elles ne rentrent que demain pour le bal.

Nous regardons la maison. À l'intérieur, une lumière s'éteignit et elle fut plongée dans l'obscurité.

—Brrr, fis-je.

—Si tu es tellement préoccupée par Derek, je peux dormir chez toi, proposa Ben.

—Ouais ?

—Ouais. Tu as des coussins sur ton canapé, une couverture en rab ?

—J'ai même un sac de couchage quelque part.

—Je roupillerai par terre alors.

—Tu ferais ça ? Vraiment ?

—Tant que tu ne ronfles pas…

—Super!

Ben fit semblant de traîner les pieds, et moi je souris comme une folle. La maison me paraissait étrange, désormais, carcasse vidée des éléments qui composaient habituellement notre décor. Mindy avait débarrassé le vestibule de sa montagne de chaussures multicolores qui donnaient l'impression d'entrer dans une friperie. C'était la fin. Quoique Derek survivrait probablement, tel un cafard après une guerre nucléaire.

—Je crois avoir une bouteille de Pernod rehaussée d'un bouchon poisseux si tu veux un dernier verre, proposai-je.

—Du Pernod? Ça ira, merci. Le bal demain. Essayons d'éviter la gueule de bois.

—Tout à fait d'accord.

Je me préparai dans la salle de bains de l'étage, où j'enfilai mon pyjama orné de motifs d'animaux hilares et me brossai les dents. J'envisageai un moment de mettre ma chemise de nuit, mais elle était beaucoup trop courte et, de toute façon, me consolai-je, Ben m'avait déjà vue dans cette abomination. Je me détestai soudain de me retrouver à partager ma chambre avec quelqu'un d'aussi beau, vêtue de cette chose ridicule. Moufles de gamine, culotte à motifs de dessin animé et pyjama de bébé… «Si tu étais ma nana, je n'aurais certainement qu'une envie, c'est que tu l'enlèves.» Je frissonnai, puis me rinçai la bouche et crachai.

En regagnant la chambre, je croisai les bras et me ruai vers les couvertures, voulant à tout prix éviter d'être vue. Ben s'était installé une couchette de fortune. L'effet du vin s'estompant, la situation parut plus intime que prévu.

—Tu aurais un tee-shirt à me prêter pour dormir?

Je déviai ma trajectoire pour aller fouiller dans ma commode. Je ne trouvai qu'un tee-shirt gris XL que je sortis chiffonné de sa boîte en carton, décoré sur son impressionnante largeur d'une publicité pour un festival de la bière. Je le secouai pour le déplier entièrement.

— Je l'ai gagné à un quizz dans un pub. Je n'ai jamais pu me résoudre à le jeter.

— Et les perdants, ils ont eu quoi ?

— OK, tu n'as qu'à dormir tout habillé.

Je le lui lançai et il l'attrapa.

— Non, non, je ne suis pas en position de faire le difficile. Je serai donc… fan de houblon ; déclara-t-il après avoir examiné le dos du tee-shirt.

J'éteignis le plafonnier. La pièce n'était plus éclairée que par ma lampe à lave rouge en forme de fusée.

— Tu vas la laisser allumée ? demanda Ben.

— Oui, si ça ne te dérange pas.

— Pas de problème. « Rooxxxaaaaaaane… »

Je pouffai en regardant les globules gélatineux écarlates se séparer, se heurter et rebondir paresseusement dans l'eau martienne.

— Ferme les yeux pendant que je me change.

J'obtempérai, écrasant un oreiller sur mon visage pour qu'il n'ait aucun doute quant à ma discrétion, et écoutai les froufroutements légers de ses vêtements tombant sur le tapis, le cliquètement de sa boucle de ceinture, le frottement de son tee-shirt quand il le fit passer par-dessus sa tête. Le fait que nous puissions nous permettre ce genre de choses prouvait la nature profondément platonique de notre relation. Pourtant, je fus soudain prise d'une envie puissante de regarder – je suis humaine, après tout.

— Tu es visible ?

Je rampai jusqu'au bord de mon lit et baissai les yeux. Ben était emmailloté jusqu'aux aisselles dans du Nylon bleu marine.

— C'est comment ? demandai-je.

— Comme de dormir par terre, Ron.

Il se retourna.

— On peut échanger, si tu veux.

—Pas la peine.

Je me tortillai de façon à me retrouver allongée au bord du lit, aussi près de lui que possible.

—Quelle journée bizarre, soupirai-je. Je suis célibataire. J'ai intérêt à m'y faire.

—Mmm.

Silence.

—Eh, tu sais quoi? Ça me fait super peur de me retrouver seule.

Je m'attendais à une avalanche de platitudes du genre « tout ira bien », mais rien ne vint.

—Toi, tu n'as aucun problème pour entrer et sortir d'une relation. Regarde-moi à côté, poursuivis-je.

Toujours aucune réaction de Ben.

—Par exemple, tu as été capable de renoncer à Pippa, tentai-je.

—Qu'est-ce que tu veux dire?

—Rien… Sauf que si Pippa, une fille magnifique et intelligente, dotée en plus d'un accent irlandais à se damner, se fait larguer, quelles sont mes chances qu'un mec veuille rester avec moi?

Ben répondit avec une froideur manifeste:

—Désolé, je ne te suis pas.

—Elle est extraordinaire. Je suis moins extraordinaire. Je vais avoir du mal à faire mieux.

—Qu'est-ce que tu racontes?

—Et…

Je pressentais que ce que je m'apprêtais à dire était stupide et que j'allais le regretter une fois dissipés les effets de l'alcool, mais les mots se précipitaient déjà hors de ma bouche.

—… le soir où nous nous sommes embrassés au pub Mac Dégueu, tu as toi-même dit que ça avait été comme de rouler une pelle à une sœur. Merde. Je suis fichue.

Un silence entrecoupé de craquements divers s'ensuivit. Qu'est-ce que je cherchais à faire dire à Ben ? Qu'est-ce que j'attendais de lui ? Je savais que ma remarque était injuste et qu'elle ne pouvait que nous mettre mal à l'aise. Néanmoins, j'avais soudain besoin qu'un représentant indéniablement séduisant du sexe opposé flatte mon ego et m'assure que je n'étais pas totalement repoussante.

—Arrête de me forcer la main, dit-il, impassible.

—Quoi ?

—Arrête de me forcer la main et de quémander les compliments.

—Je ne te force pas la main !

Absolument pas. Si ? Oh. Oui, effectivement.

Un autre silence bizarre.

—Tu n'as vraiment pas besoin de jouer les complexées.

—Facile à dire pour toi.

—Pourquoi ?

Je perçus de la tension dans sa voix. Je devais avoir dit quelque chose de particulièrement offensant pour lui à un moment, mais je n'arrivai pas à savoir précisément quoi. Peut-être que j'avais manqué de tact en parlant de Pippa. Après tout, leur rupture était encore très fraîche.

—Tu as naturellement une haute opinion de toi-même. Comme certaines personnes ont de bonnes dents et d'autres un taux de cholestérol élevé congénitalement.

Ben soupira, exaspéré.

—Il m'arrive de ne pas te comprendre, mais je crois que toi, tu ne me comprends jamais.

Je me demandai d'où venait ce malentendu et quand nous allions enfin pouvoir discuter facilement du fait que tout irait bien dans ma nouvelle vie de célibataire.

—Je fais l'imbécile, concédé-je, et Ben grogna en signe d'approbation. Mais si tu as des conseils à me donner en matière de séduction que je pourrais mettre en pratique sur les garçons du Nord afin de bénéficier du même succès que tu as eu avec les filles du Sud, j'apprécierais.

— Ne compte pas sur moi.

— Pourquoi ? Égoïste ! Venant du don Juan de Withington…

— Comment ça ? Tu sous-entends que je n'ai aucun principe ? Que je ne pense qu'au sexe ?

— Non ! Juste que tu es très populaire auprès de ces dames. Si tu ne veux pas m'aider à choper, pas de problème.

— Ron, tu es une fille. Tu n'auras aucun problème.

— Ouais, soupirai-je. Après, faut juste rencontrer les bons, pas vrai ?

— Tout ira bien, répéta-t-il.

— Mais si je fais effectivement des trucs complètement repoussants pour un mec potentiel, en ta qualité de meilleur ami mec, je compte sur toi pour me le dire.

— Tu veux vraiment que je réponde à toutes ces questions ? Si tu continues, je vais le faire. Dernier avertissement.

— Quelles questions ?

— À propos de notre baiser, de mon ex-copine et de ta chasse à l'homme.

— Ouais, je suppose que je les ai effectivement posées, dis-je, me la jouant pleine d'assurance et détendue, alors que j'étais plus qu'un peu effrayée.

Son irritation me fit me demander s'il était sur le point de m'annoncer que je puais le bouc sous prétexte que je l'avais chargé de m'en informer.

Silence assourdissant.

— OK, je suis désolé si ce que je m'apprête à dire te met mal à l'aise. Il y a des limites à ce que je peux supporter, commença Ben. Ai-je dit que t'embrasser m'avait fait le même effet qu'embrasser une sœur ? Oui, parce qu'on nous y avait forcés. Est-ce que ça a été comme d'embrasser une sœur ? Non, ce fut absolument extraordinaire, comme généralement quand on embrasse une personne qui nous plaît vraiment beaucoup beaucoup…

Je tressaillis à ces mots : tout mon corps fut secoué d'un spasme et mon rythme cardiaque se calqua sur celui d'un pivert shooté aux amphétamines. Il a bien dit « qui nous plaît » ? Non, impossible. J'avais mal entendu.

— Est-ce que Pippa est chouette ? Oui, bien sûr, ce n'était pas elle le problème, mais toi. J'ai rompu avec elle pour la même raison que j'ai rompu avec toutes les autres ces trois dernières années. Les hommes éperdument épris d'une autre femme font des petits copains merdiques…

Je fus prise de sueurs froides. « Je n'en croyais pas mes oreilles » est en général une hyperbole, et pourtant, dans ce cas-ci, l'expression convenait parfaitement. Mes oreilles recevaient le paquet, mais mon cerveau refusait de signer le bon de livraison. Je m'attendais à ce que Ben lâche le prénom d'une nana canon du genre Beth ou Freya, et alors je m'exclamerais « Ooooh, j'ai cru… », et il ne me resterait qu'à me tuer quand il comprendrait ce que je m'étais imaginée.

— Est-ce que tu trouveras facilement quelqu'un d'autre ? Tu es la femme la plus intelligente, la plus drôle, la plus gentille, la plus belle, même si parfois la plus exaspérante que j'aie jamais connue, donc oui, je suis certain que plein de mecs te courront après. Mais vu que je suis amoureux de toi, t'imaginer avec un autre me donne des envies de meurtre, donc excuse-moi de ne pas t'encourager à coups de conseils et de trucs sur comment ramener chez toi des mecs rencontrés en boîte qui ne sont pas moi.

Sous le choc, ma poitrine se soulevait et s'abaissait violemment. J'étais incapable de parler. De toute façon, si j'avais pu, je n'aurais pas su quoi dire. *Amoureux*. Il a dit amoureux.

— Quelle était la dernière ? Si tu as des habitudes repoussantes ? Être avec quelqu'un d'autre était la seule qui me dérangeait. Cependant, elle avait au moins le mérite de me laisser rêver que c'était la seule raison pour laquelle tu n'étais pas avec moi. Mais maintenant je ne peux même plus me raccrocher à ça. Voilà. On a fini.

Mes doigts étaient agrippés au lit comme si les meubles s'étaient soudain mis à tanguer.

— Je suis désolé si maintenant tu te sens terriblement bizarre. Dis-moi si tu préfères que je parte. Je comprendrais.

— Ça va, articulai-je d'une voix étranglée.

Silence. Qu'il rompit avec un bref éclat de rire triste.

— Merde, super timing, Ben… Juste quand tu passes la nuit dans sa chambre. Écoute, ne te sens pas obligée de m'expliquer que tu ne ressens pas la même chose pour moi. Je le sais, crois-moi. C'est bien mon problème d'ailleurs. Nous boirons une tasse de thé demain dans un silence terriblement embarrassant, et puis nous nous dirons au revoir.

Demain matin. J'avais du mal à imaginer un monde au-delà de cette chambre, un monde qui continuerait à tourner, apportant la lumière du jour puis d'autres journées. Et des *au revoir*?

— Tu ne savais vraiment pas? demanda-t-il.

— Non, couinai-je.

— J'ai toujours cru que tu t'en doutais un peu, même si tu ignorais à quel point.

Il se tut, attendit la suite, mais, comme je me taisais toujours, il reprit:

— Bon sang, je t'en supplie, dis au moins « Beeurk, dégueu », ou quelque chose comme ça. Ce silence me tue.

— Ça n'a rien de dégueu, dis-je, essayant de trouver mes mots dans le tumulte de mes idées.

Où étaient ceux dont j'avais besoin? Les paroles de Ben me forçaient à me confronter à des sentiments que j'avais ignorés, déformés et niés pendant les trois dernières années. Ça avait été comme de ne pas exposer suffisamment une plante à la lumière pour lui permettre de grandir correctement, à ne l'arroser que très rarement, pour finalement découvrir que la graine cachée dans la terre est toujours là.

Il ressentait tout ça pour moi ? Il pensait ces choses incroyables sur moi ?

« Pareil », « Ça alors ! » ou « Doux Jésus miséricordieux, hourra ! » ne rendaient pas justice à ce qui était en train de se passer.

De façon tout à fait contraire à mes habitudes, je me décidai d'un coup. Je fis passer mon haut de pyjama volumineux par-dessus ma tête, puis m'extirpai en me tortillant du pantalon, m'en débarrassant à coups de pied désordonnés comme si je faisais la nage du chien. Je roulai en boule mon nid de tissu encore chaud et le jetai au bas du lit. Je crus que cela suffirait à rendre mes intentions claires, mais Ben ne réagit absolument pas.

— Ben.

— Ouais ?

— Tu veux me rejoindre dans le lit ?

— Je ne suis pas si mal par terre, merci. Et de toute façon… non.

— Non. *Dans* le lit. *Avec* moi.

Et j'ajoutai cette précision qui aurait dû me valoir le titre de séductrice la plus éloquente du siècle :

— J'ai enlevé mon pyjama.

Silence stupéfait.

— Tu es sûre ? demanda-t-il doucement dans l'obscurité cramoisie.

— Sûre et certaine.

La scène aurait dû alors se fondre en un ralenti vaporeux et sexy sur une bande-son composée de basses – boum-chicka-wah-wah. Au lieu de ça, Ben s'est retrouvé coincé dans le sac de couchage. Réussir une sortie sans tee-shirt hors d'un accessoire de camping de qualité acheté par mon père aurait exigé moins de précipitation et plus de rapidité.

—Saloperie, marmonna-t-il en essayant de repousser le tissu et ne réussissant qu'à s'entortiller dedans.

—Ouvre-le, gloussai-je. Je t'aiderais bien, mais je suis toute nue.

—Pas la peine de me le répéter, j'arrive! lança Ben dans un souffle.

Et je gloussai de plus belle.

Il y avait quelque chose d'absolument merveilleux à être dans cette situation et déjà amis. Tout d'un coup, nous ne pensions plus : « C'est tellement bizarre de faire ça », mais : « C'est tellement bizarre qu'on ne l'ait pas fait plus tôt ».

Ben parvint à s'extirper du sac à force de contorsions et grimpa dans le lit. Quand nous avons enfin eu triomphé de son caleçon (Rachel commence, dans une tentative pathétique, Ben prend le relais, ce qui ne gâche rien au résultat), soudain nous nous sommes retrouvés peau contre peau, tout Ben et tout Rachel pressés l'un contre l'autre. C'était une sensation étrange, mais dans le meilleur sens du terme. Rhys était solide mais d'une mollesse rassurante au toucher, et poilu ; Ben offrait un contraste avec son corps mince, lisse et musclé de joueur de football. J'ignorais qu'un organisme pouvait fonctionner correctement avec si peu de graisse. J'avais craint qu'un physique comme le sien ne me donne l'impression d'être un boudin, mais au contraire je me sentis féminine, et encore plus moi-même, d'une certaine façon.

Nous emmêlant dans les draps, nous avons tôt fait de les repousser complètement. Même si je dois admettre qu'il me découvrait sous un éclairage qui aurait probablement pu faire passer le vieux doyen de l'université pour assez sexy, Ben n'avait visiblement aucun problème avec la version complète et inédite de mon apparence. Il était sûr de lui, et je compris pourquoi : il n'en était clairement pas à son premier rodéo.

J'espérais grandement être à la hauteur, voire dépasser ses attentes – mon expérience se résumant à quelques galipettes avec un petit copain maladroit au lycée et Rhys.

Je découvris une forme de désir si intense qu'il frôlait la nausée, et compris enfin ce dont tout le monde parlait. Qui aurait cru que la limite la plus extrême du désir sexuel était une envie pressante de régurgiter ?

Bien que consciente d'être surclassée en sa compagnie, je ne m'inquiétai pas que cette envie puisse ne pas être mutuelle : quand je murmurai de douces paroles sur le sujet, m'abstenant évidemment d'évoquer que je risquais vraiment de lui vomir dessus, Ben me répondit avec fougue : « Je n'ai jamais désiré une femme autant que toi », avant de m'embrasser avec une telle passion que je craignis qu'il ne m'entaille les lèvres. *Nnnngggg.*

Ensuite, au moment où nous sommes passés de l'étape « sur le point de le faire » à « clairement en train de le faire », il haleta, enfouit son visage dans mon cou et prononça mon prénom. Mon vrai prénom. Encore une première.

CHAPITRE 54

L es premiers mots prononcés après, une fois que nos respirations eurent repris un rythme à peu près normal… Ils comptaient. Ils devaient venir de moi.

—Je t'aime.

J'en étais certaine, mais ça n'en restait pas moins une surprise de m'entendre prononcer ces mots. Le processus avait été progressif, mais je me rendis compte que j'avais fini par tomber véritablement amoureuse. Tant que je les avais évités, mes sentiments m'avaient semblé complexes. Maintenant que je les regardais en face, tout était très simple.

—Vraiment ? s'enquit Ben en roulant sur le flanc pour pouvoir me regarder intensément.

—Absolument.

—Bon sang, je n'arrive pas à le croire !

Comment peux-tu ne pas croire que quelqu'un t'aime ? songeai-je. Ben semblait avoir été conçu pour être aimé. Nos corps luisaient de transpiration. Je me sentais aussi euphorique que si j'avais respiré du gaz hilarant. Les cris de quelques fêtards noctambules bourrés rentrant chez eux nous parvinrent par la fenêtre entrouverte. Je me rappelai tardivement Derek, et découvris que je me fichais complètement qu'il puisse être tapi au rez-de-chaussée, coiffé d'un chapeau en papier d'aluminium, muni de matériel d'enregistrement et d'une licence de radiodiffusion.

—Évidemment que je t'aime.

—Hum, Rachel…

—Oui?

C'était toujours aussi bizarrement excitant de l'entendre prononcer mon prénom. Je me dressai sur le coude et l'embrassai sur la joue. Il déplaça mon bras et le posa sur son ventre nu et ferme. Je me laissai aller en arrière contre son épaule.

—« Évidemment » n'est peut-être pas le mot qui convient. Je te rappelle que nous avons mis un certain temps à en arriver là.

—Effectivement.

—Alors rien dans ma dévotion amoureuse imbécile ne m'a trahi?

Je ris et l'étreignis.

—Non. Mais j'ai adoré que tu frappes quelqu'un pour moi.

—Oh, ne m'en parle pas…

Ben porta une main à son front.

—Pourquoi? Tu as été incroyable.

—J'aurais pu aussi bien donner un coup de fourchette sur un verre et dire: « Votre attention, s'il vous plaît, j'ai une annonce à faire: je suis raide dingue de cette fille. C'est bien clair? OK, parfait, je vous en prie, la soirée continue. Ah, une précision: il est vivement recommandé à tous les clients d'éviter de lui tripoter les nichons. »

—Ce n'est pas ce que j'ai pensé.

—Eh bien, Emily si. Elle m'a dit ce soir-là: « Je ne romps pas avec toi parce que tu as frappé quelqu'un pour la défendre, mais à cause de ton expression quand ce type l'a agressée. »

—Vraiment? Aïe. Désolée.

—Pas ta faute. J'aurais été capable de le frapper à terre, même s'il avait tenu des jumeaux nouveau-nés. Elle avait compris. J'ai cru que tout le monde avait compris. C'est incroyable que tu n'aies rien vu.

—Eh bien, j'étais loin de la table. Et en train de me faire agresser. Encore désolée.

Il me caressa le bras.

—Je redoutais tellement le moment de te dire au revoir.

—Moi aussi.

—J'allais te parler demain. Pendant le bal.

—Ah oui ?

Je levai les yeux vers lui.

—Et qu'est-ce que tu allais me dire ?

—Juste : voilà ce que je ressens, je voulais que tu le saches au cas où ça ferait une différence. Scénario de Jack Daniel's. Honte de Calvin Klein.

—Honte ?

—J'ignorais que tu serais célibataire, non ? Le fait que tu aies un mec est tout ce qui m'a retenu de me ridiculiser pendant trois ans. C'était ma dernière chance et j'étais décidé à faire une exception.

Je l'étreignis de nouveau.

—Je ne me suis rendu compte de rien. J'assistais au défilé incroyable de tes petites copines, toutes plus belles les unes que les autres et ne me ressemblant en rien. Des blondes, pour la plupart. Des blondes sûres d'elles, en plus.

—Et pourquoi aurais-je voulu sortir avec des filles qui m'auraient fait penser à toi si je ne pouvais pas t'avoir ?

Il avait formulé ça si brutalement que je me sentis bien plus coupable que flattée. Mis à part au moment de son coup de déprime devant le restau indien, je n'avais jamais senti que notre relation lui faisait du mal.

—Excuse-moi si je suis un peu remonté, ajouta-t-il. J'ai espéré contre tout espoir pendant trois ans. J'ai du mal à croire que tout ceci est bien réel.

—Moi, ça m'a paru tout ce qu'il y a de plus réel.

Pour une fois, Ben ne rit pas de ma désinvolture.

Nous restons étendus en silence. J'avais envie de dire des choses extravagantes, de crier que je le trouvais merveilleux, que *ceci* était merveilleux, mais, submergée par l'émotion, je restai muette. J'étais plus occupée à ressentir qu'à réfléchir.

Ben m'aimait. Je l'aimais. Nous avions fait l'amour. Il y avait eu un changement de paradigmes, et mon pyjama était par terre.

— Et maintenant ? demanda Ben.

— Quoi ?

— Tu veux qu'on continue à se voir ?

— Tu plaisantes ? Bien sûr !

— Tu retournes à Sheffield pour intégrer ton école de journalisme.

— Oui.

— Et je quitte le pays pour six mois.

— Oui.

— Tu pourrais prendre un avion et nous rejoindre ? Pendant les vacances par exemple ?

— Ça me paraît super. Sauf que normalement je récupère mon boulot au pub. Je vais avoir besoin d'argent.

— Le pub ? Celui où Rhys va tout le temps ?

— Oui, mais ça n'a aucune importance.

— L'idée ne m'emballe pas.

Ben fronça les sourcils.

— Me crois-tu influençable au point que si je lui sers sa Stella de temps en temps, je risque de lui retomber dans les bras ? Salées, grillées à sec ou moi ? plaisantai-je.

Ben ne rit pas.

— Merci pour la confiance, dis-je, feignant d'être offensée.

Blague à part, je sentis que nous allions à deux vitesses différentes. J'étais satisfaite de rester allongée dans le brouillard postcoïtal, uniquement occupée à savourer notre proximité physique. Il avait besoin de réponses quand je n'avais même pas commencé à penser aux questions.

— Je ne peux pas annuler mon voyage. Les billets sont réservés. Et puis, de toute façon, je ne peux pas planter Mark, il serait super déçu.

— Bien sûr. Et ça fait tellement longtemps que tu en rêves ! Il faut que tu partes. Je ne te demande pas d'y renoncer.

— Je sais, dit Ben, mais assez sombrement.

J'essayai de comprendre où nous en étions. Il n'avait pas tort. L'année suivante allait être compliquée, même si cela ne me semblait pas aussi insurmontable qu'à lui. Le plus important, c'était que nous savions désormais tous deux ce que l'autre ressentait. Le miracle avait eu lieu. Le reste, c'était de l'organisation.

Ben tendit le bras et me toucha la main.

— Pars avec moi. Allez, viens. Décale ton inscription à l'école. Prends des billets.

— Je ne peux pas. D'abord je n'en ai pas les moyens.

— Je paierai. J'ai de l'argent de côté.

— Je ne peux pas te laisser faire ça.

— Bien sûr que si. Tout ce qui est à moi est à toi. Un prêt, si tu préfères.

— Je suis sûre que Mark adorerait passer le voyage de sa vie à tenir la chandelle ! m'esclaffai-je.

— C'est ça qui te préoccupe ? Les sentiments de Mark ? À moins qu'il ne soit en fait question des tiens ?

— Hein ?

— Tu vas passer des heures enfermée au « Grosse Murge & Dégueulis » avec Rhys pendant que je crapahute à Kanchanaburi ? À mon retour, tu passeras la semaine à l'école et le week-end à travailler. Quand est-ce qu'on va se voir ?

— Ça ne va pas être facile, mais nous y arriverons. Je suis capable d'attendre un an pour pouvoir être vraiment avec toi, s'il le faut.

Il y eut un long, très long silence pendant lequel je faillis vérifier qu'il respirait toujours. J'espérais qu'il était en train d'assimiler la taille de ce qui se voulait un compliment. Il se redressa et s'assit.

—Un an? Tu es honnêtement en train de me dire que ça ne te pose pas de problème qu'on ne se voie presque pas l'année prochaine?

—Je n'ai pas dit que ça ne me posait pas de problème, j'ai dit que j'attendrais. Si c'est le prix à payer.

—Tu ressens vraiment pour moi ce que je ressens pour toi?

—Oui!

—Pour être honnête, je ne crois même pas que toi et Rhys ayez rompu. Ça ressemblait plus à une dispute qu'à une rupture.

—Ne dis pas n'importe quoi. Si je voulais être avec Rhys, qu'est-ce que je ferais dans ce lit avec toi?

—Comptais-tu me dire quelque chose avant de partir?

—Hum.

Non. Je le regrette énormément maintenant, mais non. Pour la première fois de ma vie, j'étais confrontée à un défaut de mon caractère, sans nulle part où me cacher. Oui, j'étais amoureuse de lui. Non, je ne me serais pas risquée à le lui avouer, étant quasiment sûre que ce ne serait pas réciproque. J'allais me convaincre que je ne l'aimais pas et renoncer à lui. Je ne pouvais résoudre cette contradiction autrement qu'en révélant quelque chose de moi : mes chers amis, je suis une grosse lâche.

—Je n'avais rien prévu, mais…

—Donc non.

—J'ignorais que tu ressentais la même chose!

—Comment l'aurais-tu su sans me le demander?

—Je ne voulais pas risquer de perdre ton amitié.

—Nous savons tous les deux que demain aurait été la fin de notre relation telle qu'elle est, de toute façon.

C'était vrai, et je n'avais rien à lui répondre. Comment convaincre quelqu'un de tellement plus courageux et plus cool que vous que des sentiments aussi puissants et une telle lâcheté pouvaient coexister?

—Est-ce que tu aimes encore Rhys ? J'imagine que oui, si votre relation ne s'est finie qu'aujourd'hui.

—Je ne sais pas, avouai-je. On n'éteint pas ses sentiments en appuyant sur un interrupteur. Mais, quoi que je ressente, ça ne signifie pas que je sois amoureuse de lui et que je veuille être avec lui.

Un autre long silence s'installa, durant lequel je réfléchis à ce que je pourrais dire ensuite. J'avais l'impression que nous avions fait une embardée et étions montés sur le trottoir, et qu'il nous faudrait nous cramponner au volant pour reprendre le contrôle de notre véhicule et regagner la route. Ma tendance à toujours dire ce qui me passe par la tête n'avait pas vraiment fait des merveilles jusqu'à présent.

—Putain ! s'exclama soudain Ben.

Il sauta du lit comme si on avait braqué un pistolet sur ses fesses. Pendant une fraction de seconde, j'expérimentai une dissonance cognitive : *il se passe un truc pas cool/jolie vue*. Puis je me rendis compte qu'il cherchait ses vêtements. Il enfila son caleçon en faisant claquer l'élastique sur ses hanches, puis sautilla dans son jean.

—Qu'est-ce qui se passe ? Ben ?

Je m'assis, et, plus si à l'aise avec ma nudité, j'attrapai un oreiller et le plaquai contre moi.

—Je suis désolé, mais il faut que j'y aille, annonça-t-il.

Quelques mots m'échappèrent quand il disparut momentanément dans son tee-shirt.

—Je n'aurais pas dû… Je ne pouvais pas te repousser. Merde…

—Ne t'en va pas ! Ben ? Je ne comprends pas ! Je voyagerai avec vous, si c'est ce que tu veux…

Il s'immobilisa et me regarda.

—Il ne s'agit pas que tu fasses ce que je veux. Tu dois décider ce que tu veux *toi*. Et pas parce que la fac, c'est fini, que nous sommes bourrés, que nous avons couché ensemble et que tu t'es disputée avec Rhys. Je ressens trop de choses pour toi pour jouer. Il faut que j'y aille.

—Ce qui vient de se passer n'a rien à voir avec tout ça!

Il se pencha pour enfiler ses chaussures puis se redressa.

—Tu me baises et tu te barres? lançai-je, essayant en désespoir de cause de faire appel au code international du non-connard.

—Ça n'a rien à voir. Je ne peux pas décider de la suite des événements à ta place – même si je sais que c'est ce dont tu as l'habitude.

—Ce que je veux pour la suite, c'est que tu restes ici.

—Je ne peux pas… Ce n'est pas ta faute, mais je ne peux pas…

Il s'interrompit et se racla la gorge avant d'ajouter:

—… être si proche de toi et penser que c'est juste pour une fois.

Il attrapa son portefeuille et ses clés sur mon bureau. Je le regardai, incrédule, marcher vers la porte de la chambre au pas de charge. Je ramassai le drap par terre, m'en enveloppai si bien que je ressemblai à une minuscule statue grecque, et me lançai à sa poursuite. Le temps que je mis à me couvrir me fit perdre celui de le rattraper.

—Ben, s'il te plaît! Ne pars pas! criai-je en dévalant les marches.

Mais il partit, et je restai seule sur le seuil de la maison, criant son nom.

Entendant du mouvement dans la chambre de Derek, je remontai l'escalier quatre à quatre, en hyperventilation, essayant de comprendre comment ce rêve avait pu se transformer en cauchemar.

CHAPITRE 55

J'essaie de forcer mon esprit saturé à assimiler les complexités de l'affaire de trafic de stupéfiants, prenant abondamment des notes dans une tentative d'attacher mon imagination vagabonde à des faits vérifiables. En milieu d'après-midi, la séance est interrompue pour permettre aux avocats de se concerter. Je me dirige vers la salle de presse quand je me fais barrer la route par un Gretton passablement excité.

— Vous l'avez vue ?

— Qui ?

— Clarke ! Elle avait oublié un Dictaphone en salle de presse et nous a tranquillement expliqué que, vu qu'elle devait passer chercher des affaires à son appartement, autant faire un crochet au tribunal le récupérer. Je vous l'avais dit, cette gamine a un sacré culot.

M'éviter ne valait pas le prix d'un Dictaphone. Quelle classe, Clarke ! Je fais volte-face et scanne le tribunal du regard. La famille et les amis de l'accusé me jettent un coup d'œil suspicieux.

— Elle filait à Piccadilly, m'annonce Gretton en consultant sa montre. Je l'ai entendue dire qu'elle prenait le train de moins le quart. Si vous vous magnez…

Je regarde Gretton. Nous savons tous les deux que je suis en train de me faire honteusement appâter et que je vais mordre à l'hameçon. Je vérifie l'heure.

— Je couvrirai votre procès si la séance reprend pendant votre absence. Parole de scout.

Gretton me fait un signe avec les doigts croisés. Pour une fois, je le crois.

Je sors à toute allure et plonge dans la ville, me faufilant à travers la foule de l'après-midi, grimpant la côte jusqu'à Piccadilly telle une banlieusarde en retard, alternant trot et galop, me fendant de temps en temps d'un petit sprint disgracieux. Quand j'atteins la gare, j'ai les poumons qui sifflent et un point de côté. Pffou. Je ne suis vraiment pas en forme – ça me rappelle les cross à l'école. En examinant le panneau d'affichage des départs pour essayer d'identifier le train de Zoe, je repère un candidat probable. Apparemment, il est à quai. Si elle a déjà passé les contrôleurs, c'est râpé. Je consulte ma montre une nouvelle fois. Elle s'est certainement installée en première classe, goûtant les fruits de ses biens mal acquis. Oh, allez. Au moins j'aurai essayé. Par respect pour moi, quel qu'il soit.

Je me retourne, m'apprêtant à revenir sur mes pas, et sursaute en apercevant une touffe de cheveux frisés à ressort à quelques mètres, près d'un Costa Coffee. Ha, ha ! Sans me donner le temps de me sentir nerveuse, je marche droit sur elle.

— Zoe ! crié-je.

Elle me regarde avec surprise, mais sans paraître le moins du monde choquée ou effrayée, se contentant de redresser la valise en vinyle fleuri qu'elle tirait derrière elle.

— Bonjour, Rachel, me lance-t-elle d'un ton sec plein de résignation polie, comme si j'étais la virago qui vivait à trois maisons de chez elle et n'arrêtait pas de la bassiner avec un projet de surveillance de voisinage.

J'inspire profondément.

— Une question : comment avez-vous pu ?

— Oh, écoutez, je suis désolée, vraiment. Le *Mail* n'était pas censé le publier si vite, mais un article a été annulé à la dernière minute et comme le mien était prêt… J'ai voulu vous prévenir.

— Je le vois bien au nombre de fois que vous avez essayé de me joindre samedi soir. Qu'est-ce que vous comptiez me dire exactement ? Désolée, je vous ai fait un coup de pute, mais je ne pouvais pas laisser passer une telle opportunité ?

Zoe émet un bruit qui est soit un soupir soit un grognement d'exaspération.

— Vous n'alliez rien en faire alors que c'était un excellent sujet, vous l'avez dit vous-même.

J'espère qu'aucun de mes collègues ne traîne dans le coin, sinon cette confrontation sera l'exemple parfait d'une victoire à la Pyrrhus.

— Tellement excellent qu'il va me valoir un licenciement.

— Ils ne rejettent pas la responsabilité sur vous, quand même ? s'étonne Zoe, tout innocente. Je vous jure que je n'ai raconté à personne que vous aviez lu le texto.

— Oh, merci bien ! craché-je, malgré mon soulagement. Vous vous fichez donc complètement de ce que vous avez fait à Natalie ? Ou Jonathan ?

— La femme qui trompe son mari criminel et son amant ? Oui, assez.

— Eh bien, j'espère qu'un boulot dans un journal national payé vingt-cinq mille livres par an vaut la peine d'avoir piétiné tous ces gens pour y arriver. Ce fut un plaisir de vous connaître.

— Vous avez été très sympa avec moi, je suis désolée que ça ait fini comme ça.

— Ouais, moi aussi, je suis vraiment désolée d'avoir été sympa avec vous.

Je n'avais jamais remarqué jusqu'ici que Zoe avait le regard vide d'une poupée de chiffon jetée dans une benne à ordures.

— Je sais que vous ne l'avez pas cherché, mais vous n'y êtes pas pour rien non plus.

—*Je vous demande pardon ?*

—Pourquoi avez-vous regardé le texto, Rachel ? Pourquoi avez-vous noté le numéro ? Votre instinct avait raison et vous vouliez le suivre, mais vous n'en assumiez pas les conséquences. Voilà pourquoi vous me l'avez donné.

—C'est tout ce que vous avez trouvé pour vous donner bonne conscience ? En fait, tout au fond de moi, depuis le début, je n'attendais que de vous voir publier cet article ?

Cela dit, tout en parlant, je m'interroge.

—C'est une chose bizarre à faire avec un sujet qui ne vous intéresse pas. Je comprends que cela vous contrarie, mais vous vous voilez un peu la face.

Je sens ma pression sanguine monter en flèche. Elle n'a même pas eu la décence d'avoir l'air coupable. Ai-je changé de rôle avec Simon ?

—Je n'étais pas en train de vous donner un tuyau. Je vous ai parlé en croyant pouvoir vous faire confiance.

Suit un silence renfrogné qui me suggère qu'elle aimerait que je disparaisse de sa vue.

—Je n'ai fait qu'utiliser une information dont vous ne vouliez pas. C'était de la récup.

—Si c'est tout ce que vous pensez que c'était, pourquoi ne pas m'avoir demandé ?

—Vous auriez flippé exactement comme vous le faites maintenant, vous préoccupant de savoir si c'était juste pour les personnes impliquées. Désolée, mais je m'en tape. Je veux réussir. Il ne nous incombe pas de jouer à Dieu et de décider ce qui est ou n'est pas de l'information…

Je laisse échapper un cri éraillé.

—Alors ça, c'est fort ! Quoi, vous êtes une sorte de militante pour la vérité et la liberté d'expression maintenant ?

—Je suis journaliste. C'est à ça que consiste notre travail. Peut-être devriez-vous vous consacrer à autre chose si vous le désapprouvez tant.

Elle aurait aussi bien pu m'attraper par l'épaule et m'assener un coup de poing sous le nombril. Une chose est de m'entendre dire par Ken Baggaley que je déshonore ma profession. Mais me faire sermonner par une morveuse qui était encore à la fac il y a cinq minutes…

— Il y a les bons et les mauvais. D'après ce que je vois, vous n'êtes pas différente des Gretton de la Terre, et la façon dont vous traitez les gens vous reviendra dans la figure.

— Vous exagérez.

— Quand mon boulot pend à un fil ? J'en connais beaucoup qui, dans ma situation, vous arracheraient le visage et le porteraient en masque.

— Ils ne peuvent pas vous virer pour quelque chose que j'ai fait, moi !

— Bien sûr que si, Zoe. Mais n'essayez même pas de faire semblant d'avoir évalué l'impact que votre article aurait sur moi ou les autres avant d'agir. Vous avez pris ce qui vous intéressait et laissé les autres payer les pots cassés.

Elle garde le silence.

— J'ai une dernière question à vous poser. Est-ce que votre mère est grosse ?

Zoe semble avoir perdu de son assurance.

— Quoi ?

— Ce n'est pas difficile : est-ce que votre mère souffre de surpoids ?

— Je ne comprends pas de quoi vous parlez.

— C'est bien ce que je pensais. Difficile de ne pas perdre le fil, j'imagine.

Quelque chose qui doit s'apparenter à de la honte colore enfin son visage. Estimant que je n'en tirerai rien de plus, je tourne les talons et la plante là, avec son bagage gentiment puéril, ses cheveux ébouriffés qui la rendent attachante et son cœur de pierre, attendant que les battements du mien retrouvent un rythme normal tandis que je redescends la colline, dans la gueule de la ville, pour me remettre au travail.

« Je veux réussir. » Non seulement ma relation amoureuse est un échec, mais en plus, selon ses critères, mes performances dans mon boulot aussi. Je m'accorde le droit cinq minutes de me considérer comme une vraie ratée, puis j'évalue les pertes. Je crois que le moment où j'ai mal agi a été quand j'ai lu le texto, et le moment où j'ai été idiote quand je le lui ai raconté. Cependant, si son exploitation de la situation fait de moi une journaliste merdique et d'elle une bonne, eh bien, c'est une compétition que je préfère perdre.

—Alors ? Vous en êtes venue aux mains ? lance Gretton alors que je m'approche du tribunal.

Il est en pause clope. Une cigarette rougeoie dans sa main. Il a l'air du chat qui a trouvé la crème. Et les bâtonnets de poisson pané, et la balle avec une clochette dedans.

—Est-ce qu'elle s'en relèvera ?

—Oui, mais pas ici.

—Je vous avais prévenue. Je vous ai dit : vous aussi, prenez garde. Vous vous souvenez ?

—Ah, oui. (Je plisse les yeux dans le soleil.) Je croyais que vous me menaciez.

—Parano.

—Non, pas assez parano.

—Est-ce que le grand chef s'est calmé ?

Je soupire et souris.

—Je vois. Vous voulez savoir s'ils vont me remplacer par un débutant, ce qui vous permettrait d'avoir l'exclu sur tous les bons sujets pendant un mois ?

—Non, se défend Gretton en faisant tomber ses cendres sur le trottoir, dans une imitation passable d'un homme offensé. En fait, je trouve que nous travaillons plutôt bien ensemble. Nous connaissons les règles. J'espère que vous resterez.

—Ça me touche. J'ai survécu. Je suis couverte de sang, mais invaincue. Ou couverte de sang et vaincue, mais avec un boulot.

—Ce n'est pas votre faute si vous ne l'avez pas percée à jour, déclare Gretton, faisant preuve d'une extraordinaire magnanimité. J'ai quelques kilomètres de plus que vous au compteur. J'en avais vu d'autres dans son genre avant.

—Et moi j'espère ne jamais en recroiser.

—Elle s'est complètement grillée. Elle ne pourra jamais rebosser pour aucun journal régional ni aucune agence, ça, c'est sûr. Baggaley est plutôt rancunier. Ouaip, pour elle, ce sera Londres ou rien. Elle ferait mieux de rester au *Mail*.

—Merci ! dis-je en m'esclaffant presque. Si le réconfort pouvait venir sous une forme encore plus froide, ce serait de l'azote liquide.

CHAPITRE 56

Une personne plus courageuse, plus dynamique et plus sensée se serait peut-être levée le matin-suivant-la-nuit-de-la-veille, à savoir le jour du bal de fin d'année, et précipitée pour régler son désaccord avec le tout juste découvert et tout juste perdu amour de sa vie.

Je me rongeai les ongles, changeai de haut trois fois, anxieuse à l'idée de le croiser en plein jour après toutes les choses que nous avions faites dans la semi-obscurité. J'enchaînai les tasses de thé, tergiversai, perfectionnai des discours dans ma tête et perdis mon temps. Puis les filles arrivèrent avec des sacs remplis de mousse à friser, de maquillage pailleté et de bouteilles de champagne tiède. Je décidai d'attendre d'être assez imbibée d'alcool pour avoir le courage de l'aborder au bal ce soir-là. Ce n'est que tardivement, alors que je réalisais sur Caroline une coiffure haute style années 1960, usant de quantités d'Elnett au risque de nous asphyxier toutes, que j'envisageai la possibilité que Ben ne vienne pas.

Cette hypothèse me fit m'immobiliser en plein crêpage. Inquiète, Caroline me demanda :

— Qu'est-ce qui se passe ? J'ai l'air de sortir d'un film de John Waters, c'est ça ?

J'avançais en pilote automatique : je faisais semblant de me préoccuper de ma tenue, de ma coiffure, souriais pour les photos, mais je ne pensais qu'à une chose : aller au *Palace Hotel*.

À l'arrivée, on nous servit un apéritif dans une antichambre anonyme tapissée de chintz. Je scannai désespérément la foule de vestes noires à la recherche de Ben, en vain. J'aperçus quelques-uns de ses amis par-ci par-là, sans pouvoir localiser leur groupe, et la salle de bal, dressée pour le dîner, était trop vaste pour être passée efficacement au crible.

Au moment de passer à table, j'étais convaincue qu'il n'apparaîtrait pas. Je commençai à élaborer un plan : quand personne ne ferait plus attention à moi, je m'éclipserais et filerais en taxi jusque chez lui. Les minutes s'égrenaient, et c'était tout ce que je pouvais faire pour me retenir de jeter le cocktail aux crevettes servi en entrée sur le mur le plus proche, où je l'imaginais dégouliner en une flaque couleur saumon, de renverser la table et descendre Oxford Road au pas de charge dans mes talons aiguilles.

Une fois que la tarte au citron meringuée eut été anéantie et que la musique eut commencé, je réfléchis au meilleur moyen de m'échapper. C'est alors qu'il apparut. En plein milieu de la salle, comme tombé du plafond tel un cambrioleur acrobate suspendu par des câbles. Ben en smoking. Si vous aviez braqué une caméra sur lui, l'objectif aurait fondu.

Manifestement, il venait à peine d'arriver parce qu'une fille assise à sa table sauta sur ses pieds pour passer les bras autour de lui – mon estomac se tordit – et qu'un ami lui tendit une bière. Je vis Ben desserrer son nœud de cravate, s'ébouriffer les cheveux et expliquer son retard. J'allais sûrement me ridiculiser un peu, mais j'avais attendu assez longtemps.

Je bondis sur mes pieds et me faufilai jusqu'à sa table.

—Je peux te parler ?

Ben se détourna de ses amis avec surprise, reposa son verre. Je crus qu'il allait m'envoyer balader devant tout le monde, mais le courage paya. Il haussa les épaules et lâcha un « OK ». Je lui pris la main et le guidai sur la piste. Ce soir, alors qu'il avait prévu de me déclarer ses sentiments éternels, c'était moi qui me lançais.

Je lui fis face.

— Écoute, Ben…

— J'essaie. Tu es sûre de vouloir me parler ici ?

J'avais pensé que la piste était le seul endroit où nous pourrions avoir un peu d'intimité, mais elle présentait le petit inconvénient des décibels. « To The End » de Blur retentissait dans les enceintes. Les gens qui nous entouraient avaient bu assez de cava pour se précipiter sur le dance-floor en chantant à pleins poumons.

— Tu aurais dû me poser une autre question…

— Pardon ? articula Ben en tournant la tête vers moi.

— Une autre question. Au sujet de mes sentiments. Hier soir ! Quand tu m'as demandé si j'aimais toujours Rhys…

Je me bouchai les oreilles pour bloquer Damon Albarn et me concentrer sur Ben.

— Quoi ? dit-il en plissant les yeux, confus.

— Trouvons un endroit plus tranquille, hurlai-je.

— D'accord.

— Je suis désolée, articulai-je succinctement.

Enfin Ben avait lu une phrase sur mes lèvres.

— Moi aussi je veux te dire quelque chose, cria-t-il en secouant la tête.

Un sourire. Il *souriait*. Pendant un merveilleux moment, tout allait bien se passer. Je m'approchai pour lui reprendre la main et sentis son bras s'enrouler autour de ma taille. Il coinça mes cheveux derrière mon oreille droite et se pencha pour me dire quelque chose à l'oreille. Je sentis la chaleur de son souffle dans mon cou et tremblai, fermai les yeux.

Ce qui arriva ensuite parut se dérouler au ralenti – mais rien à voir avec un ralenti de baiser de cinéma, attendu, triomphant, le plan se resserrant sous la lumière éparpillée d'une boule à facettes disco avant « Lecteur, je l'ai épousé », et le déroulé des crédits. Ben recula. J'ouvris les yeux. Il fixait un point par-dessus mon épaule ; son sourire s'effaça, son bras glissa de mon corps.

Je me retournai et aperçus Rhys qui s'avançait vers nous, en smoking, le sourire jusqu'aux oreilles. C'était Rhys, ou si peu avec sa fausse dégaine de musicien d'orchestre de jazz. Il avait même essayé de discipliner sa tignasse en une coiffure plate et lisse à la Rat Pat séparée d'une raie. Je regardai de nouveau Ben. Rhys nous rejoignit.

— Ta dah ! s'exclama-t-il en ouvrant les bras tel un magicien qui montre qu'il n'a rien dans ses manches.

Ben croisa les bras, son regard passant de Rhys à moi. Et il attendit. Il attendit des mots qui, s'ils étaient venus, auraient été à peine audibles – mais ça aurait été mieux que rien.

— Tout va bien, mon pote ? Je ne vous dérange pas, j'espère !? brailla Rhys avec l'intonation de celui qui se fend la poire.

Ben me fixait toujours sans rien dire, la mâchoire crispée.

— Non ! m'exclamai-je dans une réponse réflexe, faisant du remplissage tout en réfléchissant à comment j'allais gérer la situation. Mais, euh… Ben et moi étions justement… Nous avons…

… *baisé et nous sommes déclaré notre amour ?*

Avant que je n'aie pu ajouter quoi que ce soit d'autre, Rhys s'écria : « Viens par ici, *baby* ! », m'entraînant sans ménagement dans une valse version étreinte d'ours coercitive.

— Attends, attends !

J'avais l'impression de me noyer, haletant en quête d'oxygène, écrasée dans un polycoton noir empestant un mélange d'odeur de renfermé et d'Issey Miyake for Men, en proie à une panique aveugle.

— Rhys, arrête !

— Bah, qu'est-ce qu'y a ?

Quand je parvins enfin à me libérer, Ben avait disparu. Et je ne le revis plus pendant dix ans.

CHAPITRE 57

Deux semaines après le massacre de St Ann's Square, je reçois une invitation de Ben à aller boire un verre après le boulot.

— Ça alors ! s'exclame-t-il au moment où je le rejoins devant le Royal Exchange Theatre. Tu n'as qu'une ou deux minutes de retard. Compte tenu de la marge d'inexactitude de ma montre, tu pourrais même bien être à l'heure. Tu peux m'expliquer ?

— Je meurs d'envie d'un verre ? proposé-je.

— Je trouve que ça mériterait un tir de confettis.

Il m'adresse un sourire en coin tandis que nous nous mettons en route.

— J'ai beaucoup à me faire pardonner.

— Ne dis pas de bêtises.

— Tu n'avais pas envie d'aller au cinéma avec Olivia et Lucy ?

Il ne m'avait pas échappé que Ben s'était senti obligé de justifier l'absence d'Olivia. Je la soupçonnais d'avoir choisi l'autre camp dans le combat de catch Simon Typhon *vs* Cruelle Rachel.

— Personne ne me forcerait à voir ce film à moins de me sangler à une civière et de me planter une seringue dans le bras. *Mon homme à moi* ou quelque chose comme ça. *Une fille de rêve. Où est mon cerveau ?*

— Des rumeurs d'Oscar circulent autour de *Où est mon cerveau* !

—À mon avis, ce sont plutôt des mouches qui tournent autour.

Nous éclatons de rire.

—Ici ? proposé-je sur un coup de tête au moment où nous passons devant une porte prometteuse.

À peine sommes-nous entrés que je sais que nous avons fait une heureuse découverte : chaises et tables en bois patiné peintes de différentes couleurs, chandelles vacillantes, serveuses aux allures d'étudiantes en école d'art, affiches de vieux films sur les murs – tout l'attirail bobo.

Nous prenons place sous *Les hommes préfèrent les blondes* et Ben va nous chercher à boire, de la bière belge dans des bouteilles en verre brun. D'un mouvement d'épaules, il fait glisser son manteau discrètement m'as-tu-vu sur sa chaise. J'essaie de ne pas le dévorer des yeux, de faire abstraction du fait que, à côté des visages brillants et des cheveux gras qui affligent tous les employés de bureau à 18 heures, Ben ressemble à James Bond qui viendrait d'affronter des trafiquants d'armes au baccarat dans un casino du Monténégro. *Sur un beau visage viril*, pensé-je, *les cheveux en désordre donnent un air canaille.* J'ai quant à moi passé dix minutes frénétiques avec ma trousse à maquillage aux toilettes du boulot, me maquillant les yeux et la bouche comme on décore un œuf dur.

Je demande timidement des nouvelles de Simon pendant que Ben roule les manches de sa chemise et que j'ignore ses avant-bras. Quand suis-je devenue une perverse concupiscente ? (« Trop tard », entends-je dire Rhys.)

Il répond sèchement :

—Tu n'es pas la première femme qu'il accuse de ruiner sa vie et tu ne seras pas la dernière. N'y pense plus.

J'inspire brusquement et me prépare à dire à Ben toute la vérité, celle que je ne pouvais pas risquer d'avouer à Simon. Je joue gros. Je savais en venant que j'allais le faire et que beaucoup de gens penseraient que c'est de la folie. J'entends

d'ici le hurlement spectral de Caroline : « Ferme-laaaaa… ! »
Le truc, c'est que le fait que Ben prenne ma défense ne vaut rien si ce n'est pas en connaissance de cause.

— Ben, commencé-je. Si je te raconte quelque chose d'autre au sujet de l'affaire Natalie Shale, peux-tu me promettre de ne pas péter un câble et de ne rien répéter à Simon ?

Il me lance un regard méfiant.

— Est-ce qu'il s'agit d'un nouvel élément scandaleux qui va tout changer ? Je me passerais de surprises supplémentaires.

— Il s'agit de toute la vérité, rien que la vérité sur comment Zoe a eu accès à cette info.

Son verre s'immobilise dans sa main à mi-chemin de ses lèvres. Il le repose.

— Je t'en prie, dis-moi que vous n'avez pas partagé l'argent.

— Non, je n'ai pas menti : je ne suis pas impliquée dans la vente de l'article.

— Alors quoi ? Ne me fais pas d'aveu que je n'aie pas envie d'entendre.

— Je n'ai absolument rien à voir avec l'article ni avec sa parution dans les journaux nationaux. Si j'avais été au courant de ce que mijotait Zoe, j'aurais tout fait pour l'arrêter. Ça aide ?

Ben semble indécis.

— Tu me promets que tu ne raconteras rien à Simon ? insisté-je.

— Tu as de la chance que je ne tienne pas à le braquer encore plus. Allez, tu m'en as déjà trop dit, tu ferais bien de me raconter.

Je lui explique tout. Puis retiens ma respiration.

Ben étudie mon visage pendant qu'il absorbe l'information.

— Elle a exploité l'info derrière ton dos ?

— Oui. Je te le jure.

— Pourquoi n'as-tu pas écrit l'article ?

— C'était injuste. J'y ai réfléchi. Mais j'avais trop de scrupules à leur faire un coup pareil.

— Mais ça ne t'a pas posé de problème de lire le texto de Natalie et d'en colporter le contenu ?

— Je sais. Traite-moi de rebut de l'humanité. Je le mérite.

Ben souffle.

— Pourquoi me racontes-tu tout ça ?

— Tu as été tellement adorable avec moi ; je ne peux pas te mentir. (*J'ai besoin à tout prix de ton absolution. Je peux tout supporter si tu me la donnes.*) Je ne pouvais pas le dire à Simon : il m'aurait fait perdre mon boulot et j'ai un loyer à payer. Ce n'est pas très reluisant, mais c'est comme ça. Je suis infiniment désolée pour les problèmes que ça t'a causés, Ben. Je voulais faire du bon travail. J'ai honte, tu n'as pas idée. Je te demande pardon. Du fond du cœur.

Ben souffle encore un peu ; il lorgne la porte avec envie. Pendant un instant, je m'attends à ce qu'il se lève et me dise : « Ciao, je me tire. »

— Eh ben, dis donc…

— Je te répéterais volontiers combien je suis désolée, mais je crains que ça ne commence à être agaçant…

— Tu n'aurais pas dû fouiner dans son téléphone ni en parler à un autre journaliste. Intentionnellement ou non, tu as été le big-bang d'un monde de merde.

— Je sais.

— Mais tu aurais pu en tirer un gros article et tu n'as pas cherché à en profiter. Pour épargner d'autres personnes, pas parce que ça ne t'aurait pas bénéficié. Vrai ?

— Vrai.

— Alors nous avons identifié un scrupule. Tu en as officiellement eu un.

J'éclate d'un rire ironique et reconnaissant. Une fois de plus, j'ai eu raison d'avoir foi en la générosité de Ben.

— Scrupule, au singulier.

— C'est un début.

La voix d'Ella Fitzgerald nous enveloppe à présent ; nos verres sont encore presque pleins – je me sens plus en paix avec l'univers qu'avant d'arriver, c'est certain.

—Tu as pris un risque en te confiant à moi, continue-t-il en m'examinant par-dessus son verre. Puis-je en prendre un à mon tour, avec la même confiance totale dans le fait que ça ne sortira pas d'ici ?

Je sens un frisson me chatouiller la nuque.

—Bien sûr.

—Ce que je vais te dire ne peut sous aucun prétexte être répété à tes collègues, sous peine de mort. Cela reste entre nous et ne sort pas de ce bar. Promets-le-moi, Rachel.

Je suis suspendue à ses lèvres.

—Je te le promets.

—Tu as intérêt à tenir parole, autrement j'appelle Simon et je lui raconte l'histoire du texto.

—Absolument. Compris. Si tu préfères, mise sur mon instinct de survie plutôt que sur mon sens de l'honneur.

—C'est plus sûr, en effet. Natalie aurait confié à Jonathan sur l'oreiller qu'elle avait menti pour donner un alibi à son mari, me confie-t-il à voix basse.

Ma mâchoire se décroche.

—Pourquoi aurait-il besoin d'un faux alibi ?

—Pourquoi les gens ont-ils besoin d'un faux alibi en général ?

—Lucas Shale est coupable ? soufflé-je, incrédule.

—Honnêtement, je n'en sais rien.

—Mais il va être acquitté en appel… Tout le monde le croit innocent. Moi la première.

Ben hausse les épaules.

—Cette information ne doit jamais arriver aux oreilles des associés. Si elle est vraie, c'est énorme : Jonathan a laissé le cabinet continuer de représenter Shale. C'est la fin de sa carrière.

— Sa liaison ne l'a-t-elle pas déjà sérieusement compromise, de toute façon ?

— Non – uniquement parce que Natalie n'était pas la cliente. Il s'est fait sérieusement taper sur les doigts et virer pour la forme, mais il est possible qu'il soit discrètement réembauché à Londres une fois le scandale retombé.

— Merde.

— C'est mieux que de se faire radier.

— Je suppose que Natalie et Jonathan ne sont plus en contact, alors ? S'il part à Londres ?

Ben secoue la tête.

— Ça m'étonnerait. (Pause.) Du coup ils risquent moins de s'entretenir au sujet de ce texto et de comprendre ton implication, hein ?

Je grimace.

— Ce n'est pas pour ça que je posais la question.

— Je le sais, je te taquine, c'est tout. Tu ne te préoccupes pas assez de tes intérêts, si tu veux mon avis.

Connaissant sa générosité, j'avais espéré que Ben me pardonne. Qu'il trouve en plus le moyen de me faire des compliments me dépasse – je n'ai aucune idée de la raison pour laquelle il voit toujours le meilleur chez moi.

S'ensuit une pause pensive qui se prolonge en un silence confortable consacré à la dégustation de nos bières. Je regarde la flamme des bougies qui projettent des motifs sur les fenêtres, m'imprègne de l'atmosphère de la pièce. Une jolie serveuse coiffée d'un chignon lâche dans lequel est planté horizontalement un crayon m'adresse un regard chaleureux qui dit : « Joli couple. » Je lui réponds par un sourire : « Si vous saviez… »

Ben reprend la parole :

— C'est chouette que nous en ayons été capables, non ? Je veux dire, toi et moi, de nouveau amis. Bien des années plus tard.

Je renchéris sans réfléchir :

—Fantastique. On a repris là où on s'était arrêtés.

—Pas exactement, fait remarquer Ben en haussant un sourcil.

—Non, pas exactement… euh…

La conversation cale. Le morceau d'Ella est terminé et notre silence désormais embarrassé est comblé par une horrible version emo de «Brass in Pocket» des Pretenders.

Ben boit quelques gorgées de bière. Je m'attends à un rapide changement de sujet. Au lieu de ça, il me regarde droit dans les yeux.

—Pourquoi as-tu couché avec moi ? En fait, j'ai fini par comprendre, mais autant en avoir la confirmation, après tout ce temps.

Son expression figée et sardonique, son léger sourire me déconcertent. Je vois bien qu'il croit que je ne sais pas comment présenter joliment l'horrible vérité. Et moi je pense à toutes les choses que je pourrais dire mais que je tairai à un homme marié.

—Je t'ai donné mes raisons à l'époque.

Ma voix est plaintive quand je l'aurais voulue ferme.

Il secoue la tête.

—Ne t'inquiète pas. C'était il y a longtemps. Je peux encaisser. Tu voulais te venger de Rhys et tu savais que tu n'aurais jamais à me revoir. Il n'y a pas de mal.

Pas de mal ? *Il plaisante ?*

—C'est complètement faux. J'étais… Je t'aimais vraiment beaucoup, finis-je par articuler alors que ma voix manque de se briser.

Manifestement, Ben n'est pas touché par cette déclaration.

—Mmm. Avec le recul, je pense que la réapparition de Rhys au bal est tombée à pic, pour tout le monde.

—Ben.

Mon émotion contenue depuis très longtemps enfle, comme les instruments à corde dans la bande originale d'un film sentimental. J'essaie de la maîtriser.

— Ce n'est pas ce qui s'est passé. Tu te trompes…

Comment faire allusion à tant de choses que je ne peux dire ? Oh, non… Vais-je utiliser ces mots exécrables ? On dirait bien :

— C'est compliqué.

Maintenant, c'est le fantôme de Mindy que j'entends : « Ferme-laaaaaa… »

— Je ne suis pas si loin de la vérité puisque finalement tu es restée avec Rhys et que vous vous êtes fiancés.

Touché. Coulé. J'ouvre la bouche ; aucun mot ne sort. Dire que je pensais que s'il me posait enfin la question, ce serait une libération. Elle arrive dix ans trop tard et l'un de nous est trop marié pour que cette discussion ressemble à autre chose qu'une punition.

— J'ai essayé de t'appeler. Je t'ai écrit. Tu n'as jamais reçu ma lettre ?

— Ah, ouais. Afin de…

Ben interrompt sa phrase et rembobine pour corriger ce qu'il allait dire.

— … passer à autre chose, j'ai dû couper les ponts en quelque sorte. De toute façon, ta lettre ne m'a rien appris que je ne savais déjà.

— Je craignais qu'Abi ne l'ouvre. Tu m'avais dit un jour que ça lui arrivait. J'ai cru préférable de faire court. Je misais sur le fait que tu m'appellerais après l'avoir lue.

Ben scrute le fond de son verre.

— Désolé si j'ai été brutal. Tu méritais mieux, et puis nous étions amis et tout. J'ai été assez mal l'année qui a suivi. Ce qui est vraiment dommage parce que je l'ai passée dans des endroits magnifiques.

Il s'efforce d'insuffler de la légèreté à ses paroles, mais trop tard, je ne peux l'imiter.

—Désolée, dis-je.

C'est faible, bien plus faible qu'il ne peut l'imaginer.

—Oh, non, je t'en prie, tu n'as aucune raison de l'être, proteste-t-il en faisant tourner le liquide dans son verre. Ne crois surtout pas que je t'en veux. Quand je repense à tout ça aujourd'hui, j'ai tellement honte…

Je grimace.

—Tu venais de te disputer avec Rhys, tu devais être dans tous tes états et moi je te mets une pression terrible après une nuit ensemble. Je veux dire, quelles qu'aient été tes raisons, c'était du sexe, donc je n'ai vraiment pas à me plaindre, ah, ah! Tu as dû te demander ce qui se passait. Je n'en reviens pas que tu m'aies autant ménagé. Beaucoup de bruit pour rien, hein? Mais bon, aujourd'hui nous pouvons regarder en arrière et en rire. Enfin, en espérant que ça ne te fasse pas trop rire non plus…

Ses paroles me vident comme un poisson.

—Ce n'était pas rien.

Ce *n'est* pas rien. Pour moi.

Ben hausse les épaules, sourit.

—J'ai cru que Rhys allait me balancer son poing dans la figure, l'autre jour. Je ne lui en aurais pas voulu.

—Je n'ai jamais raconté à personne ce qui s'était passé.

—Trop honte? demande Ben avec une grimace amusée.

—Je voulais que ça reste entre nous.

—Moi, j'en ai parlé à quelqu'un.

Mon cœur commence à battre la chamade. *Oh, non, pas Olivia. Par pitié.*

—Un Australien rencontré dans un bar à Sydney. Il m'a écouté déblatérer pendant des heures. Il m'a assuré que je te retrouverais un jour et qu'en te voyant traîner tes cent kilos et t'égosiller derrière tes quatre gamins, je me rendrais compte que je l'avais échappé belle. Rien d'original, en somme.

— Il avait raison, les quatre gamins en moins. Et je ne pèse que quatre-vingt-dix kilos, plaisanté-je maladroitement.

Je me sens complètement brisée.

— Il se trompait complètement. Mais ça fait du bien d'en reparler et de tourner la page.

Qu'est-ce que je peux répondre à ça? C'est drôle qu'il dise que c'est sympa de se voir alors que, pour la première fois depuis qu'on se connaît, je n'ai aucune envie d'être avec lui.

— Ben…

Mon téléphone se met à gazouiller dans mon sac. Je me maudis de ne pas l'avoir passé en mode silencieux.

Je le pêche. C'est Caroline.

— Allô? Caro? C'est toi? Je capte mal, articulé-je.

J'ai à peine prononcé ces mots que je comprends que ce n'est pas un problème de mauvaise réception: Caroline pleure.

CHAPITRE 58

Arrivée devant chez Caroline, je frappe un petit coup à la porte en bois qui rend un son creux. Je me balance d'un pied sur l'autre. Au téléphone, je n'ai réussi qu'à lui faire m'assurer que personne n'était mort. Ben s'est montré compréhensif quand je me suis précipitée hors du bar pour sauter dans un taxi.

Caroline ouvre. Les mots « Ça va ? » s'évanouissent sur mes lèvres.

Des traînées de mascara noir mêlé de larmes s'étalent sur ses joues, et la peau autour du col de son tee-shirt est rose foncé, comme si elle l'avait grattée nerveusement.

Je m'avance pour la serrer dans mes bras, mais elle recule.

— Merci d'être venue, dit-elle d'une voix éteinte en reniflant bruyamment, avant de tourner les talons et de retourner dans la maison.

Sans la quitter des yeux, je ferme la porte derrière moi et lui emboîte le pas. Dans le salon, je la regarde reprendre la position dans laquelle je suppose qu'elle se trouvait avant que j'arrive – couchée sur le côté sur le canapé en cuir jonché de mouchoirs en papier roulés en boule. Je me laisse tomber dans un fauteuil en face d'elle, remarquant la bouteille de vin presque vide et le verre à moitié plein sur la table basse.

— Où est Graeme ?

— Graeme a une liaison, annonce-t-elle, le dernier mot bizarrement étiré par les larmes qui montent et jaillissent au moment où elle le prononce.

—Oh, non, Caro !

Je m'agenouille près du canapé et pose ma main sur son bras pendant qu'elle sanglote. C'est affreux de la voir dans cet état, tellement loin de sa maîtrise de soi habituelle. Aussi troublant que de surprendre ses parents en pleine action ou ses grands-parents sans leur dentier. Je ne trouve rien de mieux pour enchaîner que :

—Comment l'as-tu découvert ?

Elle se passe les pouces sous les yeux et parle en expirant :

—Il a oublié son portable ce matin. Comme je sais qu'il n'aime pas s'en séparer, je l'ai emporté au boulot, pensant passer le lui déposer à l'heure du déjeuner. Après quinze appels en absence d'un certain John, j'ai décidé de répondre pour voir ce qu'« il » voulait.

Caroline s'interrompt pour stabiliser sa voix. Je lui frotte le bras, espérant mon geste plus réconfortant qu'agaçant.

—Ensuite, j'ai quitté mon travail, je l'ai appelé, je suis rentrée à la maison et je l'ai attendu.

Elle marque une pause.

—Figure-toi qu'il a eu le culot d'essayer de m'accuser d'atteinte à la vie privée sous prétexte que j'avais embarqué son portable. Quel petit branleur !

—Où est-il maintenant ?

—Je n'en sais rien et je m'en fous. Je doute qu'il soit chez *elle*, vu qu'elle est mariée et mère de famille.

—Ils travaillent ensemble ?

—Ouais. Il a prétendu que tout ça était une erreur et que, d'une certaine façon, il était soulagé que je l'aie découvert. Non, mais quel culot, franchement ! Il m'a sorti tous les classiques : « Nous n'avons rien vu venir », « Nous étions soûls et loin de chez nous », « Je ne savais pas comment y mettre fin. » À l'entendre se plaindre, on aurait pu croire qu'elle l'a forcé à baisser son pantalon en le menaçant d'un couteau.

L'usage voudrait que je dise que, de tous les maris, je ne m'attendais vraiment pas à ça de la part de Graeme, mais ce ne serait pas tout à fait vrai. J'opte donc pour :

— C'est terrible qu'il t'ait fait ça.

D'après lui, j'ai ma part de responsabilité parce que je suis « mariée à mon boulot » et que je ne suis jamais là quand il a besoin de moi.

Je m'efforce de ne pas crier.

— Quoi !? Il est exactement pareil ! Et il a toujours été très fier de ta réussite. Jamais il ne supporterait d'être avec quelqu'un qui ne soit *pas* comme toi.

— Apparemment si, à plusieurs reprises, dans divers hôtels du Royaume-Uni et d'Europe. Je comprends maintenant pourquoi il était si impatient de contracter cette formule roaming pour son portable. *Formule roaming*, ha !

Plus je pense à l'excuse de l'abandon, plus je grince des dents.

— Ça dure depuis combien de temps ?

Caroline attrape son verre et en vide le contenu cul sec.

— Deux, trois mois. À supposer qu'il dise la vérité. Il m'a proposé de m'avancer des preuves, mais je n'ai vraiment pas besoin de connaître tous les détails.

Je secoue la tête.

— Et toi ? Tu veux boire quelque chose ?

Caroline se redresse, regarde d'un air inconsolable le fond de la bouteille.

— Il y en a d'autres au frigo, précise-t-elle.

— J'y vais, dis-je en retirant mon manteau. Ne bouge pas.

— Je me prends ma journée demain ; j'ai dit que j'étais malade, alors autant l'être, lance-t-elle derrière moi.

J'ouvre leur énorme réfrigérateur américain et je choisis une bouteille parmi les quatre alignées au frais. Caroline est suffisamment mûre et prévoyante pour avoir plus d'alcool à disposition chez elle que ce qu'elle pourrait boire ce soir, ce qui lui est bien utile en temps de crise. Je sors un verre du placard et l'emporte avec le chablis. Peut-être que la qualité compensera la quantité.

— Et maintenant ? demandé-je une fois que nous avons toutes deux un verre plein en main. Graeme va-t-il déménager ?

— Il peut aller essayer tous les canapés de ses copains, ensuite ce sera la Sibérie dans la chambre d'amis. C'est seulement après ça qu'il pourra commencer à ramper. Dans cet ordre.

Voilà qui m'étonne.

— Alors vous allez rester ensemble ?

— Un peu, oui ! Je ne vais pas perdre mon foyer et jeter à la poubelle tout ce que nous avons construit pour une pathétique crise de la quarantaine prématurée, qui s'est déroulée dans des Best Western trois étoiles.

— Oh – OK.

Sa conviction immédiate que leur relation vaut la peine d'être sauvée me surprend. Moi, je ne serais sûre de rien dans un moment pareil.

— Est-ce qu'il s'est excusé ? Est-ce qu'il regrette ?

— Il regrettait que je l'aie découvert, répond-elle en soupirant bruyamment. C'est ce qu'il a dit. Il m'a suppliée de lui accorder une seconde chance.

Elle lève les yeux vers leur photo de mariage qui trône sur le manteau de la cheminée.

— Je n'aurais jamais cru que ce serait moi, tu sais. Ce gros cliché.

— Eh ! Cliché ou pas, tu n'es pas grosse.

Caroline sourit tristement. J'essaie de trouver quelque chose de profond à dire, une remarque à la hauteur des événements, autre que : « J'ai toujours pensé que Graeme fleurait un peu la merde. »

J'admets que cette opinion s'est nourrie principalement de cette habitude qu'il a de se foutre des amis de Caroline en jouant les grandes gueules sympathiques.

—Qu'est-ce que j'ai fait de mal, Rachel ? J'ai construit mon indépendance, mené une carrière et pris soin de mon couple – c'est du moins ce que je croyais. Ça n'a fait aucune différence.

—N'importe quoi ! (Dans mon emportement, je me renverse du vin sur les genoux.) Tu n'as rien fait de mal ! Comme tu l'as dit, le couple parfait immunisé contre l'infidélité n'existe pas et rien de tout ceci n'est ta faute. Graeme est le seul responsable.

—Mmm. Une infidélité n'est-elle pas le symptôme que quelque chose ne va pas, et non une cause ?

—Ça ne veut pas dire que toi, tu es la cause. Si Graeme avait besoin de plus d'attention, il n'aurait pas dû chercher à l'obtenir comme ça.

—On est d'accord.

Nous buvons. Je sens nos différences plus vivement que jamais. Du point de vue de Caroline, en faisant un effort, on obtient de meilleurs résultats. D'après moi, le problème est la graemitude intrinsèque de Graeme. Quand ils ont commencé à sortir ensemble, je ne crois pas qu'elle ait vu en lui un être humain merveilleux, plutôt l'homme qui lui correspondait. Presque comme un associé en affaires : il investirait autant, voulait le même rendement. Ce n'est pas que Caroline soit intéressée – elle ne l'est pas. Elle est simplement pratique jusqu'au bout des ongles, et par conséquent incapable de tomber désespérément amoureuse d'un poète drogué sans le sou. Elle est d'ailleurs physiquement incapable d'être désespérée.

—Regarde-nous, tous. Ça ne devait pas se passer comme ça, si ? N'étions-nous pas censés avoir nos vies à peu près en ordre à trente ans ? demande-t-elle.

Je souris.

— Toi, peut-être. Je ne crois pas que ni moi ni Mindy ayons jamais eu cet espoir.

— J'ai allumé l'aspirateur, tu sais. Pour que les voisins ne m'entendent pas hurler sur mon mari parce qu'il se tape une directrice de marketing. Je n'avais pas envie de me retrouver à la prochaine fête de rue en les sachant tous au courant. Je beuglais : « C'est une traînée, et tu ne vaux guère mieux ! » par-dessus le vrombissement du Dyson sans sac. Je me sens tellement vieille.

Caroline se frotte les yeux et se lisse les cheveux.

— Qu'est-ce que tu faisais ce soir, toi ? J'espère que je ne t'ai pas gâché une sortie.

Je prenais un verre avec Ben, dis-je, ne réfléchissant à la sagesse de cet aveu qu'au moment où je le prononce.

Le visage de Caroline s'assombrit.

— Ben ? Rien que tous les deux ?

— Olivia a préféré aller au cinéma.

— De quoi avez-vous parlé ?

Caroline se penche vers moi, sourcils froncés.

— De rien de spécial. Boulot.

Caroline ne réagit pas.

— Tu sais, l'histoire avec Simon, ajouté-je.

— C'est exactement ce que je t'ai déconseillé de faire.

— Caro, c'est un ami…

— Jusqu'au jour où lui et Olivia se disputent, son visage ô combien magnifique affiche une expression étrange, absente, toi, tu te sens un peu seule…

— Il ne ferait jamais une chose pareille ! Honnêtement. Ça n'arrivera pas. De toute façon, on ne se voit jamais. Ce soir, c'était carrément exceptionnel.

— Je peux te donner un conseil ? Même si je suis bien consciente que, là maintenant, je suis extrêmement mal placée pour dispenser mes recommandations en matière de relation amoureuse…

Je hoche la tête, sachant que je ne vais pas du tout aimer ce que je vais entendre.

Caroline se penche et se ressert un peu de vin.

—Réconcilie-toi avec Rhys. Tu as fait entendre ton point de vue au sujet du mariage, et c'était probablement nécessaire. Mais ne jette pas le mec avec l'eau du bain. Vous êtes faits l'un pour l'autre.

Je secoue la tête.

—Je sais pourquoi tu dis ça, et merci, mais je n'étais pas heureuse.

—Tu étais malheureuse ou tu t'ennuyais? Ou bien il t'agaçait? Aucune relation n'y échappe, crois-moi.

Je sais ce que Caroline pense probablement et ne veut pas dire : ce pourrait être Rhys ou rien.

—Ce n'est pas ça. C'est l'effet que nous avons l'un sur l'autre. Je l'agace et il me déprime. Je ne crois pas qu'il s'agisse de mauvaises habitudes. C'est comme en chimie, quand tu mélanges deux substances et que tu obtiens toujours la même réaction. Voilà.

—Alors comment se fait-il que ça ne t'ait pas dérangée pendant treize ans?

—Ce n'est pas que ça ne m'a pas dérangée… Je me suis laissé porter. J'ai évité de me demander si cela suffisait, et ensuite, avec la perspective du mariage, je n'ai plus pu ignorer la question.

—Le mensonge du «et ils vécurent heureux…» est responsable de bien des désillusions, déclare Caroline, le regard perdu au loin. La réalité n'a rien à voir. On choisit la personne qui vaut le plus qu'on persévère, c'est tout. Et «ils disparaissent ensemble dans le soleil couchant»… où tout est baigné en permanence d'un éclat rosé. Suis-je la seule à remarquer le fichu problème – que tout l'intérêt d'un coucher de soleil est d'être inaccessible? De n'être jamais *là où on est*?

—Ai-je le droit de dire oui?

Caroline sourit.

— Si j'ai une fille un jour, je te prie de croire que pas un conte de fées ne franchira le seuil de cette maison.

— Je n'espère pas être heureuse pour toujours, juste plus heureuse.

— Mais cela revient à ce que nous appelons être heureux. Notre génération passe trop de temps à penser à ce qu'elle n'a pas plutôt qu'à ce qu'elle a.

Je me rends compte que ce n'est pas le moment de m'embrouiller avec Caroline. Elle lève les yeux.

— J'étais jalouse de toi à la fac, Rach. Je le suis toujours, d'une certaine façon.

Je manque de recracher ma gorgée de vin.

— *Moi* ? Ça alors ! Pourquoi…

— Tu es drôle. Les hommes te trouvent drôle. Moi pas. Je n'y peux rien, je suis comme ça. Et c'est ce qui explique qu'à ta fête tu as fini dans un coin à faire rire Ben pendant que je discutais droits d'enregistrement avec son épouse. Une partie de moi pense que c'est ce que Graeme cherchait avec cette femme. Pas le sexe. L'humour.

— Mais tu *es* drôle, protesté-je d'une voix rauque. Désopilante. Bon, pas là maintenant – maintenant tu es dans un état lamentable, imbibée de larmes et d'alcool… –, mais en général.

Nous pouffons faiblement.

— Merci, dit-elle avant d'ajouter : Tu réfléchiras à ce que je t'ai dit à propos de Rhys ?

Je hoche la tête.

— Les choses ne sont jamais aussi simples qu'elles le paraissent.

— Je le sais. Mais Rhys t'aime. Il t'aime vraiment et veut partager son avenir avec toi. Je sais qu'il te considère comme son âme sœur et qu'il ferait tout pour toi. Si tu veux mon avis, ça n'arrive pas si souvent.

Une fois dans une vie, si on a de la chance, je sais. J'ai déjà atteint mon quota. C'est mon tour de me pencher pour attraper la bouteille.

CHAPITRE 59

Rhys passa à l'improviste chez mes parents trois semaines après mon retour de l'université. J'en étais encore à enjamber des cartons remplis d'affiches enroulées, de classeurs à levier, de casseroles et de poêles, digérant tranquillement ma légère dépression, coincée dans une période de transition insatisfaisante entre la fin de mes années fac et le début du reste de ma vie.

Mon père lui ouvrit et leurs voix résonnèrent dans la cage d'escalier. J'entendis Rhys discuter plus longtemps que ne l'exigeaient les convenances des aléas du changement de carrelage des toilettes du rez-de-chaussée. Il faisait toujours un effort avec mes parents, admis-je sous le coup d'une reconnaissance tardive.

— Bonjour, me salua Rhys quand il apparut enfin au milieu du chaos de mes affaires à moitié déballées. Comment vas-tu ?

— Ça va, merci, répondis-je.

J'étais à la fois surprise et contente de le voir. Je croyais que nous avions été clairs – pas acrimonieux, juste clairs – le soir du bal.

Je l'avais fait asseoir au bord de la piste de danse mouchetée de lumière et lui avais expliqué que, même si j'appréciais énormément qu'il soit venu, cela ne changeait rien fondamentalement. J'omettais de lui raconter que j'étais tombée amoureuse de quelqu'un d'autre avec qui j'avais couché, estimant que ce serait de la cruauté gratuite. Sans parler de précipitation indécente. Il le prit assez bien, mais me fit néanmoins remarquer qu'il avait bu une pinte sur le chemin du *Palace*, qu'il en boirait bien une autre, mais que du coup il ne pourrait pas reprendre le volant. Est-ce que ça me dérangerait de le laisser passer la nuit chez moi ? Je pressentais qu'il fallait absolument que je me dépêche de retrouver Ben, mais, voulant faire les choses correctement, j'ignorai l'instinct irrépressible qui me dictait de courir le rattraper. J'aurai tout le temps le lendemain. J'acceptai.

— Et toi, ça va ? demandai-je, le voyant hésiter sur le seuil.

— Ouais, bien.

— Tu veux une tasse de thé, une fois que j'aurai fini cette étagère ? (J'avais déjà rangé la moitié de mes livres.) Cela dit, ma mère ne va sûrement pas tarder à en préparer.

Rhys entra et ferma la porte derrière lui.

— J'ai réfléchi à certaines choses que tu m'as dites, notamment le fait que je te considère comme acquise. Je suppose que tu avais raison.

Je hochai la tête, ne sachant pas très bien que répondre.

— Quels sont tes plans, maintenant ? demanda Rhys.

Il trouva un carton suffisamment rempli pour se percher dessus.

— Je vais suivre ma formation de journaliste, et puis je repartirai m'installer à Manchester. Essayer de décrocher un job dans le journal de là-bas.

— Ah ouais ?

— Il semblerait que quelques-uns de mes amis y restent.

— Si tu acceptes de nous donner une seconde chance, je partirai avec toi.

— Quoi ? Et ton groupe ?

Rhys frotta les pieds par terre.

— Ed projette de partir vivre à Londres. Et puis, même s'il ne part pas, ça sent la fin. De toute façon, je pourrais toujours rentrer pour les répét'.

—Tu ferais ça pour moi ? Je croyais que tu n'aimais pas Manchester.

—Oh, je m'y suis fait. Alors, qu'est-ce que tu en dis ? Nouveau départ. Partenaires égaux. Appartement ensemble uniquement si l'idée te plaît. Mes macaronis au fromage si vraiment tu es sage.

Le visage de Rhys s'illumina d'un grand sourire. Il était irrésistible avec sa tignasse couleur goudron, sa veste Levi's noire et ce tout nouvel empressement à gagner mon approbation. Il était un trophée bienvenu de mes années d'adulte au milieu des détritus de ma chambre d'enfant au papier peint fleuri et au lit à baldaquin en pin.

Je réfléchis. Et pensai à une certaine autre personne qui, comme je l'avais découvert la veille, avait quitté le pays sans un au revoir. La nuit qui avait précédé le bal commençait à ressembler à un rêve, et je me demandais presque parfois si tout cela était bien arrivé. Peut-être que finalement, comme l'avait dit Ben, ça avait été un moment de folie, d'égarement, chargé d'émotions fortes et de grands espoirs, mais pas la vraie vie. Peut-être s'était-il rendu compte que sa passion pour moi se confondait à sa peur du changement, et qu'il avait agrippé – au sens propre comme au figuré – l'élément familier le plus proche pour retrouver son équilibre.

Et Ben n'était pas assis là, m'offrant d'adapter sa vie à la mienne. Sa vie à lui continuait à l'autre bout de la Terre, et très clairement sans moi. Il fallait que je me rende à l'évidence. Quoi que nous ayons ressenti l'un pour l'autre, quoi que nous nous soyons dit, Ben était parti pour de bon.

Au pied de l'escalier, ma mère cria qu'elle avait mis de l'eau à chauffer, probablement dans le but de décourager toute activité que la morale réprouverait. La cohabitation avec mes parents jusqu'à ce que je me trouve un appartement risquait d'être difficile, puis, une fois installée, il me faudrait affronter la solitude…

Devant moi s'ouvraient un chemin facile et un autre infiniment éprouvant. J'ignorai la petite voix qui m'indiquait le bon. Et j'acceptai.

CHAPITRE 60

Rhys m'a donné rendez-vous au *Ruby Lounge*, une salle du Northern Quarter où son groupe a été programmé en milieu de semaine. Il m'a expliqué que nous aurions le temps de boire un verre en attendant que le reste de son groupe arrive pour faire les réglages de son. On pourrait croire qu'il m'a casée à la va-vite, mais j'apprécie son raisonnement : nous souhaitons tous deux éviter que notre tête-à-tête ne soit conclu par la cloche du bar sonnant les dernières commandes, ce qui pourrait être risqué : soit l'amour, soit la guerre.

Rhys m'attend dehors, la tête renversée en arrière, une jambe repliée, le pied appuyé sur le mur. Pendant un moment, je ne le reconnais pas car il s'est laissé pousser les cheveux sans les teindre de leur habituelle couleur foncée, revenant à son brun naturel. Je ne lui ai jamais vu cette couleur que sur ses photos d'enfance. Il la déteste parce qu'il a des reflets cuivrés qu'il trouve roux. Ce n'est qu'un mois après que nous avons commencé à sortir ensemble que je découvris que ses boucles à la Byron venaient d'une bouteille. (« Je ne connais aucune rock star cool qui ait les cheveux roux », m'opposait-il toujours quand je l'encourageais à revenir au naturel. « Mick Hucknall ? », proposais-je. « J'ai dit rock *et* cool », rétorquait-il.)

Le *Ruby Lounge* est une salle en sous-sol, parquetée et au plafond bas, qui rend super bien la nuit sous éclairage violet, quand vos oreilles sont saturées de décibels et vos sensations émoussées par l'alcool. De jour, l'endroit laisse une impression franchement bizarre et morose, comme de voir une danseuse des *Folies Bergère* coiffée de son filet à cheveux et tartinée de crème hydratante. La scène est encombrée d'une batterie, de guitares, de câbles lovés tels des serpents et d'un pied de micro.

Je m'imagine rester les écouter. Voir Rhys, tête penchée, guitare sanglée sur l'épaule me ferait retrouver mon corps d'adolescente, à l'époque où je le regardais avec vénération depuis la foule, débordant de fierté, presque en adoration. Peut-être que tout a commencé à aller mal quand il m'a interdit d'assister à ses concerts.

—Je te sers quelque chose ? me demande-t-il en s'accroupissant derrière le bar. Assieds-toi où tu veux.

—Un Coca, merci, dis-je.

Il sort deux verres et y verse du soda d'un siphon gargouillant.

Je décroche mon sac de mon épaule, trouve une table où m'asseoir, soudain consciente de l'étrangeté de cet échange formel avec quelqu'un d'aussi familier. Rhys tire un tabouret et s'assied en face de moi. Je remarque qu'il arbore une barbe de plusieurs jours et qu'il a perdu du poids. Il a l'air bien. Très bien. Je ne suis pas fière de découvrir que, même si je suis contente qu'il se remette, le voir aussi en forme ébranle un poil mon ego. C'est une chose d'affirmer à quelqu'un qu'il se portera mieux sans vous, une autre d'en avoir la preuve en le retrouvant frais comme un gardon.

—Tu as l'air en forme, dis-je.

—Merci, dit-il sèchement.

—Ça te va vraiment bien, les cheveux comme ça.

—Ouais… Disons que je ne peux plus vraiment raconter que les flacons de L'Oréal sont à toi, si ?

Cela mériterait que je lui demande qui inspecte le contenu des placards de sa salle de bains, mais je me contente de répéter :

—J'aime bien.

Rhys lance le sujet de l'estimation de la maison et nous nous réfugions tous deux dans une discussion ennuyeuse autour de détails pratiques. J'ai la nette impression que nous sommes ici parce qu'il a quelque chose à me dire en particulier, mais qu'il n'arrive pas à se lancer.

— Qu'est-ce qui se passait l'autre jour, alors ? Quand je t'ai appelée ? demande-t-il.

— Oh. (Je n'ai toujours pas envie de revivre ces événements.) J'ai le sentiment d'avoir le rôle principal dans une émission intitulée « Tout le monde déteste Rachel ». Aucune divinité omnipotente ne t'a fait don de ses pouvoirs depuis notre rupture, par hasard ?

— Si c'était le cas, les Blades auraient remporté la Coupe d'Angleterre et les deux lesbiennes sexy de notre rue m'auraient déjà invité à manger une fondue.

J'éclate de rire.

— Tout peut arriver.

— Nan. Après cette saison, il faut vraiment qu'ils revoient leur tactique défensive.

Nous rions tous les deux. Dans les décombres de notre relation, je vois ce que nous aimions chez l'autre, les fondations sur lesquelles nous avons construit la structure. C'était il y a tellement longtemps qu'en remonter les traces ne relève plus de l'histoire, mais de l'archéologie.

Rhys jette un coup d'œil de côté, croise les bras et s'accoude sur la table. Son attitude se fait un peu moins amicale.

— J'ai réfléchi à nous et je voulais mettre quelque chose au grand jour.

— Oh ?

— Quand ça a mal tourné entre nous… Je ne parle pas du mariage, même si je pense que les histoires d'organisation n'ont pas aidé…

J'ouvre la bouche pour intervenir, mais il fait une grimace pour m'indiquer qu'il n'a pas fini.

—Ça remonte à avant. Bien avant. Vers l'époque où tu as quitté la fac. Et où tu m'as quitté, moi, pendant un moment.

Je me raidis. Où veut-il en venir ? Je résiste également à l'envie qui me démange de lui faire remarquer qu'il admet que ça n'allait pas bien entre nous et qu'il a donc clairement changé de position.

—Je crois savoir pourquoi, continue-t-il.

J'essaie de dissimuler mon appréhension.

—Je ne sais pas si tu l'as appris ou quoi, mais – je suis sorti avec quelqu'un d'autre pendant un moment.

Waouh. Alors ça, je ne m'y attendais pas du tout.

—*Quoi !?* Qui ?

—Marie. Du *Ship*.

—La grosse punk mal sapée qui flirtait avec tous les mecs ? La serveuse ?

—Elle n'était pas grosse, mais voluptueuse.

J'ignore sa blague déplacée.

—Quand ?

—Les derniers mois avant que tu reviennes de l'université. Et un peu après. C'était complètement fini au moment où nous sommes partis à Manchester.

—Pourquoi ?

Pour finir cette série de questions, il me reste encore « Où ? » et « Putain, c'est quoi cette histoire ? »

—Elle m'a fait du rentre-dedans. Je croyais que nous nous installerions ensemble après ton diplôme. On ne se voyait pas beaucoup et je suppose que j'ai eu l'impression que c'était ma dernière chance de déconner. Ça fait vraiment nul, mais c'est la vérité.

Je laisse à mon cerveau le temps de traiter cette information.

—Tu étais amoureux d'elle ?

Rhys grogne.

—Non, ce n'est pas ce que je dis. Pas du tout.

—As-tu envisagé à un moment de me quitter pour elle ?

—Jamais.

—Pourquoi?

—Ça ne voulait rien dire. Toi et moi, nous avions un avenir. Du moins c'est ce que j'ai toujours pensé.

—C'est pour ça que tu n'aimais pas que je vienne à tes concerts? Je faisais tache devant tes groupies?

—Non. Ta présence m'empêchait vraiment de me concentrer. L'une des raisons pour lesquelles je ne t'ai pas parlé de Marie avant est que je savais que tu commencerais à me soupçonner systématiquement. Je n'ai aucune raison de te mentir maintenant, si? Il n'y a eu personne d'autre.

Et moi qui pensais avec arrogance avoir plus de flair que Caroline pour dépister les hommes potentiellement infidèles…

—Pourquoi me racontes-tu tout ça?

—Il était temps, c'est tout. Il m'a semblé que tu devrais le savoir. Je suis désolé de ne pas te l'avoir dit avant, mais, tu sais…

—Non, je ne sais pas. Nous avons rompu. Tu crois le moment bien choisi pour me mettre cette histoire dans la tête?

—Je craignais que tu pètes un câble et que tu me quittes. Mais c'est chose faite.

—Oh, bon sang. Bon, eh bien, si tout ce qui compte, c'est te soulager, ne te gêne pas, vas-y, balance tout!

La politesse formelle est loin derrière. J'aimerais lui jeter un tabouret dans la figure. Il affiche une expression trois quarts mortifiée, un quart satisfaite. Comme si, en me faisant cet aveu, il avait aussi cherché à voir si cela m'affecterait. Ce qui me rend encore plus en colère.

Je me repasse le film.

—Tu devais la voir le soir de mon bal? Il n'y avait pas de concert, je parie…

Rhys a l'air gêné.

—Je ne me rappelle pas.

— Bien sûr que si.

— OK, peut-être.

Il boit une gorgée de Coca.

— Je n'en suis pas fier. Mais j'y suis allé, finalement, reprend-il.

— Excuse-moi, suis-je censée être reconnaissante que tu me sois revenu ?

— Je ne t'ai jamais quittée !

— Non, et c'est pour ça qu'on appelle ça tromper, Rhys. Tu me faisais chier pour que je rentre te voir alors que tu te la tapais à côté ? C'est tellement… moche et bas. Et nul…

Il s'ébouriffe les cheveux et hoche la tête en fixant le fond de son verre. Je fais l'état des lieux de mes sentiments. Je suis en colère. Très en colère. Mais je suis incapable de dire si ma fureur s'explique uniquement par l'infidélité de Rhys ou bien aussi par l'erreur que j'ai moi-même commise cette nuit-là, et qui se trouve amplifiée par ses aveux.

— Tous tes amis étaient au courant ? David… et Ed… ?

— Certains s'en doutaient, ouais.

— Ils ont dû bien se moquer de moi. Encore plus que d'habitude.

— Pas du tout ! Ils m'ont traité d'imbécile… Moi, je me disais que tu rencontrerais peut-être quelqu'un à la fac. Je me prouvais quelque chose à moi-même, parce qu'elle était juste là et que je pouvais.

— Une sorte de vaccin en prévision de l'éventuel coup que je pourrais porter à ton ego ?

— Oui, exactement. Tu es meilleure avec les mots que moi.

— Et que suis-je censée faire de cette information, à part ruminer et vouloir t'arracher tes cheveux roux ?

— Je tenais à dire la vérité. Remettre les compteurs à zéro. J'ai toujours pensé que tu avais deviné ou que quelqu'un avait vendu la mèche, poursuit Rhys. Nous nous sommes engueulés au sujet de ta fête. À ton retour de l'université, tu étais différente. Plus distante. Plus directive. Et il me semble que tout a changé entre nous à partir de ce moment. Ça n'a plus jamais été pareil.

—Ah non?

—Non. Tu voulais retourner à Manchester. Quitter le cercle de Sheffield.

—Tu me crois si peu sûre de moi que je n'aurais rien dit si j'avais eu des soupçons?

—La moitié du temps, je ne sais pas ce que tu penses, Rachel. «Embauchons un DJ pour le mariage. Non, en fait, je propose plutôt qu'on rompe» en est un bon exemple.

—Je ne l'ai jamais su.

Rétrospectivement, la lenteur de Marie à me servir au bar aurait pu me mettre la puce à l'oreille, mais ça ne me distinguait pas vraiment des autres clients.

—Je ne t'ai pas raconté cette histoire pour te blesser, Rachel, je t'assure. Je ne savais même pas que cela t'affecterait, après tout ce temps et tout ce qui s'est passé. Je veux être complètement honnête, et je reconnais que je me suis comporté comme une merde. Cartes sur table. Je sais que tu ne m'en crois pas capable, et donc j'admets carrément que j'aurais pu faire beaucoup mieux. Et que tu as été meilleure que moi.

Me voici aux prises avec ma conscience. Rhys a peut-être été infidèle, mais il n'y a pas autant de différence entre nous que je le voudrais. Le fait qu'il ait eu moins de sentiments pour l'autre personne le rend-il moins ou plus fautif? Une chose est sûre, je ne suis plus obligée de le maintenir dans une bienheureuse ignorance.

—J'ai couché avec Ben à la fin de l'université, lâché-je brutalement.

Sous sa barbe de plusieurs jours faussement négligée, Rhys change de couleur.

—Ben?

—Il était avec moi en lettres. Tu sais. On l'a croisé l'autre jour.

—Quoi – le mec dans le centre ?

—Ouais.

—Quand ?

—Quand nous avons rompu. Le soir avant le bal.

Je vois Rhys faire des calculs et arriver rapidement à la conclusion qu'il ne peut décemment pas renverser la table et me traiter de sale pute infidèle.

—*Ben*, crache-t-il, en le prononçant comme entre guillemets, comme s'il avait pu mentir au sujet de son prénom. Espèce de branleur hypocrite. Salopard.

Il joue avec un sous-bock carré dont il fait claquer chaque bord tour à tour sur la table.

—Une seule fois ?

Je hoche la tête.

—Ça ne te ressemble pas.

—Ouais. (Le regard fixe et incrédule de Rhys m'incommode.) Je ne sais pas ce qui m'a pris.

—Tu veux que je te fasse un dessin ?

Je tressaille.

—Ça n'a pas dû être un très bon coup pour que tu retournes direct avec moi, poursuit Rhys. Tu cherchais à te prouver quelque chose ?

—Pas exactement.

—Alors pourquoi ? Les plans d'un soir ne sont pas ton genre.

—Une aventure d'un soir est pire qu'une aventure de plusieurs mois ?

—Je l'ai fait parce que c'était servi sur un plateau. Tu dois avoir eu une raison.

—Je l'aimais bien.

—C'est pour ça que tu as rompu avec moi ? La première fois ?

Je secoue la tête. Il essaie de rire, mais ne parvient qu'à ricaner lourdement.

—Vraiment? Quelle coïncidence. *Bye-bye*, Rhys, coucou, Ben, *bye-bye*, les fringues.

—Non.

—Et moi qui croyais que nous avions des problèmes à cause de mes infidélités, alors que c'était à cause des tiennes.

—Je n'ai pas été infidèle. Nous avions rompu.

—Oh, arrête! Je ne suis pas du tout en train de prétendre que je n'ai rien fait de mal, mais vu que nous avons tous deux dépassé les trente ans, je suggère que nous nous comportions comme des adultes, OK? Le fait que tu couches avec quelqu'un d'autre dans les heures qui suivent notre rupture ne suggère pas vraiment que tu étais totalement dévastée. Il est évident que ça couvait pendant que tu étais avec moi.

Il n'a pas tort.

—Tu le revois? demande Rhys en fronçant les sourcils.

En décidant de lui avouer ce qui s'était passé, je n'ai pas pensé à l'interrogatoire qui s'ensuivrait.

—En quelque sorte. On s'est rencontrés par hasard, c'est tout.

—Tu ne ressors pas avec lui?

—Non. Il est marié.

Silence pesant.

—Mais tu essaies de t'offrir une nouvelle incursion dans son slip Dior Homme, pas vrai?

Je me hérisse, morte de honte.

—Bien sûr que non. Et je croyais que tu ne te rappelais absolument pas Ben?

—Bizarrement, apprendre qu'il a baisé ma nana a fait remonter tous mes souvenirs. Cette espèce de faux cul du Sud.

Je remarque l'absence du préfixe «ex» devant «nana». Peut-être que Rhys aussi car il ajoute, après s'être ressaisi:

— OK. OK. Penser à vous deux ensemble me plaît peut-être autant que la perspective d'une hémorragie cérébrale, mais je ne t'ai pas donné rendez-vous ici pour m'énerver.

— Et pourquoi m'as-tu donné rendez-vous ?

— Pour te proposer une dernière fois qu'on arrête tout ça et qu'on reste ensemble. Si j'étais cool, j'aurais programmé une chanson d'Al Green dans la cabine du DJ. Mais je ne le suis pas – et je ne sais absolument pas comment m'y prendre.

Et moi, si j'avais un peu réfléchi, j'aurais su qu'il s'agissait de ça. Rhys n'aurait jamais suggéré que nous nous revoyions dans le seul but de détendre l'atmosphère. Pas parce que c'est quelqu'un de méchant, mais parce qu'il n'est pas du genre à avoir ce type d'attention. Ce que vous voyez est ce que vous obtenez. Sauf quand vous ne le voyez pas pendant un moment et qu'une femme aux cheveux peroxydés, habillée de toiles d'araignées en crochet et chaussée de Dr Martens rouge sang l'obtient à votre place. Est-ce que j'ai envie de remettre ça ? Me voici de nouveau en train de me poser cette question.

— Je t'aime vraiment, ajoute Rhys dans un effort évident, n'étant pas non plus du genre à faire des déclarations.

Je pense à ce que m'a dit Caroline, qui croit que j'ai voulu cette séparation simplement par ennui. Cela me fait autant mal au ventre que la pire crise de foie post-gueuletons de fin d'année.

Je songe à mon dîner avec Simon, à combien je me suis sentie perdue ce soir-là. À la sombre situation de Caroline. À Ivor et Mindy qui couchent avec des gens pour lesquels ils n'ont aucun respect. Peut-être que ce que Rhys et moi partagions est ce que la plupart d'entre nous pouvons espérer de mieux. « Nous n'avons pas tous la chance d'être avec notre âme sœur », avait déclaré Ben. Il semble que nous ayons échangé nos places.

— Je t'aime aussi, dis-je, et c'est la vérité.

Je l'aimerai toujours. Si ce n'était pas le cas, quitter Rhys serait beaucoup plus facile. Nous avons peut-être connu des périodes un peu moins drôles, mais il est une constante dans ma vie. Fiable. Comme Caroline l'a dit, il me veut et ça ne changera pas.

Rhys hoche la tête.

— Partons en vacances. Je suis même prêt à rester assis sur une plage et à avoir du sable dans la raie des fesses si c'est ce que tu veux. Ensuite, nous repenserons le mariage. Peut-être que nous devrions prévoir quelque chose de plus intime. J'ai toujours pensé que cette réception était démesurée.

— Tu voudrais reprogrammer le mariage ?

— Ouais, bien sûr. Pourquoi pas ?

— Je ne peux pas te promettre ça maintenant.

Rhys siffle entre ses dents dans un bruit de pneu crevé.

— Soit tu es partante, soit non. Je ne veux pas qu'on se foute de moi.

Je le revois assis sur un carton de déménagement il y a dix ans, me faisant une proposition que je ne pensais avoir aucune bonne raison de refuser. Je suis sur le point de commettre la même erreur, poussée par les mêmes arguments lâches. Je comprends que ça n'a pas d'importance que Rhys compte encore pour moi, ni qu'il n'y ait personne d'autre, ni ce que pense Caroline. Il ne s'agit pas d'additionner des données ou de choisir l'option la moins pire. Rhys mérite mieux. Je mérite mieux.

— Rhys, nous n'allons pas nous remettre ensemble.

— Tu as dit que tu m'aimais.

— Je t'aime. Ça ne change rien au fait que nous sommes mieux séparés. Tu le sais. Nous n'avons pas parlé comme nous venons de le faire depuis des années. Peut-être que ça marchera quelque temps, mais tôt ou tard nous retomberons dans nos vieux écueils. Nous nous aimons, mais nous ne faisons pas ressortir le meilleur de l'autre.

— Tu vas tout balancer – treize années – pour quoi ? Quel gâchis…

— Ce n'est pas parce que nous ne nous sommes pas mariés ou que nous ne sommes pas restés ensemble pour toujours que notre relation a été du gâchis.

— Si, Rachel. Gâchis d'effort, gâchis de temps… Ce Ben. Tu l'aimais ?

J'hésite.

— Compris. Au moins ça explique pourquoi il a eu l'air si mal à l'aise l'autre jour.

Rhys baisse les yeux vers la table. Les plis légèrement marqués entre ses sourcils s'accentuent en un sillon en forme de 11 quand il les fronce. Je me demande comment sera sa femme, s'il aura des garçons ou des filles, à quoi il ressemblera quand il sera vieux. Tant de choses auxquelles on renonce. Tout le monde pense que je prends la mauvaise décision. Je ressens une solitude intergalactique ; j'ai l'impression de flotter dans l'espace, détachée du vaisseau-mère, regardant mes réserves d'oxygène s'épuiser.

— Je ne comprends pas, poursuit Rhys, quoique, à ma grande surprise, sans colère. Je ne comprends pas ce qui a changé.

— Moi, j'ai changé. Je ne sais pas pourquoi. Je suis désolée.

Un autre silence.

Rhys se penche en arrière sur sa chaise, extirpe ma bague de fiançailles des profondeurs d'une poche de son jean et la pose sur la table devant moi.

— Oh, non, je ne peux pas…

— Garde-la. Elle ne me sert à rien.

Il se penche par-dessus la table et m'embrasse sur la joue.

— Bonne chance, Rachel.

— Merci, dis-je, mais les mots se coincent dans ma gorge serrée.

Sentant monter mes larmes, Rhys se lève, me signifiant clairement que notre conversation est terminée. Il gagne la scène d'un pas tranquille pendant que je me ressaisis. Puis je me dirige vers la sortie. Quand je me retourne avant de partir, Rhys tripote le pied du micro dont il ajuste la hauteur en marmonnant : « Un, deux, un, deux. »

Je tire sur la porte pour l'ouvrir.

La voix amplifiée de Rhys résonne jusque sur le trottoir : « Mets-la en gage et tu arriveras peut-être à gratter quelques mois de plus dans ce trou paumé. »

CHAPITRE 61

J' avais oublié le mariage de mon amie d'enfance Samantha, et ce plus longtemps que je ne l'aurais fait naturellement vu que l'invitation m'a été adressée chez mes parents. Ma mère était évidemment, bien que cela ne lui ressemble pas, peu encline à me le rappeler.

Quand elle m'a téléphoné pour fixer l'heure à laquelle ils passeraient me chercher le samedi en milieu de journée, je me suis rendu compte que je n'étais absolument pas prête à assister au Grand Jour de quelqu'un d'autre, pas plus du point de vue vestimentaire que psychologique. J'allais devoir supporter pendant douze heures qu'on me rappelle que le mien n'arrivera plus, assise à côté de mes parents que j'entendrai penser exactement la même chose. Une perspective particulièrement cruelle.

—Tu as vu Rhys ? me demande ma mère en me jetant un coup d'œil dans le rétroviseur pendant qu'elle s'applique une autre couche de mascara.

Roulant à toute allure sur les routes bordées de haies luxuriantes, nous nous enfonçons toujours plus profondément dans le pays du football.

—Oui. Nous avons bu un verre ensemble l'autre soir.

Je donne peut-être l'impression de m'étrangler d'émotion, mais en fait j'étouffe dans la robe années 1940 bleu nuit que Mindy m'a poussée à acheter. (« Tu es célibataire à ce mariage, les règles ont changé – il faut qu'on te voie et qu'on ne te quitte plus des yeux.) Le corsage me coupe la circulation dans les jambes, ce qui a pour unique avantage de m'empêcher de sentir la hauteur de mes talons.

S'ensuit un silence pendant lequel ma mère choisit ses mots, mettant probablement de côté ceux qui, trop inflammables, risqueraient de provoquer une dispute immédiate. Mais elle n'a pas tamisé assez finement à mon goût.

— Comment allait-il ?

— Bien, figure-toi. Il avait l'air vraiment en forme. Il préparait un concert.

— Il voulait probablement faire bonne figure.

Je serre les dents, me contentant de dire :

— Papa, tu veux bien monter le volume de la radio ? Je crois qu'on va parler d'une de mes affaires.

— Sur Capital FM ?

— Essaie Five Live, alors !

Sam et Tom se marient dans l'église d'un village du Cheshire, non loin de l'endroit où ils vivent dans toute la splendeur de leur réussite. La réception a lieu sous une grande tente montée dans un champ voisin. Je trouve assez ambitieux d'organiser un mariage presque en plein air en Grande-Bretagne, mais ils sont gâtés : l'été est en avance, l'air doux et embaumé. Je suis contente que ce mariage ne ressemble en rien à ce qu'aurait été l'ex-futur-mien citadin.

Une fois que nous sommes garés, je découvre que s'extirper de la banquette arrière d'une Toyota Yaris dans cette robe est un défi qui aurait mérité d'être filmé.

— Trente et un ans…, soupire mon père en secouant la tête tandis que je lutte comme un scarabée retourné, les jambes moulinant sur une invisible bicyclette.

Il me tend une main et me hisse. Nous échangeons un sourire. Soudain, de manière tout à fait inattendue, je me sens nettement mieux. Ma mère est toujours consternée, mais mon père est passé à autre chose. Elle finira bien par s'en remettre aussi. Qui sait, peut-être rencontrerai-je un homme à leur goût et que je l'épouserai, lui. J'admets que mes chances sont minces.

J'avance précautionneusement dans l'allée de gravier qui mène à l'église, me cramponnant à mon père pour garder l'équilibre. L'église a le charme d'une carte postale, avec ses briques patinées couleur de miel et sa flèche en ardoise. Debout dehors, les placeurs athlétiques forment une équipe solidaire, soudée par le malheur d'avoir à porter un costume trois pièces avec haut-de-forme gris, cravate champagne et pantalon rayé.

— Mon Dieu, marmonne mon père. Right Said Fred version Astaire.

— Ils ont l'air charmants, proteste ma mère.

— Ils ont l'air idiots.

Ma mère pousse un cri de ravissement en apercevant des connaissances qu'elle se dépêche d'aller rejoindre. Je reste à l'écart, suffisamment près néanmoins pour entendre citer mon nom à plusieurs reprises, suivi de « chut » frénétiques et d'explications rapides que non, je ne suis pas « la prochaine ».

— Ça s'arrêtera un jour, n'est-ce pas, papa ?

— Oui, bien sûr. (Silence.) Tu finiras par devenir une vieille fille confirmée, de même que ton cousin Alan est un « vieux garçon confirmé ».

* * *

— Levez-vous pour accueillir la mariée, s'il vous plaît.

J'inspire profondément et ignore le bourdonnement des pensées pleines de commisération de mes parents derrière moi. Malgré un léger sentiment de perte et une bouffée de nostalgie, je sais en voyant Samantha glisser devant moi en dentelle de Chantilly que si c'était moi qui m'avançais dans cette allée, je serais à moitié en train de faire semblant. Voire aux deux tiers…

Tout en fredonnant vaguement les cantiques, je me demande si je suis en train de dériver vers une situation où j'aurais peut-être besoin de me faire suivre. Quelques rangées devant moi, un homme bien fait tourne la tête. Entr'apercevant son profil, je pense – *Ben ?* Oh, bon sang, femme... Mettez ça sur le compte de la fièvre du mariage.

Nous nous asseyons pour écouter les mariés prononcer leurs vœux. Lançant des coups d'œil entre les coiffures gonflées et crêpées et une forêt de bibis aux couleurs acidulées, je reluque un peu plus l'homme séduisant. D'accord, je suis une monomaniaque pathétique, mais de dos la ressemblance est hallucinante. Surtout qu'à côté du sosie de Ben se tient une femme blonde coiffée exactement comme Olivia...

Attendez. Merde, ma vie baigne dans l'humour noir... Serait-ce *Simon* ? Cette fois, impossible de confondre le profil romain et l'air de trou du cul. C'est tellement surréaliste que je m'attends à voir le pasteur se débarrasser de sa soutane pour dévoiler les cache-tétons à paillettes et le string qu'il arbore en dessous – avant d'émerger dans le lit de Rupa, à la sonnerie du réveil.

Je tourne et retourne le livret de cérémonie dans mes mains tremblantes, essayant de m'expliquer leur présence. Pendant que le témoin à lunettes lit d'une voix claire le passage de la Bible sur l'amour qui ne se vante pas et ne se gonfle pas, je fais désespérément sauter les banques de ma mémoire à la recherche d'un indice. Samantha n'est pas juriste... Peut-être connaissent-ils Tom ? Non, ce n'est pas possible, puisqu'ils ont été placés du côté de la mariée dans l'église, tout comme nous. Les placeurs dirigent ce spectacle aussi rigoureusement qu'une campagne militaire, essayant, à n'en pas douter, de récupérer un peu de leur virile dignité.

L'assistance regarde les tout nouveaux M. et Mme redescendre l'allée centrale. Ma température corporelle frôle les cent quatre-vingts degrés tandis que je prie le ciel de ne croiser le regard d'aucun membre du trio. Leur banc se vide avant le nôtre et, au moment où ils passent devant moi, je fais mine de chercher désespérément quelque chose dans les profondeurs de ma minuscule pochette. Un murmure de voix curieuses m'informe que j'ai été repérée.

Après une pénible sortie sur une file en traînant les pieds, mes parents me plantent pour aller féliciter ceux des mariés. Je me demande quelle attitude adopter pour avoir l'air d'une femme solitaire sûre d'elle-même et maîtresse de sa vie.

Mmm, laisse tomber. Je me rabats sur une rapide étude de faisabilité. Partir juste après la messe et sécher la réception serait-il extrêmement insultant… ? Je n'aurai qu'à prétendre être dévastée par le chagrin. Je pourrais ôter mes talons et filer au village chercher un taxi. Je renonce à me débiner en pensant au coup que cela ferait à mes parents.

Une tape sur l'épaule et un Ben souriant, peut-être un tantinet tendu, apparaît devant moi. Il porte un costume en laine noir charbon ajusté sur une chemise blanche et une cravate noire. Il mériterait de faire la couverture de *Vanity Fair* en compagnie de jeunes espoirs du cinéma posant sur des escabeaux.

— Je ne te vois pas pendant dix ans, et tout d'un coup tu es partout ?

— Ça alors ! m'esclaffé-je en feignant la stupeur pour la seconde fois en très peu de temps. Mais comment… ?

— Tu connais Sam ? Ou Tom ?

— Samantha. Voisines quand nous étions gosses. Toi ?

— Liv a étudié à Exeter avec elle.

— J'ignorais que Sam avait fait du droit…

— Seulement la première année. Ensuite elle a changé pour les maths pures ou je ne sais quelle spécialité hilarante. Simon a étudié là-bas aussi, ajoute-t-il après une brève hésitation. Il est là.

— Merveilleux! m'exclamé-je sur un ton suffisamment sarcastique pour qu'il m'adresse un sourire compatissant.

Le cortège des invités migre lentement vers la grande tente. Je suis presque sûre que Ben risque de se faire taper sur les doigts s'il m'attend.

— On dirait que nous allons tous au même endroit, alors? fait-il remarquer. On se retrouve là-bas.

— Certainement, dis-je, espérant que le contraire soit vrai.

Tandis qu'il s'éloigne, je résiste à l'envie pressante de brandir un poing vengeur en direction du lieu de culte que nous venons de quitter: *Merci, mon Dieu! Vraiment, vous êtes trop bon*. Comme si assister à ce mariage ne suffisait pas, il faut en plus que j'y retrouve Ben, Femme de Ben et Ennemi juré?!

— Seigneur, voilà qui dépasse les bornes, souffle ma mère en me rejoignant avec papa.

Mon père fait sa tête «paré pour le pire».

— Quoi?

— Barbara porte la même coiffe à plumes de faisan que celle que j'avais achetée pour ton mariage. Et elle a beau prendre ses grands airs, elle l'a trouvée chez Debenhams.

La copieuse de chapeau cristallise momentanément ce que cette journée a de pénible pour nous trois.

— Tu sais quoi? On se fiche de savoir qui porte quoi, lancé-je en prenant ma mère par le bras. Allons donc voir où ils servent du grog.

CHAPITRE 62

L a tente dressée pour la réception, colossale, occupe presque toute la surface du champ. La toile blanche comporte des panneaux transparents qui ont la forme de fenêtres cintrées à vitraux, dans l'espoir peut-être qu'en levant les yeux les convives auront l'impression d'admirer une vaste demeure coloniale de Long Island et d'être reçus chez Gatsby le Magnifique.

Commence l'intermède interminable habituel durant lequel l'heureux couple se fait photographier. L'étiquette nous interdisant de pénétrer sous le chapiteau sans eux – Barbara manque de défaillir en voyant un invité tirer sur un des rideaux de plastique qui ferment l'entrée –, nous nous éparpillons sur la pelouse munis de nos boissons pétillantes. Un étudiant en médecine m'a expliqué un jour que l'efficacité du champagne s'explique par la vitesse de son absorption par l'intestin grêle. En ce qui me concerne, il tarde à faire son effet magique : j'aimerais me l'injecter en intraveineuse, regarder le jaune se mélanger au rouge, donnant à mon sang une jolie teinte orange Tabasco. Une anachronique odeur de cigarettes se répand quand les fumeurs remarquent qu'ils sont dans un champ et peuvent faire ce qui leur chante.

Des plateaux d'amuse-gueules circulent, servis par des apprentis traiteurs adolescents empruntés dans leur tablier noir, comme le veut la tradition. S'agissant de petits-fours chics, ils exigent d'être formellement présentés.

— Ici, nous avons une quenelle de pâté de maquereau sur sa feuille de laitue sucrine… Là, un blini et ses œufs de morue…

— Et à quoi sont les petits, là, ceux qui ressemblent à des crottes ?

Dans les réunions mondaines, il faut toujours que papa joue les rustiques.

— C'est une datte medjool fourrée au stilton, monsieur.

— Quand je pense que j'ai mangé des hérissons cheddar-ananas à mon mariage ! s'exclame papa à l'intention de la serveuse de dix-sept ans qui devient écarlate, au cas où il s'agirait d'un euphémisme.

Quand elle repart, mes parents se mettent à râler, mécontents de ne pas pouvoir s'asseoir. En ce qui me concerne, ce n'est pas mon postérieur qui manque de soutien. J'aimerais tellement avoir des amis ici. En cas de menace, ils savent instinctivement se mettre en formation façon services secrets autour de vous. « Nichons bleus en mouvement, je répète… »

Ben, Simon et Olivia font partie d'un petit groupe brillant d'amis voyez-comme-nous-avons-réussi, évoluant sur un anneau de Saturne social beaucoup plus proche que le mien de la planète des mariés. Olivia porte ce qu'un homme appellerait une robe verte et que Mindy identifierait comme une combinaison chartreuse en satin à bretelles spaghetti et coupe en biais, certainement de chez Flannels, et, bien que ne dévoilant que très peu de peau, totalement importable à moins d'avoir la silhouette de sylphe d'Olivia. Des boucles de fils d'or sur lesquels sont enfilées des perles de nacre s'enroulent autour de sa tête en une tiare déstructurée ultra-moderne.

Je fais un signe de la main dans leur direction ; Ben lève la sienne en retour et Olivia m'adresse un bref hochement de tête, l'air de dire « Ah ouais, toi », accompagné d'un frémissement des lèvres que quelqu'un de désespéré pourrait prendre pour un sourire, puis reprend sa conversation avec Simon. Celui-ci porte un costume d'agent de change à fines rayures et lance un regard «Va te faire foutre, tu n'existes plus» dans ma direction. Je vois Ben qui me voit voir Simon qui me voit. Je lui adresse un sourire résigné et il me le rend avec un air d'excuse.

J'ôte ma veste pour profiter du soleil et ma mère s'étrangle.

—Depuis quand les invitées aux mariages portent-elles des tenues aussi vamp ?

—On ne voit rien du tout, rétorqué-je d'un ton grincheux.

—Oh, mais on se fait une idée assez précise. Tu portes un soutien-gorge sans bretelles ou un genre de corset en dessous ?

Ma mère me harcèle comme les mères s'y croient parfois autorisées.

—Maman !

Mon père trouve soudain tout à fait passionnant le spectacle des quelques vaches broutant dans le champ voisin.

Horreur ! Comme si ça ne suffisait pas, je vois Ben marcher dans notre direction. Il est déjà trop près pour que je puisse tirer la sonnette d'alarme sans qu'il m'entende, si bien qu'il me faut siffler «Arrête mamaaan!» et essayer de me soustraire à ses investigations sans attirer davantage l'attention. Quand Ben nous rejoint, ma mère est carrément en train de me remonter les seins dans le genre de réajustement de nichons à deux mains qui faisait rire dans *La Cage aux folles*.

Nos regards se croisent dans un terrible moment de parfaite télépathie. En pensée, je dis à Ben : *Tu as déjà vu mes seins*. Dans un élan d'empathie que je chérirais dans n'importe quel autre contexte, Ben, surpris, me transmet en retour, sans effort et sans mots : *Oui, effectivement*. Nous nous fixons avec une telle intensité que nous devons ressembler à deux lapins pris dans la lumière des phares d'un flash-back partagé.

—Maman, papa, euh…

Je bredouille, me détournant de Ben dans un vain effort de briser notre connexion psychique.

— Voici Ben, il est… (*familier de mes seins qu'il a caressés, empoignés, pressés…*)… marié à Olivia, qui a étudié à Exeter avec Sam. Elles ont pris des cours de droit ensemble… (*Et Ben mes tétons dans sa bouche…*). Enfin, Sam a suivi la première année. Je connais Ben aussi parce qu'il a étudié… (*ma poitrine de près et conclu qu'elle était magnifique…*)… avec moi à Manchester. Il était en lettres avec moi.

Et sur moi. Et en moi. Ce fut bouleversant.

Je conclus mon petit discours de présentations en espérant ne pas m'être emmêlé les pinceaux entre les Choses Dites avec Hésitation et les Choses Pensées Fiévreusement. J'ai dû m'en tirer puisque mon père ne semble pas frôler la crise cardiaque fatale.

Ben reprend admirablement contenance pour les saluer d'un «enchanté» et serre la main de mon père, puis de ma mère, sur la joue de laquelle il ajoute une bise distinguée qui la fait s'illuminer.

— Un magnifique mariage, n'est-ce pas? Et quelle chance ils ont eue avec le temps. Je voulais vous informer que les réserves de champagne diminuent, et vous recommander d'aller vous servir tant qu'il en est encore temps.

Du Ben millésimé. Le Ben qui sautait par-dessus les tables pour aider le jour où je l'ai rencontré. Vu les quantités d'orgueil et de fric investies par les parents de la mariée dans la réussite de cette journée, je doute qu'on soit à court de Laurent-Perrier. Il nous donne une excuse pour circuler.

— À moins que nous ne nous chargions d'aller en chercher? me suggère-t-il. Tu veux me donner un coup de main, Rachel?

— C'est très aimable à vous, roucoule ma mère.

Priant pour que cette rencontre ne me vaille pas une de ces conversations «pourquoi ne te renseignes-tu pas pour savoir s'il a des amis célibataires?», j'emboîte le pas à Ben qui traverse la pelouse. Il se retourne pour me parler par-dessus l'épaule, conspirateur.

— Je voulais t'assurer que Simon ne te causerait pas d'ennuis, m'explique-t-il tandis que nous mettons tous deux le cap sur un plateau. Nous nous sommes mis d'accord sur une politique d'évitement. S'il vient t'emmerder, appelle-moi, OK ?

Il y a une bulle dans mon cœur et de l'alcool dans mon intestin grêle.

— Je crois que tu pourrais bien être la personne la plus gentille que j'aie jamais rencontrée.

— Honnêtement ? dit Ben, un grand sourire aux lèvres, en attrapant deux flûtes. Bon sang, il faut croire que tu passes vraiment toutes tes journées avec des assassins et des violeurs.

CHAPITRE 63

Les noms des tables ont pour thématique les monuments et lieux célèbres de New York, ville où Tom a fait sa demande. Celle des mariés est Grand Central, puis viennent Empire State, Queens et Rockefeller. Je remarque que Ben, Olivia et Simon sont à la table Chrysler. Brillante, fine et glamour. *Pointue*. Avec un certain sens de la satire, le groupe auquel j'ai été associée s'intitule Staten Island.

—Ils auraient aussi bien pu l'appeler Rikers Island, fais-je remarquer en pointant la carte des placements imprimée en italique à Albrikt, de Stockholm, un collègue de Tom qui parle très peu l'anglais.

Il hoche poliment la tête et dit :

—*Absolut.*

C'est également ce qu'il a répondu à mes trois dernières questions. Je compatis en voyant sa perplexité durant le long discours au PowerPoint du témoin. Je doute que les photos d'« enfants coiffés de passoires dans les années 1980 » signifient grand-chose sans l'anecdote de Metal Mickey.

Ma voisine de gauche est une cousine renfrognée nommée Ellen. J'en apprends tant sur ses allergies que je finis par la surnommer mentalement Allergène. Elle fait la grimace devant les petits pains comme s'il s'agissait de grenades émettant des gaz de blé mortels et se plaint des moindres détails des arrangements, jusqu'à ce que je décide préférable de pratiquer mon suédois, qui se limite à ce que j'ai appris du chef des *Muppets*.

Après les discours, les convives se mettent à danser. Je vais discuter avec mes parents assis à Central Park (« Parce qu'on nous a tous envoyés paître », *dixit* mon père), où je reste même une fois la table désertée par ses occupants, partis faire la queue devant le chariot à desserts. Me voici seule face au carnage post-prandial : auréoles roses sur la nappe, seaux à glace remplis d'eau et serviettes de table chiffonnées. Je suis assez loin de la piste pour que personne ne croie que j'attends qu'on m'invite à danser, et suffisamment près pour ne pas être grossière. Je me concentre sur mon téléphone en pensant : le portable est un cadeau du ciel pour le célibataire mal à l'aise. Je reçois un texto de Mindy.

Caroline me fait regarder un film de merde avec Kevin Spacy [*sic*]. Pas un bon où il fait le psico [*sic*], un barban [*sic*] avec des bateaux. Nouvelles du port. Comment se passe le mariage ? Tout le monde aime ta robe ?

Je suis interrompue au moment où je m'apprête à envoyer ma réponse (« Pas tout le monde… Devine… ») par Ben, les deux mains sur le dossier d'une chaise de banquet dorée. Il a laissé tomber la veste et desserré sa cravate.

— M'accorderiez-vous cette danse ?

— Oh, non, ça ira…

— Ah, debout ! Je ne vais pas me prendre un vent de quelqu'un qui reste assis à envoyer des textos comme une adolescente boudeuse.

Je me hérisse.

— Désolée de ne pas être assez sociable à ton goût. Je n'ai pas pour autant besoin de ta pitié.

Ben grimace, manifestement offensé. Je me rends compte trop tard qu'il n'essayait pas de me ridiculiser et qu'il n'a aucune idée de l'humeur de merde dans laquelle je suis.

—Comment ça? Pourquoi serait-ce de la pitié?

Je ne peux pas répondre à sa question sans paraître encore plus stupide.

—Allez, dit-il, cajoleur.

Je souris, à contrecœur, et son sourire s'élargit tandis que je me lève. Le chanteur quadragénaire a l'air d'un Robert Palmer décati coiffé d'une banane gris-blond. Il se donne à fond, reprenant d'une voix assurée et mélodieuse des vieux tubes des Beatles tandis que des projecteurs multicolores jettent des rayons lumineux tournoyants violets, verts et bleus sur le plancher en damier, une voûte d'étoiles de la taille de piqûres d'épingles scintillant au-dessus de nos têtes. Non, Rhys n'aurait jamais approuvé ça.

—Sommes-nous vraiment obligés? renâclé-je en désignant la piste pleine de couples valsant sur «Something», une main à la taille, l'autre sur l'épaule de leur partenaire.

—C'est ça ou tu nous fais de la place au milieu en annonçant notre intention d'exécuter une démonstration de break-dance. Toi, tu fais Run-D.M.C. et moi Jason Nevins.

—N'est-ce pas le genre de chose que ta femme est tenue de faire par contrat?

—Simon l'a réclamée.

Ben lève les yeux au ciel et les désigne d'un signe de tête, heureusement loin à l'autre bout de la piste.

—Attends: mains moites, dis-je en les essuyant sur ma robe quand Ben m'offre les siennes.

—L'Ange du Nord…

En fait, je fais le clown histoire de me laisser le temps de me détendre à la perspective de notre proximité physique imminente. Sur la piste, Ben me prend la main droite et pose légèrement la sienne au creux de mes reins. Je place ma main gauche sur son épaule et maintiens le reste de mon corps de façon qu'il n'entre pas en contact avec le sien, grâce à une maîtrise musculaire digne d'une danseuse étoile.

—Pourquoi as-tu démarré au quart de tour, juste là ? me demande distinctement Ben à l'oreille droite.

Dans la pénombre, nous pouvons discuter sans que personne ne s'en rende compte, tels deux espions dissimulés derrière leurs journaux sur un banc dans un parc.

—Ce n'est pas une journée très facile pour moi. Pour les parents, il s'agissait d'un événement en deux parties ; ce mariage était un prélude au mien.

—Ah, je vois. Désolé. Je craignais que ce ne soit à cause de Simon.

—Ça n'aide pas, mais non.

Nous tournoyons plusieurs fois sur nous-mêmes avant que Ben ajoute :

—Quand tu as l'air triste, ça me rend triste, et quand quelque chose m'affecte, en général cela commence officiellement à avoir de l'importance. La fille que je connaissais à la fac riait tout le temps.

—C'est parce qu'elle avait de dix à treize ans de moins.

—Oh, arrête avec l'excuse bidon de l'âge ! Quand tu n'es pas en train d'envoyer des textos, tu as toujours ton âme de boute-en-train.

Je marmonne d'autres remerciements.

—Désolé de transpirer aussi, ajoute-t-il en lâchant brièvement ma main pour décoller de son torse sa chemise trempée et délicieusement transparente.

C'est en fait assez difficile à supporter, mais pas pour les raisons qu'il imagine. Mes sens sont littéralement assaillis, subissant à la fois l'odeur corporelle masculine pas désagréable, le contact, les chuchotements à l'oreille, la gentillesse, la gratitude et le mot « *lover* » chanté sur la scène. Vu que j'ai besoin de tirer un trait sur l'incident et que Ben joue franc jeu, je décide de me détendre.

—Eh. Désolée de t'avoir infligé cet embarrassant pelotage. Tout à l'heure.

— Oh, ouais. Bah. Ce n'est pas ta faute s'ils attirent l'attention. Tu peux difficilement les laisser chez toi.

Je ris.

Ben recule, si bien que je peux voir son expression impassible.

— Je parlais de tes parents.

— Bien sûr…

Je ris de plus belle. Et là, parce que je suis un peu pompette et en manque d'affection, j'ajoute :

— Nous autres, les filles *quelconques*, nous sommes bien obligées d'essayer d'attirer l'attention d'une façon ou d'une autre.

Ben recule de nouveau, cette fois pour vérifier mon expression, qui l'informe que je le cite clairement. Je baisse les yeux vers nos pieds.

Il réarrange sa main dans la mienne, pliant les doigts pour me tenir plus fermement.

— Connais-tu la définition mise à jour de « quelconque » dans l'*Oxford* ?

— Non.

— La voici : adjectif visant à éviter de donner des détails sur le physique d'une femme séduisante quand c'est votre épouse qui les demande, et permettant de rester le plus évasif possible.

— Ah.

Je souris, me mords la lèvre.

— Maintenant tu sais.

— Connaître le jargon est utile.

Le morceau se termine. Le chanteur annonce :

— Merci à tous ! Voici à présent un morceau que vous connaissez peut-être : « Totol Eclipse ov zi Art ».

— Oh, j'*adore* « Totol Eclipse ov zi Art » ! s'esclaffe Ben, et je peux sentir les secousses qui agitent son corps tandis que nous nous appuyons l'un à l'autre en riant.

De l'autre côté de la piste, Olivia et Simon discutent, sérieux. Comment peut-on ne pas trouver cette chanson drôle ?

— Tu sais, on ne va jamais gagner ce concours de danse contre ma femme et Simon si nous ne faisons aucun effort de style, déclare Ben en levant la main qui tient la mienne au-dessus de ma tête et en pointant vers la gauche pour indiquer une pirouette au moment du refrain : « *Turn around…* »

Je consens à tournoyer sur la gauche, puis sur la droite, et enfin, quand la chanson atteint son moment le plus intense, Ben m'incline légèrement en arrière puis me redresse.

— J'ai failli tomber de ma robe, haleté-je tandis que nous reprenons notre valse, dans quelque chose qui ressemble plus à une étreinte car j'ai dû passer mes bras autour de lui pour retrouver mon équilibre.

— Alors nous aurions gagné haut la main, chuchote à moitié Ben.

Je lui jette un regard surpris auquel il répond par un sourire coupable et pourtant légèrement lubrique. Je suis tellement bourrée que je souris. Puis je laisse reposer ma tête sur son épaule afin que nous n'ayons plus à nous regarder. C'est trop. Il faut que je casse l'ambiance, comme je l'ai fait quand nous nourrissions les canards. Dans quelques minutes, il retournera auprès de sa femme, moi, je regagnerai ma chaise à Central Park, et il ne faut pas que ça me pose de problème. « Je ne peux pas être si proche de toi et penser que c'est juste pour une fois. »

Je lance un coup d'œil du côté de Simon et Olivia. Simon est justement en train de nous observer par-dessus l'omoplate bronzée de sa partenaire. Il affiche une expression de satisfaction malveillante tout à fait déconcertante.

* * *

Ben est réquisitionné avec impatience par une demoiselle d'honneur BCBG, dont le chignon en désordre piqué de brins de freesia fanés dépassant en angles bizarres lui donne l'air de s'être fait traîner à travers le jardin de derrière d'un fleuriste. Je m'esquive sous prétexte d'aller me repoudrer le nez et traverse la pelouse dans l'obscurité pour gagner les toilettes. La chair de poule gagne aussitôt le moindre centimètre carré de peau nue exposée au froid, mes oreilles bourdonnent d'acouphènes disco et mes talons s'enfoncent dans la terre humide tels des tees de golf. Les cabines w.-c. sont la Rolls des cabines w.-c. : box jumeaux, musique d'ambiance, Lotus Confort et décoration florale entre les lavabos. En ressortant, je découvre Olivia debout en bas du petit escalier, bras croisés ; sa tiare lui donne l'air d'une minuscule statue de la Liberté en platine.

—Bonsoir ! lancé-je. Ne vous inquiétez pas, il reste du papier.

—Puis-je vous parler un instant ? me demande-t-elle, ce qui semble redondant vu que c'est précisément ce que nous sommes en train de faire.

—Bien sûr, dis-je en arrivant à son niveau, sentant la Peur Panique me gagner.

—Avez-vous couché avec mon mari ?

—*Pardon ?*

J'ai autant la tête qui tourne et envie de vomir que si Ben m'avait renversée en arrière dix fois après avoir descendu une bouteille entière de Laurent-Perrier.

—À l'université. Avez-vous couché avec Ben ?

—Nous étions amis.

—D'accord. Ben m'a dit que vous aviez couché ensemble. Est-ce qu'il ment ?

Oh, non, oh, non. Pourquoi l'avait-il relâchée dans la nature dans un tel état de rage et décidée à me traquer ? Et pourquoi avoir cette conversation sur la piste de danse pendant un mariage, avec Hall et Oates en bande-son ? Mon cerveau s'emballe. L'expression de Simon… Savait-il qu'elle savait ? Pourquoi Ben avait-il semblé si détendu ? Pourquoi ne pas m'avoir prévenue ?

—Êtes-vous en train de me dire que mon mari me ment ? répète Olivia. Dans un cas comme dans l'autre, il se passe quelque chose. Sinon, pourquoi mentirait-il ?

—Non ! Ben ne ment pas. C'est arrivé juste une fois. Ce n'était rien.

Silence mortel. Le brouhaha des conversations et les pulsations de la musique sous la tente semblent très, très éloignés. Quelque part dans l'obscurité qui nous enveloppe, juste au bon moment, une chouette ulule.

—Si ce n'était rien, je me demande pourquoi personne ne m'en avait rien dit.

La voix d'Olivia me semble aussi tranchante et dangereuse qu'un éclat de verre.

—Ben ne voulait probablement pas vous contrarier avec une histoire aussi dérisoire qu'ancienne.

Les yeux d'Olivia lancent des éclairs ; elle m'évoque une sorcière de Disney jetant un mauvais sort.

—Dérisoire ? Vous trouvez cela dérisoire ?

Je secoue la tête.

—Non, pas pour vous, bien sûr.

—À moins que vous ne vouliez dire que ça n'a rien eu d'exceptionnel ?

—Quoi ?

—Avez-vous pris votre pied ?

Je ne suis peut-être pas avocate, mais, en tant que journaliste, je sais qu'il s'agit d'une tentative de m'extorquer une citation qui, hors contexte, sonnera soit triomphante, soit moqueuse.

—Ce… Je… (L'idée du TripAdvisor de Mindy me revient sans m'être pour autant d'une grande aide. « Très bien équipé, service attentif, dix sur dix, nous reviendrons!»)... Nous étions soûls, je ne me souviens pas de grand-chose.

— Je vous interdis de vous approcher de moi, de mon mari ou de ma maison à l'avenir. Est-ce que c'est clair?

— Oui.

Un silence, durant lequel j'espère pouvoir décemment lui fausser compagnie, foncer sous le chapiteau, rassembler mes affaires et courir.

— Simon m'avait bien dit que je ne devrais pas vous faire confiance. Il m'a raconté que vous avez passé le dîner à parler de Ben.

Je ressens ma première bouffée de colère. *Le salaud*! Qu'il aille se faire foutre.

— Simon ment.

— C'est drôle, d'après lui, c'est vous la menteuse.

— Eh bien, c'est un mensonge.

Cette conversation tourne au ridicule.

— Simon prétend également que j'ai accepté de dîner avec lui pour enquêter sur un éventuel scandale dont j'ignorais tout à l'époque, ajouté-je.

— Vous avez l'intention de critiquer mon ami?

— Vu qu'il ment à mon sujet, je ne vois pas comment me défendre autrement.

J'ai les mains moites. Je ferme les poings à m'enfoncer les ongles dans les paumes. Les plis de ma robe me rentrent dans la chair, la plante de mes pieds me fait mal. Je me sens soudain tout à fait sobre; les douze coups de minuit de Cendrillon ont sonné depuis longtemps. Manifestement, Olivia s'est déjà fait son opinion de moi, mais je devrais quand même avoir droit à un dernier essai...

— Je suis désolée si vous n'étiez pas au courant. J'ignorais si Ben vous en avait parlé et demander aurait été indiscret et déplacé. Quant à Simon, en revanche, il m'a déjà traitée de merde à cause de l'affaire Shale. Tout ce qu'il a pu vous dire a pour but de vous braquer encore plus contre moi. C'est lui qui a posé des questions sur Ben pendant notre dîner.

— Devinez quoi, Rachel. D'après Simon, vous n'avez même pas été honnête au sujet de votre amitié avec Ben. Il m'a suggéré de vous prendre à part et de vous raconter que mon mari vous avait vendue. Résultat immédiat. Oups. Alors continuez donc à prétendre qu'il ne sait pas de quoi il parle.

Ne t'inquiète pas, Simon, tu finiras par être nommé associé. Sale con.

— Si vous devez systématiquement prendre le parti de Simon, rien que je puisse dire ne servira à grand-chose. En tout cas, il ne se passe rien d'inapproprié entre Ben et moi.

— Mais bien sûr… Quelle surprise de vous voir sur la piste avec mon mari dès que j'ai été danser avec Simon.

— C'est lui qui m'a invitée.

— Ah, évidemment, il vous court après.

— Ce n'est pas ce que…

— Vous savez ce que Simon a dit d'autre à votre sujet ? Que vous êtes le genre de femme qui commence à courir après les maris des autres quand elle se rend compte qu'aucun homme ne veut l'épouser. Vous êtes de celles avec qui on couche, pas qu'on épouse.

La méchanceté de ses paroles me coupe le souffle. On est revenues dans les années 1950 ou quoi ? En m'abandonnant sur le tas des femelles déchues et rejetées, ces deux-là ont comme par hasard choisi d'oublier que c'est moi qui ai renoncé à me marier.

— Ah, OK. C'est vraiment adorable de sa part. Si maître Simon ne veut pas me passer la bague au doigt, autant en finir. Je vais aller mettre de l'ordre dans mes papiers, ensuite de quoi j'irai chercher le pistolet de mon père, celui à la crosse de nacre…

— Oh, c'est vrai, vous êtes tellement drôle, c'est ça ? crache Olivia avec une animosité cinglante qui me retourne l'estomac. Il n'empêche que vous n'êtes assez bien ni pour mon mari ni pour Simon.

Comme je commence à m'éloigner, Olivia ajoute d'un ton amer :

— Je ne vois vraiment pas ce que Ben a vu en vous.

Je m'arrête, réfléchis et me retourne.

— Lui-même ?

Je me prépare à me prendre une mule L.K. Bennett dans la figure quand, au même instant, la silhouette d'une femme d'âge moyen complètement traumatisée se découpe dans l'embrasure de la porte des cabines, apparition bleu lavande envoyée du ciel pour apporter la paix.

— Aviez-vous déjà vu un savon aussi délicieux ?! Dans une cabine w.-c. ! Du savon !

CHAPITRE 64

A rrivée à Whalley Range devant chez Mindy, je n'ai pas besoin de frapper à la porte : elle a entendu le bruit de moteur du taxi et m'attend déjà sur le seuil, bras croisés comme si j'avais dépassé le couvre-feu autorisé. Évidemment, elle est surtout en état d'alerte suite à mon texto où j'insistais sur le fait que j'étais en route pour chez elle et qu'elle ne devait aller se coucher sous aucun prétexte, même si *Terre Neuve* l'y avait encouragée. Quand je la rejoins, je vois la tête de Caroline surgir derrière son épaule. À en croire leurs fronts plissés, toutes deux sont préoccupées.

— Qu'est-ce qui se passe ? demande Mindy.

Elles reculent tandis que je passe en trombe devant elles et me précipite dans la cuisine où je jette mon sac sur la table. Je dois avoir l'air d'une folle : décoiffée, yeux smoky barbouillés façon putois, souffle court...

— Olivia m'a piégée pour me faire admettre que Ben et moi avions couché ensemble à la fac, et puis elle a pété un câble et m'a interdit de les approcher.

Mindy et Caroline me fixent d'un air ahuri, comme si je débarquais d'une autre planète et leur parlais un langage extraterrestre, ce qui est un peu le cas en ce samedi soir.

— Attends, attends, dit Mindy en levant une main. Tu as *couché* avec lui ?

— Une fois, juste avant qu'on quitte l'université. Vous vous souvenez que Rhys et moi avions rompu à l'époque de la remise des diplômes ?

— Petite cachottière, couina Mindy. Pourquoi ne nous l'as-tu jamais dit ? Quand ? Où ?

— Mindy ! aboie Caroline. On se fout de savoir où c'était !

— Chez nous. La nuit avant le bal. Caro et toi étiez rentrées chez vous déposer des affaires…

— Pourquoi ne nous l'as-tu jamais dit ? répète Caroline avec une intonation différente de celle de Mindy.

Je me laisse tomber sur une chaise et réprime une grimace en sentant les coutures de ma robe se tendre sur mon corps gonflé par la chaleur, la nourriture et l'alcool.

— Je ne m'y attendais pas du tout. J'étais amoureuse de lui et j'ai tout fait foirer. Je ne sais pas comment je lui ai laissé croire que je ne l'aimais pas tant que ça et l'histoire a fini avant même d'avoir commencé. Rhys a débarqué au bal, Ben a pris la fuite et n'a jamais répondu à aucun de mes appels. Ensuite il est parti en voyage, et voilà. Je n'ai jamais pu supporter d'en parler. J'ai préféré faire comme si ça n'était jamais arrivé, pensant que ça ne serait pas aussi douloureux.

— Oh, là, là, murmura Mindy.

— Et qu'est-ce qui s'est passé avec Olivia ? demande Caroline d'un ton, sinon sévère, du moins méfiant.

Tout cela ressemble trop à ses prévisions. Je résume les objections spécifiques d'Olivia à mon encontre, et celles plus générales de Simon.

— J'hallucine ! s'écrie Mindy. Pour qui il se prend, celui-là ! Et elle, quelle salope !

Caroline ne dit rien. Je me prends la tête dans les mains.

— Viens t'asseoir dans le canapé, dit Mindy en m'entraînant dans le salon. Ces chaises ne sont pas vraiment faites pour s'asseoir. Je les ai achetées parce qu'elles vont super bien avec la table.

Une fois que j'ai été déposée sur un siège plus confortable, je me sens soumise à un examen minutieux.

—Juste une nuit, donc? Ben en pinçait pour toi aussi? demande Mindy.

—Ce soir-là, il m'a dit qu'il m'aimait. Il partait six mois en voyage, moi j'allais commencer l'école de journalisme. Ça tombait super mal.

Caroline n'a toujours pas prononcé un mot. Je la regarde.

—Ce n'est pas la peine de le dire, tu avais raison. Je n'aurais jamais dû prendre le risque d'être de nouveau amie avec Ben.

—Je ne comprends pas ce que tu as fait de mal. Es-tu censée t'excuser pour quelque chose qui s'est passé des années avant qu'il rencontre sa femme? demande Mindy.

Je me mâchouille la lèvre.

—Attends. Soyons claires: as-tu fait du gringue à Ben? poursuit Mindy.

—Non, mais…

—Alors je ne vois pas le problème: vous n'avez pas voulu en faire une histoire. Si vous étiez sortis ensemble et n'en disiez rien à personne, d'accord, c'est de la tromperie. Mais sinon, il s'agit de ménager les sentiments des autres. Personne ne tend une liste complète de ses histoires passées au moment de signer le registre. C'est le principe du : « Ne demandez pas, n'en parlez pas. »

Je ris faiblement malgré moi.

—Comme les homos dans l'armée américaine?

—Ouais!

Je jette un coup d'œil à Caroline. Puis je dirige de nouveau mon regard vers Mindy. Vais-je le dire? Je viens à peine de l'admettre moi-même. Il va falloir que je me lance.

—Être amie avec Ben était une très mauvaise idée parce que…

Deux paires d'yeux s'écarquillent, attendant la suite.

—… le revoir m'a fait prendre conscience d'une triste vérité: je suis toujours amoureuse de lui.

Caroline et Mindy échangent un regard avant de se tourner de nouveau vers moi.

—Vraiment? demande Mindy dans un souffle.

—C'est fou et tragique, je sais…

—C'est follement romantique!

—Il est marié, Mindy, intervient Caroline d'un ton catégorique.

—Ouaip, il est marié, donc c'est triste et mal, point. Tout à l'heure, pendant qu'Olivia m'insultait, je pensais: «Je le mérite», ajouté-je, affreusement consciente que Caroline doit avoir le sentiment qu'on lui demande de compatir avec le même genre de femme que celle qui a eu une liaison avec Graeme.

—Mais pas du tout! proteste Mindy, qui, dans le doute, jette néanmoins un coup d'œil à Caroline.

Silence. Puis Caroline prend la parole.

—Bon, écoutez. Vous avez été géniales par rapport à Graeme qui s'est conduit comme un vrai salaud. Mais j'ai l'impression que vous vous attendez à ce que je me montre impitoyable et que vous cherchez à me ménager. Mais je n'ai pas changé. Mes opinions non plus. Oui, Rachel, je t'ai conseillé de faire attention à l'étincelle entre Ben et toi, avant ce développement et avant de devenir moi-même une femme trompée par son mari. Néanmoins, en ce qui concerne les événements de ce soir, je pense que la responsabilité de ta dispute avec Olivia incombe à Ben.

Même dans mon soulagement d'être excusée, je sens mon instinct de protection se réveiller.

—Olivia méritait de connaître toute l'histoire, mais c'était à lui de la lui raconter, pas à toi.

—Ouais. Qu'est-ce que tu étais censée dire? renchérit Mindy. Bonjour, ravie de vous rencontrer. Au fait, je me suis tapé votre mari?

—Et tu as rompu tes fiançailles il y a peu de temps. Il est normal que tu sois vulnérable et c'est lui qui est marié. Il aurait dû réfléchir un peu et empêcher que les choses en arrivent là, conclut Caroline.

Un long silence s'installe. Tant pis, j'ai fini par lâcher le morceau, mais je me sens mieux.

—Tu crois que je vais avoir droit à ses regards qui tuent si je te pose d'autres questions ? demande Mindy en désignant Caroline.

—Oh, fais ce que tu veux, Mindy ! grogne celle-ci en haussant les épaules, mais je vois bien qu'elle est amusée.

Elle veut qu'on se comporte comme d'habitude, eh bien, voilà.

—Une nuit, dix ans passent, tu l'aimes toujours. Ça a dû être une *sacrée nuit…* ?!

—Euh… oui.

—Je veux dire… Il a été fantastique ? Un coup fantastique ?

—J'ai compris, Mind. Oui.

Elle replie ses jambes sous elle sur le canapé, essayant de dissimuler son ravissement. Mindy adore les drames, puissance trois quand un des protagonistes est un coup fantastique.

—Quand est-ce que ça a changé ? Je veux dire, à l'époque où tu étais à la fac et avec Rhys, à quel moment tes sentiments pour Ben ont-ils changé ?

—Je ne sais pas exactement. Ça s'est fait petit à petit, sans même que je le remarque. Quand je m'en suis rendu compte, ça m'a complètement dépassée. J'ai préféré ignorer ce que je ressentais, et ensuite – BAM – il m'a dit je t'aime…

—C'est qui, Pam ? s'étonne Mindy.

—Non, «bam», comme une explosion dans une bande dessinée…

—Oh, désolée, désolée, bien sûr. Continue.

— Et voilà, il m'aimait, et je savais que je l'aimais aussi. Comme je m'étais toujours dit qu'il était trop bien pour moi, je n'avais jamais osé y penser, et encore moins l'exprimer.

— S'il s'est enfui, c'est peut-être qu'il avait changé d'avis, non ? demande Caroline.

Je sais qu'elle ne cherche pas à être méchante, seulement à apaiser mes regrets.

— Je ne pense pas. Il en a parlé l'autre soir quand nous nous sommes retrouvés pour boire un verre. Apparemment, il a cru que je m'étais réconciliée avec Rhys au bal et que je ne partageais pas ses sentiments.

— Et qu'est-ce que tu lui as répondu ? hurle Mindy comme si je lui racontais un épisode des *Feux de l'amour* en faisant durer le suspense.

— J'ai été plus ou moins obligée d'abonder en son sens. Je ne pouvais pas lui dire : « Non, tout ça n'a été qu'un gigantesque malentendu, tu me manques à chaque seconde. »

— Tu ne sais pas si ça a été une erreur, intervient Caroline. Ben et toi vous seriez peut-être séparés au bout de trois mois après une grosse dispute dans un tuk-tuk.

— Peut-être.

— Bon. Je vais nous préparer des tasses de thé avec plein de whisky dedans, annonce Mindy.

Caroline et moi restons assises en silence un court moment, écoutant Mindy s'agiter dans la cuisine.

— Alors ? Tu ne vas pas me dire que tu m'avais prévenue ? lancé-je à mon amie. Je le mérite, et beaucoup plus…

— Tu ne m'as rien dit de tel pour Graeme.

— Mais tu n'es absolument pas responsable !

— Graeme et toi n'avez jamais été très proches. Je sais que tu ne le portes pas spécialement dans ton cœur…

Je m'apprête à protester, mais Caroline secoue la tête pour m'en empêcher.

— Tu n'as jamais émis la moindre critique à son encontre, pas plus que tu ne l'as mis en pièces à l'occasion de sa dernière… *transgression*. Tu ne m'as même pas reproché de lui donner une seconde chance, et j'apprécie. Personne n'est parfait. Je t'ai mise en garde au sujet de Ben parce que j'ai cru que tu allais blesser des gens sans le vouloir. Je n'avais pas compris que c'était surtout toi que tu risquais de faire souffrir.

— Je savais que c'était sans espoir, Caro. J'avais juste tellement envie de le revoir…, confié-je tristement.

Caroline se penche pour me tapoter l'épaule.

— Je sais. De toute façon, c'est moi qui ai ouvert ma grande bouche et t'ai raconté que je l'avais vu à la bibliothèque. Comme tu n'as jamais eu l'occasion de tourner la page, il était inévitable que sa réapparition te bouleverse, surtout à ce moment de ta vie. Mais ne sois pas si sûre que ce soit de l'amour.

Cette bonne vieille Caro. Elle dira toujours le fond de sa pensée.

Mindy revient avec nos tasses de thé. Caroline renifle le contenu de la sienne et fronce le nez.

— Eeeeh, tu as mis quoi, là-dedans ? Du dix-huit pour cent ?

— Mon père m'a offert une bouteille de Glenfiddich pour Noël. J'attendais une occasion de l'ouvrir…

— Tu as versé du scotch single malt dans du thé ? Sacrilège !

Je bois une gorgée du mien. Chaud, sucré, fort – idéal quand on a besoin d'une bonne décharge. Il ne me manque plus que la couverture de survie dont se couvrent les coureurs à la fin d'un marathon.

— N'oublie pas, reprend Caroline en revenant à notre sujet. Une vraie relation avec Ben aurait impliqué des disputes. Il aurait fini par t'agacer avec ses séances de bricolage foireuses, ses branlettes aux toilettes pendant ta douche et ses expéditions à Dunelm Mill.

— C'est quoi, Dunelm Mill ? demandé-je.

— Un magasin d'usine. Ce que je veux dire, c'est que la vie avec lui que tu as l'impression d'avoir ratée est parfaite dans la mesure où c'est un fantasme, et c'est un fantasme parce qu'elle est parfaite.

Mindy pose une main consolatrice sur mon bras.

— Et essaie de voir les choses sous cet angle : cette nuit que Ben et toi avez partagée a été une parenthèse idéale, comme dans *Casablanca* quand Rick dit à Ilsa : « Nous aurons toujours Paris. »

— Nous aurons toujours notre petit coup rapide de Wilbraham Road ?

— Ouais. Au moins vous n'avez pas l'occasion de tout gâcher. Vous n'avez pas à vous désénamourer, à assister à la lente décrépitude de l'autre et à sa mort.

Je repousse ma frange trempée de sueur de devant mes yeux.

— Le problème c'est que, après toutes ces années, il n'y a personne dont j'aimerais plus me désénamourer, assister à la lente décrépitude et à la mort que Ben.

CHAPITRE 65

Au moins la maxime au sujet des gens qui travaillent dans la presse – « coléreux mais oublieux » – a du vrai : personne n'a complètement oublié ce qui s'est passé avec Natalie, mais chaque jour qui passe je constate que, si ce n'est pas encore de l'histoire ancienne, le scandale perd de sa fraîcheur. Je survivrai.

Le nom de Zoe apparaît régulièrement dans le *Mail*. Apparemment, le secret de la réussite, c'est d'être une belle ordure. Je ne doute pas qu'elle finira avec sa propre rubrique à trente ans. Elle y épinglera les politiciens vénaux et les célébrités hypocrites qu'elle accusera de mentir, avec, pour accompagner sa signature, un de ces portraits où elle a l'air de toiser d'un regard méprisant un intrus qui serait en train de chier dans son jardin.

À propos d'ordures et d'écrivaillons douteux, Gretton a pris l'habitude de m'apporter un café à la bouse tous les matins en salle de presse. C'est gentil de sa part, pourtant cela me gêne légèrement. Suis-je tombée si bas que même Gretton a pitié de moi ? Il a également entrepris de partager des infos, avec les résultats horrifiants prévisibles.

— Le procès pour mendicité et exhibition sexuelle en salle 4 devrait être marrant. Une SDF montrait sa tirelire aux passants, m'annonce-t-il par exemple aujourd'hui. D'après l'agent qui l'a arrêtée, ça faisait vraiment peur à voir.

— Vous savez quoi, Pete ? Je vais peut-être vous laisser exercer vos talents singuliers sur cette affaire-ci.

Il faut que je sois chez moi à 18 heures, car Caroline et moi avons concocté un plan dont la réussite dépend de la ponctualité de chacun. Caro doit arriver à 18 h 15, et Mindy est censée nous rejoindre à 18 h 45 pour une soirée pizzas-DVD, avec une animation surprise : à 19 heures, la sonnette retentit.

—B'soir ! lance Ivor en entrant. Alors comme ça tu t'es acheté une X-box ?

Il aperçoit Mindy.

—Oh ! *Quoi ?*

—Qu'est-ce qu'il fait ici, lui ? aboie Mindy en se levant.

Je me glisse entre la porte et Ivor, et en profite pour le pousser plus avant dans la pièce.

— OK. J'ai récemment provoqué de grands bouleversements dans ma vie et Caro, quoique malgré elle, traverse également quelques perturbations, expliqué-je. Cela nous ferait du bien à toutes les deux que vous vous réconciliiez et que renaisse l'harmonie entre vous. Ce qui ne risque pas d'arriver si vous ne vous adressez plus la parole. Alors parlez. Dites-vous ce que vous voulez, mais commencez à communiquer.

—Je pars. Et je n'ai rien à ajouter, déclare Ivor en faisant demi-tour.

—Et si ce n'était pas lui, c'est moi qui m'en irais, renchérit Mindy, les mains sur les hanches.

—Oh, pour l'amour du ciel, tous les deux ! s'exclame Caroline.

—Je n'ai rien à lui dire, gronde Mindy.

—Pareil. Je peux y aller maintenant ? me demande Ivor.

—Quoi ? Vous allez mettre des années d'amitié à la poubelle à cause d'une engueulade à propos de Katya ? dis-je, mon regard passant de l'un à l'autre. En vaut-elle vraiment la peine ?

—Demande donc à Ivor ce qu'elle vaut, siffle Mindy. Quatre cent vingt livres par mois ? Redevance audiovisuelle et partie de jambes en l'air incluses ?

—Vous voyez ? s'écrie Ivor. C'est inutile…

—Ça suffit ! crié-je, légèrement hystérique. Je sais que vous croyez pouvoir vous balancer tout ce qui vous passe par la tête sous prétexte que tout ira bien et que vous ne le pensez pas vraiment. Sauf qu'Ivor pourrait se faire renverser par un bus en rentrant chez lui. On ne sait jamais quand c'est notre dernière chance. Parlez !

—Elle m'a quasiment traité de violeur ! hurle Ivor. C'est gentil à vous de vouloir aider, mais, à moins que vous ne réussissiez à obtenir qu'elle retire tout ce qu'elle m'a balancé et rampe devant moi, c'est hors de question. Que je me fasse écrabouiller ou pas.

—Que je rampe ? Va te faire foutre ! s'exclame Mindy.

—OK, OK…

Caroline se lève en tirant son haut sur son ventre concave.

—Ça suffit maintenant ! Mindy, assieds-toi.

D'une main ferme, elle force Mindy à reprendre place sur le canapé ; ensuite elle pointe un index vers Ivor, puis vers un fauteuil.

—Ivor, tu t'assieds là. Immédiatement.

Ivor obéit d'un air boudeur, sans enlever son manteau.

Caro se positionne à équidistance entre eux, debout. La voir en arbitre autoritaire est une expérience intimidante. Je rôde autour, tel un agent de sécurité.

—Mindy, commence Caroline. Ivor n'a fait aucune réduction sur le loyer à Katya en échange de faveurs spéciales. Tu le sais. Arrête de l'en accuser. C'est arrivé, c'est tout, et il a le droit de coucher avec qui il veut. Il est grand et célibataire. Si nous nous étions permis de juger nos choix respectifs en matière de partenaires sexuels au fil des ans, nous savons tous qu'il y aurait eu du grabuge.

Le regard de Caroline change de cible.

— Ivor, tu ne fais pas de cadeaux à Mindy en ce qui concerne ses choix de petits copains. Tu ne t'es jamais montré accueillant à leur égard. Peut-être que la prochaine fois que tu verras Jake, tu pourrais corriger cette tendance.

— Jake et moi, c'est fini, annonce Mindy.

— Alors avec le suivant, quel qu'il soit, corrige Caroline.

— Ce n'est pas une porte tambour ! proteste Mindy.

Ivor semble s'illuminer légèrement.

— Désolée de l'apprendre, dis-je à Mindy. Pour Jake, pas pour la porte.

— OK. Jake ou pas Jake, Mindy a peut-être réagi de façon excessive à un écart de conduite, mais elle a subi des années de provocation, conclut Caroline.

— Tu penses vraiment que pour quelques plaisanteries je mérite de me faire traiter d'abuseur ?

— Je crois que vous avez tous les deux besoin de vous présenter des excuses et de les entendre. Vous pouvez les dire en même temps si personne ne veut faire le premier pas. Je vais compter jusqu'à trois.

— On n'est pas à la crèche, proteste Ivor. Et si nous refusons ? Privé de Lego et de lolo ?

— Ce n'est pas ce que tu le forces à me dire qui va me faire changer d'avis, renchérit Mindy. Tout ça est effectivement parfaitement inutile.

— Au moins vous êtes d'accord sur un point, dis-je avec optimisme.

Je jette un coup d'œil désespéré à Caroline.

— OK, vous m'aurez forcée à le faire. Je brise la vitre et attrape le marteau, soupire Caroline.

Elle s'assied et croise les jambes.

Sourcils froncés, Mindy et moi échangeons un regard confus.

— J'ai une théorie, si ça intéresse quelqu'un. Voici ce qui, à mon avis, est réellement en train de se passer : Ivor est amoureux de Mindy depuis des années mais ne se déclarera jamais du fait de l'obstination absurde de celle-ci à ne considérer que les candidats remplissant certains critères physiques. D'où ses moqueries systématiques aux dépens des hommes avec lesquels elle sort.

Je regarde Ivor. Il a la tête du mec qui, après avoir traversé tout l'aéroport en courant, arrive juste au moment du dernier appel pour l'embarquement et découvre qu'il a oublié son passeport.

— Et je crois que Mindy commence à se rendre compte qu'elle ressent la même chose pour Ivor, et que c'est pour ça que ce qu'il a fait avec Katya l'a mise dans tous ses états. (Caroline se tourne vers Mindy.) Tu ne désapprouves pas, tu es jalouse.

— *Quoi ?* s'exclame Mindy – je n'avais jamais vu une peau foncée d'une telle pâleur. Loin de moi l'idée d'être jalouse !

— C'est assez logique, non ? Si nous y réfléchissons, nous savons que c'est vrai.

Caroline sonde nos réactions et découvre trois bouches ouvertes.

— Vous êtes fous furieux parce que vous êtes fous l'un de l'autre. N'est-ce pas, Rachel ?

— Euh. Je ne sais pas. Tes arguments sont très convaincants…

— Bande de… (Ivor s'est levé, les yeux fous, et cherche ses mots en bredouillant.) Allez vous faire foutre ! Toutes autant que vous êtes !

Il sort en trombe.

— Voilà qui coupe court à un démenti, fait remarquer Caroline en regardant Mindy.

Qui lui saute immédiatement à la gorge.

— Je peux savoir ce qui t'a pris ?!

—Vu qu'aucun de vous n'allait aborder le sujet, j'ai voulu vous donner un coup de pouce. Après tout, nous ne rajeunissons pas.

—Ce que tu viens de faire est totalement, parfaitement inacceptable !

—Ah oui ?

—Oui ! hurle Mindy en attrapant son manteau.

—Tu n'as jamais pensé à Ivor de cette façon ?

—Non !

—Et tu ne penses pas qu'Ivor en pince pour toi ?

—Non !

—Oh.

—Bien joué ! Grâce à toi, nous sommes passés d'une situation tendue à une situation catastrophique ! Tu peux me dire quand nous allons avoir envie de nous retrouver dans la même pièce maintenant, putain !?

—Ne t'en va pas, lancé-je mollement au moment où Mindy claque la porte derrière elle.

Je l'entends dévaler furieusement l'escalier.

—Eh bien, ça s'est très bien passé, dis-je en rejoignant une Caroline manifestement ennuyée sur le canapé. Tu es sûre de ton coup ?

Caroline se mord la lèvre.

—Je l'étais. Peut-être me suis-je trompée. J'y suis allée un peu fort, hein ?

—Si c'est faux, ça va être terriblement compliqué à arranger.

—Et si j'ai vu juste, ce sera encore pire ? suggère Caroline.

—Oh, non, il y a une troisième option tout à fait diabolique : et si c'était vrai pour l'un des deux, mais pas pour l'autre ?

Caroline se couvre la bouche d'une main. Je grogne et enfouis mon visage dans le canapé, frappant en rythme les coussins. Je redresse la tête.

—Je vais essayer de rattraper Mindy. Tout est ma faute. C'est moi qui ai lancé l'idée de la confrontation piège.

—Je la laisserais refroidir un peu, si j'étais toi. Quoique si tu penses que ça peut aider…

Je dévale les marches et me précipite dans la rue. Son goût pour les couleurs voyantes me permet de repérer facilement Mindy, drapeau vert émeraude se détachant sur un mur de brique rouge à quelques mètres. Elle est immobile ; j'ai peur qu'elle ne soit en train de pleurer. Merde. C'est moi qui mériterais de présenter mes excuses en rampant.

En m'approchant, je suis surprise d'apercevoir Ivor de l'autre côté de Mindy. C'est bon signe, non ? À moins qu'ils ne soient en train de s'étriper et de se balancer des choses affreuses et définitives à la figure… ? Quelque chose dans la position de leurs corps me dit que ça n'est pas le cas – la distance entre eux évoque plus un tête-à-tête intense que deux personnes en train de régler leurs comptes. Je les observe une minute, incapable de saisir le ton ni la moindre bribe de leur conversation. Quand Mindy passe les bras autour du cou d'Ivor pour une étreinte conciliante, je suis sur le point de les acclamer.

Ils ne se séparent pas.

Je reste là à les fixer, incrédule et ravie, jusqu'à ce que je me rende compte que je me comporte comme une voyeuse sans vergogne et que je risque de tout gâcher si je me fais repérer. En franchissant d'un bond la porte de l'appartement, je percute Caroline qui enfile sa veste.

—Où vas-tu ? demandé-je, à bout de souffle.

—Tu as raison, je ferais mieux d'aller m'excuser auprès d'eux. Je me suis montrée gratuitement sadique. Je leur dirai que je ne sais plus où j'en suis en ce moment, je mentionnerai Graeme et j'espère qu'ils se sentiront assez mal pour me pardonner.

—OK, dis-je, savourant énormément ce moment. Ils sont en bas. Va donc leur expliquer que tu t'es trompée. Encore faut-il que tu parviennes à les séparer…

—Ils se battent ? souffle Caroline, atterrée.

CHAPITRE 66

J e ne pensais pas Ben capable de disparaître sans dire au revoir, mais je savais aussi que ça ne dépendrait peut-être pas de lui. Et puis vendredi je reçois un coup de fil au boulot. C'est jour de paie pour la plupart des salariés de la ville, et il fait un temps radieux. À 17 h 30, il fera une chaleur étouffante dans les box à l'extérieur des pubs, qui passent en général pour être un peu au frais.

— J'espérais que nous pourrions nous retrouver pour une discussion rapide, m'explique Ben, brutal dans sa maladresse. Je ne veux pas trop empiéter sur ton vendredi soir. Ça te va si on se retrouve sur les marches de l'hôtel de ville après le boulot?

Compris : territoire neutre – rien qui puisse ressembler à une sortie amicale. En arrivant, je vois qu'il y a un marché français sur Albert Square. C'est un rassemblement de stores rayés jaune et blanc, de roues de brie, de saucissons saupoudrés de farine et de tresses d'ail et d'oignons. J'aperçois aussi un camion de glace opportuniste qui n'a rien de très gaulois, autour duquel se pressent les clients.

Ben attend, une main dans la poche, l'autre tenant son attaché-case. Il porte un costume foncé et des chaussures en cuir brun, et dégage ce qu'il faut d'appréhension. Malheureusement pour moi, dans la mesure où je n'aurai pas l'occasion de le revoir, il est absolument splendide. Comment fait-il pour devenir toujours plus beau à mesure que le temps passe? J'ai envie de piquer son esquimau à un gamin qui passe pour me le passer à l'intérieur des poignets et me refroidir le sang.

— Salut, lancé-je. *Sacrebleu*[*] !

— Salut. *Merde*[*]. J'ai eu une bonne idée…

Nous restons là à nous regarder de manière amicale mais inutile. Conversation nécessaire.

— Sympas tes brogues, tenté-je en désignant ses chaussures.

Très cool, Rachel. J'enchaîne :

— D'après mon père, seuls les arrivistes portent des chaussures marron au travail.

Et bravo pour cette récupération indiscutablement éblouissante.

Heureusement, Ben éclate de rire.

— C'est drôle que tu dises ça. Essaie de garder l'esprit ouvert : tu as déjà entendu parler du « système de Ponzi » ?

Il fait semblant de faire jouer les fermoirs de son attaché-case.

Nous rions. Nouveau silence.

— Hum. Manifestement, tu sais de quoi je voulais discuter, dit Ben.

Je hoche nerveusement la tête.

— Dans les grandes lignes.

De l'autre côté de la place, un accordéon se fait entendre, accompagné de la voix rauque d'une pseudo-Édith Piaf. « *Non, je ne regrette rien*[*] … » Parle pour toi… Moi, je regrette un paquet de choses.

— Est-ce que tu connais St John's Gardens ? Dans la série « Parcs et Détente » de Ben, je te propose la deuxième partie.

— Je crois que oui. Je te suis.

Tandis que nous descendons Deansgate, Ben en apprend plus qu'il n'aurait pu rêver sur les subtilités de la « possession dans un but de trafic » ; quant à moi, je glane des informations sur les façons d'accéder à l'assistance juridique.

— C'est magnifique, dis-je quand nous arrivons à St John's Gardens, une oasis de verdure cachée derrière le Castlefield Museum.

— Je trouve aussi. Il y avait une église ici, autrefois.

Il me vient à l'esprit que Ben a peut-être marché durant ses pauses déjeuner parce qu'il avait beaucoup de choses en tête. Par chance, c'est la happy hour et St John's est presque désert. Nous prenons place sur l'un des bancs disposés en cercle autour de la croix du souvenir. Ben pose son attaché-case par terre.

— Je ne t'ai pas vue partir, le soir du mariage… ?

— Non, euh… J'ai jugé préférable de m'esquiver rapidement.

— Je suis vraiment navré. Je tiens à te présenter des excuses en notre nom à tous les deux. Liv n'avait aucun droit de te prendre ainsi au dépourvu, et j'aurais dû le lui dire en premier. Tu t'es retrouvée prise à partie alors que tu n'y étais pour rien. Ce n'était pas juste. J'en suis bien conscient, même si Liv n'en est pas capable pour l'instant.

— Je suis désolée de t'avoir mis dans le pétrin. Elle a prétendu que tu lui avais tout raconté.

Ben semble surpris.

— Vu qu'elle ne m'a jamais posé la question directement, je n'ai jamais rien dit. Voilà tout. Si j'avais imaginé un seul instant qu'elle te demanderait à toi, je lui aurais tout raconté et vous aurais épargné à toutes les deux cette confrontation.

— Je comprends pourquoi tu ne lui as pas raconté. Après tout, nous ne sommes pas sortis ensemble.

Ben s'agite, mal à l'aise.

— C'est ce que je me suis dit, mais c'était mentir par omission. Si Liv invitait un vieil ami à dîner, je n'apprécierais pas qu'elle oublie de me mentionner qu'ils ont un jour couché ensemble. Ni qu'elle me sorte, à moi, son mari, l'excuse de l'avocat : « Tu n'as pas posé les bonnes questions ».

Je ne sais comment répondre à cela sans paraître critiquer Olivia.

— C'est Simon qui lui a suggéré de me poser la question, fais-je remarquer à la place.

— Ouais. Nous avons eu une autre dispute, il y a quelque temps. Oh, soupire-t-il en se passant la main sur le visage avec lassitude. Je ne comptais pas entrer dans les détails, mais tant pis. À l'époque où Liv et moi nous étions fiancés, Simon a déclaré sa flamme. À Liv, évidemment.

Cette nouvelle me surprend sans me choquer outre mesure. Derrière l'obstination de Simon à découvrir si j'avais quelqu'un d'autre, j'ai reconnu les symptômes. Et, si j'avais pris le temps d'y réfléchir, j'aurais remarqué que tous les panneaux pointaient vers Olivia.

— Ah oui ?

— Elle me l'a tout de suite confié. Tout s'est arrangé et nous sommes restés amis avec Simon.

— C'est d'elle qu'il parlait quand il évoquait une femme mariée qui était retournée avec son mari ?

— Ils n'ont pas eu de liaison. Ce qu'il t'a dit me fait m'inquiéter au sujet de ce qui lui est passé par la tête. Je suppose qu'il a dû changer quelques détails pour que tu ne fasses pas le rapprochement, mais tout de même… Quand tu m'as raconté que vous en aviez parlé au cours de votre dîner, j'aurais dû comprendre qu'il allait chercher à semer le trouble. J'ai naïvement espéré qu'il se contentait de déblayer le terrain.

— Je comprends.

— Après cet épisode, Liv et moi nous sommes promis d'être toujours parfaitement honnêtes l'un envers l'autre. J'ai rompu cette promesse en ne lui parlant pas de toi. Je ne dis pas qu'il s'agit d'une situation similaire, s'empresse-t-il d'ajouter. Mais Simon s'en est mêlé en insinuant qu'il avait cessé de te voir parce qu'il pensait qu'il y avait quelque chose entre nous. Il te tient pour responsable de l'article et je crois qu'il m'en veut de l'avoir mis en contact avec toi, puis d'avoir pris ta défense. Se monter la tête avec Liv, c'est une aubaine pour lui.

—C'est tellement…

—Je sais. Je ne veux pas te blesser en suggérant que j'ai des doutes sur les motivations de son invitation à dîner. Je suis sûr que tu lui plaisais de toute façon.

Je lève une main.

—Je t'en prie, ne te fatigue pas. Franchement, je me fiche que Simon n'ait pas été charmé par mon éblouissante personnalité. Je me suis demandé pourquoi il posait tant de questions à ton sujet.

—Ouais. Je le soupçonne d'avoir cherché dès le départ à savoir s'il pouvait t'utiliser pour nous monter les uns contre les autres.

—Quand je pense qu'il m'accuse de l'avoir manipulé!

—Eh oui. Le salaud. Mais j'ai bien conscience qu'il n'aurait pas eu autant de succès si je m'étais montré moins négligent. En ce qui concerne Liv, je ne prends aucun risque en affirmant qu'il n'a aucune chance avec elle, que je sois là ou pas.

Ben fait une mimique qui indique que « ou pas » était de trop, et poursuit :

—J'ai tout raconté à Liv sur nous, de toute façon, donc…

—Je croyais m'en être chargée ?

—Non, *tout*, insiste Ben, doucement et fermement, en se tournant pour me faire face. Ma version de l'histoire. Je sais que ça n'a pas représenté la même chose pour toi et j'ai insisté là-dessus auprès de Liv, même si je doute que ça ait été plus facile à entendre.

« Ça n'a pas représenté la même chose pour toi. » La voilà, l'erreur que je ne peux jamais corriger. Les mots sur lesquels je ne peux pas revenir. Ou ceux que je ne peux pas ajouter.

Je fais appel à toute la décence dont je suis capable, ce qui nécessite cinq ou six secondes.

—J'espère que tout va bien entre vous. Ce n'est pas la peine de dire ce que tu vas dire. Je sais qu'il faut que je disparaisse complètement de ta vie, et je comprends.

—J'apprécie que…

Ben marque une pause, puis il finit par lâcher :

—Liv est partie.

— *Quoi ?* Quand ?

Ce que je veux vraiment demander, c'est : « Elle t'a quitté ? »

—Il y a quelques jours. Nous nous sommes disputés pour d'autres raisons. Elle m'avait déjà menacé de rentrer à Londres.

Je m'efforce de suivre. *Olivia est partie. Est-ce que ça change tout ?*

—Liv ne s'est pas plu à Manchester. Elle dit ne pas vouloir élever d'enfants ici. Je t'ai parlé de notre désaccord au sujet de ce projet de maison. Elle a demandé à être mutée de nouveau et ne m'a informé que c'était sans appel qu'en faisant ses valises.

—Je suis désolée.

Je ne suis rien du tout. Je suis en chute libre, me demandant où je vais atterrir.

—J'ignore combien de temps je vais mettre à retrouver un poste là-bas. Je ne peux pas demander une mutation, je n'ai pas autant d'ancienneté qu'elle.

Elle n'a pas quitté Ben, elle a quitté le Nord…

—Tu pars aussi ?

—Oui.

—Tu es d'accord avec tout ça ? Vous en avez parlé ?

Ben m'adresse un mince sourire.

—Il faut parfois renoncer à ce qui est bon pour soi et faire ce qui est nécessaire. Je n'arriverai pas à la convaincre de revenir. Je ne peux donc pas rester.

Je remarque qu'il n'est pas question de la maison de Didsbury. Je suppose que, dans le monde des gens indécemment pétés de thunes, il n'est pas nécessaire de vendre une propriété pour en acheter une autre.

—Eh bien, dis-je, plombée. Manchester te regrettera.

Ben soupire.

—Et je regretterai Manchester. J'ai vraiment adoré revenir.

J'hésite.

—Vas-tu accepter que ses parents vous achètent une maison?

Il baisse la tête.

—Je ne sais pas. Ce n'est pas un prix que je veux payer pour sauver mon couple, mais il semble que je n'aie pas le choix, que cela me plaise ou non. Je t'en prie, ne me pose pas plus de questions, les réponses me dépriment.

—Bien sûr. Désolée.

Il relève la tête d'un coup.

—Dis-moi une chose, Rachel. T'étais-tu imaginée un jour qu'être adulte serait si difficile?

—Je crois que j'ai pensé qu'une fois que j'aurais décroché mon diplôme, il me suffirait de me laisser glisser jusqu'à la case famille. Que tout se ferait comme sur des roulettes.

—Exactement, approuve Ben en riant. Comme sur des roulettes, c'est exactement ça! Si j'avais su ce qui m'attendait, je ne me serais pas autant plaint de l'anglais médiéval.

Nous échangeons un grand sourire. Mes côtes me font mal.

—Ça m'a vraiment fait plaisir de te revoir. Dommage que tu ne puisses pas en dire autant de moi et des miens. D'abord Simon te fait une scène, puis Liv. Je parie que tu regrettes de t'être mise à l'italien et d'avoir été à la bibliothèque.

Le mensonge à l'origine de notre recommencement. C'est mon tour de parler, d'insister sur le fait que non, moi aussi j'ai trouvé merveilleux de le revoir, avant de le laisser partir en prétendant que c'est facile pour moi. Mais Olivia est partie. S'il avait tous les éléments en main, Ben déciderait peut-être de ne pas déménager... C'est peut-être l'occasion ou jamais. Ma seconde chance – et elle va disparaître pour toujours si je ne la saisis pas, si je ne fais pas preuve de courage, ce dont je n'ai pas été capable la première fois. « Il faut parfois renoncer à ce qui est bon pour soi et faire ce qui est nécessaire. »

Il faut parfois mettre ce qui est juste de côté et faire ce qui est nécessaire.

— J'ai quelque chose à te dire.

J'espère découvrir une lueur de reconnaissance dans ses yeux, histoire de me faciliter les choses. Ben reste parfaitement impassible.

— OK.

— Nous ne sommes pas tombés l'un sur l'autre par hasard, ce soir-là, à la bibliothèque. Caroline m'avait dit t'y avoir vu et je t'attendais – j'espérais te voir.

Ben fronce les sourcils.

— J'ai tellement pensé à toi, ces dix dernières années... Je n'ai jamais retrouvé ce que nous avons partagé avec personne. Je ne sais pas comment je m'y suis prise pour ne pas réussir à te convaincre de ce que je ressentais pour toi à l'époque. Si tu pars maintenant et que tu n'es pas sûr de le vouloir, sache que je t'aime toujours. Je suis amoureuse de toi, Ben.

Mes mots restent suspendus dans l'espace entre nous et j'ai du mal à croire que c'est moi qui les ai prononcés.

Ben plisse les yeux.

— C'est une blague, n'est-ce pas ? Tu cherches à me provoquer ? Parce que c'est vraiment d'un goût douteux.

— J'en pense chaque mot. Tu ne me crois tout de même pas capable de plaisanter là-dessus ?

Il me regarde fixement. Avant de prendre la parole, il inspire profondément, comme s'il se préparait à lancer quelque chose de lourd.

— Liv m'avait prévenu. Ma femme m'a accusé de laisser entrer dans nos vies quelqu'un qui essayait de briser notre couple. Je lui ai rétorqué qu'elle était paranoïaque et ridicule. Je vous ai défendues à fond, toi et tes bonnes intentions, allant même jusqu'à te présenter des excuses et critiquer l'attitude d'Olivia pour finalement apprendre qu'elle avait raison depuis le début ?

— Je n'essayais pas de briser votre couple...

— Alors pourquoi m'annoncer que tu es amoureuse de moi ? Qu'est-ce que je suis censé faire ?! s'exclame Ben. Et pourquoi as-tu cherché à me retrouver ?

— Je... je n'ai pas pu m'en empêcher.

Il marque une pause, comme s'il avait tellement de choses à me reprocher qu'il devait s'interrompre pour les classer en fonction de leur priorité.

— Je n'arrive pas à le croire. Pas étonnant que ma femme m'ait quitté. Tu me crois vraiment capable de mettre momentanément de côté le petit détail qu'est mon mariage ? De dire, eh bien, après tout, elle est à Londres, et moi je dois rester ici pendant un moment encore, alors autant en profiter et la tromper ?

— Non ! Je ne pensais pas à une liaison.

— À quoi, alors ? demande Ben en me toisant. Je suis marié et j'ai bien l'intention de le rester.

Ma gorge se serre ; je m'écroule comme si je m'étais pris une balle.

— OK.

— Je suis désolé pour toi et Rhys. Tu n'es pas toi-même en ce moment. Je comprends. Mais si j'avais su que tu pensais que ce qui se passait entre nous était de quelque façon... (Il cherche le mot.)... *romantique*, je serais parti en courant. Bon sang, quelle impression t'ai-je donnée ?

Je ne mens pas en disant que je pourrais me pencher et vomir dans les buissons de pure humiliation.

— Ce n'est pas ta faute. Seulement... Tu as dit que Liv était partie...

Je laisse ma phrase en suspens. À son expression horrifiée, je lis dans ses pensées aussi clairement que s'il me les épelait avec les lettres dorées de Rupa : « Qu'est-ce qui te fait croire de toute façon que je serais intéressé si je n'étais pas marié ? »

J'aurais dû m'en douter. J'avais tant chéri ce souvenir que je n'avais pas envisagé la possibilité que l'intérêt momentané de Ben à mon égard était un raté dans l'espace et dans le temps, une anomalie, un événement insolite, le genre d'erreur de jeunesse qu'on considère ensuite de loin avec autant d'indulgence qu'une surconsommation de Malibu ou l'usage immodéré de pantalons à la MC Hammer. Je m'étais leurrée en pensant qu'être marié à Olivia était la seule raison pour laquelle il n'était pas avec moi. Voilà que je ne peux même plus me raccrocher à cette idée.

Ben s'éclaircit la gorge.

— De toute façon, ce n'est pas moi que tu veux. Tu es bouleversée par ta rupture avec Rhys. D'ailleurs, ce n'est pas la première fois, si ? Putain de déjà-vu…

— Non ! m'écrié-je. Il a débarqué au bal et tu as disparu.

— Je ne voulais pas faire de scène. J'ai préféré te laisser faire ton choix sans provoquer Rhys en duel…

Je lutte presque pour reprendre mon souffle maintenant. Chaque mot me demande un effort.

— Tu ne m'as pas donné l'occasion de te choisir. Tu es parti. Je ne pouvais pas laisser Rhys planté là. Il ne méritait quand même pas ça.

— Ah. C'est aussi pour ça que tu l'as laissé passer la nuit avec toi ?

— Quoi ?

— Tôt le lendemain matin, j'ai marché jusque chez toi, pour vérifier. Sa voiture était garée devant.

— Oui, il a passé la nuit chez moi, par terre. Je n'allais pas le laisser dans la rue. Nous avons discuté, il a dormi, il est parti. La première chose que j'ai faite ensuite, c'est d'aller chez toi, mais j'ai appris que tu étais reparti à Londres. Tu n'as répondu à aucun de mes coups de téléphone, ni à ma lettre. Et voilà. Fini.

Ben ne dit rien.

—Et puis un jour, j'ai appelé et Abi a décroché.

Il grimace.

—Elle ne pensait sûrement pas ce qu'elle a dit…

—Elle n'a pas été désagréable. En fait, ce qu'elle m'a répondu était probablement ce qu'on pouvait me dire de plus gentil. Elle m'a expliqué que tu avais avancé ton voyage et qu'elle ne comprenait pas que je continue d'appeler alors qu'il était évident que tu ne voulais pas me parler. Qu'est-ce que j'étais censée faire? Débarquer chez toi et camper sur les marches de ta maison? J'étais assez désespérée pour le faire, mais après tout ce temps j'étais sûre que *toi*, tu avais eu des doutes…

Ben secoue la tête. Il n'a pas envie de remuer ces souvenirs, je le sais. Mais je ne lui ai pas vraiment laissé le choix. Il tripote la poignée de son attaché-case, comme pour s'assurer qu'en cas de besoin il pourra s'enfuir prestement.

—Je n'avais aucune idée de ce que tu pensais. Pendant nos trois années à la fac, en fait. Rhys te dominait et tu le laissais faire. Il m'arrivait de penser que ce que je ressentais était réciproque, mais le reste du temps… Et puis je savais que tu n'avais pas eu l'intention que nous finissions au lit. Même si tu m'as dit des choses gentilles ensuite, je n'ai pas réussi à déchiffrer ce que tu ressentais vraiment. Il fallait que je te laisse de l'espace pour respirer et prendre ta décision. Et tu l'as fait.

—Non, dis-je en secouant la tête. En tout cas pas celle que tu crois.

—Attends. Tu es restée avec lui tout ce temps. Vous vous êtes fiancés. Tu es honnêtement en train de me dire que ce n'est pas lui que tu avais choisi?

—Je ne suis pas fière de moi, mais j'ai fini par retourner avec Rhys. J'ai cru bien faire en lui épargnant de savoir ce qui s'était passé la nuit du bal. En fin de compte, c'était beaucoup plus cruel de le taire. Pour tout le monde.

Ben me regarde fixement. Il ouvre la bouche. La referme. Puis dit :

— OK, mais quand même. Pendant trois ans, je t'ai envoyé tous les signaux que j'ai pu sans aller jusqu'à te sauter dessus. Tu penses après coup et avec beaucoup de complaisance que tu n'as pas eu de chance. Mais quand j'étais libre, tu étais indécise. Ce qu'on ne peut plus avoir paraît toujours très attrayant.

— Je n'ai jamais décidé que je ne te voulais pas. Ça n'arriverait jamais.

— Ça a été une décision par défaut. Ce qui d'ailleurs semble être une habitude chez toi. Tu ne prends pas de décisions. Elles t'arrivent, en quelque sorte.

La justesse de cette assertion me frappe avec la force d'une boîte de conserve lancée dans une chaussette-fronde. J'ai envie de le contredire, de tout mon être, mais il arrive qu'il n'y ait pas assez de nouvelles preuves pour faire appel.

— Je suis désolé de m'être enfui, poursuit Ben. C'était nul. Bon sang, je tiens peut-être plus de mon père que j'aimerais le croire.

Nous laissons le silence s'installer de nouveau. Une fois la vérité mise à plat, n'est-on pas censé ressentir une forme d'aboutissement ? Avoir l'impression qu'une page est tournée ? En ce qui me concerne, je me sens plus désespérée que jamais. À quoi bon se disputer pour savoir à qui la faute, de toute façon ? Le résultat est le même. Ce n'est pas comme si, en réinterprétant le passé, la situation actuelle s'en trouverait tout à coup modifiée.

— Et en quoi sortir avec Simon cadre avec tout ça ?

— Il était intéressé, c'était flatteur. Tu m'avais traitée de fille quelconque. (Voilà qui était peut-être un peu trop honnête.) Pendant cinq minutes, j'ai cru que ça pourrait marcher. Et puis je suppose que c'était une façon de rester proche de toi.

—Tu t'es servie de lui ?

—Pas intentionnellement.

—Ça va finir en épitaphe sur ta tombe. «Ci-gît Rachel Woodford. Pas intentionnellement. », lance-t-il dans un sourire. Cela dit, il était temps que Simon trinque, pour une fois.

Sa voix est plus ferme, mais il ne cesse de jeter des coups d'œil dans ma direction, comme si j'étais une pièce de musée horrible et fascinante : un corps momifié, la peau tel du papier brûlé et des orbites vides qui rappellent les trous laissés par les noyaux dans des demi-pêches.

—Si tu ne m'avais pas raconté qu'Olivia était partie, j'aurais tenu ma langue. Je me serais contentée de te dire au revoir.

Il s'ébouriffe les cheveux d'un air las.

—Ouais, je sais. Être ami de quelqu'un dont on est amoureux n'est jamais une très bonne idée. Et je te le dis pour en avoir fait l'amère expérience.

Nous restons assis un moment en silence.

—J'aimerais avoir une machine à remonter le temps, dis-je sur un ton que j'aurais voulu désabusé mais qui sonne complètement défait.

—Moi aussi, renchérit Ben.

Puis il attend le bon moment pour ajouter :

—J'irais à l'université de Leeds.

Mon mécanisme du rire est cassé. Et aussi : trop vrai.

—Je ferais mieux d'y aller, annonce-t-il en se levant.

Je hoche tristement la tête en l'imitant, luttant contre l'envie puissante de l'attraper par le revers de son manteau et de le supplier.

—Au revoir.

J'essaie d'avoir l'air forte, mais j'échoue.

—Allez, dit Ben en se retournant. Tout ira bien.

—Tu vas me manquer.

J'entends ma voix se briser, désespérée. *Pourquoi ne ressens-tu pas la même chose ?* – même s'il me l'a dit, je ne m'y résous pas.

—Oh, Ron…

Ben finit par avoir l'air triste.

La résurrection inattendue de mon surnom fait rouler des larmes silencieuses sur mes joues. « Ça finira dans les larmes », avait annoncé Caroline – je ne sais plus si ce sont ses mots exacts, mais c'était l'idée.

—Qu'est-ce que tu allais me dire ? demandé-je en m'essuyant les joues. Au bal, sur la piste ?

—Je ne m'en souviens pas.

—Oh.

J'avale ma salive avec difficulté.

—Écoute, si, mais ça n'a plus aucune importance.

—Ça en a pour moi. S'il te plaît, Ben.

Il hésite visiblement à accéder à ma requête, ce en quoi il n'a pas tort vu que je suis visiblement sur le point de m'effondrer. Il jette un coup d'œil circulaire autour de nous pour vérifier que nous sommes toujours seuls – mis à part le type qui, pieds nus, sa cravate autour de la tête, fait du tai-chi au pied d'une statue.

—J'allais te dire, commence-t-il doucement, que j'avais annulé mes billets d'avion pour que nous puissions refaire les réservations à un moment où tu pourrais venir aussi. Je n'ai pas changé la date de mon départ. J'ai racheté des billets et je suis parti tout seul.

Je le fixe, les yeux pleins de larmes. C'est assez insupportable. Manifestement contrarié, il s'avance vers moi, comme pour me toucher le bras, mais sa main retombe.

—Je vais te demander quelque chose en échange, dit Ben, toujours à voix basse.

— Oui. Tout ce que tu veux.

— S'il te plaît, n'essaie pas de me retrouver.

Là-dessus, en quelques grandes enjambées décidées, il disparaît. Je parie qu'il a dû se faire violence pour ne pas courir. Quel final…

Je fais des tours et des tours du parc pour me donner le temps de reprendre le contrôle de mon visage avant de sortir dans la rue – le cœur brisé, je ne peux pas y remédier. Je teste ma vue en lisant l'inscription sur la croix. Dans cet espace tranquille, il est calmement indiqué : « Ci-gisent les restes de plus de vingt-deux mille personnes. »

Comme c'est approprié. L'idylle en fleur est en fait un cimetière bien fertilisé.

CHAPITRE 67

— Il va repartir dans le Sud où il vivra malheureux dans l'immense cage dorée payée par ses beaux-parents.

Cela fait quarante-huit minutes que je ressasse inutilement, avec Caroline pour seul public, maltraité et patient. Elle y a eu droit pendant tout le trajet jusqu'à Tatton Park, sa récompense pour m'y avoir conduite.

Je porte à l'épaule un panier en osier de pique-nique, elle une couverture en toile huilée imprimée vichy et un sac isotherme rempli de bouteilles qui tintent les unes contre les autres. C'était son anniversaire la semaine dernière et, pour l'occasion, elle a proposé que nous nous retrouvions pour un concert de musique classique et des feux d'artifice ici, nous faisant réserver des billets ce qui semble un siècle à l'avance. Cela confirme le génie de Caroline : le jour J, Mindy et Ivor sont portés disparus et Rachel est une épave. Les débits sur nos relevés de cartes bancaires et le sens du devoir sont tout ce qui nous unit.

Elle et Mindy ont déjà entendu l'histoire, bien sûr. Je les ai appelées individuellement pour leur raconter, bien obligée d'admettre qu'elle n'avait rien de palpitant. Elles m'ont toutes deux écoutée avec le genre d'appréhension grandissante qui vous prend devant un film d'horreur, quand une bande d'adolescents, sous prétexte que « Ce ne sont que de vieilles superstitions », descendent au vieux hangar à bateaux munis de torches en bambou.

Caroline déploie la toile huilée, tâtant le sol du bout de sa chaussure en quête de bosses.

—Mmm. Rien ne te dit qu'il va être malheureux…

Je pose le panier et me laisse tomber en un tas disgracieux sur la couverture.

—Non, effectivement. Mais tout de même, une maison… Personne ne devrait forcer son partenaire à quelque chose qui le fait se sentir si exposé, tu ne trouves pas ?

—Rachel. Elle peut lui préparer des Martinis avec de l'herbicide si ça lui chante. Il t'a dit qu'il l'aimait et qu'il ne t'aimait pas. Il faut que tu laisses tomber. Et si je te dis ça, c'est parce que, moi, je t'aime.

Caroline sort une bouteille de prosecco du sac et me tend deux gobelets en plastique, de ceux qui ont un pied qui se visse. Si seulement l'alcool me soulageait. J'aimerais qu'il ait un goût de paraffine et grésille dans mon ventre comme s'il cautérisait une plaie ouverte. De façon générale, j'ai l'impression que mon essence même est passée dans un destructeur de documents.

—Ça ne pouvait pas bien finir, poursuit Caroline, doucement, en débouchant la bouteille d'un tour de poignet et en l'inclinant vers l'un des verres. Il faut que tu commences une nouvelle histoire. Accepte l'aide de Mindy avec le truc des rencontres en ligne.

—Tu crois qu'ils vont venir, au fait ?

Nous étions tombées d'accord sur le fait que nous devions à Mindy et Ivor un peu de distance et de respect. Nous n'avions fait aucune allusion à ce que nous avions vu, ni évoqué les hypothèses de Caroline. Celle-ci leur avait envoyé un message à chacun pour savoir s'ils venaient toujours et ils avaient tous deux confirmé leur présence. Un signe, avions-nous conclu, que des choses positives s'étaient peut-être passées, mais ça restait difficile à dire.

Au même moment, Mindy apparaît, vêtue d'un collant à fleurs et d'un imperméable fuchsia. Caroline lui fait un signe de la main. Quand elle nous rejoint, nous la saluons, mais elle reste froide, ce qui est très agaçant venant de la femme la moins froide du monde.

— Dois-je attendre Ivor pour présenter mes excuses ? demande Caroline tandis que je lui tends son verre.

— Je suppose, répond Mindy avec désinvolture en aspirant la mousse avant qu'elle ne déborde. Il a dit qu'il viendrait ?

— Eh bien, oui, répond Caroline, légèrement troublée.

Elle et moi échangeons un regard. Qui sait ? J'ai peut-être mal interprété la scène surprise devant l'immeuble. Suivent cinq minutes de conversation empruntée sur les derniers projets professionnels de Mindy, jusqu'à ce qu'Ivor apparaisse dans la foule, reconnaissable depuis le ciel à sa fine veste de sport à chevrons mandarine et gris.

— Comment va ? lancé-je, la main en visière pour protéger du soleil mes yeux gonflés.

— B'soir.

Nous lui servons un verre.

— Bon, finissons-en, dit Caroline une fois Ivor assis en tailleur avec sa boisson. Je suis complètement, sincèrement, horriblement désolée pour ce que j'ai dit. Je me suis trompée et c'était mal. Je vous en supplie, s'il vous plaît, acceptez mes excuses. (Le regard de Caroline passe de Mindy à Ivor.) Sans vouloir vous faire de chantage affectif, c'est la semaine de mon anniversaire et demain je commence une thérapie de couple avec mon mari infidèle… Donc, eh bien, faites preuve d'indulgence.

Le visage d'Ivor ne trahit aucune émotion ; Mindy arrache des poignées d'herbe dont elle laisse retomber les brins en petits tas, jetant des coups d'œil vers la scène.

Enfin, Ivor prend la parole.

— Nous avons discuté et nous estimons que tu as carrément abusé. Mais nous pensons que c'est à toi d'être gênée, pas à nous. Bon. Ce que vous ignorez toutes les deux et que Mindy et moi savons, c'est que… Ça fait un bout de temps maintenant que je lutte et le moment est venu de dire quelque chose… Je suis homo.

— Sérieusement? m'exclamé-je. Tu es homo?

— Ouais. C'est pour ça que Mindy était furieuse contre moi à propos de Katya. Elle trouve qu'il est temps que j'assume. Caroline qui m'accuse d'être amoureux d'une femme ne m'aide pas vraiment à faire mon *coming out*…

— Oh, Ivor, je suis profondément navrée. Pas que tu sois homo, bien sûr. Encore désolée pour l'autre jour. Tu le sais depuis combien de temps? demande Caroline, une main sur la poitrine.

Ivor secoue la tête.

— Suffisamment longtemps pour devoir arrêter de m'en cacher.

Je prends la parole.

— Et moi je suis désolée d'avoir eu l'idée de vous piéger. Ivor, je regrette simplement que tu ne te sois pas confié à nous plus tôt. Pour nous, ça ne fait aucune différence.

Il hoche la tête.

— Est-ce que tu as… un copain?

J'ai l'impression de parler comme une sexagénaire lors d'une réunion du Women's Institute qui viendrait d'apprendre que le BDSM n'est pas un genre de bande dessinée. Cette révélation est tellement inattendue que je n'arrive pas à synchroniser mon cerveau et ma bouche.

— Nan. Je n'en suis pas encore là. Juste… tu sais… quelques bites sans lendemain dénichées dans des bars gays.

Je n'ai évidemment pas de Post-it à la bonne section de mon guide des bonnes manières pour m'indiquer les formules à utiliser dans ce genre de situation. Je me tourne donc vers

Mindy et réitère mes excuses. Elle est en train de vider son verre et se contente de s'essuyer la bouche en hochant sèchement la tête en guise d'accusé réception.

— Enfin, je dis bite, mais je veux dire bite *et* cul, vu que je n'ai pas encore décidé de quel côté je me positionne, poursuit Ivor.

Caroline et moi hochons la tête en sirotant notre prosecco pour nous donner une contenance. Il y a un gros décalage entre la distinction de notre entourage et la crudité de notre conversation. Personne ne devrait jamais avoir à se demander si un ami préfère prendre ou être pris brutalement par-derrière tout en regardant trois générations d'une même famille se passer un Thermos d'Earl Grey.

— Désolé, dit Ivor. J'ai rejoint un groupe de soutien et, une fois que les murs de communication tombent, ils s'écroulent vraiment, si vous voyez ce que je veux dire.

— Tu n'as pas eu envie de nous le dire plus tôt? demande Caroline. Non pas que je me plaigne, mais je regrette que nous n'ayons pas pu te soutenir.

— J'ai failli vous en parler une fois. Nous étions en train de regarder un film avec Matt Damon, et à un moment il escalade un immeuble…

— *The Bourne Identity*, coupe Mindy.

— Merci, Mindy. Oui, *The Bourne Identity*. J'ai failli lâcher: «Bon sang, quel beau petit cul! J'y goûterais bien!» Ça a failli m'échapper. Et puis je me suis rappelé qui j'étais.

— Et c'est un film sur un homme qui oublie qui il est, fait remarquer Mindy.

— Je n'avais jamais réfléchi à l'ironie de la situation, dit Ivor. Peut-être faut-il y voir l'influence du subconscient. Bon, qu'est-ce qu'il y a dans ce panier? Des œufs écossais?

Manifestement reconnaissante de cette diversion, Caroline commence à fouiller à l'intérieur et à sortir des Tupperware.

— Oh, beaucoup trop de salades. Je ne suis pas si homo que ça, plaisante Ivor.

Mindy lui presse le bras.

Quelque chose me travaille sans que je puisse savoir quoi, et ce geste m'aide à mettre le doigt dessus.

— Attendez une minute! m'exclamé-je. *Attendez*. Mindy était au courant? *Mindy?* Et tu peux m'expliquer comment tu as réussi à lui faire tenir sa langue?

Silence pesant. Ivor s'immobilise, un gressin à mi-chemin de la bouche.

— Ah, ah! On vous a bien eues! Surprise! On sort carrément ensemble! hurle Mindy.

Caroline et moi échangeons un regard, puis nous tournons vers Ivor qui sourit de toutes ses dents d'un air diabolique.

— Ivor! m'écrié-je. Un faux *coming-out* pour retourner direct dans le placard? C'est d'un mauvais goût...

Ivor s'écroule de rire.

— Vos têtes... hou, hou, s'étrangle-t-il. Beau petit cul, ah, ah...

Caroline pose les index sur ses tempes.

— Ivor, tu n'es *pas* homo? Et Mindy et toi sortez ensemble?

— Non... et oui, répond Ivor en jetant un coup d'œil à Mindy.

Nos regards se tournent vers elle. Elle que je n'ai jamais vue gênée affiche un sourire timide. C'est extraordinaire.

— Je le savais! s'écrie Caroline.

— Et ta contrition pour nous avoir humiliés a duré... quoi... quatre minutes? dit Ivor. Cette revanche était plus que méritée.

Caroline me tend son verre puis s'étire pour l'embrasser sur la joue, avant de faire la même chose avec Mindy.

— Je suis tellement, tellement heureuse pour vous deux.

— Je n'arrive pas à croire que tu retournes t'enfermer dans le placard, Ivor, insisté-je.

— Il n'y a pas de placard, Woodford, d'accord ? Je suis amateur de dames à cent pour cent. J'ai mon diplôme d'hétérosexualité de l'Académie des Beaux Parleurs de Peterborough et tout ça.

— Mais nous n'avons pas encore couché, nous informe Mindy. Ça va être bizarre.

Ivor se donne une claque sur le front.

— Mindy ! Nous gagnions ce concours d'embarras jusqu'à ce que tu dises ça !

— Désolée. C'est juste que, à leur place, c'est à ça que je penserais.

Ils rient, vaguement gênés. Ils dégagent quelque chose de différent.

— Ce sont de super bonnes nouvelles ! Sauf que je vous défends de dire que vous ne vous reverrez jamais si vous vous séparez. On est bien d'accord ? dis-je.

— Nous en avons parlé. Nous pensons que ça pourrait expliquer, entre autres, pourquoi nous avons tant tardé à nous lancer, explique Mindy avec une autre mimique timide.

Je me rends soudain compte qu'elle est en train de découvrir ce que ça fait de sortir avec quelqu'un qu'elle aime vraiment. C'est ça qui manquait.

— Si ça arrivait, il nous faudrait organiser une sorte de garde partagée. Chacun communiquerait son emploi du temps et nous planifierions les sorties avec l'un ou l'autre en fonction, plaisante Caroline. Mais ça pourrait aussi ne jamais arriver. Rachel et moi pourrions terminer tatas d'enfants chocolat aux vêtements tapageurs.

— Puis-je te servir un bon verre de château La Ferme ?! gronde Ivor.

Je propose de trinquer.

— À Ivor et Mindy. Avec des noms et des goûts vestimentaires comme les vôtres, vous étiez faits l'un pour l'autre !

Nous entrechoquons nos verres en plastique.

—Et aux cinquante-trois ans de Caroline, ajoute Ivor en balayant du regard la mer de cheveux gris autour de nous.

CHAPITRE 68

Je range mon cahier dans mon sac et marmonne des au revoir à mes compagnons de cours avant de sortir dans le temps dégueulasse. J'ai commencé à prendre des cours du soir d'italien à la fac. En plus de moi, mon groupe compte une bonne demi-douzaine d'élèves, tous étudiants internationaux. Ensemble, nous ânonnons un italien poussif, encouragés par un prof intelligent, blond et archi-anglais – rien à voir avec le sosie onduleux de Gina Lollobrigida que je m'étais imaginé.

Les nuages qui s'étalaient en douces traînées gris cendré cet après-midi se sont dissous en une pluie qui éclabousse tout. En dépit du crachin persistant et de mon rendez-vous qui exigerait que je ne termine pas complètement hirsute, je décide de marcher. Je passe devant la Central Library, dont le dôme illuminé me rappelle *Rencontres du troisième type*, à tel point que je m'attends presque à ce qu'il se mette à vrombir et carillonner avant de s'élever dans le ciel nocturne. Je m'arrête et le fixe un moment, frissonnante, resserrant le col de mon manteau autour de mon cou, puis je me remets en route et presse le pas tandis que la pluie forcit et m'asperge le visage en m'aveuglant. Dans le refuge scintillant du café-bar, je trouve une table dans le coin opposé à la porte, près de la fenêtre, sous un poster du *Magicien d'Oz*.

—Nous sommes en train de préparer du vin chaud, ça vous dit ? me propose la serveuse au look d'étudiante en école d'art en tirant un crayon de sa queue-de-cheval haute pour prendre ma commande. Le temps est tellement abominable que nous avons pensé que nous en aurions besoin.

— Oh, alors allons-y, soufflé-je comme s'il s'agissait d'un produit de contrebande, telle la vieille alcoolo que je suis sûrement destinée à devenir.

Le vin chaud arrive dans un verre posé sur une soucoupe, une serviette en papier pliée dessous pour attraper les gouttes. Je suis arrivée juste à temps : le vent s'en est mêlé et projette la pluie de côté, la faisant cascader par vagues sur les vitres ; j'ai l'impression d'être dans un lave-auto.

Ces dernières semaines ont été assez pénibles. Ce soir, je ne me sens pas trop mal. L'esprit vide, mais énergique. La tête me tourne un peu, comme j'imagine quand on jeûne dans un ashram et qu'on se persuade que ce sont les toxines qui quittent le corps et non pas le corps qui commence à s'autodigérer.

Je suis revenue à la configuration d'origine. Compteurs à zéro, on recommence. À partir de là, « *the only way is up* », il n'y a qu'une seule route possible : vers le haut, comme dirait la grande philosophe Yazz.

Rhys m'a appelée hier soir pour m'annoncer qu'il avait rencontré quelqu'un – une certaine Claire, qui a commencé récemment à travailler dans sa boîte. Il se pourrait qu'elle s'installe avec lui – est-ce que ça me dérange que ce soit si rapide ? Je me suis surprise non seulement en répondant que non, mais aussi en le pensant. Il semblait avoir envie de s'emballer, ce qui ne ressemble pas au Rhys que je connaissais ; elle a déjà sur lui un effet que je n'avais pas. Il a eu beau m'expliquer qu'il ne me téléphonait pas pour me demander ma bénédiction ou ma permission, mais parce que j'avais encore une clé et des affaires dans la maison, je savais que ce n'était pas l'unique raison de son appel. Il voulait me faire partager son enthousiasme, ce qui, d'après moi, contrairement à ce qu'il avait pu dire, montrait bien que les treize années passées ensemble ne comptaient pas pour rien.

Caroline ne travaille plus que quatre jours par semaine, consacrant le cinquième à œuvrer bénévolement sur divers projets d'aide à des quartiers défavorisés. Elle *adore*. Mais Dieu sait à quoi vont bien pouvoir s'occuper les hauts responsables de la pauvreté du secteur public quand elle aura résolu le problème des inégalités sociales et passera à la tâche suivante. Nos traditionnelles soirées à quatre du vendredi ont été décalées au samedi, car elle passe désormais le vendredi soir avec Graeme, leur thérapeute leur ayant conseillé de « mettre du temps de côté pour valoriser leur lien et se reconnecter ». Mindy et moi avons décidé d'un commun accord de redoubler d'effort avec Graeme pour le bien de notre amie. Le fait qu'il file doux après son incartade et ne nous charrie pas autant qu'avant nous aide à tenir notre résolution.

Pendant ce temps, Katya est en Colombie, Ivor ne passe plus ses week-ends devant des jeux vidéo et Mindy n'a plus besoin de s'inquiéter de tout savoir sur la techno de Détroit. Ils n'ont jamais rien révélé de ce qui s'était passé le jour où Caroline leur a largué la bombe de la vérité sur la tête, ce qui revient à faire preuve d'une retenue remarquable en ce qui concerne Mindy. J'ai tout de même réussi à lui faire dire une chose. Elle m'a raconté qu'elle l'avait rattrapé, qu'ils s'étaient regardés et : « On a su. On a su que c'était vrai sans avoir besoin de rien dire. » Ivor et Mindy dans un face à face muet… Incroyable.

Mindy refuse toujours d'abandonner sa théorie, qu'elle a néanmoins adaptée : maintenant elle implique d'avoir vu le candidat en sous-vêtements. En effet, elle soutient que si elle avait su qu'Ivor avait une « musculature aussi nettement dessinée », elle aurait franchi le pas plus tôt. Personne ne la croit. Ils sont si ridiculement heureux que c'en est écœurant, mais assez prévenants pour ne pas le montrer s'ils arrivent à se retenir. Leurs chamailleries me manqueraient trop.

J'ai laissé Mindy m'inscrire sur le site Mon Ami Célibataire. Elle a insisté pour s'en charger après avoir décrété que mes incursions sur Internet étaient absolument désastreuses. (« Tu as vérifié l'orthographe ? m'a demandé Ivor. Parce que, dans une de ses annonces, Mindy a écrit qu'elle était fan de bringues au lieu de fringues. Cela dit, elle a eu *plein* de réponses. »)

— Rachel ?

Un homme grand et brun au visage ruisselant d'eau se tient devant moi.

— Oui ! Salut ! Gregor ?

Il s'assied en jetant sur la table un journal fripé qu'il a dû tenir au-dessus de sa tête en guise de parapluie.

— Qu'est-ce que tu aimerais boire ?

— Est-ce qu'ils ont une carte ?

Il cueille une feuille de papier imprimée coincée dans un bloc de bois sur la table et se met à l'étudier. Pendant ce temps, j'essaie de toutes mes forces de ne pas examiner ses cheveux – en vain. *Ça alors, qu'est-ce que… ?* Sur son front, ses racines noir obsidienne sont plantées en formant un V très prononcé. Mais le plus gênant, c'est que cela ne ressemble à rien de naturel. On dirait… du Velcro, ou je ne sais quel équivalent de pelouse artificielle à base de cuir chevelu. On dirait que c'est *cousu* sur son crâne.

Gregor commande une bière blonde. Pendant que nous nous livrons aux présentations et bavardages d'usage, je sens l'irritation monter, ce dont je culpabilise immédiatement : peut-être qu'il a perdu ses cheveux suite à un accident, que son spécialiste en régénération folliculaire l'a arnaqué et qu'à cause de ça sa femme l'a quitté… ? Mais quand même, sérieusement : pourquoi ne pas jouer franc jeu ? Sur toutes ses photos, l'éclairage dissimulait artistiquement les implants. Ne serait-il pas plus sage de filtrer les amateurs de films d'horreur et d'éviter à tout le monde d'être déçu ? Bien sûr, dans ma fiche de présentation, Mindy en a gentiment écrit des tartines sur ma soi-disant beauté, mais mes photos correctement illuminées étaient là pour servir de rectificatif.

Ne sois pas si superficielle, me sermonné-je. *Ce qui compte, c'est sa personnalité. Tu es ici pour profiter de sa personnalité.*

— Qui allez-vous voir en concert ? demandé-je.

— Michael Ball. Il va chanter une sélection de titres tirés de plusieurs comédies musicales. «Aspects of Love», et autres. Vous allez souvent dans le West End ?

— Hum. Non. J'aimerais beaucoup, mais…

— Oh, vous devriez, vous devriez. On y passe des soirées formidables, vraiment. Ils programment des super spectacles.

La serveuse apporte sa pinte à Gregor et je remarque qu'il ne la remercie pas et ne lui adresse même pas un signe de tête. À quel moment a-t-on le droit de dire : « Ça ne va jamais marcher » ?

— Alors, comment se fait-il qu'une jolie fille comme vous soit célibataire ?

— Pourquoi ? Les jolies filles ne peuvent pas être célibataires ?

— C'était un compliment, mais si c'est pour que vous le preniez de travers…

— Hum, OK, merci. Voilà une question qui mérite…

Son regard saute rapidement jusqu'à ma poitrine pendant que je parle. Soudain, j'ai de nouveau seize ans et je sors avec un garçon qui croit pouvoir mater les seins des filles sans se faire remarquer. À moins qu'il ne s'agisse d'un tic nerveux. Ou que je me trompe complètement. Après tout, je porte une robe-pull foncée, ce n'est pas comme si on voyait grand-chose.

— Et toi, pourquoi es-tu célibataire ?

Gregor gonfle les joues.

— Longues journées de travail. Voyages internationaux.

— Exact. Pour la banque.

— Sur une bonne année, j'arrive à tirer des primes de vingt, trente K. Ils réclament leur livre de chair, ah, ah!

Au mot «chair», ses yeux glissent de nouveau plein sud. Mais oui! Il me reluque! Incroyable.

Une demi-heure plus tard, je suis infiniment reconnaissante à l'éthique professionnelle d'Andrew Lloyd Webber, grâce à laquelle le spectacle de Gregor commence tôt.

— J'ai passé un moment très sympa. N'hésite pas à m'appeler, déclare celui-ci en rangeant sa chaise sous la table. Si je suis aux States, tu tomberas peut-être sur ma messagerie, mais je te rappellerai.

— Mmm, mmm, fais-je avec un sourire emballé, bouche fermée, accompagné d'un vigoureux hochement de tête qui veut dire: «Ouais, compte là-dessus.»

Je pourrais m'avouer vaincue et rentrer chez moi, mais j'aurais trop l'impression de créer un précédent instituant que sortir seule n'est pas drôle et que ça craint d'être seule tout court. Je commande donc un autre verre et note mentalement d'apporter un livre la prochaine fois.

Voici ce que j'ai décidé. Ben me manquera toujours. Toute ma vie je me demanderai ce qui se serait passé si j'avais dit: «Merci d'être venu, Rhys. Bel effort. J'apprécie le détail de la brillantine, mais tu voudras bien m'excuser, il faut que je me lance à la poursuite de l'homme dont je suis vraiment amoureuse.» Pourtant, aussi affreux qu'ait été ce jour à St John's Gardens, je ne regrette pas d'avoir avoué mes sentiments à Ben. Au moins j'ai essayé. Maxime de Rachel: «Échouez encore, échouez différemment.»

Il y a des gens qui finissent avec leur âme sœur, comme Mindy et Ivor. D'autres avec des partenaires avec lesquels ils peuvent travailler à être heureux, comme Caroline et Graeme. D'autres encore ont droit à une seconde chance pour faire les choses bien, comme Rhys et Claire. Et puis il y en a, dont je fais peut-être partie, qui finissent seuls. Et ce n'est pas grave.

Tout ira bien. Je prends une décision : je vais me programmer un voyage à Rome à la date de mon ex-futur-mariage. Et je parlerai italien. Un peu.

CHAPITRE 69

J
e suis en train de pousser la rondelle d'orange et le bâton de cannelle qui flottent à la surface de mon vin avec ma petite cuillère quand la chaise en face de la mienne racle le sol.

—Ce siège est occupé ?

Je lève les yeux. La cuillère heurte bruyamment la soucoupe.

—Il fait un temps de fin du monde dehors, non ? On se croirait dans *Blade Runner*. J'avais oublié comme, dans le Nord-Ouest, on peut parfois avoir l'impression que le ciel va nous tomber sur la tête.

Je continue de fixer Ben d'un air ahuri pendant qu'il suspend son manteau au dossier de sa chaise. Il ne semble pas particulièrement trempé. Comme d'habitude, il a l'air d'avoir réussi à sauver le monde juste à temps pour arriver à l'heure à son rendez-vous chez son tailleur.

—Je t'ai aperçue devant la bibliothèque et je t'ai suivie, m'explique-t-il. Tu as fait des détours pas possibles pour arriver jusqu'ici, tu sais ? Ensuite je me suis assis là-bas dans le coin et t'ai observée à la façon d'un sinistre tordu. (Ben lorgne le contenu de mon verre.) Il y a de l'alcool, là-dedans ?

—Oui.

—Nickel.

—Tu es venu me remettre une ordonnance de cessation et d'abstention spéciale juriste ?

—Non, je vais boire un autre verre. Ah, fantastique – la même chose ? Ouais, merci.

Il confirme sa commande en adressant les signes d'usage dans les cafés et les bars.

— Alors, c'était qui, ce type avec toi ? demande-t-il.

Vu que je ne comprends absolument rien à ce qui se passe, je vais répondre aux questions qu'on me pose.

— Gregor.

— Nouveau mec ?

— Euh, non. Il aime les comédies musicales et louchait sur mes seins toutes les dix minutes.

Ben affiche un air perplexe.

— Un amateur. Tous les hommes savent qu'il faut accumuler le plus d'informations possibles grâce à sa vision périphérique et assembler l'image 3D avec son imagination.

Je secoue la tête, tiraillée entre une grande envie de rire et une extrême perplexité.

— Mais tu sors de nouveau avec des garçons.

— Mal, mais oui.

— Content de l'apprendre.

Ben remercie la serveuse qui lui apporte son vin chaud, saisit son verre et boit une gorgée. Je repère le détail petit mais révélateur sur sa main gauche. Il voit que je vois. Il repose son verre.

— Liv et moi divorçons. Je suis allé à Londres et nous avons discuté longuement de ce qui n'allait pas. Nous avons conclu que ce n'était pas réparable. Je tiens à préciser que la situation n'avait rien à voir avec ce qui s'était passé au mariage. Ça, c'était plutôt l'ultime spasme de notre relation avant son agonie. La séparation nous pendait au nez avant Manchester. En réalité, en déménageant dans le Nord, nous n'avons fait que différer une fin inéluctable.

— Je suis tellement désolée, Ben.

Je découvre que je suis vraiment désolée. Et triste pour lui. J'aimerais pouvoir jurer que j'aurais ressenti la même chose à l'époque où j'y avais encore des intérêts, mais je ne suis pas sûre que ce soit vrai. Ce que je sais, et que m'ont confirmé les dernières nouvelles de Rhys, c'est que, quand vous aimez quelqu'un, vous voulez qu'il soit heureux même sans vous. Même si son bonheur dépend justement du fait que vous ne soyez pas impliqué.

— Moi aussi.

— Tu dois être anéanti.

— Dans un sens, c'était bien pire quand je savais que cela risquait d'arriver, ou qu'il fallait que ça arrive, et que nous ne nous l'étions pas encore dit. Je suis très triste, mais résigné. Cela vaut mieux que d'en arriver à arracher des morceaux de l'autre jusqu'à ce qu'il ne reste plus rien. Tu dois savoir de quoi je parle…

Je pense à Rhys.

— Oui.

— Du vin chaud, dit Ben en sirotant une autre gorgée. Très agréable, même si carrément hors saison.

— Tu vas rester à Manchester ?

— Oui.

— Ben, dis-je prudemment. Si tu es venu m'informer que nous pouvons être amis maintenant que tu es séparé, sache que je ne suis pas sûre d'en être capable. Nous avons essayé à deux reprises et chaque fois ça s'est mal terminé. Les amis peuvent s'écrire mutuellement un petit baratin sur Mon Ami Célibataire, comme Mindy l'a fait pour moi. Si je devais rédiger le tien, je dirais que tu es l'homme le plus sexiste que j'aie jamais rencontré, que tu pues, et je recommanderais le port d'une combinaison Hazmat en cas de rapport sexuel.

Ben fait semblant de se renifler les aisselles avant de lâcher, impassible :

— C'est maintenant que tu me le dis ?

— Tu m'as comprise. Je ne peux pas venir tenir la chandelle pendant tes rencards ni rencontrer tes nouvelles petites copines. Ça ne marchera pas.

—Mmm.

Ben repêche entre le pouce et l'index le bâton de cannelle qui flotte dans son vin et le pose sur le bord de la soucoupe.

—Voilà qui n'a rien à faire ailleurs que dans un pot-pourri.

Impossible de savoir comment mes paroles ont été prises. Elles ont été difficiles à prononcer, et tirées d'une sagesse laborieusement acquise.

—Pour ce qui est d'être amis, je suis d'accord. Ça ne marcherait pas. La dernière fois que nous nous sommes vus, j'étais en colère. Mais j'ai compris après coup que c'était uniquement contre moi-même. Il faut que tu saches que je suis parti le soir du bal parce que j'étais si sûr – je redoutais tellement – que tu choisirais Rhys que je n'ai pas voulu risquer de traîner dans le coin pour le voir. J'ai ignoré tes coups de fil pour la même raison. J'y voyais la confirmation de mes craintes. J'étais persuadé que si tu m'avais choisi, moi, tu m'aurais couru après au *Palace*. Mais tu m'avais dit ce que tu ressentais et je n'aurais pas dû jouer et exiger que tu me donnes des preuves. Je n'ai jamais envisagé la situation depuis ton point de vue. Ce n'est pas toi qui étais indécise, c'est moi qui manquais d'assurance. Et plus tard, quand j'ai eu la confirmation que tu étais retournée avec Rhys, je me suis dit : « Voilà, j'ai ma preuve », convaincu que j'avais bien fait de douter de toi. Jusqu'à ce que nous nous retrouvions assis dans ce parc, je n'avais jamais envisagé que j'étais peut-être l'unique responsable de cette situation. Je me suis rendu compte à quel point je me suis comporté comme un imbécile.

Il boit une gorgée de vin chaud. Je ne suis pas certaine de pouvoir supporter de revenir encore une fois sur tout ça. C'est comme de se repasser le film d'un accident de voitures.

—Et puis, une fois que j'ai été capable de regarder le passé en face, j'ai pu affronter le présent honnêtement. J'ai commencé avec de mauvaises intentions, cherchant à te prouver des choses au nom de mon stupide orgueil blessé.

— Qu'est-ce que tu as bien pu avoir besoin de me prouver ?

— Que ce qui était arrivé ne me dérangeait pas. Que je n'avais plus jamais pensé à toi, ni regretté que les choses se soient passées comme ça. Mais très vite mon plan a capoté et j'ai dû me retenir de hurler : « Tu te rends compte que tu m'as brisé le cœur, salope ? »

Ben sourit pour qu'il soit bien clair qu'il s'agit d'un « salope » ironique.

— Et je me donnais un peu trop de mal pour te sauver de l'étreinte huileuse de Simon… En fait, ces retrouvailles reposaient sur une méprise. J'étais persuadé qu'il n'y avait aucun danger à être ami avec toi. Je pensais impossible de retomber amoureux, et j'avais raison.

Il prend une inspiration et j'en profite pour l'interrompre, désespérée.

— S'il te plaît. Si ce que tu cherches à me dire, c'est que tu tiens à moi comme à une sœur, c'est très gentil, mais je n'ai pas envie de l'entendre. Écris-le sur une carte ornée de chrysanthèmes et envoie-la-moi. « Toutes nos condoléances pour la perte de votre *sex appeal*. »

— J'avais raison de penser que je ne pouvais pas retomber amoureux de toi, parce que je n'ai jamais cessé de t'aimer.

— Quoi ?

— C'est la vérité, poursuit Ben joyeusement. Il semble qu'une seule exposition ait suffi à me contaminer définitivement. Depuis, tu es restée à l'état latent, comme un virus. Ou une maladie chronique incurable qui se déclare de temps en temps.

S'ensuit un long silence, durant lequel ma vie passe du noir et blanc à la couleur.

— Je suis de l'eczéma ?

Le visage de Ben s'illumine d'un grand sourire.

— De l'eczéma du cœur. C'est ça. Un psoriasis de l'âme.

Le monde se réduit soudain à une table près d'une fenêtre dans un café-bar de Manchester et à la personne assise en face de moi. Si la joie pouvait être vue depuis le télescope spatial Hubble, l'équipe de scientifiques de ce soir enregistrerait une irisation étrange sur une île au nord de l'équateur.

—Je voulais donc te proposer de sortir avec moi. Tu es libre ce soir?

—Euh…

J'ai le cerveau tellement saturé que je ne peux émettre que des monosyllabes débiles.

—Oui, finis-je par lâcher.

—Merveilleux! Bon sang, tu en es à ton deuxième homme de la soirée alors que je manque totalement d'entraînement. Dois-je faire semblant d'aimer les chats, les vieux films et de me faire surprendre par la pluie? Attends, non – Rachel ne supporte pas les gens qui disent aimer les «vieux films». Il y a les bons films et les mauvais. Si quelqu'un disait qu'il aimait les «nouveaux films», on trouverait ça stupide.

—J'ai vraiment dit ça?

—Première année de fac.

—Je n'arrive pas à croire que tu t'en souviennes.

—En ce qui te concerne, j'ai la chance de tout me rappeler dans les moindres détails.

Ben fait semblant de se masser la nuque et lance un coup d'œil faussement discret en direction de mon décolleté. Je pouffe. Il se tapote la tempe du bout des doigts.

—Tout est là. Ne t'inquiète pas.

Il pose sa main sur la mienne – c'est donc bien réel.

—Je devrais avoir des millions de choses à dire, mais je n'arrive à en trouver aucune, murmuré-je.

La serveuse au crayon dans les cheveux nous adresse de nouveau son sourire «Joli couple». *Si vous saviez…*

—Tu peux répondre à la question en attente qui plane au-dessus de nos têtes au sujet de ce que nous allons faire ensuite, propose Ben.

—Il y en a donc une?

—Ouais. Ça te dit d'aller dîner?

* * *

Au moment de quitter le café, je demande :

—Ça ne pose pas de problème qu'on soit ensemble dans la rue?

—Comment ça? Tu portes un bracelet électronique?

—Je veux dire comme un… (Je m'apprête à dire «couple» avant de me faire la réflexion que le mot risque de paraître un peu présomptueux après cent soixante-quinze millilitres de rioja tiède.) Comme… tu sais… nous deux… ensemble.

Il s'arrête.

—Comme un couple? Nous avons attendu très longtemps pour un premier rencard. Quoi que nous fassions, je ne vois pas comment on pourrait nous accuser de nous précipiter. J'espère, après ce que nous nous sommes dit, que tu es… ma copine. Non?

—Si! (*Copine. Copain. Un couple!*) Si tu es sûr de vouloir d'une femme actuellement décrite sur un site Internet de rencontres comme «vraiment tordante».

—C'est pathétique : je l'ai su à l'instant où nous nous sommes rencontrés. Ça n'a pas été exactement un coup de foudre, mais… j'ai ressenti de la familiarité. Comme : oh, bonjour, *c'est toi*. Et ce sera toi. *Game over*.

J'ai l'impression que je vais éclater.

—Je n'arrive pas à y croire… Je peux être avec toi, enfin.

Il se penche et m'embrasse, une main derrière ma tête, les doigts dans mes cheveux, nos bouches tièdes au goût de cassis, et l'air frais autour de nous qui semble purifié par la pluie. Comme au bon vieux temps, je sens l'effet de ce baiser dans tout mon corps ; mais cette réunion n'a rien à voir avec un souvenir retrouvé. Tout est complètement nouveau. Je passe les bras autour de lui, sous son manteau déboutonné, et l'étreins, m'assurant de sa solidité.

Nous nous remettons en route, main dans la main. Les passants ignorent qu'ils assistent à un véritable miracle. J'ai envie de les arrêter et de leur dire quelque chose.

— Si quelqu'un nous demande comment nous avons terminé ensemble, ce sera extrêmement difficile de répondre brièvement, babillé-je. La plupart des gens peuvent dire : « Nous nous sommes rencontrés à la fête de Noël du bureau. Nous étions tous deux passionnés de spéléologie et de hip-hop. Nous avons deux enfants. »

— Eh bien, explique-leur que nous nous sommes rencontrés à l'université.

— Ça ne rend pas justice à notre histoire. Il faudrait tout raconter depuis le début. Peut-être que je l'écrirai dans un journal, au cas où nous aurions un jour des petits-enfants.

— Le récit commencerait avec notre première semaine à la fac et finirait quand – ce soir ?

— Bien sûr. Cette soirée est la plus importante de toutes, en fait.

— Et quelle serait la dernière phrase ?

— Oh, là, là, je n'en sais rien. Une formule bien bateau du genre « Ça valait la peine d'attendre » et « Ensuite nous sommes allés manger un dimsum au quartier chinois et, cerise sur le gâteau, il s'en sort plutôt bien avec des baguettes » ?

— Nan. À moins qu'il n'y ait un double sens, c'est tout à fait décevant. Nous sommes diplômés de lettres, pour l'amour de Dieu ! Nous pouvons faire mieux que ça. Pense à l'héritage, au poids de l'histoire… La chute se doit d'être source d'inspiration. Qu'est-ce que tu penses de : « Et alors il lui fit l'amour et elle adora ça. »

Je jette un coup d'œil de côté pour voir la tête qu'il fait, en prenant soin quant à moi de ne rien laisser paraître.

— Ouais, ça pourrait marcher...

Voilà.
L'histoire de Rachel et Ben vous a été contée.

Mais si ce que vous avez lu vous a plu, tournez la page ;
vous découvrirez d'autres brillants écrits de Mhairi.

Elle est aussi journaliste, vous savez. Je vous recommande
vivement de la suivre sur Twitter **@MhairiMcF**.

Jeu à boire :

la hacienda de luxe

Un courrier récent de l'avocat de Tom Cruise au sujet d'une publication évoquant sa « maison chaleureuse et luxueuse » nous a rappelé un article de magazine merveilleusement flatteur parmi d'autres, ainsi que certaines scènes de la visite guidée d'une grosse baraque abominable dans un *Ma maison de star* sur MTV.

« Luxueux » est un mot imaginaire de l'hebdomadaire de bande dessinée *Beano* : toujours écrit, jamais prononcé. « Elle est comment, votre maison ? » « Pas mal. Assez luxueuse. Passez quand vous voulez. Elle est aussi chaleureuse. »

Je me suis fait la réflexion qu'on retrouve tant de points communs qu'en s'adonnant à un jeu à boire ayant pour thématique les « Intérieurs d'un mauvais goût obscène et tape-à-l'œil », on devrait terminer bien bourré.

On pourrait croire qu'avoir assez d'argent à claquer chez Harrods avec autant d'insouciance qu'on se douche au champagne à la fin d'une course de Formule 1 permettrait une incroyable diversité de résultats. Pourtant, il semblerait qu'il y ait une uniformité esthétique dans la tranche des prix supérieurs qui rivalise avec celle des misérables propriétaires d'Ikea.

Oui, oui, je sais que *Ma maison de star* existe maintenant depuis un certain temps. Mais si, comme moi, vous aimez boire un verre en regardant des rediffusions et en feuilletant les reportages photos réalisés dans des super demeures pour un magazine de déco nouveau riche spécial « Zauriez dû changer de lunettes », cette longue liste, c'est toujours de l'or. Comme la baignoire « restons ghetto » d'un rappeur.

Koï

Il doit y avoir un bassin, et dans ce bassin doivent nager des carpes koï, le gros poisson rouge de l'aristocratie terrienne. L'insigne de l'observateur débutant, s'accorder un shot de Dooley's en récompense.

« C'est ici que s'opère la magie »

La phrase obligatoire dans *Ma maison de star* quand on arrive au studio d'enregistrement. Si l'hôte est un membre de Maroon 5 ou porte des shorts trop grands à la Fred Durst, plus que de la magie, c'est de la nécromancie.

Apparition de la domestique

« Sans elle, tout irait de travers ; elle fait partie de la famille », etc., confie au présentateur une patricienne blonde et svelte dans son « refuge de la Barbade ». Sauf que, *a priori*, les membres de la famille ne sont pas chargés de réapprovisionner la pyramide de rouleaux de papier toilette ou de donner un mois de préavis s'ils veulent partir. Dans *Ma maison de star*, l'hôte exubérant attrape une femme d'âge moyen hispanique visiblement embarrassée, et la serre dans ses bras en criant : « Je l'appelle Mama ! » Bon, comparé à « La personne qui passe les wawas au Cif crème citron », ça a le mérite d'être court.

Vitrine de l'incroyable mauvais goût de l'épouse oisive

Après nous avoir conduits dans un salon où nous observons des lambrequins beiges, des tentures à rayures Régence avec des embrasses à gland, un triptyque warholien de la reine, un écran plat accroché au mur et une table basse en forme de rein avec des pattes de lion, on nous explique : « C'est ma femme qui a tout fait » d'un ton admiratif qui implique qu'il ne s'agit pas d'une déclaration hautement diffamante.

« Nous voulions un style un peu campagne, rustique, Angleterre profonde », explique celle-ci, moulée dans son ensemble Juicy Couture, devant son bungalow style mexicain couleur terre cuite entouré de palmiers et écrasé sous le soleil torride des collines d'Hollywood. Et l'idée est de nous transporter, rien que dans cette pièce, dans les Cotswolds ?

Flash info : tu as lâché deux millions pour créer le même niveau d'illusion que les Anglais qui ont dévalisé les Duty Free et se baladent dans les aéroports coiffés de sombreros.

Ça me rappelle un autre exemple particulièrement splendide de « fierté mal placée dans ses talents de décoratrice », quand Joan Collins a accueilli *Hello!* dans la chambre à coucher de son penthouse de Manhattan, entièrement décorée de motifs assortis qui agaçaient le nerf optique : Jackson Pollock version chambre double classique du Sheraton de Heathrow vers 1988.

Elle annonce, impérieuse : « J'ai l'œil. » Que vous gardez dans un tiroir, comme une bille ? Utilisez donc les deux.

Le bacon de dinde : tellement de questions

Introduit négligemment dans les réfrigérateurs, comme si ce n'était pas un concept ridicule et paradoxal doublé d'un affront à la dignité gustative.

Quelqu'un peut-il m'expliquer ce que peut bien être le « bacon de dinde » ? Pourquoi les Américains sont-ils incapables de voir quelque chose sans essayer de le transposer en version dinde ? À quoi bon avoir assez d'argent pour pouvoir louer la pelouse de la Maison Blanche pour un barbecue si c'est pour ensuite ne pas manger de vrai bacon ? Pourquoi consommer un hybride de viande qui, s'il se faisait chair, vous ferait fuir en courant et en hurlant, et que jamais vous ne poursuivriez avec une mandoline.

C'est ça, le rêve ? Vous devenez super star de la NBA, disque de platine ou juge de *American Idol*, vous vivez dans une propriété qui s'étend sur une superficie de la taille de Wigan, vous avez un conjoint magnifique, deux enfants, vous êtes à l'apogée – le sommet du succès –, et alors la tête vous tourne tant que vous demandez à votre chef personnel de jeter dans un poêlon un morceau de greffe de peau d'une ancienne volaille fumée ?

La dinde n'est pas pour les gagnants. La dinde est pour les gens qui trouvent le poulet trop excitant. Essayer d'en faire du bacon est complètement malade.

L'objet qui leur rappelle où tout a commencé...

... doit se trouver dans une boîte en verre. Photo extra accordée s'il est conservé dans un Temple à l'Ego rempli de trophées, de récompenses, de skate-boards cloués aux murs, de photos encadrées de son propriétaire en train de poser, clin d'œil et pouce levé, en compagnie d'un Bob Hope confus cloué à son fauteuil roulant, etc.

Mes amis – que je me paie

Une bande informelle de potes style *Entourage* doit traîner en évidence sur le canapé ultra-confort et jouer à des jeux vidéo, ou bien autour de l'îlot central dans la cuisine, attendant d'enchaîner les tope là pour les photos. Ils sont bien sûr là « depuis le début ». Depuis le début de votre réussite.

Cette technique des « potes salariés » fut ensuite adoptée par les créateurs des émissions de Jamie Oliver. Détail peu connu : à l'écran, il appelle tout le monde « champion » parce qu'il ne connaît aucun prénom. Pas même celui de sa mamie. C'est une doublure de chez Central Casting ou je ne m'y connais pas – on verra bien si elle joue aussi celle d'Aaron Craze.

« Art » spécialement commandé

Parce que personne ne se lancerait dans une peinture aussi merdique sans qu'on lui paie une avance.

Une fois, dans un épisode de *Ma maison de star*, un hôte présenta une obsédante peinture à l'huile représentant Tupac Shakur baptisé par Martin Luther King. « C'est venu d'une idée que j'avais, dit-il songeur, que Tupac Shakur aurait pu être baptisé par Martin Luther King. » Là-dessus, rendant la satire d'Ali G instantanément obsolète, il enfile un manteau de loup et se met à hurler.

Les dix meilleures minutes de l'histoire de la télé.

Une cuisine inutilisée de 40 000 dollars

« J'adore cuisiner ! », déclare notre hôte, défenseur de la cause WWF, en tenant une spatule à l'envers et en l'agitant vaguement vers une cuisinière encore recouverte d'une fine pellicule de poussière de brique datant de l'aménagement de la cuisine.

« Ouais, je fais des omelettes aux blancs d'œufs et d'autres trucs. J'ai pris des cours particuliers avec Wolfgang Puck. Complètement dingue. Je sais faire des sauces. Toutes les sauces. »

Ah oui, la fameuse masterclass de sauces de Puck : la rouge, la marron et la blanche. Le trio classique de jus français pour accompagner un festin de BACON DE DINDE.

On doit aussi y voir un réfrigérateur américain assez grand pour entreposer un cadavre, mais ne contenant que des rangées de canettes de Gatorade.

«Le carrelage en pierre naturelle de Milan est l'arme de choix pour une salle de bains de luxe»

Un peu hors propos : j'ai un jour édité un article de décoration d'intérieur citant cette phrase d'un designer. Je me rends compte à présent que j'ai imaginé toute cette rubrique juste pour pouvoir l'y reporter.

Liste des choses que nous n'avons plus besoin de voir dans les comédies romantiques

J'adore les comédies romantiques.

Inspirée par *Drive*, je me suis même fait plaisir en imaginant un film intitulé *L'Homme humain*, où Ryan Gosling interprète un homme humain. L'intrigue est assez sommaire, mais il y a un rôle pour Emma Stone, et puis on aperçoit un chaton à poil long et même brièvement un zizi.

Néanmoins, nous nous retrouvons trop souvent, moi et mes semblables enthousiastes du genre, dans le foyer du cinéma à brailler : « Qu'est-ce que c'était que cette daube ? »

On retrouve tout le temps les mêmes idées fausses sur « ce que les femmes trouvent drôle », si bien que je crois qu'il est temps de corriger quelques confusions.

Oui, Sumner Redstone, qui patiente en ligne un, je prendrai votre appel pour parler de *L'Homme humain* plus tard. Juste après ma sieste.

Vous êtes compétente dans votre travail ? Bonne chance pour cette partie de jambes en l'air dont vous rêviez !

Quand donc s'est déroulée la réunion qui a statué que « efficace professionnellement = frigide » ? Si vous êtes vaguement compétente, vous pouvez vous brosser pour qu'on vous accorde une partie de jambes en l'air.

Ou sinon, c'est avec M. Sale Mec en costume rayé. Nous vous voyons dans un montage petit-déjeuner debout, tous les deux en pleine conversation sur vos portables, buvant du café et mangeant des croissants, parce que nous savons tous que c'est comme ça qu'Hitler a commencé.

Dans *La Proposition*, Sandra Bullock est l'agent littéraire de Don DeLillo, mais le pouvoir l'a tellement pourrie qu'aucun mec ne voudrait la toucher et qu'elle est obligée de faire chanter un homme pour qu'il l'épouse. Évidemment, pour sa peine, elle doit séjourner au bord d'un lac et entendre des gens emmitouflés dans des plaids lui expliquer que ses valeurs sont faussées.

(N.B. : D'après les dernières découvertes publiées dans *The Lancet*, les boulots qui sentent la fille, tels que fleuriste, pédiatre ou conservateur du MOMA, peuvent ne pas transformer votre utérus en raie armée.)

Quand une femme connaît le succès professionnel pendant le film, elle doit aussi s'entendre dire que ses valeurs se sont perverties. Dans *Le diable s'habille en Prada*, le stage d'Anne Hathaway dans le magazine lui coûte sa relation avec son petit copain Adrian Grenier, chef dans un restaurant new-yorkais.

Waouh, attendez – on rembobine ? Oui, ces cuisiniers bien connus de la ville qui ne dort jamais, qui travaillent dans des snack-bars et disposent de plein de temps libre. Quelle malchance pour l'ambitieuse Anna que son jules se soit trouvé un boulot dans « le seul restaurant qui ferme à 20 heures pour pouvoir rentrer retrouver sagement votre partenaire ».

Il est classé dans le Zagat. Je vous recommande les couilles de cheval.

Quel dommage que ce soit un boudin…

Mémo Fox Searchlight *et al.* : voir des femmes fabuleusement séduisante chahutée sur leur apparence n'est ni rassurant ni agréable, même dans la catégorie joie mauvaise. C'est déprimant et déconcertant.

Martine McCutcheon parodiée pour goinfrerie nerveuse dans *Love Actually* fut un moment difficile qui vaut la peine d'être signalé.

Dans *Elle est trop bien*, la top model bonzaï Rachael Leigh Cook est la mauvaise option dans le jeu de cour de récré « Qu'est-ce que tu préférerais… ? » simplement parce qu'elle cultive le genre artiste et qu'elle porte des salopettes.

Tout cela nous donne l'impression que si nous pouvions grimper dans cet univers, nous subirions l'effet Épouvantail de *Batman Begins*, quand le gaz psychotrope se répand et qu'on ne voit plus qu'un sac hurlant aux yeux mangés par les vers.

Les huit habitudes des femmes hautement efficaces : dire à leur employeur d'aller se faire foutre

Dans le genre ressort d'intrigue, ça relève presque de la science-fiction. L'héroïne fait une mission kamikaze avec son salaire et arrive au sommet, vu qu'elle est tellement pure qu'elle voit et dit la vérité avec l'innocence d'un enfant.

Traduction : obtenir le super boulot n'est acceptable que si vous le gagnez par défaut en vous comportant un peu comme une idiote.

Des points en plus pour faire exploser le bidonmètre si la promotion improbable est accordée par un P-DG empereur Palpatine croulant, arborant un nœud papillon à pois, qui de capitaliste impitoyable se transforme soudain magiquement en un grand-père bienveillant avec sa petite-fille préférée.

« Mon Dieu, Matilda Perspicacité, vous avez raison, je suis un gros con. J'ai compris comment vous aviez volé le cœur de mon neveu en lui disant qu'il était un peu con sur les bords aussi. Je vire tous ces crétins de lèche-bottes et je vous fais Chef de Tout. »

C'est là que retentit « Firework » de Katy Perry et que les actionnaires se mettent à faire la chenille autour de la salle de réunion avec des Tampax Pearl enfoncés dans les oreilles.

Il couche avec quelqu'un d'autre ? C'est une sonnette d'alarme : remettez votre comportement en question

On pense ici à *Ce que pensent les hommes* et *Sex and the City 2*.

Manifestement, *SATC 2* a bafoué les droits de l'homme dans des proportions considérables, et je ne peux pas en dire beaucoup tant que nos procédures pénales sont toujours en cours.

Cependant…

Le mari de Miranda se tapait une serveuse et l'intrigue se résumait à dire que c'était sa faute à elle, qui s'était comportée comme une mégère pendant qu'elle jonglait entre la maternité et un boulot qui soutenait le style de vie familial.

Alfred, va me chercher mon flingue. Non, pas celui-ci. Le gros.

La fille vit largement au-dessus de ses moyens

Dans *Pile et Face*, Gwyneth Paltrow avait de quoi se payer ce qui ressemblait à un pied-à-terre dans Knightsbridge et entretenir un petit copain écrivain et dépenser… en vendant des sandwichs à l'heure du déjeuner. Combien coûtaient ses jambon-beurre ? Les vendait-elle à des princes saoudiens commotionnés ?

Dans *Confessions d'une accro du shopping*, Becky Bloomwood, une journaliste à l'économie saugrenue, accumule une garde-robe de marque qu'une Kardashian jugerait « un peu vulgaire », puis la vend aux enchères et rembourse ainsi facilement sa dette.

Qui eût cru qu'investir dans des nippes criardes de clown du porno était rusé ?

Je comprends pourquoi nous avons si peu vu Su Pollard ces derniers temps ! Elle est au cap Ferrat en train de boire du champagne dans une conque sertie de pierres précieuses.

Bien sûr que je suis un sale con : ma tante homo unijambiste est morte !

Où notre héros est enrichi ou excusé du fait d'une Douleur Secrète. Écrivez-nous un personnage sympathique ; la révélation du second acte, « Vous êtes libéré de prison », n'est pas nécessaire. Ou, si elle l'est, demandez-vous peut-être pourquoi.

Par exemple, dans le à part ça excellent *Sexe entre amis*, le coureur de jupons BCBG joué par Justin Timberlake acquiert une soudaine profondeur quand on apprend que son père est atteint de l'Alzheimer d'Hollywood.

Variante plus légère de la démence, l'Alzheimer d'Hollywood ne vous fera pas chier en plein milieu d'un centre commercial ou crier « Es-tu arabe ? » à l'infirmière à domicile.

Les personnes atteintes de l'Alzheimer d'Hollywood aboient des phrases sans queue ni tête mais passent par des périodes de lucidité suffisamment longues pour discourir magnifiquement sur le grand amour et aider leur fils à se taper Mila Kunis.

Dans *L'Abominable Vérité*, nous découvrons que Gerard Butler ne pouvait être qu'un gland super macho puisqu'il s'est fait un jour plaquer par une femme ou un truc dans le genre.

Cela dit, à ce niveau, nous aurions vraiment besoin que Gerard prouve qu'il se fait manipuler pour exécuter les ordres démoniaques d'un meurtrier mort.

Tu t'es fait larguer, mon gars ? C'est ça, ton excuse ?

Au cas où vous n'auriez pas bien compris ce que je pense de *L'Abominable Vérité*, c'est un film qui devrait aller se faire foutre, puis revenir pour pouvoir aller de nouveau se faire foutre. (« Roger Ebert est absent. »)

Pourtant, en termes de rédemption confuse, aucun film ne bat *Pretty Woman*, fable incroyablement réactionnaire dans laquelle Richard Gere, homme d'affaires véreux qui baise des prostituées atteint le dénouement d'un voyage spirituel et… construit de gros navires de guerre.

Comment peut-il y avoir dans ton corps assez de place pour un cœur aussi grand ?

Il est possible que *Pretty Woman* ait été conçu à l'origine non pas comme une comédie romantique, mais un portrait du méchant de James Bond pendant son temps libre. Réfléchissez : Edward vit dans le penthouse d'un hôtel, possède son propre avion, aime l'opéra, le polo et les séances de Jacuzzi avec des *call girls*.

Cet homme est à un fer 9, une bombe de peinture métallique Halfords et une culotte de golf de Goldfinger.

Achevé d'imprimer en septembre 2014
Par CPI Brodard & Taupin - La Flèche (France)
N° d'impression : 3006697
Dépôt légal : octobre 2014
Imprimé en France
81121312-1